HEYNE
BÜCHER

Das Buch

Die magische Welt Ruwenda und ihre Beschützerinnen, die geheimnisvollen Drillinge Haramis, Kadiya und Anigel, erschaffen von den drei Spitzenautorinnen Marion Zimmer Bradley, Julian May und Andre Norton, schlagen weltweit ein immer größer werdendes Millionenpublikum in ihren Bann.

In diesem Roman widmet sich Andre Norton der Kriegerin Kadiya und deren Suche nach Abenteuer und neuen Erfahrungen: Nachdem die drei Schwestern ihren Erzfeind Orogastus besiegt haben, macht sich Kadiya mit ihrem magischen Schwert auf die Suche nach einer neuen Aufgabe. Sie kann nicht ahnen, daß sie diese Suche in große Gefahr bringen wird, und das bereits eine neue, unheilvolle Macht begonnen hat, von Ruwenda Besitz zu ergreifen...

Die Autorin

Andre Norton, geboren 1912 als Alice Mary Norton und auch unter ihrem »Zweitpseudonym« Andrew North bekannt, hat seit 1951 mindestens einen, teilweise sogar bis zu vier Romane pro Jahr veröffentlicht. Zu ihren größten Erfolgen zählt der Romanzyklus um die »Hexenwelt«.

Im Wilhelm Heyne Verlag sind bereits folgende Romane aus der magischen Welt von Ruwenda erschienen: *»Die Zauberin von Ruwenda«* (01/9698) und *»Der Fluch der schwarzen Lilie«* (01/10104). Weitere Titel sind in Vorbereitung.

Marion Zimmer Bradley
präsentiert

Hüter der Träume

Ein Roman aus der Welt von Ruwenda

von
Andre Norton

Aus dem Amerikanischen
von Bea Reiter

WILHELM HEYNE VERLAG
MÜNCHEN

HEYNE ALLGEMEINE REIHE
Nr. 01/10340

Titel der Originalausgabe
GOLDEN TRILLIUM

Umwelthinweis:
Das Buch wurde auf
chlor- und säurefreiem Papier gedruckt.

2. Auflage

Printed in Denmark 1998
Umschlagillustration: Agentur Luserke / Mark Harrison
Umschlaggestaltung: Atelier Ingrid Schütz, München,
Satz: (2806) IBV Satz- und Datentechnik GmbH, Berlin
Druck und Bindung: Nørhaven, Viborg

ISBN 3-453-12510-X

Für Ingrid und Mark,
eine nie versiegende Quelle der
Unterstützung.

Und für Betsy Mitchell,
die mir weit über ihre Pflichten
hinaus hilfreich zur Seite stand.
Dafür werde ich ihr immer
dankbar sein.

Prolog

Es waren ihrer drei, die Töchter der Schwarzen Drillingslilie. Als sie zu Frauen erblüht waren, wurden sie genannt Haramis, die Zauberin, Kadiya, die Kriegerin, und Anigel, die Königin. Sie kamen zusammen auf diese Welt (was schon an sich etwas Seltsames und ohne Beispiel war), und im Augenblick ihrer Geburt wurden sie von der Erzzauberin Binah begrüßt, von der das Gerücht ging, sie sei die wahre Hüterin des ganzen Landes. Von ihr bekamen sie auch ihre Namen.

Sie sollten, so prophezeite sie, die Hoffnung und die Rettung ihres Volkes sein. Jede erhielt von ihr ein Amulett aus Bernstein, in dem eine winzige Blüte der sagenumwobenen Schwarzen Drillingslilie eingeschlossen war: das Zeichen ihres königlichen Clans und des Landes.

Ihr Heimatland Ruwenda barg noch zahlreiche Geheimnisse, obwohl es schon seit vielen Generationen von Menschen bewohnt war. Ein großer Teil davon war Sumpfland, aus dem sich einige Inseln mit festem Boden erhoben. Auf vielen dieser Inseln fanden sich Ruinen, von denen einige groß genug waren, um die Überreste ganzer Städte zu sein. Der König lebte in der Zitadelle, die ebenfalls zu den stummen Zeugen aus vergangenen Zeiten gehörte, wenngleich sie noch unbeschädigt war.

Im Osten legten die Menschen die Sümpfe trocken und schufen so Polder, die fruchtbaren Ackerboden und gutes Weideland für die Herden boten. Ruwenda war auch die wichtigste Zwischenstation für die Einfuhr von Bauholz aus dem Süden, das Labornok, der Nachbar im Norden, so dringend brauchte. Andere Handelswaren kamen aus den Sümpfen selbst: Kräuter, Gewürze und die schuppigen Muscheln von Wasserkreaturen, einige so funkelnd wie Edelsteine, einige so hart, daß aus ihnen wasserfeste Schuppenpanzer gefertigt werden konnten. Und dann gab es da noch jene überaus seltenen Gegenstände – viele von ihnen so sonderbar, daß man nicht erkennen konnte, welchem Zweck sie dienten –, die in den Ruinen auf den Inseln gefunden wurden.

Jene, die diese Gegenstände sammelten, wurden Seltlinge genannt – die Bewohner der Sümpfe, welche die Ruwendianer bei ihrer Ankunft in diesem Land vorgefunden hatten und gegen die sie keinen Groll hegten. Keiner von beiden wollte haben, was der andere an Land für sich begehrte. Von den Seltlingen gab es zwei Rassen: die Nyssomu, die freundlicher waren und von denen einige sogar in die Dienste des Königs traten, und die Uisgu, scheue Geschöpfe, deren angestammtes Gebiet sich weiter westlich in den unerforschten Sümpfen befand. Alles, womit die Uisgu handeln wollten, brachten sie zu den Nyssomu, und diese wiederum boten es den offiziellen Händlern an. Sie alle versammelten sich in der Regel in der großen Ruinenstadt, die von den Menschen Trevista genannt wurde und von Fremden leicht über den Fluß erreicht werden konnte.

Es gab noch eine andere Rasse in den Sümpfen, die für sich die mehr westlich gelegenen Gebiete des nördlichen Sumpflandes beanspruchte, und den Angehörigen dieser Rasse wollte niemand aus freien Stücken begegnen. Von den Seltlingen wurden sie Wasserscheusale genannt, von den Gelehrten Skritek. Sie quälten und schlachteten ihre Opfer und waren eine üble Plage. Zuweilen verwüsteten sie die Polder oder suchten sich ihre Beute unter den Seltlingen, und über ihre reptilähnliche Art war nichts Gutes bekannt.

Abgesehen von solchen Überfällen herrschte während der Kindheit der drei Prinzessinnen Frieden in Ruwenda. Die Menschen ahnten nicht, daß sich im Norden ein Sturm zusammenbraute.

Der König von Labornok war alt und regierte bereits so lange, daß fast alle, die bei seiner Thronbesteigung dabeigewesen waren, schon gestorben waren. Sein Erbe, Prinz Voltrik, war verbittert ob des langen Wartens. Er verbrachte lange Zeit in den Ländern jenseits des Meeres, wo er mancherlei Dinge lernte und Verbündete gewann – so auch den großen Zauberer Orogastus. Als der Prinz nach Hause zurückkehrte, war der Magier zu seinem engen Vertrauten geworden. Voltrik wurde schließlich doch noch König und machte Orogastus zu seinem ersten Ratgeber.

Voltrik begehrte Ruwenda – nicht wegen seiner Sümpfe, sondern wegen seines Monopols auf den Holzhandel und wegen der Schätze, die angeblich in den Ruinenstädten gefunden worden waren. Er schlug zu, sobald er sicher auf seinem Thron saß.

Die Bergfestungen auf dem einzigen Paß wurden von magischen Blitzen zerschmettert, die Orogastus herbeigezaubert hatte. Dann, geführt von einem verräterischen Kaufmann und mit der Schnelligkeit einer heimtückischen Schlange, eroberten die Laborniki die mächtige Zitadelle selbst.

König Krain und jene seiner Gefolgsleute, die die Schlacht überlebt hatten, starben auf Befehl Voltriks einen schrecklichen Tod. Die Königin wurde von den Schwertern derer hingemetzelt, denen man befohlen hatte, alle Frauen der Königsfamilie zu töten, da einer Prophezeiung zufolge die Invasoren nur durch eine Frau königlichen Blutes bezwungen werden konnten. Die drei Prinzessinnen konnten mit Hilfe ihrer Talismane entfliehen, wurden dabei aber voneinander getrennt.

Haramis wurde von der Zauberkunst Binahs (die jetzt alt und gebrechlich war, sonst hätte Labornok in ihrem Lande niemals Fuß fassen können) auf dem Rücken eines großen Lämmergeiers nach Norden getragen. Kadiya flüchtete mit Hilfe eines Seltling-Jägers, der seit langen

Jahren ihr Lehrer war und sie vieles über die Sümpfe gelehrt hatte, durch einen geheimen Gang in das Sumpfland. Und Anigel entkam zusammen mit ihrer Vertrauten Immu, einer alten Kräuterfrau vom Volk der Uisgu, auf einem Schiff des Feindes, dessen Ziel die Wasserstadt Trevista war.

Jede der drei Prinzessinnen fand schließlich den Weg zu der Erzzauberin in Noth, und jeder wurde aufgetragen, sich auf die Suche nach einem Teil der mächtigen Zauberwaffe zu machen, die das Land wieder befreien würde.

Sie mußten zahlreiche Prüfungen bestehen. Haramis, die sich in den Bergen aufhielt, wurde von Orogastus verfolgt. Dieser suchte sie mit allen Mitteln für sich zu gewinnen, zunächst aus Berechnung und dann, weil er in ihr eine würdige Gefährtin auf seinem Weg zur Macht sah. Aber den silbernen Stab, der Haramis' Talisman war, bekam er nicht.

Kadiya wurde in die verlorene Stadt des Versunkenen Volkes geführt. Dort erhielt sie das Schwert, das aus dem Stiel der Schwarzen Drillingslilie wuchs, die sie dorthin geführt hatte. Anigel, die mit Hilfe der Uisgu nach Süden geflohen war, gelangte in die Wälder von Tassalejo, wo sie eine Krone aus dem Schlund einer fleischfressenden Pflanze empfing. Dort auch begegnete sie Prinz Antar, dem Sohn von Voltrik. Er war ausgeschickt worden, um sie gefangenzunehmen und zurückzubringen. Doch bald schon ekelte ihn die Brutalität seines Vaters und beunruhigte ihn die wachsende Macht des Orogastus so sehr, daß er seinen Befehlen nicht folgen wollte, sondern statt dessen Anigel die Treue schwor und zu ihrem Verteidiger wurde.

Kadiya, die ihre wachsende Armee aus Uisgu und Nyssomu anführte, schloß sich Anigel zum Sturm auf die Zitadelle an. Haramis setzte schließlich dem Leben und der Macht des Orogastus ein Ende, indem sie die drei Talismane zu einer mächtigen, alles überwältigenden Zauberwaffe zusammenfügte.

Haramis lehnte die Krone ab, die ihr als der Erstgeborenen gebührte, und entschied sich statt dessen dafür, Binah als Erzzauberin nachzufolgen, als die sterbende Zauberin ihr den Mantel der Hüterin vermachte. Auch Kadiya lehnte ihr Erbe ab, denn es gab viele Geheimnisse im Sumpfland, die nach ihr riefen, und in ihrem Herzen wußte sie, daß Krone und Thron nicht ihr zustanden.

Anigel vermählte sich mit Antar und vereinigte die beiden Länder, die einst Feinde gewesen waren. Als Königin und König von Laboruwenda gelobten beide, gemeinsam zu herrschen und den Frieden zu bewahren.

Haramis machte sich auf zu den Bergen im Norden und dem Wissen, das dort verborgen war und zu dem sich ihr Herz stärker hingezogen fühlte als zu jedem lebenden Wesen. Bevor sie ging, löste sie die drei Talismane voneinander und nahm den Stab mit sich. Die Krone setzte Anigel als Teil ihres Erbes in ihre Königinnenkrone ein. Kadiya nahm wieder das Schwert ohne Spitze an sich, dessen Knauf zuweilen drei blitzende Augen enthüllte. Eines der Augen sah so aus wie die ihren, das zweite ähnelte dem eines Seltlings, und das dritte war von durchdringender Helligkeit und mit nichts vergleichbar, was sie je in ihrer Welt gesehen hatte.

Kadiya schloß sich wieder ihrem Heer aus Seltlingen an und brach in Richtung der Sümpfe auf, gerade als die Regenzeit begann. Sie wußte nicht, was sie eigentlich suchte, sie wußte nur, daß sie es suchen mußte.

1

Regen prasselte auf das Sumpfland herab. Braun vor Schlamm traten die Flüsse über die Ufer und rissen entwurzelte Bäume und Sträucher mit sich fort. Schlingpflanzen wanden sich wie Schlangen in den Fluten, und echte Schlangen lagen mit dem Bauch nach oben in dem Gewirr aus Schilfrohren, in dem sie sich verfangen hatten. Riesige Blätter und Zweige wirbelten im Wasser umher und wickelten sich um Treibgut, eine tödliche Falle für jedes Boot, das sich flußaufwärts zu bewegen versuchte. Der heulende Wind übertönte jedes Geräusch mit Ausnahme des Dröhnens von Regen und Wasser.

Und doch suchten Reisende ihren Weg auf dem Fluß. Sosehr sich jene, die den Sumpf kannten, vor ihrer wildgewordenen Welt auch fürchteten – jetzt hatten sie es gewagt. Eine Armee war aus den Sümpfen gekommen; Clans hatten sich mit anderen Clans verbündet, Völker mit anderen Völkern.

Die Schlacht hatte alles übertroffen, was je in den alten Liedern beschrieben worden war. Das Böse hatte mit unglaublicher Macht zugeschlagen, mit Feuer und mit Zauberei. Es war besiegt worden, und nur ein Haufen verkohlter Asche war von ihm übriggeblieben. Jetzt verspürten diejenigen, die sich auf die Flüsse wagten, nur noch den unbezwingbaren Wunsch, dem Schlachtfeld den Rücken zuzuwenden und nach Hause zurückzukehren. Sie hatten den Sieg davongetragen, aber dennoch lag der Schatten dessen, was sich zugetragen hatte, wie eine dunkle Sturmwolke über ihnen.

Im Verlauf der Reise nahm ihre Zahl ständig ab. Eine Truppe nach der anderen fiel vom Troß ab und machte sich davon, um zu ihrer Heimatinsel oder den Dörfern der Clans am See zurückzukehren. Die Nyssomu gehörten zu den ersten, die gingen, denn ihre Dörfer lagen am nächsten. Ihre entfernten Verwandten, die Uisgu, reisten in kleinen, leichten Booten, die von den Rimoriks gezogen wurden, jenen Wassertieren, die ihnen Kampfgefährten und Diener zugleich waren. Selbst deren große Kräfte wurden von den ungestümen Fluten auf eine harte Probe gestellt. Immer mehr von ihnen verschwanden in halb verborgenen Nebenflüssen, die zu ihren Festungen führten. Diese waren immer noch denen unbekannt, die nicht von ihrer Art waren, mit Ausnahme einiger Wagemutiger. Von denen aber wäre dort keiner willkommen gewesen.

Obgleich die schnell kleiner werdende Armee mit aller Macht darum kämpfte, die Vergangenheit hinter sich zu lassen, wurden sie selbst hier an das Grauen erinnert, dem sie ins Auge gesehen hatten. Zwischen den schlammüberkrusteten Schilfrohren hingen die Überreste eines Menschen, der den vom Unglück verfolgten Invasionstruppen angehört hatte.

Das Mädchen, das in einem der vordersten Boote mit aller Kraft paddelte, wandte hastig den Blick ab. Ein Skritek war hier gewesen und hatte den widerwärtigen Hunger seiner Art mit dem Fleisch seines einstigen Verbündeten gestillt.

Skritek – viele von ihnen mußten jetzt vor dem entfesselten Sturm auf der Flucht sein. Sie wußten nur zu gut, was mit jedem, der nach der Niederlage der Invasoren mit dem Leben davongekommen war, geschah, wenn er einem der Sieger in die Hände fiel.

Die kleine Gruppe hatte jetzt die Dornenhölle erreicht, einen furchtbaren Ort, an dem alle nur erdenklichen Ängste im Gewirr der dornenbewehrten Vegetation verstrickt zu sein schienen. Wie Aussatz lauerte offensichtlich Gefahr hinter den Stämmen toter Bäume. Wer sich hierherwagte, weil es der kürzeste Weg zum Ziel war, versuchte nicht, hinter den Vorhang aus Dornen zu spähen, der den Fluß zu beiden Seiten wie eine Mauer umgab.

Der Regen bildete einen undurchdringlichen. Schleier über dem Wasser, der ihnen die Sicht auf das nahm, was vor ihnen lag. Es half auch nichts, den Kopf zu senken und sich zusammenzukauern. Kadiya – die einst eine Prinzessin gewesen war, umgeben von allen Annehmlichkeiten, die ihrem Rang gebührten – ertrug es klaglos, so wie sie auch das Gewicht der Waffe ertrug, die sich gegen ihre Rippen drückte, wenn sie das Paddel schwang. Sie zeigte wieder die ihr eigene Standhaftigkeit, mit der sie sich eine Armee erobert hatte. Kadiya konnte und wollte nicht mit ihren Begleitern haltmachen, die sie wieder und wieder drängten, Schutz vor dem Sturm zu suchen. Genausowenig hätte sie in der Zitadelle bleiben können, die jetzt befreit war von dem Bösen, das ihre Familie ausgelöscht hatte. Sie waren gerächt worden. Und doch war sie noch nicht frei ...

Und wieder war die Last, die auf ihren Schultern ruhte, schwerer als alles, was ihr der Sturm entgegenschleudern konnte, stärker als jede schwimmende Falle, durch die sie sich mit ihren Begleitern die Weiterfahrt erkämpfte.

Warum nur verspürte sie diese treibende Kraft in sich, diesen Druck, der zuweilen an Wahnsinn grenzte? Sie spürte, daß sie von einem Willen vorangetrieben wurde, der nicht ihr eigener war. Das erste Mal, als sie hatte fliehen müssen, war überall der rote Tod gewesen, Feuer, das Ende des Lebens, das sie bis dahin geführt hatte. Und jetzt ... wovon wurde sie jetzt getrieben?

Es trieb sie genau in den Rachen des Sturms. Die kleinen Inseln, auf denen sie ihr Lager aufschlagen wollten, waren nichts als schlammige Löcher mit nassem Gestrüpp. Es gab keinen richtigen Schutz. Schlaf war nur das vorübergehende Ende einer Erschöpfung, die den Körper von Kopf bis Fuß mit Schmerzen erfüllte. Und doch – jedesmal, wenn sie sich erhob, hatte sie es eilig, ihre gefahrvolle Reise fortzusetzen.

Wenigstens hielt der Sturm einige Gefahren von ihrer überfluteten Welt fern. Kein Var kreiste über ihnen, keine gepanzerte Xanna streckte ihre mit Saugnäpfen bewehrten Gliedmaßen auf den dämmrigen Pfaden nach ihnen aus, um sie zu fangen. Die Pflanzen, die mit ihren heimtückischen Waffen angriffen, hatten sich zusammengerollt und warteten darauf, daß die Überschwemmung endlich ein Ende fand.

Am siebten Tag gelangten sie an das Ende der Wasserstraße. Es war nur noch ein Boot übrig, das jetzt mit seinem Bug im klebrigen Schlamm des Flußufers steckenblieb. Wenigstens gab es hier keine Dornen.

Kadiya warf ihr Bündel auf einen Erdhügel, der so aussah, als sei er fest genug, um es zu tragen. Sie griff nach einer herumliegenden Ranke und zog sich daran ans Ufer. Dann wandte sie sich um, sah jene an, die sie ohne ein Wort der Klage begleitet hatten, und hob erschöpft die Hand zum Gruß.

Vieles hatte sich in den Tagen geändert, die jetzt hinter ihnen lagen, aber die alten Schwüre wurden immer noch respektiert. Wie tapfer sie auch in der Schlacht, die ihre Welt aus den Fängen der dunklen Mächte befreit hatte, gewesen sein mochten, kein Mann und keine Frau der Seltlinge würde sich über diese Anlegestelle hinaus in das seit ewigen Zeiten verbotene Land wagen. Niemand, außer Jagun dem Jäger, der Kadiya so vieles über die Sümpfe beigebracht hatte. Jetzt folgte er ihr in ihren Fußspuren, in denen sich schon das Wasser sammelte, an Land. Einst hatte er einen Schwur geleistet, dies nicht zu tun, war aber von ihr selbst davon entbunden worden.

Und doch ließen sie jene, die sie jetzt mit ihren großen, gelbgrünen Augen anstarrten, als könnten sie Kadiya allein mit ihren Blicken zurückhalten, nur ungern gehen. »Trägerin des Lichts.« Eine der beiden Kriegerinnen hob flehend die Hand. »Kommt mit uns. Ihr seid unsere Hoffnung gewesen.« Einen Augenblick lang suchten ihre

Augen die schwere Last an Kadiyas Gürtel. »Wir haben Frieden – den Frieden, den wir uns erkämpft haben. Laßt uns Euch Zuflucht gewähren. Geht nicht an jenen Ort, den kein Auge je erblicken darf ...«

Das Mädchen strich sich eine Haarsträhne aus dem Gesicht, die unter ihrem Helm aus Xanna-Knochen hervorlugte. Sie stellte fest, daß sie immer noch die Kraft für ein Lächeln aufbringen konnte.

»Joscata, dies wurde mir auferlegt.« Ihre Hand berührte den kugelförmigen Griff ihres Talismans, der gleichzeitig ein Schwert war. »Es sieht so aus, als könnte ich keine Ruhe finden, ehe ich noch eine weitere Aufgabe erfüllt habe. Laßt es mich vollbringen, und ich verspreche Euch, daß ich frohen Herzens zu Euch allen zurückkehren werde. Denn nach einer solchen Kameradschaft sehne ich mich mehr als nach allem anderen. Es ist nicht an mir, diese Entscheidung jetzt schon zu treffen. Zuvor muß ich noch etwas anderes vollbringen.«

Die Nyssomu blickte über die Schulter des Mädchens hinweg auf das durchnäßte Land. Auf ihrem Gesicht lag ein Schatten, der wie Furcht aussah.

»Möge das Gute Euch begleiten, Weitsichtige. Wo immer Ihr auch Euren Fuß hinsetzt, sollt Ihr festen Boden finden. Ohne Gefahr sei der Pfad, den Ihr gehen müßt.«

»Mögen Eure Boote geschwind dahingleiten, Kameraden«, erwiderte Kadiya, als sie ihr Bündel auf die Schulter nahm, »und schnell sei Euer Vorwärtskommen. So das Schicksal es will, werde ich Euch wiedersehen.«

Jafen, der Kriegssprecher des Clans, der sie hierhergeführt hatte, hielt immer noch das Seil fest. »Herrin des Schwertes, denkt an das Signal. Ein Wächter wird ständig darauf achten. Wenn Ihr getan habt, was Ihr tun müßt ...«

Kadiya schüttelte langsam den Kopf, dann blinzelte sie, als ihr die Bewegung das Wasser von ihrem Helm in die Augen sprühte. »Kriegsführer, rechnet nicht mit einer schnellen Rückkehr. Um die Wahrheit zu sagen, ich weiß überhaupt nicht, was vor mir liegt. Wenn ich wieder frei bin, werde ich ganz gewiß jene aufsuchen, deren Speere eine Mauer gegen die Mächte der Finsternis waren.«

Eine Erinnerung stieg in ihr auf. Es war ihr, als stünde ihr nicht der Nyssomu gegenüber, sondern jene ehrfurchtgebietende Gestalt, die sie nur ein einziges Mal zuvor gesehen hatte, die zu ihr gekommen war, als sie auf der Flucht vor ihren Verfolgern gewesen war und die Verzweiflung sie zu überwältigen gedroht hatte. Und weil die Begegnung mit dem geheimnisvollen Fremden im Garten der Verlorenen Stadt ihr damals neuen Mut verliehen hatte, brannte die Erinnerung daran wie ein Funke in ihr und drängte sie weiterzugehen.

Die fünf, die zurückblieben, stießen ihr Boot nicht vom Ufer ab, sondern warteten, bis sie und Jagun nicht mehr zu sehen waren.

Zum Glück währte der rutschige Schlamm, in dem sie keinen richtigen Halt finden konnten, nicht lange. Zuweilen trafen sie auf Tümpel, deren Tiefe Jagun mit dem Ende seines Speers prüfte. Ein langer Weg lag vor ihnen, und doch kamen sie nur langsam voran.

Sie fanden nur wenig Schutz. Wild war kaum anzutreffen, und die Vorräte, die den größten Teil ihres Gepäcks ausmachten, schmolzen trotz aller Sorgfalt schnell zusammen. Schließlich war es so weit, daß sie sich abends ohne ein Mahl niederlegen mußten und auch am nächsten Morgen nichts Eßbares hatten. Der Regen, der von dem grauen Himmel auf sie herabströmte, hatte jedoch etwas nachgelassen, und endlich erblickte Kadiya vor sich einige Ruinen.

Es war der Ort der Erkenntnis, die Festung der Sindona, des Verschwundenen Volkes. Sie hielt inne. Würde die alte Magie sie treffen, wenn sie durch die Trümmer ging, die einmal ein Tor gewesen waren? Sie ging weiter. Dann fiel ihr etwas ein, und sie blickte zurück.

»Jagun?«

Sein Gesicht sah aus, als ziehe er geradewegs in eine Schlacht, aber dennoch folgte er ihr. Ohne einen Blick zur Seite schritt er voran, als ginge er auf eine Gefahr zu, der er sich stellen mußte. Der uralte Eid, der seinem Volk auferlegt worden war, lastete er denn immer noch auf ihm? Sie hatte ihn doch davon entbunden, als sie diesen Weg zum erstenmal gegangen waren! Er gab ihr keine Antwort, ging aber weiter. Ein heftiger Windstoß peitschte ihnen den Regen ins Gesicht, als ob der Monsun selbst ihnen im letzten Moment noch den Weg versperren wollte. Dann taumelten sie weiter, durch die Überreste des Tors, wo sie von einem letzten Windstoß auf die Knie gezwungen wurden.

Aber... das Toben des Sturms hatte aufgehört! Es war, als waren sie unter ein Dach getreten, obwohl sie über sich den offenen Himmel sehen konnten. Die Luft war erfüllt von einer drückenden Feuchtigkeit, die dem Morgennebel ähnelte. Und vor ihnen...

Keine Ruinen, keine vom Alter gezeichneten Steine verfallener Bauten. Kadiya hatte diese Verwandlung schon einmal erlebt, in umgekehrter Richtung. Von außen sah das Auge nur Ruinen, innen dagegen eine stumm daliegende Stadt, verlassen und doch unberührt von den Jahren. Leer lagen die Straßen vor ihnen. Die Gebäude links und rechts davon, obwohl halb bedeckt vom Grün der Schlingpflanzen, zeigten keine Anzeichen von Verfall. So wie die Zitadelle, in der sie geboren war, die Jahrhunderte ohne Schaden überstanden hatte, so war auch dieser Ort hier unversehrt geblieben, obgleich alle anderen Städte, die das Verschwundene Volk zurückgelassen hatte, nur noch aus Trümmerhaufen bestanden.

Jaguns Bündel fiel mit einem dumpfen Ton auf das Pflaster. Er murmelte etwas vor sich hin, was nur zu verständlich war für jemanden, der nach den Gesetzen der Natur lebte und eine Konfrontation mit dem, was diese im Gleichgewicht hielt, ganz und gar nicht guthieß.

»Dies hier ist ein Ort der ...« Er zögerte, als fände er nicht die richtigen Worte.

Die Wolken waren jetzt dunkler. Die Nacht holte den Sturm ein. Kadiya war stehengeblieben. Dämmerung oder tiefschwarze Nacht, sie war jetzt so nahe ...

»Dies hier ist ein Ort der Macht«, sagte sie, und ihre Worte schienen gemildert zu werden durch den Nebel, der sich jetzt immer mehr verdichtete. »Und ich muß noch etwas erledigen.« Sie wandte nicht den Kopf, um zu sehen, ob er hinter ihr her käme, und wartete auch nicht auf ein Wort des Einverständnisses. Statt dessen eilte sie weiter. Links und rechts von ihr ragten unversehrt die Gebäude auf. Der Vorhang aus Schlingpflanzen, von dem sie eingehüllt waren, nahm im Zwielicht eine dunklere Färbung an. Fenster, die hinter diesen lebenden Wänden lagen, starrten sie an wie große Augen ohne Lider. Kein Aufflackern einer Lampe, kein Lichtschein einer Fackel bedeutete ihr ein warmes Willkommen. Und doch verspürte sie keine Unruhe, keine Angst, daß hier etwas auf der Lauer läge.

Sie ging von Straße zu Platz, von Platz zu Straße, um das zu finden, von dem sie wußte, daß es das Herz dieses Ortes war. Sie umrundete einen Teich, der vom Nebel eingehüllt war, und kam an eine Treppe. Hier hielt sie an. Mit beiden Händen griff sie nach dem Schwert, das sie jedoch nicht gezogen hatte. Zu beiden Seiten jeder Stufe standen lebensgroße (oder vielleicht sogar überlebensgroße) Statuen, die sich gegenseitig anblickten, so daß niemand unbemerkt zwischen ihnen hindurchgehen konnte.

Ein Künstler hatte sie so lebensecht gestaltet, daß es aussah, als seien sie verzaubert. Männer und Frauen standen da, und zweifellos waren sie Abbilder des Verschwundenen Volkes. Jede Statue hatte ein anderes Gesicht, so daß dies wohl die Porträts jener waren, die einst hier gelebt hatten.

Kadiya ließ ihr Bündel zu Boden gleiten, dann zog sie

das Schwert. Dieses hielt sie an seiner stumpfen Klinge fest. Das Mädchen ging die Treppe hinauf, als ob die Geste ihr das Recht zum Eintritt geben würde.

Als sie den säulengeschmückten Absatz am oberen Ende der Treppe erreicht hatte, blieb sie stehen. Hier war die zweite Treppe, nach der sie gesucht hatte. Sie führte nach unten in einen Garten, der nicht von dieser Welt war. Früchte und Blüten fanden sich am selben Ast. Die Zeit war aufgehoben – es gab keine Vergangenheit, keine Zukunft, nur den Moment, in dem sie sich bewegte. Der Nebel war fast verschwunden. Selbst das Zwielicht schien sich wieder aufzulösen, als ob die Nacht hier nicht hingehörte.

Lichtfunken wirbelten durch die Luft. Sie leuchteten in allen Farben, wie Edelsteine, denen man Flügel verliehen hatte, und tanzten von Blüte zu Blüte, von Frucht zu Frucht. So etwas hatte Kadiya im Sumpfland noch nie gesehen.

Mit einem Seufzer ließ sie sich auf die oberste Stufe fallen. In diesem Moment spürte sie die ganze Müdigkeit ihrer beschwerlichen Reise. Sie hob die Hand, um den Helm abzunehmen, der plötzlich unerträglich schwer geworden war. Mit lautem Dröhnen fiel er auf den weißen Stein. Sie runzelte die Stirn angesichts des Lärms.

Das Haar klebte ihr an den schlammbespritzten Wangen oder lag in glatten Strähnen auf dem Panzer, der ihre Schultern umschloß. Es war so dunkel wie das Wasser im Moor. Ihr Körper verströmte den Geruch des Sumpflandes. Der süße Duft des Gartens wirkte wie ein Tadel.

Das Schwert lag über ihren Knien. Die drei Augen, aus denen der Griff bestand, waren versiegelt, so fest geschlossen, als ob sie sich niemals geöffnet hätten, um reine Energie freizusetzen. Kadiya fuhr mit den Händen über die Klinge. Einst hatte diese Berührung pulsierendes Leben erweckt, aber das war jetzt vorbei. Und sicher sollte es auch so sein.

Während sie das Schwert streichelte, ruhte ihr Blick auf dem Garten. Jener, der sich an diesem Ort zu ihr gesellt hatte, der sie in die Schlacht gegen die Mächte der Finsternis geschickt hatte, damit sie ein wenig von dem herausfinde, was sie war oder sein konnte – würde er jetzt wiederkommen?

Nein. Statt dessen erlosch jetzt langsam das letzte Licht der Dämmerung. Außer den funkelnden Flugtieren bewegte sich nichts. Kadiya seufzte und erhob sich mit hängenden Schultern. Sie ging die Stufen hinab in den Garten.

Der prächtige Rasen, der den Boden zwischen den Büschen, Blumenbeeten und Schlingpflanzen bedeckte, war nur an einer Stelle aufgebrochen. Dort, wo die braune Erde sichtbar war, schien ein schwaches Leuchten zu schweben.

Kadiya taumelte darauf zu. Sie beugte sich vor und stieß die stumpfe Klinge ihres Talismans in die Stelle, an der die Erde freigelegt war, beide Hände fest um die Kugeln gelegt, in denen sich die Augen befanden. Die Klinge drang in den Boden ein, jedoch nicht ohne Mühe. Sie spürte heftigen Widerstand, der ihre versiegenden Kräfte auf eine harte Probe stellte. Aber als sie zurücktrat, stand das Schwert aufrecht da, eine seltsame, fremde Pflanze an diesem Ort des Trostes und des Friedens.

Kadiyas Hände suchten ihren Hals, an dem sich jenes andere Symbol der Macht befand, das sie seit ihrer Geburt bei sich getragen hatte – das Amulett aus Bernstein, in dem eine winzige Blüte eingeschlossen war. Kadiya wartete.

Sie hatte das Schwert der Macht an den Ort zurückgebracht, an dem es gewachsen war. Dennoch veränderte es sich entgegen ihrer Erwartung nicht. Das Mädchen wurde starr, ihre Schultern strafften sich. Sie ließ das Amulett los, um die glatten Strähnen ihres Haars aus dem Gesicht zu streichen, damit sie besser sehen konnte. Nichts bewegte sich.

Kadiya räusperte sich. Obwohl sie mit lauter Stimme

sprach, klangen ihre Worte gedämpft und wie aus weiter Ferne.

»Es ist zu Ende. Wir haben die Aufgabe erfüllt, die uns auferlegt wurde. Das Böse ist bezwungen – Haramis ist Erzzauberin. Anigel herrscht über ihr Land und über jene, die einst unsere Feinde waren. Was verlangt Ihr von mir?«

Die Antwort? Sollte das Schwert, das sich nicht veränderte, die einzige Antwort für sie sein? War sie denn wieder zu ungeduldig, hier, an diesem Ort, der keine Zeit kannte? Beherzt sprach sie weiter:

»Als ich das erste Mal hier war, hat mir jener, der mir hier begegnete, gesagt, daß dies ein Ort der Erkenntnis sei. Meine ... meine Not schien damals sehr groß zu sein, denn ich mußte mich allem entgegenstellen, was unsere Feinde gegen uns aufbieten wollten.« Sie stockte und suchte nach Worten. »Und auch jetzt ist meine Not groß. Was verlangt Ihr von mir? Was aus meiner Zukunft soll ich Euch geben? Haramis hat das Wissen und die Macht, die sie haben wollte, Anigel ihr Königreich. Wenn ich mir wirklich eine Zukunft verdient habe, wie wird diese aussehen? Ich habe keine Antwort darauf, und doch gibt es einen Grund dafür, daß ich hierhergekommen bin. Gebt mir eine Antwort, Ihr, die Ihr an diesem Ort lebt, denn schon einmal habt Ihr mir den Weg gewiesen!«

Immer noch bewegte sich nichts außer den leuchtenden Tieren. Es war dunkel geworden, aber das eingepflanzte Schwert war von einem schwachen Licht umgeben.

Kadiya wollte danach greifen, aber dann zog sie ihre Hand zurück. Zuerst mußte sie mehr wissen. Sie drehte sich um und ging ohne einen Blick zurück die Treppe hinauf.

Die Müdigkeit schien sie zu überwältigen, und sie spürte die Leere und den Verlust in sich. Es kam ihr nicht so vor, als hätte sie ihren Anteil an der Macht zurückgelassen, sondern eher, als habe ein anderer Wille sie ausgeschlossen und versperre ihr den Weg zur Erkenntnis.

Doch blieb ihr jene Standhaftigkeit, die Hilflosigkeit niemals akzeptiert hatte und es auch jetzt nicht tun würde.

Es gab einen *Grund* für all das, dessen war sie sich gewiß... Und sie würde ihn herausfinden. Wenn nicht jetzt, dann eben in den Tagen, die vor ihr lagen.

»Herrin...«

Am Fuße der Treppe mit den Wächtern, neben dem Teich, stand Jagun, der ihr Bündel zusammen mit seinem trug. Die Spitze seines Speers hatte er gesenkt, so wie dies der Brauch war, wenn man sich einem Ältesten oder einem Anführer des Clans näherte. Aber vielleicht war diese Geste nicht für sie bestimmt, sondern für jene, die einst hier gelebt hatten. Sicheren Schrittes ging Kadiya ihm entgegen. Sie hatte ihren Helm in der Hand, und an ihrem Gürtel trug sie immer noch den Dolch, wenn sie das Schwert auch zurückgelassen hatte. Hier gab es nichts, was ihnen ein Leid zufügen wollte, dessen war sie sicher. Aber trotzdem war hier etwas. Was es war, mußte sie noch herausfinden.

»Fährtensucher.« Sie deutete auf das Gebäude hinter dem Teich. »Da drüben ist ein vortrefflicher Lagerplatz, von dem wir sicher Gebrauch machen können.«

2

Obwohl das Gebäude der behaglichste Unterschlupf seit ihrem Aufbruch von der Zitadelle war, gab es keine Möglichkeit, ein Feuer zu entfachen, um die Feuchtigkeit zu vertreiben. Zwischen dem Dach und der Treppe funkelte der jetzt schwarze Spiegel des Teichs. Die Dunkelheit in dem leeren Eingang wirkte so bedrohlich, daß Kadiya, die einige Schritte hineingegangen war, zögerte und versuchte, zumindest ein wenig von dem zu sehen, was sie dort vielleicht erwartete. Sie entschied, daß ihr Wahrnehmungsvermögen, das sich im Laufe ihrer Reisen durch die Sümpfe entwickelt hatte, noch zu unsicher war, um sich jetzt völlig darauf zu verlassen. Sie verspürte keines der leisen Warnsignale, aber das war keine Garantie dafür, daß hier nicht doch etwas auf sie wartete.

Jagun hatte in seinem Bündel gekramt. Auch Kadiya war weitsichtig, aber die Nacht war für den Seltling nicht ganz so dunkel wie für sie. Er zog eine Röhre hervor, die nur wenig kürzer als sein Unterarm war. Mit diesem Gegenstand in der Hand ging er wieder nach draußen.

Kadiya konnte nur seinen Schatten sehen, der das Gestrüpp am Rande des Pflasters schüttelte. Dann blitzte ein winziger, fahler Lichtpunkt auf. Jagun hatte eine Glühraupe gefunden, die er jetzt aus ihrem Versteck unter einem Blatt hervorholte. Eine nach der anderen stopfte er in seine Röhre. Als er zurückkam, trug er einen Stab, der ein schwaches, aber willkommenes Licht ausströmte.

Sie sahen sich um und stellten fest, daß sie einen Raum gefunden hatten, der aus vier Wänden, einem festen Boden und einem zweifellos sturmsicheren Dach bestand, aber vollkommen leer war.

Mit steifen Fingern zerrte Kadiya an den Spangen ihres Muschelpanzers. Der Geruch ihres nassen Haars, ihres schlammüberkrusteten Körpers war eine Beleidigung. Sosehr es sie auch immer in das Sumpfland gezogen hatte, diese Unsauberkeit war etwas, das sie nur widerwillig akzeptiert hatte. Sobald der Panzer abgelegt war, löste sich auch ihr Wams und damit dessen feuchtkalte Umklammerung ihres Körpers, und sie fühlte sich schon etwas wohler.

Auch der Verschluß ihres Bündels ließ sich nur schwer öffnen, da sich das geflochtene Schilf zusammengezogen hatte. Kadiya brach sich einen Fingernagel ab und fluchte leise.

Im schwachen Schein von Jaguns improvisierter Lampe gelang es ihr, einen Streifen von ihrem Handtuch aus geflochtenem Schilfmark abzureißen. Draußen wartete der Teich auf sie, aber sie hatte nicht vor, sich bei Nacht hineinzuwagen. Das leise Plätschern vor der Tür bedeutete ihr, daß der Regen inzwischen wieder so stark fiel, daß er ihren Zwecken wohl genügen würde. Sie entledigte sich ihrer übrigen Kleidung, die durchnäßt und zerschlissen war, und ging entschlossen nach draußen. Eine Handvoll Blätter diente ihr zum Schrubben, was sie dann auch ausgiebig tat, bis sich ihr grüner Schwamm auflöste.

Schon vor langer Zeit hatte sie die langen Flechten ihres dicken Haars geopfert, um einen Helm tragen zu können. Jetzt, da es ihr nur mehr bis auf die vor Kälte zitternden Schultern fiel, konnte sie es naß machen, mit den Fingern die Strähnen entwirren und dann einigermaßen wieder in Ordnung bringen.

Ein kühler Wind kam auf, und sie flüchtete in den Schutz ihrer Unterkunft, um sich kräftig mit dem Handtuchstreifen abzureiben. Ein sauberes Wams war ein Luxus, den sie genoß, als sie es am Hals zuschnürte. Einen Augenblick lang dachte sie an das, was sie einmal im Frauengemach der Zitadelle gekannt hatte – all die Bequemlichkeiten, die Anigel jetzt für sich in Anspruch nahm. Dann schüttelte

Kadiya den Kopf – über ihre Gedanken und auch, um ihr Haar zu lockern.

Zum erstenmal sagte Jagun etwas zu ihr. »Ihr tragt das Schwert nicht.« Das schwache Licht spiegelte sich in seinen großen Augen. Von dort, wo er mit gekreuzten Beinen hockte, die Hände in seinem Bündel vergraben, sah es aus, als ginge auch von ihnen ein leichtes Strahlen aus.

Kadiya ließ das Handtuch wie ein Peitsche knallen und schüttelte wieder ihren Kopf, der immer noch naß war.

»Es... es wurde nicht empfangen«, sagte sie. »Ich habe es zu der Stelle gebracht, an der es aus der Wurzel der Erzzauberin gewachsen ist. Es ist keine Veränderung eingetreten. Keine Veränderung...«, wiederholte sie und fügte dann mit fester Stimme hinzu: »Wie kann das sein, Erster Jäger? Wurde die Prophezeiung denn nicht in allen Teilen erfüllt? Wir, die Frauen des Hauses Krain, haben die Große Waffe aus vergangenen Zeiten gefunden. Voltrik und Orogastus sind tot. Ihre Armee hat Antar die Treue geschworen und damit auch Ruwenda, das sie einst erobern und zerstören wollten, da er von Anigel als ihr Gemahl auserwählt wurde. Die Skritek haben sich wieder in ihre erbärmlichen Löcher verkrochen. Meine jüngere Schwester hat die Krone übernommen und sich vermählt, und meine ältere Schwester hat sich in ihren Turm des Wissens zurückgezogen, wo sie die Macht ausüben kann, die sie sich erwählt hat. Und doch komme ich nicht zur Ruhe.«

Sie war auf die Knie gesunken, so daß ihre Augen fast auf gleicher Höhe mit denen des Seltlings waren. Jetzt starrte sie ihn an, als verlangte sie von ihm eine Antwort.

»Sag mir, Jagun, warum wird mir die Belohnung verwehrt, wo ich meine Aufgabe doch erfüllt habe?«

»Weitsichtige, wer kann jene verstehen, die diesen Ort hier erbaut haben? Jahrhunderte sind vergangen, seit sie verschwunden sind.« Er warf einen raschen Blick nach rechts, dann nach links und dann wieder zurück. »Sie hatten unvorstellbare Macht; ihr Leben war dem unseren nicht gleich.«

»Das ist wahr. Sie sind vor langer Zeit verschwunden...«

Jagun nickte. »Die Große Binah war die letzte von ihrem Blut. Sie entschied sich dafür, hierzubleiben und unsere Wächterin zu sein, als sie uns verließen. Und jetzt hat das Rad der Zeit sogar sie überrollt.«

Er zog den letzten getrockneten Wurzelkuchen hervor und brach ihn sorgsam in zwei Teile. Dann hielt er ihr ein Stück hin. Obwohl sie ganz schwach vor Hunger war – was sich jetzt, als sie die kläglichen Reste ihrer Vorräte sah, noch verstärkte –, biß sie nicht sofort in die steinharte Masse. Statt dessen behielt sie den kleinen Block in der Hand.

»Jagun, erzähl mir von dem Verschwundenen Volk. Oh, ich weiß, was in unseren Aufzeichnungen in der Zitadelle steht – ich habe ja nach ihnen gesucht, bevor wir hierherkamen –, daß dieses Land einst ein riesiger See war, vielleicht sogar eine Meeresbucht, daß es Inseln umgab, die von einem fremden Volk bewohnt wurden, weder von Seltlingen noch von meiner eigenen Rasse.«

»Nach der Legende besaßen sie gewaltige Kräfte, von denen wir nichts wissen, und lebten lange Zeit in Frieden miteinander. Doch dann gab es einen großen Krieg, in dem sie Waffen, die für uns unvorstellbar sind, gegeneinander richteten. Wir haben vielleicht einen Teil dieser todbringenden Gewalt in dem gesehen, was Orogastus für den Angriff auf uns herbeirief. Diese Waffen wühlten die Erde auf und trockneten alle Gewässer aus. Die Bewohner verließen die Städte, die dem Verfall zum Opfer fielen. Aber wohin ist das Verschwundene Volk nur gegangen? Sicher sind nicht alle von ihnen in der Hölle umgekommen, die sie sich selbst geschaffen hatten.«

»Doch wer waren sie? Erinnere dich, Jagun, als wir zum

erstenmal an diesen Ort kamen, folgten wir dem ausgestreckten Arm einer Statue, die von ihrer Hülle aus getrocknetem Schlamm befreit war. Du kanntest den Namen dieser Statue – Lamaril. Erster Jäger, sag mir, wer war dieser Lamaril?«

Kadiya wußte nicht, warum sie ihm von all den Fragen, die ihr im Kopf herumschwirrten, gerade diese stellte.

Vielleicht sollte sie ihn nach der verschleierten Gestalt fragen, die zu ihr gesprochen hatte, als sie das erste Mal gekommen war. War diese Frau – der Gedanke schoß ihr plötzlich durch den Kopf – eine Angehörige des Verschwundenen Volkes, die sich wie Binah dazu entschlossen hatte, zurückzubleiben?

Als sie daran zurückdachte, war es Kadiya, als hätte ihre Begegnung etwas von einer Illusion gehabt. Damals hatte sie nichts von der Realität gespürt, die das Zusammentreffen mit der Erzzauberin gekennzeichnet hatte. In ihrer Verwirrung kam ihr eine weitere Frage in den Sinn.

»Trägerin des Schwertes.« Die Stimme ihres Gefährten klang förmlich, als ob er seine Worte jetzt an einen Sprecher richtete, den Anführer eines Clans. »Keiner meiner Leute hat je gewagt, diesen Ort zu betreten. Wir haben geschworen, ihm fernzubleiben.«

»Für dich, Jagun, gilt dieser Schwur nicht mehr. Der Talisman hat dich davon entbunden.« Das Mädchen mußte an die Worte denken, deren Herkunft sie sich nicht erklären konnte und die sie gesprochen hatte, um seine Verzweiflung zu lindern, als er geglaubt hatte, er habe seinen Schwur gebrochen. Und wieder sprach sie die Worte:

»Die Last sei dir von der Seele genommen.«

Einen Augenblick lang sagte er nichts. Seine Augen ruhten nicht auf ihr, sondern suchten die Lampe mit den Glühraupen, als könnte er dort – wie eine weise Frau, die aus einer gefüllten Schale wahrsagte – eine Botschaft lesen.

»Ihr habt mich nach Lamaril gefragt. Ja, auch über ihn

erzählt sich mein Volk Legenden, aber sie wurden nur unvollständig überliefert und sind heute schwer zu verstehen. Er war ein Krieger, ein Wächter gegen die Mächte der Finsternis. Es heißt, daß er am Ende ganz allein einem der mächtigsten Vertreter des Bösen gegenüberstand, daß er eine Schlacht für das Licht gewonnen hat, aber dann gestorben ist. Er war meinem Volk wohlgesonnen gewesen, und so erwiesen wir ihm alle nur möglichen Ehren, als er von uns ging.

Weitsichtige – wir sind von dem Verschwundenen Volk erschaffen worden, wir Nyssomu und auch die Uisgu. Wir waren wie jene, die immer noch die Sümpfe heimsuchen, ohne Verstand, ohne Erinnerung an das Gestern oder einen Gedanken an das Morgen. Das Verschwundene Volk hat aus uns ein echtes Volk gemacht. Sie wußten um die Kraft und den Fluß des Lebens, und so konnten sie das vollbringen, was uns heute unbegreiflich erscheint. Da wir von ihnen aus niederen Kreaturen erschaffen wurden, waren wir immer bestrebt, alles in Erinnerung zu behalten, was wir von ihnen wußten. Aber die Quellen ihrer Macht waren uns immer verschlossen, denn wir waren wie Kinder, denen man keinen scharfen Dolch anvertrauen konnte. Als die Mächte der Finsternis nahten, sprachen jene, die uns aus den Sümpfen geholt hatten, zu uns. Sie ließen uns schwören, daß wir nie nach dem suchen würden, was sie verbergen wollten. Und dann mußten wir uns verstecken, damit das Böse uns nicht finden konnte.«

»Aber wer waren sie?« Kadiya fragte dieses Mal mehr sich selbst als Jagun. »Ich habe mir die Statuen angesehen, die dort drüben Wache stehen. Sie sind die Abbilder von Lamaril. In mancher Hinsicht könnten sie meinem Volk angehören, aber dann gibt es wieder große Unterschiede.«

»Keine mündliche Überlieferung gibt uns Zeugnis davon, was sie waren, bevor unser Volk auf ihren Befehl hin aus dem Wasser kam. Ich glaube nicht, daß sie von Eurem Blute sind, Weitsichtige. Und ob sie alle in dem Krieg mit den Mächten der Finsternis starben ... nein. Einige von ihnen sollen überlebt haben und an einen anderen Ort gegangen sein, vielleicht dorthin, von wo sie einst gekommen waren.«

»Diese Mächte der Finsternis – oh, ich weiß, daß dies die Bezeichnung meines Volkes für das Böse ist, zum Beispiel für das, was Orogastus für seinen Angriff auf uns entfesselt hat –, aber wie sind *sie* entstanden?«

»Weitsichtige, die Finsternis findet sich in den Herzen Eurer Art, bei Seltlingen, vielleicht bei allen lebenden Wesen. Wir wissen nicht, wie wir sie messen oder entdecken könnten. Nicht alle Angehörigen des Verschwundenen Volkes waren Beherrscher des Lichts. Sie haben vielleicht auch einen Voltrik oder einen Orogastus gehabt. Zumindest deuten das die Kriegslegenden an – obgleich der Name, unter dem jenes Böse bekannt war, nicht überliefert wurde.

Als die Nyssomu und die Uisgu vom Licht emporgehoben und zu denkenden Kreaturen mit Leben und Hoffnung gemacht wurden, sollen gleichzeitig die Skritek erschaffen worden sein, um die Arbeit des Bösen zu verrichten. Am Ende wurden sie ohne einen Herrn zurückgelassen, um für immer eine Plage für unser Land zu sein.«

»Und doch war da jener, der zu mir sprach – obwohl ich den Sprecher nicht richtig sehen konnte.« Kadiya wagte es, die wichtigste Frage zu stellen. »Ich habe gehört, daß es in allen Lebewesen eine Essenz gibt, die freigesetzt wird, wenn der Körper stirbt. War das, was ich hier getroffen habe, solch eine Essenz? Oder kann es sein, daß Binah nicht die einzige Wächterin war, die zurückgeblieben ist? Jagun, ich muß es wissen!« Mit Bedauern dachte sie an all die vergeudete Zeit. Haramis hatte sich immer für die alten Bücher und Aufzeichnungen der Zitadelle interessiert, aber Kadiya hatte schon als kleines Kind nichts für solche Dinge übrig gehabt. Sie war impulsiv und wollte handeln; selbst jetzt, als sie in ihre Ration biß, verspürte sie diese innere Unruhe. Sie mußte an den Garten denken. Dort gab es Früchte im Überfluß, Früchte, die weitaus besser schmeckten als das hier und einem nicht wie Asche auf der Zunge lagen.

Der Seltling hatte ihr keine Antwort gegeben. Aber sie wußte, was zu tun war. Morgen früh würde sie sich auf die Suche machen – und zwar nicht nur nach etwas zu essen. In den zerfallenen Ruinen, die von den Nyssomu und Uisgu bereits erkundet worden waren, hatte man viele Dinge gefunden. Was mochte hier ungestört ruhen, an einem Ort, dessen Betreten verboten gewesen war?

Das Mädchen würgte den letzten Brocken hinunter und griff nach dem Stab mit den Glühraupen.

»Überlaßt mir dies hier für eine Weile, Jäger. Ich will wissen, was für ein Quartier wir uns für die Nacht ausgewählt haben.« Er nickte, schloß sich ihr jedoch nicht an, als sie mit der Lampe zu der nächstgelegenen Wand ging. Ja, sie hatte sich nicht getäuscht – trotz des schwachen Lichts hatte sie hier etwas gesehen. Jetzt hielt sie die Röhre dicht an den Stein und bewegte sie langsam daran entlang.

Die Wände waren mit Malereien versehen – vor allem Blumen, aber hier und da waren bizarre Kreaturen zu sehen –, die im Laufe der Zeit so verblaßt waren, daß man sie kaum erkennen konnte. Es war eine sonderbare Szene. Ihr war, als blicke sie von einem Fenster aus in den Garten. Blüten und Früchte am selben Ast und am Himmel über ihnen kleine Flugtiere, die in leuchtenden Farben gezeichnet waren und aus dem Bild zu springen schienen, als das gedämpfte Licht der Glühraupen auf sie fiel.

Als sie weiterging, sah Kadiya fein gearbeitete Details, die sie sich genauer ansah. Aber mit Ausnahme der kleinen Flugtiere war nirgendwo ein lebendes Wesen abgebildet. Der Künstler, von dem dieses Werk stammte, hatte kein Porträt von sich selbst oder von jenen, welche die Malereien vielleicht in Auftrag gegeben hatten, hinterlassen.

Kadiya war an der Ecke angelangt und wandte sich um,

um die zweite Wand zu betrachten. In der Mitte sah sie eine Öffnung, und hier waren statt der Blumenmuster Bögen und durchbrochene Linien aufgemalt – eine Schrift? Sie meinte Schriftzeichen zu sehen, hatte aber keine Ahnung, wie sie diese entschlüsseln konnte. Kadiya zeichnete einige der Linien mit dem Finger nach, als würden diese ihr Geheimnis unter ihrer Berührung preisgeben.

Dann traf sie auf eine zweite Türöffnung. Sie steckte die Röhre in die Öffnung, aber der Schein der Lampe war zu schwach, um ihr zu zeigen, was dahinter lag. An einem anderen Ort hätte es ihr überhaupt nicht gefallen, daß die Öffnung keine Tür aufwies, die geschlossen werden konnte. Hier jedoch verspürte sie nicht das geringste Unbehagen, obgleich sie nicht hindurchging.

Sie fand noch ein weiteres Wandstück mit Schriftzeichen, dann war sie an der zweiten Ecke angelangt. In dieser Wand befand sich der Eingang zur Außenwelt. Wieder sah sie Bilder, die aber keinen Garten in voller Blüte darstellten, sondern Wasser. Es war nicht so dunkel und trüb wie die kleinen Seen in den Sümpfen und ähnelte auch nicht dem gelblichen Wasser eines Flusses. Es war auch nicht der Spiegelteich. Nein, hier sah sie silberblaues, glitzerndes Wasser und weit draußen vor einem Küstenstreifen, der am unteren Ende der Wand angedeutet war, einen Schatten, der eine Insel sein konnte.

Auf dem klaren Wasser war kein Boot zu sehen, obwohl Wellen angedeutet waren und Kadiya sicher war, daß dies hier nicht nur ein kleiner See war. Konnte das der berühmte, unvorstellbar große See sein, der sich einst an dieser Stelle befunden hatte?

Die vierte Wand sah ganz anders aus als die übrigen. Was sie bei dem schwachen Schein der Lampe erkennen konnte, ließ sie überrascht aufschreien. Sonderbare Kreaturen starrten sie an, die aussahen, als würden sie jeden Augenblick von der Wand herab in den Raum steigen.

»Jagun!« Kadiya rief den Jäger herbei, der gerade

ihre Schlafmatten ausrollte und sich nicht an ihrer Entdeckungsreise beteiligt hatte. »Jagun, was sind das für Wesen?«

Langsam trottete er durch den Raum und stellte sich neben sie. Kadiya hielt die Lichtröhre so dicht wie nur möglich an die Malereien.

»Diese hier ... Noch niemals zuvor habe ich so etwas gesehen.«

»Ich weiß es nicht, Weitsichtige.«

Bildete sie es sich ein, oder wich er ihr tatsächlich aus?

»Früher hat es hier vielleicht viele Dinge gegeben, von denen wir heute nichts wissen.« Er drehte sich um und verließ sie, um seine Vorkehrungen für die Nacht abzuschließen.

Die Kreaturen auf dem Bild standen wie Menschen aufrecht auf ihren Hinterbeinen. Ihr Oberkörper wies Fortsätze auf, die Armen ähnelten – mit Ausnahme der Hände, an deren Stelle furchterregende Klauen waren. Ihr Körper sah ungefähr so aus wie der Schild eines Kriegers, breit am oberen Ende – in Schulterhöhe – und spitz nach unten zulaufend bis zu einem viel schmaleren Stück zwischen den Beinen. Die Köpfe auf den breiten Schultern schienen keine Hälse zu besitzen. Auf der Vorderseite waren die schildförmigen Körper mehrfach unterteilt, und jeder dieser Abschnitte schien aus kleinen Schuppen zu bestehen. Die kunstfertig aufgetragenen Farben des Wandgemäldes ließen einige Körperteile mit einem schimmernden Glanz aufleuchten, den Kadiya schon auf den Deckflügeln einiger Insekten gesehen hatte. Sie waren von einem grünlichen Blau, bis hin zu ihren Köpfen, die wie ein Wassertropfen geformt waren, der gerade vom Rand eines Kruges herabfallen wollte – der breitere Teil zwischen zwei sehr großen Ohren, die weit auseinander an beiden Seiten des Schädels saßen, während das schmalere Ende eine Schnauze bildete. Die Augen waren klein, aber der Künstler hatte ihnen ein rotes Funkeln verliehen, das jetzt das

Licht der Raupen einfing und die Kreaturen erstaunlich lebensecht wirken ließ.

Sie sahen eigenartig aus, und doch ging nichts Bedrohliches von ihnen aus. Die Klauenhände waren weit geöffnet, als ob sie nach etwas greifen würden, das man ihnen frohen Herzens gab, oder einen Freund begrüßen wollten. Sie hatten sogar etwas Anziehendes an sich.

Vorsichtig berührte Kadiya die Stirn einer Kreatur. Fast erwartete sie, etwas anderes als Stein unter ihren Fingern zu spüren. Aber daran war nur das Geschick des Künstlers schuld – sie waren bloß gemalt.

»Weitsichtige!« vernahm sie plötzlich Jaguns drängende Stimme. »Anstatt Wände anzustarren, solltet Ihr jetzt besser schlafen gehen.«

Wieder spürte das Mädchen, daß die Wand und die Malereien darauf ihn nervös machten. Und wegen dieser Ahnung brannte sie darauf, mehr zu erfahren. Aber er hatte recht – die Müdigkeit ließ ihren Körper schwer werden. Kadiya fuhr sich mit der Hand über die Stirn. Sie spürte wieder jenen dumpfen Schmerz, der sie immer dann überfiel, wenn sie zuviel von sich verlangte. Sie ging zurück zu der Stelle bei der Tür, wo Jagun ihr Lager aufgeschlagen hatte.

Dieses Mal mußten sie nicht mit dem ständigen Regen und der durchdringenden Nässe des Sturms kämpfen, die ihre mißliche Lage zuvor zu einer echten Qual hatten werden lassen. Kadiya legte die Röhre zwischen ihren beiden Schlafmatten auf den Boden. Dies war das Ende ihrer Reise – zumindest der Reise, die sie bis zu diesem Abend vor sich gesehen hatte. Sie verspürte nicht mehr jenes Drängen, das sie von der Zitadelle fortgetrieben hatte. Doch galt ihr letzter Gedanke, bevor der Schlaf sie übermannte, dem Schwert. Mühevoll war es in die Erde gerammt, die es nicht hatte empfangen wollen.

Kadiya erwachte plötzlich, wie so oft in den vergangenen Tagen, in denen sie sich ihren Weg durch den Sumpf erkämpft hatten, der ihre Feinde vor ihnen verbarg. Sie wußte, daß etwas verändert war – ihre vom Leben in den Sümpfen geschärften Sinne hatten sie aus dem Schlaf gerissen.

Durch halb geschlossene Augen betrachtete sie ihre Umgebung. Der Leuchtstab war schon fast erloschen. Die Raupen gingen in Winterschlaf, da sie so lange nichts zu fressen bekommen hatten. Aber Jagun konnte sie immer noch sehen, der Jäger hatte sich nicht von der Stelle gerührt.

Dann versuchte es Kadiya mit ihrem Gehör. Die Stille im Raum war erdrückend, keines der nächtlichen Geräusche in der Außenwelt war zu hören. Sie vernahm den ruhigen Atem ihres Gefährten und sonst nichts. Aber das Mädchen war sicher, daß sie von etwas geweckt worden war.

Ihr Gespräch über die Essenz, die vielleicht noch von den einstigen Bewohnern herrührte …?

Der Gestank der Skritek lag nicht in der Luft, aber sie wußte sehr gut, daß sich diese mordenden Scheusale völlig geräuschlos bewegen konnten, wenn sie es denn wollten. Nein. Ihr immer noch regungslos daliegender Körper ließ sie nach etwas anderem suchen.

Ja!

Mit einem Ruck setzte sie sich auf und stieß ihre Schlafmatte beiseite. Sie konnte es hören! Trompetensignal, das zum Kampf aufrief! Und doch griff sie nicht nach ihrem Panzer, den sie abgelegt hatte. Sie schnallte sich jedoch den Gürtel mit der jetzt leeren Schwertscheide um, von dem immer noch ihr Dolch herabhing.

Vorsichtig trat sie aus dem Gebäude hinaus und blickte über den Teich hinweg auf jenes schimmernde Licht, das die Statuen der Wächter auf der Treppe umgab. Kadiya ging langsam auf sie zu, hin und her gerissen zwischen mühsam erworbener Vorsicht und ihrer Neugier. Die ihr angeborene Tatkraft siegte. Sie ging die Treppe hinauf, wobei sie auf jeder Stufe haltmachte, sich nach rechts und links umblickte und die reglosen Wächter ansah. Trotz des Halbdunkels waren ihre Gesichtszüge deutlich zu erkennen – als ob sie belebt wären.

Sie blieb zwischen den Säulen stehen und blickte zurück auf den Teich und die von Schlingpflanzen überwucherte Stadt zu ihren Füßen. Licht!

Aus alter Gewohnheit fuhr ihre Hand zum Griff des Dolches. Dort – zu ihrer Rechten – hatte sie Licht flimmern sehen!

Das Leuchten jener nur undeutlich zu erkennenden Gestalt, der sie einst hier begegnet war? Unmöglich – und doch…

3

Es konnten keine Nyssomu oder Uisgu hier sein. Die Seltlinge mochten vielleicht in anderen Ruinen nach den ›Schätzen‹ suchen, mit denen sie auf ihrem Markt in Trevista handeln konnten, aber nicht in den Überresten einer für sie verbotenen Stadt. Und nach einem Krieg, der alle Sumpfländer in die Kämpfe mit hineingerissen hatte, war es noch zu früh für die Jagdgesellschaften, die zuweilen von den Wagemutigeren ihres eigenen Volkes veranstaltet wurden.

Der Krieg! Die Krieger aus Labornok, die den Boden des Landes mit Blut getränkt hatten, hatten es sogar gewagt, in die Sümpfe einzudringen. General Hamil war bis kurz vor diese Stadt marschiert. Waren vielleicht Angehörige jener Truppe zurückgeblieben, die hier herumirrten, von allen abgeschnitten, gehetzt von den Seltlingen, bedroht von der für sie unverständlichen Natur des Landes?

Oder jemand anderes – *etwas* anderes? Kadiya mußte immer noch an die verschleierte Gestalt denken.

Die Nacht neigte sich ihrem Ende zu. Sie konnte jetzt mehr erkennen, als sie die Stadt von hier oben aus musterte. Wenn noch andere hier waren, dann sollte sie möglichst viel über sie in Erfahrung bringen, und zwar so schnell es ging.

Kadiya rannte die Treppe hinunter und suchte sich eine Querstraße, die in die richtige Richtung führte. Als sie die Seitenstraße betrat, zügelte die Vorsicht, die sie in den vergangenen Monaten gelernt hatte, ihre hastigen Schritte.

Sie ging langsam weiter und suchte vor sich nach Deckung.

An dieser Stelle standen die Gebäude direkt an der Straße, und der grüne Vorhang, der an anderen Stellen so üppig sproß, wuchs hier nicht so kräftig. Sie ging nicht geradeaus, sondern suchte sich ihren Weg fort von der Straße in einen kleinen Durchgang. Sie folgte einem schmalen Weg und geriet wieder auf die Straße, immer hoffend, daß sie in die richtige Richtung ging.

Der dichte Nebel, der statt des sturmgepeitschten Regens zwischen diesen Mauern herrschte, wurde jetzt immer dicker und schwerer und ließ sie noch langsamer werden. Alle paar Schritte blieb Kadiya mit dem Rücken zur nächsten Mauer stehen und starrte angestrengt auf die Straße vor sich, wobei sie besonders auf Nebelfetzen achtete, die möglicherweise Bewegungen verbargen.

Zum Glück machten ihre durchnäßten Sumpfstiefel kein Geräusch auf dem Pflaster, und sie schlich mit der Vorsicht eines Jägers weiter. Das hatte Jagun sie gelehrt, der ein Meister in dieser Kunst war.

Eine andere Straße, dieses Mal sogar noch enger. Die Gebäude links und rechts standen so nah an der Straße, daß sie nur schattenhaftes Halbdunkel vor sich sah. Keine der Mauern war von einem Fenster oder einer Tür durchbrochen. Aber ein Stück vor ihr rankte sich eine Schlingpflanze zwei Stockwerke tief herunter. Sie sah fast so aus wie eine Schlingenfalle, war jedoch im Gegensatz zu dieser nicht verborgen. Das Mädchen näherte sich ihr mit langsamen Schritten und lauschte. Gleichzeitig versuchte sie, sich auch jener anderen Sinne zu bedienen, deren sie sich nicht ganz sicher war.

Als sie noch den Schwerttalisman getragen hatte, war sie immer gewarnt worden. Doch über diese Waffe konnte sie jetzt nicht mehr gebieten. Die Seltlinge besaßen einen besonderen Sinn, der sie vor Gefahr warnte. Im Sumpf konnte man sich darauf verlassen, aber mitten in einer Stadt? Die Mauern und Gebäude sahen fremd und bedrohlich aus – sogar für sie, die in der Zitadelle, ebenfalls ein stummer Zeuge einer fernen Vergangenheit, geboren und aufgewachsen war.

Einer plötzlichen Regung folgend schloß Kadiya die Augen und versuchte, die Umgebung mit ihren Gedanken abzusuchen. Damit hatte sie schon einmal Erfolg gehabt, damals, als sie sich gegen die Mächte der Finsternis zu schützen versuchte. Ließ sich diese Fähigkeit auch in anderer Weise verwenden?

Die Antwort war plötzlich da, so leicht wie die Berührung einer weichen Feder auf ihrer Haut, aber sie kam aus ihrem Innersten und nicht von außen. Kadiya hielt den Atem an – sie hatte nicht erwartet, eine Antwort zu bekommen –, hatte aber keine Zeit, über das gerade Geschehene nachzudenken oder es in Zweifel zu ziehen. Sie versuchte vielmehr, das Gefühl festzuhalten und an sich zu binden, ähnlich jener Handbewegung, mit der man einem Fisch den Haken ins Maul dreht. Sie wollte dieses Gefühl nicht näher an sich ziehen. Nein, sie wollte nur, daß es sie zu seinem Ursprung führte.

Kadiya stieß sich von der Wand ab, öffnete die Augen und erkannte, daß das verzweifelte Festhalten an ihrem flüchtenden Führer sie beinahe ins Verderben gestürzt hätte. Denn die Schlingpflanze rollte sich blitzschnell auf und schoß wie ein Peitsche durch die Luft. Das Mädchen wich zurück, stolperte und stürzte schwer auf ein Knie.

Ein heftiger Ruck ließ sie aufschreien, als das Ende der Peitsche über ihr verharrte und sie dann an ihrem ungebändigten Haarschopf packte. Sengender Schmerz durchfuhr sie. Die Schlingpflanze riß sie mit sich nach vorn. Kadiya hatte das Gefühl, als würde sie skalpiert.

Sie zog ihren Dolch hervor. Obwohl sie nicht viel von dem sehen konnte, was da über ihr hing und sie in seinen Klauen hatte, und trotz der fürchterlichen Schmerzen, die ihre Bewegungen hervorriefen, drehte und wand sie sich und stach in die Luft über sich. Zuweilen traf ihre Klinge auf Widerstand. Vor Schmerz liefen ihr die Tränen über die Wangen, als sie immer weiter nach oben gezogen wurde. Ihre Füße berührten jetzt kaum mehr das Pflaster unter sich, und immer noch versuchte das Ding, das sie gefangenhielt, sie in die Höhe zu reißen. Vor ihr fiel eine zweite seilähnliche Ranke zu Boden. Ihre Waffe traf; die halb durchschnittene Pflanze fiel gegen die Steinmauer.

Vielleicht beeinflußte dies auch ein wenig den Strang, der sie gefangenhielt. Das Zerren an ihrem Kopf schien für einen Augenblick aufgehört zu haben. Sie säbelte wie wild an ihrem Haar herum. Die scharfe Klinge war ihre Rettung, denn sie durchschnitt die straffgezogenen Locken, und Kadiya stürzte mit dem Gesicht nach unten auf das Pflaster.

Kadiya versuchte erst gar nicht aufzustehen, sondern schlängelte sich am Boden vorwärts. Ihre Handflächen wurden von der rauhen Oberfläche aufgerissen und bluteten.

Über ihr war ein zischendes Geräusch zu hören. Sie warf sich zur Seite und hoffte, daß das Ding sie nun nicht mehr erreichen konnte. Kadiya rollte über den Boden, bis sie mit der Schulter an die gegenüberliegende Wand stieß.

Haß und Wut durchfuhren sie wie ein Speer. In gewisser Weise half ihr dieser Anfall, denn sie verspürte jetzt den Zorn des Jägers, der von seiner Beute genarrt wurde.

Kadiya zog sich an der Wand hoch und sah in die Richtung, aus der die Gefahr kam. Das lange Tau peitschte die Luft vor ihr und kam ihr ein- oder zweimal so nahe, daß sie den Luftzug an ihrer Wange spürte. Völlig außer sich schlich sie davon.

Dieser glühende Zorn war eine ganz neue Art von Schmerz für sie. Nach Atem ringend und völlig erschöpft schüttelte sie den Kopf. Wenigstens konnte das Ding sie jetzt nicht mehr erreichen.

Sie war verärgert. Sie fühlte sich betrogen von dem Gefühl der Sicherheit, das sie zu umgeben schien, seit sie die Stadt betreten hatte. War dies alles ein Teil der Falle? Noch vor wenigen Augenblicken hatte sie geglaubt, daß ihr von diesen leeren Gebäuden und den Mauern ringsum keine

Gefahr drohte. Nun aber... Heftig atmend umfaßte sie mit der linken Hand ihr Amulett, während ihre rechte den Dolch bereithielt. Dann beschwor sie die kümmerlichen Kräfte, von denen sie inzwischen wußte, daß sie in ihr waren.

Die Mächte der Finsternis besaßen ihre eigene verräterische Ausstrahlung – wie die Skritek, von denen ein stinkender Körpergeruch ausging. Sie war diesen Mächten schon einmal begegnet, und niemals würde sie diesen Geruch vergessen, der für sie nur mit einem Sinn tief in ihrem Innern wahrzunehmen war. Und doch war sie hier und jetzt nicht von diesem widerlichen Geruch umgeben. Sie roch zwar etwas, aber dieser Geruch kam von einem zähflüssigen Saft, der aus der durchschnittenen Ranke quoll. Saft – oder Blut?

In den Sümpfen gab es Pflanzen, die für alle Lebewesen gefährlich waren. Sie waren nicht die Früchte eines schwarzen Zaubers, sondern von Natur aus bösartig. Hier in der Stadt gedieh eine üppige Vegetation, die überall dort Wurzeln geschlagen hatte, wo der Boden unbedeckt geblieben war. Die Schlingpflanzen, die sie schon an anderen Stellen gesehen hatte, hatten viele der verlassenen Gebäude überwuchert.

Dieses Ding, von dem sich ein Teil immer noch wie eine Schlange hin und her wand, konnte eine solche Pflanze sein, verwurzelt auf der anderen Seite der Mauer. Aber wenn es ein Jäger war – wie jene Sumpfpflanzen, die sie gesehen hatte –, wie konnte es dann überleben, hier, wo es allem Anschein nach gar keine anderen Lebewesen gab?

Kadiya fuhr mit der Klinge des Dolches über ihr zerlumptes Beinkleid, um die klebrige Flüssigkeit abzuwischen. Mit der anderen Hand tastete sie vorsichtig über ihren schmerzenden Scheitel. Einige Haarbüschel lösten sich, die Wurzeln blutig.

Ihre Knie waren aufgeschürft und bluteten. Sie zitterte immer noch am ganzen Leib. Die Vorsicht riet ihr, zu ihrem

Lager zurückzukehren, ihre Wunden verbinden zu lassen und Jagun nach dem zu fragen, was er wußte.

Sie hatte nicht aufgehört, sich auf den Sinn in ihrem Innern zu konzentrieren. Immer noch hing die Wut des Angreifers wie eine Drohung in der Luft. Sie konnte auch eine schmerzhafte Strömung ausmachen, als ob sein verletzter Teil diesen Haß schüren würde. Und doch wurde sie immer noch gerufen von jener federleichten Berührung, die sie jetzt als Lockung erkannte.

Es gab zu viele unbeantwortete Fragen. Selbst wenn sie nur ein paar Antworten finden konnte – sie mußte weiter. Die grimmige Entschlossenheit, die sie schon auf ihrer Suche nach dem Schwerttalisman vorangetrieben hatte, erwachte wieder in ihr. Kadiya entschloß sich weiterzugehen.

Das graue Tageslicht war hell genug, daß sie den Weg vor sich erkannte. Sie trat aus dem Schatten der kleinen Gasse hinaus auf den weiten, offenen Platz.

Wenn auch nicht sehr groß, waren die Gebäude hier doch beeindruckend. Die vorderen Wände waren nicht glatt, sondern über und über mit tief eingemeißelten Mustern bedeckt, besonders um die Türen und Fenster herum. Sie sah mit Grün bewachsene Stellen, von denen berauschender Blumenduft ausging. Als Kadiya ins Freie trat, huschte etwas in schnellem Flug an ihr vorbei, eine Kreatur, die nicht viel größer war als ihre Hand. Also gab es Leben hier.

Sie machte um alle Pflanzen einen großen Bogen, während sie sich ihren Weg zur Mitte des Platzes suchte, wo sich das Becken eines Brunnens befand. Zu ihrer Überraschung plätscherte dort noch immer Wasser. In funkelndem Strahl erhob es sich von zwei Stellen aus und traf sich in der Mitte des Brunnens, wo es hinunterfiel.

Kadiya taumelte auf den breiten Rand des Beckens zu und ließ sich auf eine Bank fallen, die den Brunnen umgab. Sie legte den Dolch so dicht neben sich, daß sie ihn sofort ergreifen konnte, dann beugte sie sich nach vorn und tauchte beide Hände ins Wasser.

Zu ihrem großen Erstaunen war das Wasser nicht kalt, sondern warm, als hätte die Sommersonne darauf geschienen. Sie schöpfte Wasser mit den Händen und führte es an ihr Gesicht. Es hatte einen leicht würzigen Geruch.

Sie wagte es und wusch sich die Arme und ihre abgeschürften Knie, dann beugte sie vorsichtig ihren Kopf nach vorn, so daß sie einige Handvoll über ihren blutigen Kopf und ihr Haar schöpfen konnte. Das Wasser war sehr klar; sie konnte bis zum Grund des Beckens sehen.

Dort glitzerten helle Lichtflecke, obwohl keine Sonne schien, die diese hervorrufen konnte. Sie beugte sich noch tiefer nach vorn und holte einen der blitzenden Flecke heraus. Es war eine Kette aus fein gearbeitetem Metall. Kadiya erkannte darin einen jener sonderbaren Schätze aus der Vergangenheit wieder, die den Schmieden ihres Vaters in der Zitadelle für immer ein Rätsel geblieben waren. Es besaß weder das rötliche Gelb von Gold noch den kalten Glanz von Silber, sondern schien eher aus einem Garn gefertigt zu sein, das man aus einem blaugrünen, edelsteinähnlichen Material gezogen und dann zu einer Kordel gedreht hatte.

Als Kadiya die Kette emporhielt, tropfte das Wasser von den vielen silberfarbenen Steinen, mit denen sie besetzt war. Auch diese funkelten wie kleine Blitze. Verzückt starrte sie auf ihren Fund. Ihr ganzes Leben lang hatte sie Geschichten über die Schätze gehört, die in den Ruinen zu finden waren. Sie hatte auch einige Gegenstände gesehen – die meisten von ihnen zerbrochen –, die erfolgreiche Händler vom Markt in Trevista mitgebracht hatten. Von ihnen waren nur noch kleine Stücke geblieben, die undeutlich erkennen ließen, welche Form sie einst gehabt hatten. Dies hier war unversehrt, makellos.

Als sie die Kette auseinanderbreitete, sah Kadiya, daß sie wie ein großer Kragen geformt war, der vom Hals aus bis über die Brust ging. Ihre Mutter hatte Juwelen besessen, von denen einige so kostbar waren, daß sie nur für Staatsempfänge hervorgeholt worden waren, aber dies hier übertraf alles.

Im Wasser funkelte noch mehr. Kadiya hielt die Kette fest und musterte das Becken. Hier lagen Reichtümer, die ihre kühnsten Träume übertrafen. Reichtümer, die mehr wert waren als alle Schätze der Zitadelle. Sie waren jenseits der Vorstellungskraft ihres Volkes, wenn die Funken dort unten auch nur annähernd dem glichen, was sie in Händen hielt. Kadiya drehte den Schmuck hin und her, immer wieder, völlig verzaubert davon. Die Tropfen schienen gefrorenes Wasser zu sein, die das bunte Licht eines Regenbogens in sich gefangenhielten.

Tief in ihrem Innern regte sich eine Frage. Warum lag dieser Schatz hier – wie vergessen?

Der tanzende Sprühregen des Brunnens lag warm auf ihrer Haut, und doch fühlte sich Kadiya jetzt nicht mehr erfrischt. Ein Gefühl der Unruhe dämpfte das Entzücken über ihren Fund. Plötzlich lockerte sich der Griff ihrer Finger um die Kette, und das Schmuckstück fiel wieder zurück in die Tiefe des Brunnens, aus der sie es hervorgeholt hatte. Sie versuchte nicht, es wieder herauszufischen. Sie griff auch nicht nach dem anderen Schmuck, den sie sehen konnte.

Das Versunkene Volk war nicht so wie ihr Volk, selbst wenn jene Statuen so aussahen wie sie. Vor zwei Jahren war es an ihr gewesen – wiewohl sie nur wenig Geduld für solche Zeremonien aufgebracht hatte –, bei der ersten Aussaat auf den Poldern anwesend zu sein. Es war dies eine Pflicht gewesen, die jedes weibliche Mitglied des Königshauses abwechselnd erfüllt hatte.

Sie hatte die vorgeschriebenen Opfer an das Glück, die Fruchtbarkeit und die Felder dargebracht, um für eine gute Ernte zu sorgen. Man hatte sie zu einem Teich mit Wasser geführt, das zwar nicht so klar gewesen war wie das hier, in dem es funkelte, aber wenigstens war es nicht allzusehr von den Sümpfen verunreinigt. Dort hatte sie feierlich ihren Lieblingsreif aus Goldgeflecht vom Arm genommen – denn die Gabe mußte für den Opfernden einen großen Wert haben – und in den Teich geworfen. Danach hatten die Jungfrauen in ihrer Begleitung ihre Blumengirlanden hineingeworfen. Sie hatte eine fremde Macht geehrt, obwohl ihr niemand hatte sagen können, was für eine Macht das war und warum man sie mit kostbaren Dingen besänftigen mußte.

Kadiya starrte auf das Becken. War auch dies hier ein Ort der Opferung wie jener Teich in den Poldern? Verkörperte der darin liegende Schmuck die Bitten um ein gütiges Schicksal? Langsam erhob sie sich. Was es auch war, sie würde nichts mit sich nehmen.

Der Nebel war nach Anbruch des neuen Tages verschwunden. Das drängende Gefühl, das sie hierhergeführt hatte, war immer noch so stark wie zuvor. Sie drehte sich um und musterte die Gebäude, die um den Brunnen herum standen. Sie waren noch reicher verziert als die anderen, die sie bereits gesehen hatte.

Wenn sie all diese Gebäude durchsuchen würde...

Sie hatte keine Zeit, diesen Gedanken weiter zu verfolgen. Das Geräusch war selbst über das Plätschern des Brunnens hinweg deutlich zu hören: ein Glockenspiel, so klar wie Glas. Sie ging um das Becken herum auf ein Gebäude zu, dessen Eingang von einem mit Säulen geschmückten Überhang verdeckt wurde.

Als Kadiya näher kam, konnte sie eine Tür erkennen. Sie war offen. Es gab kein Anzeichen dafür, daß ihr der Eingang verwehrt wurde. Auch hier standen wieder Statuen zu beiden Seiten des Eingangs. Aber diese stummen Wächter hier sahen nicht so aus wie sie. Die beiden Posten schienen eher die Abbilder der Kreaturen zu sein, die sie auf den Wandbildern gesehen hatte – jene seltsamen Gestalten, die Jagun nicht kennen wollte.

Im Gegensatz zu den Statuen am Eingang des Gartens erweckten diese hier nicht den Anschein, als sei Leben in ihnen eingesperrt worden. Trotz ihres bizarren Aussehens war Kadiya sich sicher, daß sie nicht zur Abschreckung aufgestellt worden waren. Sie stand da und musterte die beiden, einen nach dem anderen, als ihr noch etwas anderes bewußt wurde. Aus dem dunklen Inneren hinter dem türlosen Portal drang ihr ein Duft entgegen. In der Zitadelle hatte man an Festtagen immer riesige Leuchter entzündet, in denen ein würziges Öl verbrannt wurde. Der Geruch hier war ähnlich. War ein solcher Leuchter die Quelle des Lichts gewesen, das sie hierhergebracht hatte? Wenn dem so war, wäre für einen Strahl dieser Stärke mehr als eine Lampe erforderlich. Zudem müßte sie sich weiter oben im Gebäude befinden – sonst hätte sie das Licht nicht sehen können. Kein Seltling verwendete so etwas. Kadiya wagte sich hinein, froh darüber, daß ihre Stiefel völlig lautlos über den Boden glitten. Ihre Hand lag auf dem Griff ihres Dolches. Unwillkürlich zog sie die Waffe, als sie nach dem zweiten Schritt von völliger Dunkelheit umgeben war. Ihr Kopf dröhnte vor Schwindel und Übelkeit. Sie fürchtete, an diesem finsteren Ort in eine Falle zu tappen.

Ihre Benommenheit verstärkte sich noch. Kadiya versuchte, sie durch Bewegung zu bekämpfen. Sie warf sich nach vorn und gelangte aus völliger Dunkelheit in graues Licht, in dem sie wieder sehen konnte.

Vor ihr lag eine große Halle. Was sie hier erwartete, verschlug ihr einen Augenblick lang den Atem. Ein mit allem erdenklichen Luxus ausgestatteter Raum, der den Audienzsaal in der Zitadelle an Pracht noch übertraf. Sie suchte nach einem Baldachin, nach einem Thron.

Kadiya nahm schattenhafte Bewegungen wahr, doch konnte sie nicht erkennen, wodurch sie verursacht wurden. Aber die Schatten... sie waren bunt! Das Mädchen kniff die Augen zusammen. Wenn sie versuchte, sich auf einen der flüchtigen Schatten zu konzentrieren, ihn deutlicher zu sehen, dann floh er oder verschwand einfach. Und doch konnte sie aus den Augenwinkeln heraus einen Blick auf etwas erhaschen, das aussah wie eine in prächtige bunte Gewänder gekleidete Gruppe.

Und wieder erklang das Glockenspiel. Diesmal hallten die Töne von den hohen Wänden des Raumes wider. Auf Kadiya wirkte dies aus irgendeinem Grund beruhigend. Als das Echo erstarb, wagte sie zu sprechen.

»Erhabene...« Sie hatte den Dolch wieder in seine Scheide gesteckt. Man trat nicht mit dem nackten Stahl in der Hand vor das Angesicht von Herrschern, egal, ob jene, die sie nur undeutlich sehen konnte, nur Schatten oder etwas ganz anderes waren. »Erhabene, wenn ich mich nicht geirrt habe, so habt Ihr mich gerufen. Hier bin ich.«

4

Bewegten sich die Schatten, schlossen sie sich zu zwei langen Reihen zusammen, die sich dann zu einem Pfad vor ihr öffneten? Noch einmal erklangen die hellen Töne, dieses Mal etwas lauter. Aus der nur undeutlich zu sehenden Lücke traten zwei sonderbare kleine Gestalten hervor, die sich mit der Sicherheit wirklicher Körper bewegten.

Die Wesen waren nur halb so groß wie sie selbst. Das erste war teilweise in einen großen Schal gehüllt, der um seine breiten Schultern lag. Ein Ende war um seinen Kopf gewickelt, das andere Ende hing bis auf den Boden herab. Aus dieser Hülle ragten wie Hände zwei Gliedmaßen hervor, die einen Stab mit einer großen Schlaufe am Ende festhielten. Von der Schlaufe hingen Tropfen aus Glas herab, die wie Glocken geformt waren und bei jedem Schritt des Trägers erklangen.

Der Gefährte des Glockenträgers war genauso klein wie dieser, trug aber offensichtlich ein Gewand, das für ein sehr viel größeres Wesen gedacht war. Die Ärmel waren aufgerollt, und der hoch aufragende Kragen diente ihm jetzt als eine Art Kapuze, die seine Züge ebenso vollständig verbarg wie der Schal jene seines Begleiters.

In den beiden Klauenhänden hielt die Kreatur eine Lampe, deren Flamme aus einer Tülle an der Vorderseite entwich. Von ihr wehte der süße Duft herüber, den sie gerochen hatte – als ob die Flamme von einem Öl genährt würde, das aus Blumen gewonnen worden war. Das viel zu große Gewand schleifte als schwere Schleppe hinter dem Wesen her.

Sowohl der Schal als auch das Gewand leuchteten in allen nur möglichen Farben, über und über bedeckt mit glitzernden Funken, in denen sich die Regenbogenfarben der Glastropfen spiegelten. Die beiden Kreaturen schienen die Schatten nicht zu beachten. Und doch war es ihr, als würden einige von ihnen für einen Augenblick eine feste Gestalt annehmen, während die beiden durch den Gang schritten – aber nie so lange, daß Kadiya sich sicher sein konnte, was sie nun vor sich sah. Im Herannahen der beiden lag eine gewisse Feierlichkeit. Sie hätten Kinder sein können, die sich für dieses Ritual in die Gewänder von Erwachsenen gehüllt hatten und nun versuchten, die Rituale nachzuahmen, deren Zeugen sie einst gewesen waren – mit der ernsten Aufmerksamkeit der einstigen Priester und Priesterinnen. Trotz ihrer sonderbaren Erscheinung ging nichts Beunruhigendes von ihnen aus. Kadiya entspannte sich allmählich, während sie die beiden mit Verwunderung beobachtete.

Es war offensichtlich, daß das Ziel dieser feierlichen Prozession sie selbst war. Kadiya fragte sich flüchtig, wie sie mit ihren vermummten Köpfen überhaupt etwas sehen konnten. Diese Wesen als ›Erhabene‹ anzusprechen... nein, das schien nicht richtig zu sein.

Das Mädchen begrüßte sie so, wie sie auch einen Sprecher der Seltlinge begrüßt hätte: Sie legte beide Handflächen aneinander und neigte den Kopf.

»Mögen das Wetter beständig sein, Ernte und Jagd reichlich und Euer Fortkommen auf den Flüssen schnell und sicher.« Sie benutzte die Handelssprache der Seltlinge und hoffte, daß man sie verstand.

Die Kreatur läutete noch dreimal mit den Glocken, dann hielt sie den Stab ruhig, um das Glockenspiel zum Verstummen zu bringen. Kadiya vernahm darauf ein Zwitschern, das ganz gewiß keine Seltlingsprache war. Noch nie hatte sie solche Laute gehört.

Sie wußte nicht, was sie tun sollte. Sie mußte einen Weg finden, um sich mit den beiden zu verständigen – aber wie?

Jagun hatte ihr einige Handzeichen beigebracht, mit

denen man sich in den Sümpfen verständigte, wenn kein Laut zu hören sein durfte, etwa, wenn die Seltlinge den Skritek auflauerten. Das Mädchen legte die Finger zusammen, dann formte sie die einfachste aller Gebärden, die einen Waffenstillstand bedeutete.

Der Träger der Glasglocken antwortete mit einem heftigen Schütteln seines Instrumentes. Sollte dieses kurze, laute Geläut Zustimmung bedeuten? Die Kreatur wandte sich um und bedeutete Kadiya, ihr zu folgen.

Aus irgendeinem Grund spürte Kadiya kein Gefühl der Angst oder des Unbehagens, sondern nur wachsende Neugier. Auch der Lampenträger hatte sich mit einem Rascheln seines Gewandes umgedreht und dabei mit seiner Klauenhand die Falten der Robe geordnet. Kadiya folgte ihnen durch die große Halle und gab sich Mühe, nicht auf die Schleppen der unförmigen Gewänder zu treten.

Als sie etwas näher herankam, bemerkte sie, daß das Gewand des Lampenträgers schon so verschlissen war, daß es nur noch von Bändern und Verzierungen, die allem Anschein nach aus einem metallenen Faden gefertigt waren, zusammengehalten wurde. Es mußte einmal ein wahrhaft prachtvolles Gewand gewesen sein, eine königliche Robe, die vielleicht sogar aus der Zeit des Verschwundenen Volkes stammte und jetzt von diesen Kreaturen für bestimmte Zeremonien verwendet wurde.

Als sie weiterging, verblaßten die Schatten, die vor ihren Augen hin und her gehuscht waren, und als ihre kleine Prozession das Ende des riesigen Raumes erreicht hatte, waren von den Schemen nur noch flüchtige Wölkchen übrig, die wie Nebelfetzen aussahen. Außer der Lampe gab es kein Licht, und die Wände waren von düsterer Dunkelheit verhüllt. Kadiya verlangsamte ihren Schritt, als sich ihr angeborener Argwohn gegenüber dem Unbekannten regte, das in den Sümpfen verborgen war.

Sie passierte mit ihren Führern einen Durchgang in einer Wand, hinter dem noch größere Finsternis auf sie wartete. Das Glockenspiel erklang, und jetzt hörte sie auch andere Laute – ein Scharren, ein Gleiten, ja sogar ein dumpfes Stampfen, das wie das Geräusch von Stiefeln auf dem Fußboden klang, ein Flattern...

Im Licht der Lampe wurde ein Kopf sichtbar – und dann noch einer. Kadiya erschrak. Die lange Schnauze, die großen Ohren, sie waren mit etwas überzogen, das nicht wie Haut aussah, sondern eher wie schimmernde Schuppen. Dies waren keine Statuen, keine Malereien, sondern die lebenden Nachbildungen jener Kreaturen, die sie in den Wandbildern gesehen hatte.

Obgleich ihre Haut mit Schuppen bedeckt zu sein schien, die an manchen Stellen wie ein Panzer aussahen, hatte sie doch keinerlei Ähnlichkeit mit der eines Skritek. Sie nahm auch nicht den Gestank der Skritek wahr. Dennoch wiesen die Geräusche und das, was sie beim schwachen Schein der Lampe erkennen konnte, darauf hin, daß sich mehrere dieser Geschöpfe um sie scharten. Sie starrten sie mit ihren Knopfaugen an, und Kadiya spürte, daß sie von ihnen mit einem Erstaunen gemustert wurde, das nicht geringer war als ihre eigene Verwunderung.

Dann setzte der Lampenträger seine Last auf einem Tisch nieder. Als wäre dies ein Signal, flackerten sofort noch weitere Lichter auf. Innerhalb von wenigen Momenten sammelten sich mehrere Lampen um die erste oder bewegten sich um den Tisch herum, so daß Kadiya jetzt mehr sehen konnte.

Der Tisch selbst war sehr niedrig. Er schien für Wesen gemacht, die ebenso klein wie die Umstehenden waren. Einige der schuppigen Körper waren völlig unbekleidet – bis auf Ketten oder Gürtel, die mit Edelsteinen besetzt waren, in denen sich das Licht fing. Andere wiederum trugen Reste uralter Kleidungsstücke.

In das Licht der Lampen auf dem Tisch trat jetzt eine Gestalt, der die anderen bereitwillig Platz machten. Ihr

Körper wurde nicht von einer verschlissenen Robe verhüllt, statt dessen trug sie lose um ihre breiten Schultern ein Stück Stoff. Darauf waren wahllos Broschen, ausgebreitete Ketten und andere Juwelen befestigt, die alle so wertvoll aussahen wie die Kette aus dem Brunnen.

Der Neuankömmling winkte Kadiya näher heran, und zwei andere Wesen kamen aus der Dunkelheit herbei und stellten als deutliche Einladung für sie eine Bank an die ihr zugewandte Seite des Tisches.

Auch die anderen eilten geschäftig hin und her. Große Teller tauchten aus der Finsternis auf, die meisten von ihnen beladen mit den Früchten, die Kadiya im Garten gesehen hatte. Die Teller selbst waren aus Glas, einige von ihnen mit eingeritzten Mustern geschmückt oder bizarr geformt – wie Vögel mit ausgebreiteten Flügeln. Ihre Rücken waren hohl, und darin befanden sich die Früchte. Es gab Muschelschalen kleiner Sumpftiere, ja sogar Blüten von Blumen. Kein einziges Stück hatte auch nur einen Kratzer. Dies war ein Schatz, für den ein Händler fast so weit gehen würde, sein Leben hinzugeben.

Außerdem sah Kadiya noch zwei Pokale aus dem kostbaren blaugrünen Metall. Einer davon wurde vor sie hingestellt, der andere neben die Hand der Kreatur mit dem juwelenbesetzten Schal.

Dann trat ein weiteres Wesen heran und füllte die Pokale aus einem großen Krug. Die Flüssigkeit hatte nicht die rubinrote Farbe von Wein, sondern sah eher aus wie klares Wasser.

Das Wesen, dem es offensichtlich oblag, diese Mahlzeit – die vielleicht ein zeremonielles Festmahl war – mit ihr zu teilen, erhob den Pokal und machte damit eine Geste, als wolle es ihr zuprosten. Kadiya, die nach kurzem Zögern ihr Mißtrauen unterdrückt und sich ihm gegenüber gesetzt hatte, folgte seinem Beispiel und erwiderte die Geste.

Aus der Schnauze ihres Gastgebers schoß eine schwarze, röhrenähnliche Zunge in den Pokal hinein und sog den Inhalt auf. Kadiya trank einen Schluck. Wasser, ja, und auch ein leichter Fruchtgeschmack.

Nachdem beide getrunken hatten, schob ihr Gastgeber oder ihre Gastgeberin Kadiya einen der wie eine Blüte geformten Teller hin, auf dem – gebettet auf ihre eigenen Blätter – eine reife Ogarn lag, eine Delikatesse, die es in der Zitadelle nur selten gegeben hatte. Zum Zeichen ihres Dankes nickte Kadiya mit dem Kopf, dann griff sie danach und biß in die glatte Schale der Frucht. Während sie das Fruchtfleisch und den Saft genoß, bemerkte sie, daß ihr Gegenüber die Spitze seiner langen Zunge in seine Frucht gebohrt hatte.

So ermutigt, verzehrte Kadiya ihre Frucht und dann noch ein wenig von einem Gericht, das wie Brei aussah. Diesen aß sie, so gut es eben ging, mit den Fingern, da sie nirgends einen Löffel oder anderes Besteck sah.

Die ganze Zeit über hörte Kadiya um sich herum klickende Laute, die sie für Sprache hielt. Diese Sprache ging entschieden über ihre Verständnisfähigkeit hinaus. Fragen über Fragen stürmten auf sie ein. Ihre so mühsam erworbene Geduld wurde auf eine harte Probe gestellt.

Und dann formten sich plötzlich Worte in ihren Gedanken.

»Wir haben lange Ausschau gehalten und gewartet, Ehrwürdige. Und nun ist der Tag der Freude gekommen, wie er uns in den Träumen vorausgesagt wurde: Ihr seid zu uns zurückgekehrt!«

Die Kreatur, die das Mahl mit ihr geteilt hatte, sah ihr in die Augen. Kadiya hatte keinen Zweifel, daß die Gedankennachricht von ihr kam. Man sagte, daß Gedankenübertragung zu jener alten Magie gehörte, von der nur die Legenden Zeugnis gaben. Sie hatte einen kleinen Teil dieser Kraft erfahren, als sie mit Hilfe ihres Talismans ihre Schwestern erblickt hatte. Aber dies hier war wie richtiges Sprechen, allerdings ohne jeden Laut.

Kadiya wußte nicht, wie sie antworten sollte. Mußte

man die Worte, die man übertragen wollte, in Gedanken formulieren – Wortgebilde vor einem inneren Auge entstehen lassen? Und die Botschaft selbst... Sie hatte nicht gewußt, daß es diese Wesen gab. Wer und was waren sie? Für wen hielten sie sie?

»Ich bin Kadiya«, sagte sie langsam, wie jemand, der sich in völliger Dunkelheit seinen Weg ertastet, und versuchte dabei, die Worte in ihren Gedanken entstehen zu lassen, »Tochter des Königs Krain, der einst in der Zitadelle gelebt hat. Mir wurde auferlegt, einen Teil des Großen Talismans der Schwarzen Drillingslilie zu finden, damit dieser als Ganzes gegen die Mächte der Finsternis angehen konnte. An diesem Ort habe ich den Talisman gefunden, den wir dann erfolgreich eingesetzt haben.«

Kadiya gab sich alle Mühe, in ihren Gedanken ein Bild des Schwertes mit dem kugelförmigen Knauf entstehen zu lassen, das sich jetzt wieder in dem Garten befand, in dem sie es einst an sich genommen hatte. Dann ersetzte sie dieses Bild durch das der Lilienwurzel, aus der es gewachsen war.

»Und jetzt bin ich gekommen, um den Talisman jener Macht zurückzugeben, die ihn mir einst verliehen hat.«

Jene, die um den Tisch standen, wurden immer unruhiger. Sie spürte Erstaunen, vermischt mit Aufregung. Und sie wußte, daß sie nicht das sagte, was von ihr erwartet wurde.

»Ihr seid...« Das übertragene Gedankenbild sah aus wie das nebelverschleierte Wesen, das sie in die Schlacht geschickt hatte und auch den Statuen auf der Treppe im Garten ähnelte. Ein Angehöriger des Versunkenen Volkes! Hielten diese sonderbaren kleinen Wesen sie für einen jener ehrfurchtgebietenden Träger der Großen Macht aus der Vergangenheit?

Kadiya schüttelte den Kopf. Es war wichtig, daß sie all dies weit von sich wies. Sie durfte nicht zulassen, daß sie glaubten, sie sei mehr, als sie in Wirklichkeit war.

»Jene aus dem Versunkenen Volk lebten vor langer Zeit.«

Es war ungeheuer schwierig, diesen Begriff in ein Gedankenbild zu übertragen. Sie wußte nicht genau, ob es ihr gelungen war. Aber sicher wußten diese Kreaturen doch, daß die Erbauer dieser Stadt vor Hunderten von Generationen hier gelebt hatten. Sie mußten doch den Unterschied zwischen einem vor Schmutz starrenden Mädchen in zerschlissener Kleidung und jenen Statuen sehen.

Lange Zeit war alles ruhig. Die Menge verstummte und rührte sich nicht, während sie den Blickkontakt mit ihrem Anführer weiter aufrechterhielt.

»Wenn wir Euch nicht erwartet hätten, wärt Ihr nicht gekommen.« Die Antwort schien zweideutig zu sein. Kadiya konnte über ihre Bedeutung nur Vermutungen anstellen. Gab es Wächter in der Stadt, die alle Fremden fernhielten, die zufällig hierherkamen, so wie der Schwur die Seltlinge fernhielt? Hätten sie sie ausgeschlossen, wenn diese Begegnung nicht vorherbestimmt gewesen wäre?

Vorherbestimmt? War dies eine der Antworten, die sie von dem Moment an gesucht hatte, als das eingepflanzte Schwert sich nicht verändert hatte? Hatte sie jenes machtvolle Drängen, das sie mitten durch die Sümpfe geführt hatte, das sie selbst dem Monsun hatte trotzen lassen, für diese Begegnung hergebracht?

»Lange Zeit haben wir gewartet«, hörte sie in Gedanken. »Viele, viele Male sind wir im Traum auf die Suche gegangen. Wir haben mit aller Kraft nach denen gesucht, die zurückkehren müssen...«

»Aber ich gehöre nicht zu jenen!« entgegnete sie rasch.

»Wärt Ihr nicht anerkannt, so würdet Ihr diese Wege nicht gehen.« Eine unumstößliche Tatsache. Kadiya spürte, daß kein Einwand ihrerseits etwas daran ändern würde. Aber was wollten diese Kreaturen von ihr? Sie hatte die Sümpfe als ihr Land gewählt. Hatte eine andere Macht dabei die Hand im Spiel gehabt?

»Ich bin Kadiya«, sagte sie wieder. »Ich bin keine von jenen, die hier geherrscht haben. Obwohl es eine von ihnen war« – sie dachte an die Erzzauberin Binah –, »die mir einst den Weg zu diesem Ort gewiesen hat. Ich gehöre einem anderen Volk an, das in dieses Land gekommen ist, lange nachdem es vom Versunkenen Volk verlassen wurde. Die Seltlinge kenne ich – sie waren meine Gefährten im Kampf. Die Skritek kenne ich – sie sind meine Feinde. Aber sagt mir, Sprecher, wer seid Ihr? Für welches Volk sprecht Ihr?« Sie redete ihn mit dem Ehrentitel an, den sie vom Sumpfvolk her kannte, da sie nicht wußte, wie sie jemanden, der offensichtlich der Anführer war, sonst ansprechen sollte.

Und wieder herrschte eine Zeitlang Stille, dieses Mal jedoch unterbrochen von Unruhe unter den Umstehenden. Ihr Gegenüber aber veränderte seine Haltung nicht.

Dann erhielt sie die Antwort auf eine ihrer Fragen.

»Ich bin Gosel von den Hassitti, dem Volk der Wartenden.«

Kadiya dankte ihm mit einem höflichen Nicken.

»Das Volk der Wartenden«, wiederholte Gosel, »denn dies war die Verpflichtung, die uns von den Erleuchteten auferlegt wurde, als sie ihre Heimat verließen. Träume wurden uns gesandt, viele Träume in vielen Jahren, und in jedem sahen wir wieder, was einst gewesen war, und das, was sein würde – daß wir nicht länger allein sein würden, obwohl wir ihrem Weg nicht folgen konnten, da dieser nicht für unseresgleichen bestimmt war. Wir haben auf die Ankunft des Verheißenen gewartet – aber es ist eine lange und einsame Zeit gewesen . . .«

Wenn überhaupt ein Gedanke in einem Seufzer enden konnte, dann tat es dieser. Kadiya spürte etwas von einer großen Sehnsucht, die lange unerfüllt geblieben war.

»Ich bin nicht eine von jenen, die euch verlassen haben.« Sie mußte es ihnen begreiflich machen. Sie mußte sofort alle ihre Hoffnungen zerstören, daß sie zu den einstigen Bewohnern der Stadt gehörte und jetzt zurückgekommen war.

»Ihr seid zu uns gebracht worden«, erwiderte Gosel

hartnäckig. »Zweifellos ist es der Wunsch des Versunkenen Volkes gewesen, daß Ihr hierherkommt, denn sonst wärt Ihr nicht hier. Und deshalb werden die Hassitti wieder die Bewohner der Höfe sein, Seelenfreunde, wie vor langer Zeit.«

»Gern würde ich Euch Freunde nennen«, antwortete Kadiya. Sie hielt ihre Hand wie zum Willkommensgruß über den Tisch.

Und so trafen sich ihre Handflächen. Sofort spürte Kadiya einen Strom von Wärme, von Willkommen und guten Absichten, den sie nur selten erfahren hatte. Die Hassitti hatten etwas völlig Entwaffnendes an sich, etwas, von dem sie angezogen wurde wie bisher nur von den Seltlingen und den Sümpfen. Jetzt war dieses Gefühl sogar noch stärker.

»Wir haben alles bewahrt, was wir konnten, und es für Eure Ankunft aufgehoben«, sagte Gosel mit dem Eifer eines Kindes, das bemüht war, alles richtig zu machen. »Kommt mit uns, Ehrwürdige, und seht, wie die Hassitti sich bemüht haben, all ihre Pflichten zu erfüllen.«

Und so wurde sie aus dem Raum geführt, in dem sie das Mahl eingenommen hatte, begleitet von Gosel, demjenigen, der die Glasglocken trug, und einer ganzen Schar von Lampenträgern. Gemeinsam gingen sie von Kammer zu Kammer.

Sie sah die Überreste prächtiger Möbelstücke, Gerippe von Stühlen und Tischen, die größer waren als das, was sie bisher gesehen hatte, und Gosels Tisch klein erscheinen ließen. Die Wände waren mit Malereien geschmückt. Sie zeigten Szenen, die Kadiya sich gerne näher angesehen hätte, aber ihre Führer drängten sie ungeduldig weiter. Eine Kammer war mit vielen Regalen versehen, auf denen Schatullen aus Metall lagerten. Einige von ihnen waren mit Rost überzogen.

Auf Gosels Anweisung hin wurden mehrere dieser Schatullen geöffnet und ihr Inhalt vorgezeigt. Es war eine sonderbare Mischung von Gegenständen. Sie sah noch mehr von den Edelsteinen, die im Becken des Brunnens lagen oder einst die Lumpen geschmückt hatten, mit denen sich die Hassitti jetzt verhüllten. Man zeigte ihr auch Stäbe mit einem knollenförmigen Überzug an der Seite und Schriftrollen aus einem Material, von dem sie glaubte, daß es sich dabei um die getrocknete Haut handelte, die auch ihr Volk für die Niederschrift wichtiger Dokumente verwendete. Aber auch jetzt ließ man ihr keine Zeit für eine nähere Untersuchung oder ausführliche Erklärungen.

Einige Kammern waren derart vollgestopft mit Gegenständen, daß man in der Tür stehenbleiben mußte, um einen Blick hineinzuwerfen. Das Licht der Lampen reichte nicht weit genug, so daß sie nicht erkennen konnte, welche Dinge in diesem Durcheinander verborgen waren sie sah nur, daß viele Stücke groß und unförmig waren.

Kadiya glaubte allmählich, daß entweder die einstigen Bewohner dieses Ortes oder die Hassitti in ihrem Wunsch, alles zu bewahren, was noch übrig war, andere Gebäude ausgeräumt und deren Inhalt hierhergebracht hatten. Sie würde Tage brauchen, um das alles hier zu verstehen, wenn das überhaupt möglich war. Und doch wurde sie vor Neugier ganz aufgeregt. Sie spürte jene Unruhe in sich, die auch einen Schatzsucher fiebern ließ. Die Ruwendianer hätten von einem solchen Schatz nicht einmal zu träumen gewagt.

Endlich hatten sie das Labyrinth aus Kammern und Korridoren hinter sich gelassen und gelangten in einen Hof. Hier wurden sie von einem zweiten Brunnen mit Wasserspielen und der frischen Luft der Außenwelt empfangen.

Zum erstenmal konnte sie alle, die sie begleitet hatten, deutlich sehen. Die meisten von ihnen hatten sich in Stoffreste gehüllt, in Schals, die über und über mit Edelsteinen besetzt waren, aber einige trugen auch lange, zerlumpte Gewänder. Ihre schuppige Haut schimmerte wie die Edelsteine, mit denen sie sich geschmückt hatten, und blitzte im Tageslicht grün, blau, rot und orange auf. Sie waren alle gleich groß und reichten ihr gerade bis an die Schulter. Kadiya sah unter ihnen keine kleineren Gestalten, was auf Junge hingedeutet hätte.

Diejenigen, die Lampen mit sich führten, bliesen diese jetzt aus. Sie entfernten sich von der dicht gedrängten Begleitgruppe. Einige beugten ihre Köpfe vor und ließen ihre langen Zungen herausschnellen, um Wasser aus dem Brunnen zu saugen.

Obwohl keine Sonne am Himmel stand, wurde Kadiya plötzlich bewußt, wieviel Zeit bereits vergangen war. Jagun war bestimmt schon wach und würde nach ihr suchen, nachdem er festgestellt hatte, daß sie verschwunden war. Der Jäger besaß gewisse Fähigkeiten, mit denen er ihr durch die Stadt folgen konnte, denn sie hatte nicht versucht, ihre Spuren zu verwischen. Aber dort lauerten Gefahren auf ihn, wie die Schlingpflanze, von der sie angegriffen worden war. Außerdem durfte sie nicht zulassen, daß sich Jagun noch länger Sorgen um sie machte. Sie konnte Gosel an dem Zierat auf seinem Schal erkennen und ging auf den Sprecher zu, wobei sie versuchte, ein Gedankenbild des Nyssomu-Jägers entstehen zu lassen.

»Mein Kampfgefährte ... er wird nach mir suchen.«

»Der Sumpfläufer ist bereits hier«, erwiderte Gosel ruhig. »Er ist im Labyrinth gefangen. Wünscht Ihr, daß er freigelassen wird?«

Waren die Hassitti und die Seltlinge Feinde? Kadiya mußte an Jaguns Reaktion auf die Wandmalereien denken. Hatte er von den Hassitti gewußt, ihr aber aus welchem Grund auch immer nichts von ihnen sagen wollen?

»Er ist mein Freund! Laßt mich zu ihm!« Ihre Stimme klang befehlend.

5

Wie groß war die Gefahr, in der Jagun sich befand? Wieder hatte sie jemanden durch ihre ungestüme Art und ihre Gedankenlosigkeit in Schwierigkeiten gebracht. Obwohl die Hassitti recht schnell trippeln konnten, eilte Kadiya voller Ungeduld Gosel voraus und mußte schließlich langsamer machen, damit die kleinere Kreatur sie einholen konnte.

Wieder wurden sie von einer großen Gruppe Hassitti begleitet. Das Zirpen, mit dem sie sich untereinander verständigten, hallte von den hohen Wänden wider, als sie ihren Weg fortsetzten. Sie gingen nicht in das Gebäude zurück, sondern einen langen Korridor entlang, in dessen Decke durchsichtige Rechtecke eingelassen waren, durch die ein schwaches, grünliches Licht hereinströmte. Der Gang machte einen Bogen, und Kadiya war sich sicher, daß sie auf dem Weg zu dem äußeren Platz waren, wo der Brunnen mit den Edelsteinen stand. Aber dort führte der Gang nicht hin. Der gekrümmte Korridor wurde zu einer Rampe, die in die Tiefe führte. Die hellen Flecken im Dach verschwanden.

Obgleich sie jetzt von einem schattenhaften Halbdunkel umgeben waren, schien dies keinen der Hassitti zu stören. Nicht einer von ihnen führte eine Lampe mit sich, und doch gingen sie alle mit sicheren Schritten voran. Trotzdem verspürte Kadiya ein beunruhigendes Gefühl. Sie verlangsamte ihre Schritte. Ihre Begleiter hatten ihr gegenüber nichts als guten Willen gezeigt, aber vielleicht war ihr herzliches Willkommen nur Heuchelei gewesen. Sie hatten zugegeben, daß Jagun gefangen war. War sie dank ihres wagemutigen Verhaltens vielleicht auch in eine Falle getappt?

Die nach unten führende Rampe war zu Ende, der Weg

unter ihren Füßen wurde wieder eben. Kadiya stolperte, da sie fast nichts mehr sehen konnte, und stieß gegen einen der Hassitti. Ihre freie Hand wurde von Klauen ergriffen, die mit einem rauhen Überzug versehen waren. Einen Moment lang versuchte sie zu entkommen, aber der kräftige Ruck an dem, was sie festhielt, war vergeblich.

»Ehrwürdige, wir führen Euch. Es ist nicht gefährlich...«

Kadiya spürte, wie sie vor Ärger errötete. Sie hatte sich verraten, hatte ihre Unsicherheit erkennen lassen. Dem Unbekannten stellte man sich ruhig und gefaßt, zumindest äußerlich.

Es gab immer noch keine Lampen. Sie ging Hand in Hand mit einem schuppigen, fremden Wesen durch die Finsternis, die so dicht war, daß Kadiya den Eindruck hatte, sie mit Händen greifen zu können.

Ihr Führer zog sie nach links. Sie hatte keine andere Wahl, als ihm zu folgen. Das Zirpen der anderen war verstummt, aber das Mädchen konnte das Geräusch der klauenbewehrten Füße auf dem Steinboden hören.

Und dann sah Kadiya Licht vor sich, so viel Licht, daß ihre Augen diese Explosion greller Farben nicht ertragen konnten. Sie hob ihre Hände vor die Augen und versuchte, zwischen ihren Fingern hindurch zu erkennen, was vor ihr lag.

Ein gigantisches Feuer schien einen Raum zu erfüllen, der so groß war wie die Empfangshalle, die sich jetzt weit über ihnen befinden mußte. Aber die wütenden Flammen loderten nicht senkrecht, sondern waagerecht. Unablässig fegten sie über den Boden, von links nach rechts und wieder zurück. Brüllende Zungen, die in Blau, Rot, Grün und einem sengenden Weiß aufglühten und die Augen schmerzen ließen. Die Flammen loderten auf, schienen einen Moment lang stillzustehen und verschwanden dann wieder.

Die Hassitti zogen sie zu einer Stelle hin, die – soweit ihre vom Licht geblendeten Augen das erkennen konnten – wie ein Vorsprung aussah. Vor ihnen schossen die zuckenden Blitze aus grellen Farben hin und her und wirbelten über eine riesige Ebene, die sich unterhalb der Stelle erstreckte, an der sie jetzt standen. Obwohl viele der glühenden Lanzen, aus denen diese sonderbare Feuersbrunst bestand, hoch in die Luft emporschossen, näherte sich doch keine von ihnen dem Vorsprung. Kadiya konnte auch keine Hitze spüren.

»Dies ist das Labyrinth.« Gosels Erklärung bildete sich in ihren Gedanken.

Kadiya konnte keine Regelmäßigkeit in dem wilden Spiel der Lichtstrahlen erkennen. Bestanden Labyrinthe denn nicht aus mehreren Wegen, die ineinander übergingen oder in einer Sackgasse endeten, wenn man nicht wußte, wie man zum Ausgang gelangte? So gut sie konnte, bedeckte Kadiya ihre Augen und versuchte, die einzelnen Wege zu erkennen. Sie sah nur das Licht, das unablässig hin und her wirbelte.

Sie drehte sich zu Gosel um. »Wo ist mein Gefährte? Was habt ihr mit ihm gemacht?«

Der Hassitti deutete auf die leuchtenden Farben.

»Er ist dort.«

Dort gefangen? Kadiyas Zorn brachte sie zwei Schritte näher an den Rand des Vorsprungs. Wie konnte sie ihn nur finden? »Holt ihn dort heraus!« Mit schneidender Stimme brüllte sie einen Befehl.

Gosel hob die Hände in einer Geste, die nur als Hilflosigkeit gedeutet werden konnte. Der Hassitti sah sie mit einem sonderbaren Ausdruck an. Dann ließ er sich zu Boden fallen, den mit dem Schal verhüllten Kopf in einem Winkel gedreht, der für ihn schmerzhaft sein mußte, um das Mädchen anblicken zu können.

»Ehrwürdige, es gibt keine Möglichkeit...«

Nicht das Fleisch, sondern die Sehkraft wurde von diesem Licht weggebrannt. Jagun, dessen Volk in den dunstigen Sümpfen lebte, wo das ganze Land häufig unter einem

Schleier aus Nebel versank – wie sehr wurde er wohl jetzt gequält? Wenn sie hier oben schon unter den zuckenden Lichtblitzen litt, wieviel schlimmer mußte es dann für ihn sein.

»Es muß eine Möglichkeit geben!« sagte Kadiya zu sich selbst, aber ihre Worte waren auch an den Hassitti gerichtet.

»Ehrwürdige«, antwortete Gosel, »der Weg ist allen verwehrt, außer jenen, die die Macht haben.«

Macht? Ihre Hand griff nach dem Amulett um ihren Hals. Sie dachte an das Schwert mit dem Kugelgriff. Zwei Mächte – die Schlüssel für dieses Labyrinth?

Aber zuerst mußte sie wissen, mußte sie ganz sicher sein, daß Jagun *wirklich* hier war, und herausfinden, wo sie mit ihrer Suche beginnen sollte. Kadiya öffnete den Lederbeutel an ihrem Gürtel und holte ein hohles Schilfrohr hervor, das etwas mehr als fingerlang war. Es war ein Instrument für Nyssomu, aber auch sie hatte es bereits mit Erfolg eingesetzt. Und das würde sie jetzt wieder tun. Kadiya ging sehr vorsichtig damit um, da es so klein war. Ihre Lippen umschlossen das eine Ende, ihre Fingerspitzen legten sich auf einige verzierte Löcher, die in das Rohr gebohrt waren.

Kadiya blies eine Reihe von Tönen, die jener Melodie ähnelten, die von den Hassitti mit ihren Glasglocken gespielt wurde. Aus den Flammen vor ihr kam keine Antwort. Konnte ihr Ruf, der eigentlich eine Nachricht für einen anderen Jäger war, überhaupt bis zu Jagun vordringen?

Und wieder blies sie auf der Flöte. Sie veränderte die Melodie und spielte einige andere Töne, die ihren Ruf noch dringender klingen ließen. Die Hassitti schwiegen. Glaubten sie etwa schon, daß sie versagt hatte?

Sie ließ die Flöte ein drittes Mal erklingen.

Ganz schwach ... Ja, sie war sich sicher! Jemand antwortete ihr.

Ihren ursprünglichen Plan, sich in das Labyrinth zu wagen, hatte sie bereits wieder aufgegeben. Vielleicht konnte sie Jagun mit der Flöte herausholen und zu sich führen, so wie ein Jäger einen anderen zu sich rief, damit sie zusammen einer gerade entdeckten Spur folgen konnten? Diese Taktik hatten sie auch während der letzten Kämpfe angewandt, wenn sich die in verschiedene Gruppen aufgeteilten Seltlinge gegenseitig riefen, sobald ein gemeinsamer Angriff nötig wurde.

Kadiya blies immer weiter auf der Flöte, mußte diese jedoch zuweilen absetzen, um die Feuchtigkeit aus dem Rohr zu schütteln. Aber sie war sicher, daß die Antwort auf ihren Ruf immer näher kam.

Und wieder erklang ihr Ruf. Ihre Augen brannten ob der grellen Farben vor ihr, aber sie konnte sie jetzt nicht mit ihren Händen schützen. Tränen liefen ihr über die Wangen, als sie versuchte, in den Wirbel vor sich zu sehen, einen Blick auf Jagun zu erhaschen.

Immer wieder erklang die Melodie der Flöte. Wie lange rief sie nun schon? Ihre Finger wollten ihr nicht mehr gehorchen. Ein tiefer Atemzug. Und noch einmal...

Aus einem Streifen aus glühendem Orange stolperte eine schwarze Gestalt heraus, die nicht in dieses Meer von Farben gehörte.

Schnell schob Kadiya die Flöte in ihren Lederbeutel zurück und warf sich bäuchlings auf dem Vorsprung nieder. Der Seltling war genau unter ihr und schwankte hin und her, wie jemand, der viel Blut verloren hatte oder so erschöpft war, daß sein Körper dem Willen nicht gehorchen wollte. Kadiya kroch nach vorn, bis ihr Kopf und ihre Schultern über den Abgrund ragten. Sie spürte ein schweres Gewicht auf ihren Beinen und blickte zurück, um durch den Schleier zu sehen, der vor ihren überanstrengten Augen lag. Zwei der Hassitti hatten sich neben sie gestellt und hielten sie fest, damit sie nicht abrutschte.

»Jagun!« schrie Kadiya. Sie streckte ihre Hand nach unten.

Er taumelte, den Kopf eingezogen und nach vorn gebeugt, so daß er auf seine Füße starrte – vielleicht sein einziger Schutz vor dem Ansturm der Farben.

»Jagun!«

Er stürzte fast und stieß gegen das Hindernis, das der Sockel für den Vorsprung bildete. Dann hob er den Kopf und sah hinauf zu ihr. Seine Augen waren nur noch kleine Schlitze, aus denen dicke Schleimtropfen quollen. Er hob die Hände, seine Finger schlossen sich um ihre Handgelenke, während sie die seinen packte. Dann kroch sie wieder zurück, wobei sie mit all ihrer Kraft versuchte, den Seltling zu sich hinaufzuziehen und so aus der Falle zu befreien. Klauenhände ergriffen sie und halfen ihr.

Sie war jetzt schon ein ganzes Stück vom Rand entfernt. Jaguns Kopf und Schultern wurden sichtbar. Die Hassitti trippelten herbei und packten den Seltling. Das Zerren in Kadiyas Armen hörte auf, als der Jäger auf den sicheren Vorsprung gezogen wurde.

Jagun lag bewegungslos da, mit dem Gesicht nach unten. Schnell drehte sie ihn um. Sein Mund war weit geöffnet, und sein Körper fühlte sich unter ihren Händen völlig schlaff an. Angst erfüllte Kadiya. Es gelang ihr, ihn hochzuheben. Sie kehrten beide dem wirbelnden Strom aus Farben den Rücken zu, sein Kopf lag auf ihrer Schulter. Sie war nicht einmal sicher, ob er überhaupt noch atmete. Kadiya wußte nicht, welche Qualen er in diesem Labyrinth ausgestanden hatte – vielleicht war es für Seltlinge ja sogar tödlich.

»Ihr ...« Sie sah Gosel an. »Was habt ihr getan?«

Der Hassitti eilte an ihre Seite. Er beugte seine Schnauze zu dem Seltling hinunter, als wolle er diesen beschnuppern.

Hatte die Kreatur sie denn überhaupt verstanden? Kadiya versuchte, am Hals des Seltlings den Puls zu fühlen, während sie ihn stützte.

»Er muß von hier weg!« Der Befehl galt ebenso ihr selbst wie den Hassitti. Aber wie? Obwohl Jagun kleiner war als sie, war er doch kein Leichtgewicht, und sie wagte es nicht, ihn durch den langen Korridor zu tragen, durch den sie hierhergekommen waren. Vorsichtig ließ sie ihn wieder zu Boden gleiten, dann drehte sie sich um und ergriff den herunterhängenden Schal eines Hassitti, der in ihrer Nähe stand. Mit einem kräftigen Ruck riß sie ihn von den Schultern der Kreatur. Kadiya warf ihn auf den Boden. Ihre Augen brannten, aber es gelang ihr, den Schal auszubreiten und Jagun darauf niederzulegen. Unter ihren Händen fühlte sich das Stück Stoff dicker an, als es ausgesehen hatte. Sie hatte es umgedreht, so daß sich die vielen aufgenähten Schmuckstücke jetzt auf der Unterseite befanden. So konnte sie Jagun auf eine verhältnismäßig weiche Unterlage betten. Kadiya nahm ihren Gürtel und band den Schal um Jagun fest, nachdem er darin so gut es ging eingehüllt war. Dann ergriff sie das andere Ende des Schals, das sie nicht festgebunden hatte.

Das Stück Stoff war nicht lang genug, so daß sie nicht aufrecht stehen konnte. Doch sie würde alles tun, was möglich war. Erst jetzt griffen Klauenhände nach der Schleppe für den improvisierten Schlitten, den sie gebaut hatte. Gosel sprach in Gedanken zu ihr:

»Wir werden uns um den Sumpfmann kümmern...«

»Ihr habt ihm das angetan!« schleuderte Kadiya ihm entgegen. Das warme Gefühl, das sie den Hassitti gegenüber von Anfang an empfunden hatte, war verschwunden. Ihnen sollte sie Jagun anvertrauen? Nein, nicht solange sie Hoffnung hatte, daß er noch lebte.

»Er kam, ohne die Worte des Friedens zu sprechen. Er ist ein Seltling, kein Ehrwürdiger, und das Labyrinth wurde geschaffen, um alle Ankömmlinge zu fangen, die nicht von diesem Ort sind«, entgegnete Gosel. »Wir können ihm helfen... wenn die Ehrwürdige den Sumpfmann haben will, werden wir helfen.«

Vier von ihnen hatten sich über den in den Schal gehüllten Jäger gebeugt. Ihre Klauen schlugen sich in den Stoff und hoben das ganze Bündel hoch. Kadiya trat einen Schritt zurück. Sie schwangen ihn in die Luft, wie sie es niemals fertiggebracht hätte, und schon hatten sie die Öffnung hinter sich gelassen, durch die sie an diesen Ort gekommen waren. Dann spürte sie das Kratzen rauher Schuppenhaut auf ihrem Handgelenk. Gosel stand neben ihr und drängte sie weiter. Sie folgte ihm, richtete jedoch ihre immer noch schmerzenden Augen so gut es ging auf Jagun und seine Träger.

Der Weg zurück war lang. Einige der Hassitti verließen sie und trippelten eilig voraus. Aber die übrigen blieben bei ihnen, denn Jaguns Träger wurden in regelmäßigen Abständen ausgewechselt. Bei jedem Halt versuchte Kadiya, ein Lebenszeichen von ihrem Schützling zu erhaschen. Bei ihrem zweiten Versuch spürte sie einen leichten Atemzug auf ihrer Hand.

»Jagun?« Sie sprach in Gedanken zu ihm, auf die gleiche Art und Weise, in der sie sich auch mit den Hassitti verständigte.

Ein Wirbel aus Farben, stechende Schmerzen … und dahinter etwas, das sie schwer mitnahm. Er hatte sich Sorgen um sie gemacht. Aus Angst um sie war er in diese Lage geraten.

Kadiya versuchte jetzt, zu seinen verworrenen Gedanken vorzudringen. »Es ist alles gut, Krieger. Ich bin hier, es besteht keine Gefahr …«

Das war vielleicht nicht die Wahrheit, aber sie würde so lange daran glauben, wie sie nur konnte. Dann hörte sie das scharrende Geräusch von Füßen. Zwei weitere Hassitti schlossen sich ihnen an. Einer von ihnen führte etwas mit sich, das wie große, halb zu Brei zerstoßene Blätter aussah, der andere trug eine Flasche.

Das Mädchen konnte diese Dinge deutlich erkennen, denn den beiden voran ging noch ein Hassitti, der eine Lampe an einer Kette mit sich führte. Ihre Kameraden, die um Jagun herum standen, machten Platz. Kadiya wollte nicht beiseite treten. Sie kniete neben dem Seltling nieder. Sein Atem ging jetzt regelmäßig, aber noch immer hatte er die Augen geschlossen, die mit einer Kruste aus gelblichem Schleim überzogen waren.

Der Hassitti, der die Blattstücke trug, legte diese vorsichtig neben Jagun nieder, während er sich mit der Lampe nach vorn beugte, um für besseres Licht zu sorgen. Sein Begleiter öffnete die Flasche.

In der nach Moder riechenden Luft des tief unter der Erde gelegenen Ganges breitete sich ein Duft aus, den Kadiya gut kannte. Dies war der Atem des Gartens, jenes makellosen Ortes der Heiterkeit und des Friedens. Klauenfinger krümmten sich zu einer Schale und empfingen eine grünliche, gallertartige Masse. Der Duft nach Gesundheit und Wachstum wurde stärker.

Der Träger der Flasche setzte sich auf den Boden und bewegte seine Klauen mit ihrem Inhalt über das kleinste Blattstück hin und her, das er auf diese Weise mit einer dicken Schicht der Masse überzog.

Jetzt übernahm ein anderer Neuankömmling das Kommando. Es war eine weibliche Kreatur, derart in Schals gehüllt, daß es so aussah, als hätte sie zunächst Schwierigkeiten, ihre Hände freizumachen und nach dem schwer beladenen Blatt zu greifen.

»Tostlet ist gekommen, um zu helfen.« Gosel beeilte sich, dies mitzuteilen, als hätte er Angst, daß Kadiya ihre Hilfe für den Seltling zurückweisen würde. »Sie ist wohlbewandert in der Heilkunst.«

Eine weise Frau, eine Heilerin? Warum nicht. In jeder Rasse, wie fremdartig sie auch sein mochte, gab es Heilkundige. Obwohl das Mädchen bei den Hassitti immer noch nicht zwischen weiblich und männlich unterscheiden konnte, war sie inzwischen zu der Auffassung gelangt, daß Gosel ein Mann war.

Tostlet steckte eine ihrer Klauen in die Masse auf dem Blatt. Offensichtlich fand die Mischung ihre Zustimmung, denn sie nahm das Blattstück an sich und legte es vorsichtig auf Jaguns Augen – oder vielmehr auf die obere Hälfte seines Gesichts. Er wehrte sich gegen den Gürtel, der ihn auf der behelfsmäßigen Trage festhielt, so als wollte er ihn wegstoßen. Aber zusammen mit einem Helfer hob Tostlet den Kopf des Seltlings hoch und band die Binde mit den übrigen Blättern fest, die man zwischenzeitlich in handliche Streifen geschnitten hatte.

Wieder ging ihnen der Lampenträger voraus, als die Gruppe die lange Reise in die höhergelegenen Regionen fortsetzte. Aber zuvor hatte Tostlet ein wenig von der gallertartigen Masse auf ein übriggebliebenes Stück Blatt gegeben und es Kadiya hingestreckt.

»Für die Augen, Ehrwürdige«, drängte sie. Während sie weitergingen, machte das Mädchen Gebrauch davon und betupfte ihre Augen damit. Die Wirbel aus Licht, die sie zuweilen noch vor ihren Augen gesehen hatte, verschwanden, und mit ihnen das Brennen. Sie war sicher, daß sie, wenn sie inmitten des Labyrinths gefangen gewesen wäre, von der Kraft der Strahlen um sie herum hätte blind werden können.

Schließlich gelangten sie zu den höhergelegenen Teilen der Stadt, auf jenen zweiten Hof hinaus, in dem der Brunnen stand. Kadiya hatte den Eindruck, als sei es jetzt dunkler. Hatte ihre Sehkraft gelitten, auch wenn ihre Augen nicht mehr schmerzten? Wie würde ihr Leben wohl sein ohne Augenlicht, das für immer in der Dunkelheit verloren wäre? Ein Schauer lief ihr über den Rücken, als sie daran dachte.

Jagun wurde neben dem Brunnen niedergesetzt. Er warf den Kopf hin und her und stöhnte.

»Dunkel... Schmerzen... ich Durst...« Er benutzte die Sprache der Seltlinge, aber diese Worte kannte sie. Kadiya eilte zum Becken des Brunnens und wölbte die Hände, um Wasser zu schöpfen. Da berührte sie jemand an der Schulter. Der Hassitti, der neben ihr stand, reichte ihr einen Pokal, der ebenso reich mit Edelsteinen besetzt war wie jener, aus dem sie den Willkommenstrunk empfangen hatte.

Sie tauchte ihn ins Wasser, füllte ihn und war einen Augenblick später wieder an Jaguns Seite. Sie stützte seinen Kopf, als sie den Rand des Pokals an die Lippen unter der Blättermaske hielt.

»Trink, Waffenbruder.« Sie sprach die Worte in der Sprache der Seltlinge, so gut sie es vermochte, auch wenn keiner ihres Volkes die Laute völlig richtig von sich geben konnte.

Jagun gehorchte. Wieder versuchte er, seine Hände zu bewegen, und Kadiya, die ihn immer noch stützte, bedeutete dem am nächsten stehenden Hassitti, den Gürtel zu lösen. Die Hände des Jägers fuhren durch die Luft, bis seine Finger Kadiyas Handgelenk fanden und es packten.

»Weitsichtige« – dieses Mal benutzte er die Handelssprache –, »seid Ihr es wirklich? Seid auch Ihr an diesem Ort der vielen kalten Feuer gefangen?« In seiner Stimme lag eine solche Qual, daß sie ihm rasch antwortete.

»Kamerad, jenem Ort sind wir entkommen. Wir sind wieder unter freiem Himmel. Trink, dieses Wasser ist so klar und rein, wie man es nur selten so weitab von den Inseln findet.«

Und er trank, dann fuhren beide Hände zu der Binde über seinen Augen. Aber Kadiya hielt ihn zurück.

»Noch nicht, Kamerad. Dieser Verband wird deine Augen wieder gesund machen.«

Er wandte den Kopf an ihrer Schulter. Sie sah, daß sich seine Nasenlöcher weiteten, wie auf der Jagd, wenn er eine Spur gefunden hatte, als ob er einen Eindringling erschnuppern könnte.

»Es sind noch andere hier.« Er benutzte die Handelssprache und sprach so leise, daß sie kaum mehr als ein Flüstern vernahm.

»Sie haben uns beide aus dem Wirbel der Lichter gerettet. Sie nennen sich Hassitti.«

Sie spürte, wie sein Körper plötzlich starr wurde.

»Hassitti ...«

Dann hörte sie Gedankensprache, und Gosel war wieder da. Konnte Jagun ihn ebenfalls ›hören‹? Offensichtlich erwartete das der Hassitti von ihm.

»Wir sind das Volk der Wartenden, Sumpfläufer. Wir warten, obwohl eure Art nicht warten wollte und Wege gegangen ist, die ihr euch selbst gewählt habt!« Seine Stimme war anklagend.

»Hassitti.« Wieder sprach Jagun den Namen laut aus. »Aber das sind doch Wesen aus den Legenden über die Mächte der Finsternis ...«

»Sumpfläufer!« Der Hassitti wurde immer aufgebrachter. »Niemals haben wir es mit den Mächten der Finsternis gehalten! Wir waren diejenigen, die gedient haben, denen man alles zu treuen Händen zurückgelassen hat! Als ihr weggelaufen seid und euch in eure dunklen Sümpfe verkrochen habt, da sind wir geblieben.«

Jagun drehte seinen Kopf noch ein wenig mehr herum, so daß die Wange mit dem Verband Kadiyas Brust berührte.

»Weitsichtige, nehmt ihren Anblick in Eure Gedanken auf, damit ich sie sehen kann.«

Sie hob ein wenig den Kopf, damit sie Gosel direkt ansehen konnte, und formte ein Gedankenbild von ihm, der offenbar der Anführer dieser Kreaturen war.

»Soooo ...« Das Wort wurde zu einem Zischen, als Jagun es aussprach. »Die alten Legenden sind also wahr. Aber wie kann das sein? Es wurde doch berichtet, daß jene zusammen mit dem Versunkenen Volk fortgegangen sind, da diese Gefallen an ihrer Gesellschaft hatten und sie niemals zurückgelassen hätten.«

»Wir beschlossen zu bleiben.« Über Gedankensprache kam die Antwort auf seine Frage. »Denn wir waren die letzten, die den Wächtern bekannt waren. Und ...« Einen Augenblick lang wurde Kadiya von einem so starken Gefühl des Kummers und der Sehnsucht gepeinigt, daß sie beinahe einen Arm emporgehalten hätte, als müßte sie einen Schlag abwehren.

»Und dann, als diejenigen, die den Weg verschlossen hatten und gegen die Mächte der Finsternis ankämpften, am Ende fielen, blieben wir zurück. Wir wußten, daß dies nicht das Ende sein konnte. Wahre Größe stirbt nicht, sie kann wiederauferstehen. Und seht, hier ist der Beweis dafür, denn hier ist eine aus dem Versunkenen Volk, die zu uns zurückgekehrt ist, wie wir es in unseren Träumen vorausgesehen haben!«

»Jagun« – Kadiya versuchte, es ihm ein wenig bequemer zu machen –, »die Hassitti glauben, daß ich eine aus dem Versunkenen Volk bin, obwohl ich ihnen gesagt habe, daß dem nicht so ist.«

»Ihr seid zu uns gekommen« – Gosel sah sie an –, »und die Träume haben die Wahrheit berichtet. Was ist zu tun, Ehrwürdige, jetzt, da Ihr zu Eurem Volk zurückgekehrt seid?«

Kadiya mußte an das Schwert denken, das immer noch im Garten eingepflanzt war. Diese Bürde war nicht von ihr genommen worden, als sie an diesen Ort zurückgekehrt war. Was würde jetzt geschehen?

6

Der graue Himmel des Monsuns hing immer noch über der Stadt, obwohl die heftigen Regenfälle und Winde nicht bis zu ihnen vordringen konnten. Auch das war den magischen Kräften des Versunkenen Volkes zuzuschreiben, dachte Kadiya.

Sie stand in einem der oberen Stockwerke am Fenster und sah hinaus auf die Reihen der Gebäude, die düster und dunkel dalagen, obwohl die Schlingpflanzen hie und da die Konturen weicher wirken ließen und manche Wand mit einem grünen Vorhang bedeckten. Sie befand sich jetzt nicht mehr in dem Palast mit der großen Halle, in der sie den Hassitti zum erstenmal begegnet war, sondern in einem Turm hinter der Halle. Hierher hatte man sie geführt, und auf ihr Drängen war auch Jagun an diesen Ort getragen worden.

Es gab so etwas wie Möbel hier. Offensichtlich hatte die Kammer zusammen mit zwei anderen Räumen auf diesem Stockwerk als Wohnung für jemanden von Rang gedient, und die Hassitti hatten sich bemüht, alles so gut wie möglich zu erhalten. Auf einem runden Podest stand ein seltsam geformtes Bett, das aussah wie eine Muschelhälfte. Vielleicht war das Material dafür ja sogar aus zerstoßenen Muscheln gefertigt worden. Es gab einen niedrigen Tisch, von dem das gleiche opaleszierende Schimmern ausging. Daneben lag ein Stapel aus Matten und darauf ein reich besticktes Tuch, das zwar verblichen, aber immer noch unversehrt war.

Die Malereien an den Wänden zeigten alle einen so meisterhaft dargestellten Küstenstreifen, daß Kadiya geglaubt hätte, wirbelndes Wasser vor sich zu sehen – wenn da nicht die drei Fenster gewesen wären, die den Blick auf die Außenwelt freigaben. Am Küstenrand wateten Vögel, und zwischen dem Schilfrohr leuchteten die goldenen Ähren von Blumen auf.

In der Kammer befand sich auch eine große Truhe. Zwei der weiblichen anwesenden Hassitti hatten sie mit gespannter Ungeduld geöffnet, so daß Kadiya den glitzernden Stoff der Gewänder sehen konnte. In einem kleinen Fach lagen Ketten, Armbänder und anderer, mit Edelsteinen besetzter Schmuck. Olla und Runna hatten beharrlich beteuert, daß dies alles Kadiya gehören sollte, und waren enttäuscht gewesen, als sie nicht sofort die Gelegenheit ergriffen hatte, ihre zerschlissene Reisekleidung abzulegen und sich in die dargebotene Pracht zu hüllen. Das Mädchen war auf keinen ihrer Vorschläge eingegangen, sondern hatte sich darum gekümmert, daß Jagun so bequem wie möglich auf eine Lagerstatt aus Matten gebettet wurde, wo sie ihn im Auge behalten konnte.

Eben erst hatte Tostlet ihm den Verband abgenommen und sich die Augen des Seltlings angesehen. Wenige Augenblicke später setzte sich Jagun auf und sah Kadiya an. Freudig sprach er die Worte, von denen sie fast schon befürchtet hatte, sie nie wieder von ihm zu hören.

»Tochter des Königs, ich kann sehen!«

Als sie an seiner Seite niederkniete, packte er ihren Arm und zog sie zu sich herunter. Sein Gesicht sah so froh aus, wie sie es noch nie gesehen hatte.

»Es ist alles wieder gut, o Weitsichtige, es ist alles wieder gut!«

Tostlet kam herein, einen Becher zwischen den Klauen. »Laßt ihn davon trinken.« Sie reichte Kadiya den Trank, als glaubte sie, daß Jagun ihn vielleicht nicht aus ihren Händen empfangen würde. »Trinkt, und dann schlaft, denn jetzt ist nur noch Schlaf vonnöten.«

Und so trank er denn, worauf Kadiya ihn sanft auf die Matten drückte. Seine Augen waren schon geschlossen. Sie sahen immer noch geschwollen aus, und die Haut um sie herum war aufgebläht.

Sie wartete, bis sie sicher war, daß er schlief. Dann schickte sie die Hassitti fort. Wenn sie Jagun wirklich an den Ort des schmerzenden Lichts gelockt hatten, so waren sie doch zumindest bereit gewesen, ihn wieder gesund zu machen, nachdem er daraus entkommen war. Ihr Zorn war verraucht. Sie hatten vielleicht nur ein Versprechen aus vergangenen Zeiten erfüllt, als sie Jagun in das Labyrinth schickten oder zuließen, daß er es betrat. Sie konnte ihnen nicht die Schuld daran geben, nicht jetzt.

Das Labyrinth versetzte sie in Erstaunen. Eine solche Falle übertraf alles, was selbst den Gelehrten bekannt war. Vielleicht hätte es sogar Orogastus auf dem Höhepunkt seiner Macht nicht vermocht, eine solche Verteidigungsanlage zu errichten. Und wann war es gebaut und seiner Bestimmung übergeben worden? Wenn nicht die Hassitti es erbaut hatten, stammte das Labyrinth dann vielleicht sogar aus der Zeit des Versunkenen Volkes?

Kadiya fuhr sich mit der Hand über die Stirn. So viele Fragen, so viele Rätsel. Dieser Tag hatte ihr gezeigt, wie wenig sie doch wußte. Haramis war die Erzzauberin. Magie gehörte zu Haramis' Belangen, nicht zu ihren. Anstatt unerklärlichen Dingen in den Bergen nachzuspüren, hätte ihre Schwester mit ihrer Suche vielleicht besser in den Sümpfen beginnen sollen.

Müde ging sie vom Fenster weg. Es war Nacht, und die Strapazen und Schrecken des Tages hatten sie erschöpft. Sie blieb neben der Truhe stehen, die Olla offengelassen hatte. Einer plötzlichen Regung folgend, nahm sie das oberste der zusammengefalteten Gewänder heraus.

Sie hielt es hoch, und es entfaltete sich zu einer glitzernden Pracht, deren Saum auf den Boden zu fließen schien. Es war mit unzähligen Glastropfen besetzt, von denen einige mit einem melodischen Klingen aneinanderstießen, als sie den Stoff berührte.

Das Gewand ähnelte den zerschlissenen Roben, die Kadiya an mehreren Hassitti gesehen hatte, aber im Gegensatz zu diesen war die Pracht unter ihren Händen fast neu. Es sah aus, als wäre es gestern geschneidert worden. Die Ärmel waren lang und weit, an den Handgelenken mit einem Ring aus Glas zusammengerafft. Auf der Mitte des Vorderteils befand sich ein komplizierter Verschluß, dessen Schnüre kreuz und quer um Glasknöpfe geschlungen waren.

Es war weiß, aber als Kadiya es hin und her drehte, um es genauer zu untersuchen, zeigten sich auf dem Stoff ganz schwach noch andere Farbtöne, wie auf der schimmernden Innenseite einer Muschel. Sie hielt es hoch. Das Gewand war recht lang – offensichtlich für jemanden gedacht, der größer war als sie –, aber sie könnte es auch tragen. Es würde bestimmt nicht in Stücke zerfallen, falls sie sich doch entschließen sollte, es anzulegen.

Kadiya beschloß, das Gewand anzuziehen. Sie legte es über den Arm und ging – nachdem sie noch einen Blick auf Jagun geworfen und sich vergewissert hatte, daß alles in Ordnung war in die angrenzende Kammer. Wie bei den Brunnen draußen floß auch hier ein Strom klaren Wassers aus dem Schlund einer geschnitzten, fischähnlichen Kreatur in ein Becken, das so groß war, daß sie bequem hineinsteigen konnte. Kadiya legte das Gewand beiseite und zog am Verschluß ihres Kettenpanzers. Da sah sie plötzlich eine Gestalt neben sich. Erschrocken griff sie nach ihrem Dolch, bevor ihr klar wurde, daß sie in den größten Spiegel starrte, den sie je gesehen hatte. Er reichte vom Boden bis zur Decke. Das Häufchen Elend, das sie dort erblickte, war sie selbst. Vom Kopf mit dem wirren Haar, dessen Scheitel dort, wo sie von der Schlingpflanze gepackt worden war, völlig zerrupft aussah, bis hin zu den Füßen, an denen sie ihre völlig durchweichten Stiefel trug, sah sie noch schlimmer aus als ein Polderarbeiter zur Pflanzzeit.

Schnell entledigte sie sich ihrer Kleidung, die von einer

Schlammkruste überzogen war, und stieg in das Bad. Das Wasser war warm, wie das draußen im Brunnen. Kadiya wurde klar, welchen Zweck die Kästen hatten, die auf einem Wandregal in Höhe ihrer Hände standen. Sie erkannte sie als eine jener Freuden wieder, die sie in der Zitadelle hatte genießen können, wenn sie nach einem langen Tag, an dem sie mit Jagun zusammen die Sümpfe erkundet hatte, zurückgekehrt war. In den Behältern wurden Stücke aus dickem Moos aufbewahrt, aus denen nach Kräutern duftender Schaum heraustrat, wenn man sie mit Wasser tränkte und ausdrückte. Kadiya wusch die Spuren des Schlamms ab, der durch ihre Kleidung gedrungen war und ihre Haut geschwärzt hatte, dann nahm sie ihr Haar in Angriff, obwohl der Schaum an den wunden Stellen der Kopfhaut, wo ihr die Schlingpflanze Haare ausgerissen hatte, wie Feuer brannte.

Sie fand ein Handtuch aus gewobenem Schilfrohr, mit dem sie sich abtrocknete, bevor sie erneut die prächtige Robe aufhob. Ihr ganzes Leben lang war sie von Prunkkleidung umgeben gewesen, hatte diese unter Protest zuweilen auch selbst tragen müssen. Aber unter den Kostbarkeiten in der Garderobe ihrer Mutter war nichts gewesen, was man mit diesem Gewand hier hätte vergleichen können.

Es war zu groß. Sie nahm ihren Gürtel, säuberte ihn so gut es ging mit nassem Moos und rieb ihn dann trocken. Dann legte sie ihn an, um den mit Glastropfen besetzten Stoff zusammenzuhalten. Die Ärmel rollte sie ein ganzes Stück hoch, und obgleich sie fast den ganzen übrigen Stoff zusammenraffte und in den Gürtel steckte, war der Rock immer noch zu lang und fiel als Schleppe, über die sie wahrscheinlich stolpern würde, zu Boden. Kadiya drehte sich um und sah sich im Spiegel an. Dann streckte sie ihrem Spiegelbild die Zunge heraus.

Im Kontrast zu dem schimmernden Weiß wirkten ihr Gesicht und ihre Hände grob und finster. Gegen ihr struppiges Haar konnte sie nichts tun. Ihr blieb nur zu warten, daß es wieder nachwuchs. Solche Pracht paßte nicht zu ihr. Und doch, als sie jetzt ihre schmutzige Kleidung auf dem Fußboden ansah, brachte sie es nicht fertig, die herrliche Robe abzulegen und wieder ihre eigenen Sachen anzuziehen.

Sie wollte nicht einmal, daß der kostbare Stoff, den sie jetzt trug, damit in Berührung kam. Aber sie konnte sie auch nicht hier in einem wirren Knäuel liegenlassen. Sie würde wohl eine Möglichkeit finden müssen, um sie zu waschen, irgendwie die vielen Risse zu flicken und die Flecken zu entfernen.

Kadiya nahm die Kleidungsstücke auf, trug sie mit ausgestreckten Armen zurück in die andere Kammer und legte sie auf eine Matte in der Ecke. Olla oder Runna würden ihr sicher zeigen können, was sie damit machen sollte.

Auf dem Boden liegende hellgelbe Matten schützten ihre nackten Füße. Aber der schwere Gürtel über dem zarten Gewebe war ein Ärgernis für sie, und sie ging wieder zu der Truhe hinüber und kramte darin herum, bis sie einen Schal fand, der aussah, als wäre er aus hauchdünn gehämmertem Silber gefertigt. Diesen drehte sie zu einem Gürtel zusammen, in dem sie ihren Dolch verbarg. Sie hatte zu lange mit der Waffe an ihrer Seite gelebt, als daß sie diese jetzt hätte ablegen können.

Kadiya vernahm ein leises Murmeln auf der anderen Seite des Vorhangs, der über der Tür hing. Hassitti – sie konnte ihre Gedankenmuster erkennen, wenn sie auch nicht versuchte, in ihre Gedanken einzudringen.

»Kommt herein.« Kadiya schob den Rock ihres Gewandes beiseite, damit sie sich bewegen konnte, und blickte Olla an, die mit einem Tablett voll silberner Teller hereintrippelte. Hinter ihr kam Runna mit einer Lampe, die den würzigen Duft verströmte.

Beide verneigten sich vor ihr und senkten die Köpfe mit

den langen Schnauzen, als sie durch die Kammer trippelten, um ihre Gaben auf den Tisch zu stellen.

Olla deutete auf den Tisch und dann auf Kadiya. Ihre zwitschernde Stimme klang wie das Zirpen eines Grasinsekts, tief und irgendwie fröhlich. Folgsam setzte sich Kadiya auf die Matten, was wegen ihres unförmigen Gewandes allerdings schwierig war. Runna eilte herbei und half ihr, den verhedderten Rock zu ordnen, während Olla zwei Schalen aufdeckte und Wasser in einen Pokal goß, der aussah wie jene, aus denen Gosel und sie getrunken hatten.

Das Essen bestand wieder aus Früchten und einer Schale mit einer dicklichen, suppenähnlichen Masse, aber dieses Mal hatte man einen übergroßen Löffel für sie bereitgelegt. Kadiya schmeckte es, und sie aß tüchtig, wobei sie lächelte und nickte, um sich bei den Hassitti zu bedanken.

Über allem lag eine sonderbare, traumähnliche Stimmung.

Kadiya aß und trank. Der würzige Rauch aus der Lampe hing im Raum, als die Dunkelheit hereinbrach und die kleineren Wandlampen die wachsenden Schatten nicht mehr verdrängen konnten. Als sie fertig war und die Hassitti das Tablett weggetragen hatten, ging Kadiya zu Jagun hinüber und setzte sich neben ihn. Er schlief friedlich, aber allein seine Nähe reichte aus, um sie in die Realität zurückzubringen.

Das Mädchen strich mit den Händen über die Stelle, wo das Gewand ihre übereinandergeschlagenen Beine bedeckte. Sie spürte den Stoff unter ihren Händen, und auch die Kammer hier sah völlig real aus.

Und doch beschlich sie ein Gefühl des Unbehagens. Es war, als hätte sie etwas begonnen, von dem sie nicht wußte, wie es weitergehen sollte. Bevor das alles hier geschehen war, schien ihre Mission fest umrissen gewesen zu sein – den Garten betreten und dort ihren Teil des Großen Talismans loswerden, und dann entdecken – *lernen* –, wie ihr das der geheimnisvolle Verschleierte bei ihrer Begegnung mit ihm versprochen hatte. Aber was lernen? Sie hatte nicht die geringste Ahnung.

Zauberkräfte? Nein, das war etwas für Haramis. Ein Königreich in den Sümpfen errichten? Sie wollte keine Krone, war keine Rivalin für Anigel. Sie mußte lernen, die Leere in sich mit etwas zu füllen. Aber mit was?

Noch niemals zuvor war jemand aus ihrem Volk so eng mit den Sümpfen verbunden gewesen. Die Nyssomu und die Uisgu waren auf ihren Ruf hin in die Schlacht geeilt – oder weil sie wußten, daß Kadiya eine Macht aus vergangenen Zeiten in Händen hielt. Sie kannte die Sümpfe so gut, wie dies wohl kein anderer aus dem Volk von Ruwenda von sich behaupten konnte – selbst die wagemutigsten unter den Händlern nicht.

Und doch war es ein Land, das unzählige Geheimnisse barg. Vielleicht brauchte es mehr als ein Leben, um alles zu lernen.

Die Erzzauberin Binah hatte völlig zurückgezogen im Turm von Noth gelebt – und doch mußte sie vieles gewußt haben. Wenn sie wirklich eine aus dem Versunkenen Volk gewesen war, die beschlossen hatte, die Wächterin dieses Landes zu sein – dann war ihr die ganze Vergangenheit bekannt, jene Vergangenheit, die die Hassitti zu bewahren versuchten.

Kadiya schloß langsam und bewußt die Augen. Sie hatte sich mit Gosel verständigen, hatte zumindest die oberflächlichen Gedanken von den anderen Wesen seiner Art lesen können. Jetzt wollte sie tun, weswegen sie hergekommen war – mit jenem Kontakt aufnehmen, der ihr Wissen versprochen hatte.

So wie sie versucht hatte, ihren Gedanken zu befehlen, mit den Hassitti Kontakt aufzunehmen, bemühte sie sich jetzt, ein Gedankenbild jener Gestalt zu formen, die wenig mehr als eine Säule aus Nebel gewesen war, sie zu rufen ...

Kadiya wurde starr, aber der Schrei, der in ihrer Kehle aufstieg, ging ihr nicht über die Lippen. Abrupt brach sie ihren Gedanken ab. Sie zitterte, ihre Hände erhoben sich unwillkürlich, um sich auf ihre Ohren zu legen.

Bei ihrem tastenden Versuch hatte sie etwas berührt, das so finster, so bedrohlich war, daß es ihr vorkam, als hätte ihr jemand ein Messer an die Kehle gesetzt. Sie öffnete die Augen.

Überall hingen Schatten in der Luft. Sie zwang sich, in jede Ecke der Kammer zu blicken und nach einem Hinweis auf die Ursache einer Bedrohung zu suchen. Aber sie konnte nicht das Geringste finden. Nur Jagun schrie einmal auf, und seine Hände schlugen ins Leere, als müßte er einen Feind abwehren. Doch er wachte nicht auf. Kadiya dachte, daß er wohl immer noch schlief und ihn das, was sie gespürt hatte, als unruhigen Traum erreicht hatte.

Traum! Die Hassitti hatten Träume erwähnt, hatten gesagt, daß sie von ihnen geleitet würden...

Kaum hatten ihre Gedanken diese Richtung eingeschlagen, als vom Eingang her ein Geräusch zu ihr drang. Sie erkannte Gosel an seinem Gedankenmuster, als hätte sie sein Gesicht gesehen.

»Ehrwürdige!« Seine Gedanken waren drängend. »Kommt mit mir.«

Als er durch den Vorhang stürmte, sah sie, daß er seinen langen Schal zusammengerafft hatte, um schneller vorwärtszukommen.

»Ehrwürdige!«

Zu Kadiyas Überraschung und Unbehagen fiel er vor ihr nieder. Er streckte eine Hand aus, berührte aber nicht den Saum ihres Gewandes. Sie spürte, daß die Angst mit ihm hereingekommen war. Auf seiner Lagerstatt aus Matten warf Jagun den Kopf hin und her und gab einen tiefen Laut von sich, der einem Stöhnen ähnlich war.

»Es geschieht etwas...« Gosel starrte zu ihr hinauf, als könnte ihr sein Blick die Antwort abringen, die er so sehr brauchte. »Quave hat geträumt«, sprach er nach einem

Moment weiter. »Tief geträumt. Das Böse naht – obwohl der Traum nicht enthüllt hat, wo und wie es geschehen wird. Aber Quave macht sich große Sorgen. Ehrwürdige, bedient Euch Eurer Macht und sagt uns, was vor uns liegt und was wir dagegen tun können!«

Sie wollten nicht auf sie hören, sie hielten sie immer noch für eine aus dem Versunkenen Volk. Wie konnte sie ihnen nur begreiflich machen, daß sie so etwas nicht zu tun vermochte?

»Gosel.« Kadiya versuchte, ihre Gedanken zu ordnen, sie verständlich zu machen. »Ich habe es Euch schon gesagt – ich bin nicht die, für die Ihr mich haltet. Meine Rasse hat keine große Macht...« Sie mußte an Haramis denken und verbesserte sich. »Die meisten von uns haben keine große Macht, und ich gehöre auch zu diesen. Ich bin hier, weil ich eine Aufgabe erfüllen muß – wer mir diese auferlegt hat und aus welchen Gründen, das weiß ich nicht. Aber...« Sie biß sich auf die Lippen.

»Als man mir eine Krone angeboten hat, Gosel, habe ich statt dessen die Sümpfe gewählt. Vielleicht glaubte ich damals, daß die Mächte der Finsternis nach unserem Sieg über Voltrik und Orogastus die Sümpfe verlassen haben. Aber meine Entscheidung werde ich nicht rückgängig machen.

Ihr habt mir hier eine wahre Fundgrube an Wissen gezeigt, die – so glaube ich – alles übertrifft, was mein Volk sich je hätte träumen lassen. Aber es ist nicht *mein* Wissen. Ich habe die Macht ausgeübt – weil etwas, das nichts mit meiner Person, mit Kadiya, Tochter des Krain, zu tun hatte, es so gewollt hat. Ihr dürft Euch nicht täuschen lassen. Ich kann keine Blitze vom Himmel herabrufen, mir sind keine Sturmwinde zu Willen. Ich kann keine Dämonen erwecken und auch keinen unbekannten Lebewesen befehlen, als Wächter für Euch und die Euren zu dienen.

Aber was ich lernen kann, das werde ich lernen, und was ich tun kann, werde ich tun.«

Er stand ihr jetzt gegenüber, den Kopf ein wenig auf die Seite gedreht, so daß das Licht der Lampe einen bizarren Schatten auf das geschwungene Muschelbett warf.

»Quave hat geträumt, Vasp hat geträumt, Thrug hat geträumt, und vor ihnen Zanya, Usita, Vark und viele andere, wieder und wieder. Jene, die einst hier waren, werden wiederkommen. Und was sollte sie wohl herbeirufen, wenn nicht das, was Quave heute nacht gesehen hat? Nur jemand, dem es vorherbestimmt war, konnte an diesen Ort gelangen. Ihr seid schon einmal hier gewesen – man hat Euch gesehen. Aber damals wußten wir auch, daß die Zeit noch nicht gekommen war.

Wir bitten Euch, Ehrwürdige, stellt Euch zwischen uns und das, was da kommen wird.«

Kadiya seufzte. Sie hatte alles versucht. Vielleicht war es ihr auch vorherbestimmt, hier zu scheitern, aber jetzt regte sich ihr unbeugsamer Wille. An ein Unheil denken hieß, es herbeizurufen. Wenn die Hassitti die Wahrheit nicht akzeptieren wollten, dann mußte sie eben alles tun, was in ihrer Macht stand. Aber wenn sie nicht wußte, was oder wem sie sich stellen sollte, war sie doppelt im Nachteil.

»Was für ein Unheil nähert sich?« fragte sie.

Gosel schüttelte den Kopf. »Das hat Quave nicht gesagt. Nur, daß es alt und böse ist. Lange Zeit hat es geschlafen.«

»Jene, die einst hier wohnten, hatten doch Aufzeichnungen. Wenn dieses Ding alt ist, könnten wir doch darin nach ihm suchen?«

Voller Eifer antwortete ihr der Hassitti.

»So soll es geschehen, Ehrwürdige. Es ist wahr, daß man eine Lampe braucht, um das zu suchen, was gefunden werden muß. Auch die Träumer werden es noch einmal versuchen! Noch zu dieser Stunde sollen sie es versuchen!«

Mit einem Rascheln seines Schals war er verschwunden.

Kadiya hatte ihren Dolch gezogen. Die Waffe war für sie eine Zuflucht in dieser Welt voller Träumer und schattenhafter Bedrohungen. Die Aufzeichnungen, die sie in einer der Kammern mit der Hinterlassenschaft des Versunkenen Volkes gesehen hatte – vermochten die Hassitti sie überhaupt zu lesen? Das Mädchen war sich sicher, daß sie es nicht konnte.

»Weitsichtige ...«

Schnell drehte sie sich zu Jagun um.

»Was kann ich für dich tun, mein Freund?«

Sein großer Mund verzog sich zu einem halbherzigen Lächeln. »Vielleicht solltet Ihr besser fragen, was ich für Euch tun kann, Tochter des Königs. Diese watschelnden Kreaturen mit ihren Träumen und dem vielen Gerümpel, von dem sie nicht einmal wissen, was es überhaupt ist... laßt Euch nicht dazu bewegen, ihnen zu helfen.«

»Was weißt du wirklich von diesen kleinen Leuten, Jagun?« fragte sie ihn.

Sein Lächeln war verschwunden. »Weitsichtige, ich weiß nur sehr wenig. Bis ich sie mit meinen Augen sah, glaubte ich, daß die Erzählungen über sie so wenig Bestand hätten wie der Nebel in den Sümpfen – oder sogar noch weniger. Das Versunkene Volk hat sie erschaffen, so wie uns – und die Skritek –, aber man sagt, daß sie mit den Erhabenen in das Unbekannte gegangen seien. Es hieß, sie hätten kein eigenes Leben ohne jene anderen, während man uns die Sümpfe überließ, damit wir über diese herrschten. Sie sind genausowenig mit uns verwandt wie die Skritek. Aber sie haben sich nicht mit den Mächten der Finsternis verbündet, wie die Skritek es getan haben.«

»Auch du hast geträumt, Jäger.«

Einen Augenblick lang sagte er nichts, dann drehte er den Kopf weg.

»Ja, ich habe geträumt.« Sie sah, wie er zitterte. »Obgleich ich mich nicht mehr erinnern kann, was ich geträumt habe. Vielleicht ist das alles hier«, er deutete mit der Hand um sich, »ein Ort aus unseren Träumen. Weitsichtige, es wäre besser, wenn wir gingen.«

Erschöpft schüttelte Kadiya den Kopf. »Ich würde dir vielleicht zustimmen – wenn es das Schwert nicht gäbe. Es bleibt hier, und solange es hier ist, kann ich mir meinen Weg nicht aussuchen. Aber du, Jagun, bist nicht gebunden.«

Er sah sie an. Sie schämte sich für ihre letzten Worte.

»Mein Freund«, sagte sie rasch, »ich will nicht, daß du gehst, es sei denn, es ist deine Entscheidung.«

»Die ich bereits vor langer Zeit getroffen habe«, antwortete er ihr.

7

Kadiya hatte eine der Lampen brennen lassen. Selbst in diesem schwachen Licht konnte sie noch die funkelnden Muster auf dem Gewand sehen, das sie auf das Fußende des Bettes gelegt hatte. Die muschelförmige Vertiefung war nicht mit den ihr bekannten Schlafmatten ausgelegt, sondern mit einem weichen Material, das man wohl aus den Samenkapseln von Makgras gepflückt hatte. Anscheinend sollte sich der Schläfer in dieses Nest legen.

Sie lag mit über dem Kopf verschränkten Armen da und versuchte sich vorzustellen, was sie erwartete. Es würde eine aussichtslose Suche sein, falls sie nicht etwas in dem Durcheinander aus Aufzeichnungen finden konnte, auf das sie nur einen kurzen Blick geworfen hatte, als ihr die Hassitti die Lagerräume gezeigt hatten.

Sie hatte nie besonderes Interesse für alte Bücher gezeigt, selbst wenn diese in einer Sprache geschrieben waren, die sie lesen konnte – was sie in diesem Fall stark bezweifelte. Dabei sollte ihr Haramis helfen.

Haramis...

Kadiya griff nach dem Amulett, das um ihren Hals hing. Sie legte beide Hände darum, dann schloß sie die Augen und versuchte, ihre Schwester mit der Gedankensprache zu erreichen. Sie hatte keinen Kontakt, spürte nichts, was weiter weg war. Sie hatte nur wenig Hoffnung gehabt, daß es ihr gelingen würde.

Und doch strahlte von dem Amulett Wärme in ihre Hände, über ihre Arme, bis tief in ihren Körper hinein. Kadiya, die das Amulett fest auf ihre Brust gepreßt hielt, wehrte sich nicht länger gegen das, was sie nicht verstand. Statt dessen wanderten ihre Gedanken zum Garten. Am Morgen würde sie dort hingehen...

Sie erwachte so plötzlich, als hätte man sie für den Wachdienst geweckt. Die Lampe brannte immer noch, ein kleines Feuer in der Dunkelheit. Kadiya kämpfte sich aus den dicken Lagen des Bettes heraus, die sich wie Wellen um sie herum aufgetürmt hatten.

Als sie durch die Kammer ging, stellte sie fest, daß sich die Hassitti trotz der kurzen Zeit, die vergangen war, schon um ihre Reisekleidung gekümmert hatten. Ihre Sachen waren gereinigt und geflickt worden, so gut dies möglich war. Sie würde sie wohl wieder tragen können.

Der Ruf, der sie aus dem Schlaf gerissen hatte, ging ihr immer noch im Kopf herum. Sie hielt nur kurz an, um sich zu vergewissern, daß Jagun schlief, dann schlich sie sich hinaus.

Von unten drang ein schwaches Leuchten herauf, als hätte man dort eine zweite Lampe hingestellt. Sie ging die Stufen hinunter, bis sie das unterste Geschoß erreicht hatte. Dort traf sie auf eine massive Tür – die erste, die sie an diesem Ort sah –, die sich jedoch ohne Mühe öffnen ließ. Dann stand sie draußen in der Nacht.

Sie nahm das Amulett wieder in die Hand. Es glühte, wie vor vielen Monden, als es sie zu Binahs Turm geführt hatte. Der Lichtfunke in seinem Innern hüllte die winzige Schwarze Drillingslilie ein. Er wurde schwächer und dann wieder stärker, als sie das Amulett vorsichtig zuerst in die eine und dann in die andere Richtung hielt.

Binahs Geschenk, das sie bei ihrer Geburt erhalten hatte, war ein Zauber des Versunkenen Volkes. Hier, inmitten ihres Landes, konnte sie auf seine Kräfte vertrauen. Das Mädchen folgte dem Impuls, der sie aufgeweckt hatte, und schritt durch die Nebel der Nacht. Sie behielt das Amulett im Auge, vergaß darüber aber nicht, auch auf ihre Umgebung zu achten, da sie sich noch recht gut an die Schlingpflanzenfalle erinnern konnte.

Obwohl sie nur wenig erkennen konnte, war Kadiya sich sicher, daß sie denselben Weg zurückging, der sie hierhergebracht hatte. Und sie war nicht im geringsten überrascht, als sie wieder vor der Gartentreppe mit den stummen, reglosen Wächtern stand.

Dann stand sie zwischen den Säulen und blickte hinunter in den Garten, wo die leuchtenden Insekten von Blüte zu Blüte flogen. Als sie die innere Treppe hinabging, schien der Duft noch stärker zu sein als der, der von den Gewürzlampen der Hassitti ausging. Einer der leuchtenden Funken, ein kräftiges Blaugrün, flog auf sie zu und verharrte einige Sekunden über dem Amulett, das von ihrer ausgestreckten Hand herabhing.

»Ich bin gekommen«, sagte Kadiya laut. Sie hatte sich neben das Schwert gestellt, das immer noch unverändert in der Erde steckte.

Und doch – etwas *hatte* sich verändert. Nachdem die Klinge als Teil des Großen Zepters eingesetzt worden war, waren die Kugeln über den drei Augen immer fest geschlossen gewesen. Jetzt waren Schlitze in ihnen zu erkennen, als wollten sie sich öffnen.

Kadiya wollte den Talisman nicht berühren, obwohl sie wußte, daß sie keine andere Wahl hatte. Sie beugte sich hinab und legte ihre Hand um die Klinge, genau unterhalb des Griffs. Sie konnte es so mühelos aus der Erde ziehen, als ob es sich aus eigenem Willen in ihre Hand bewegte.

Sie wollte keine Verantwortung übernehmen, und doch mußte sie es tun. Kadiya hob das Schwert und sah es sich genauer an. Ja, in den Kugeln waren Schlitze. Hastig steckte sie es in die Scheide, da sie die Macht nicht wecken wollte, die in ihm wohnte. Sie spürte keine Bedrohung um sich, konnte nicht glauben, daß ihr jetzt eine Gefahr auflauerte.

Man hatte sie nicht von der Last befreit, die ihr bei ihrer Suche auferlegt worden war.

Kadiya ging den Weg bis zur Treppe zurück. Sie setzte sich und starrte in den Nebel, der den Garten einhüllte. Obwohl es fast Mitternacht war, konnte sie Büsche, Bäume und Pflanzen erkennen. Wieder spürte sie den Schmerz in sich und streckte ihre Hände dem entgegen, was hier wuchs, dem, was noch kommen würde…

»Sagt mir – laßt mich wissen, was hier geschieht. Binah hat mir eine Pflicht auferlegt, die ich erfüllt habe. Wem soll ich jetzt zu Diensten sein?«

Sie hörte ein Rascheln, ein Rauschen in den Zweigen, die sie nur undeutlich sehen konnte. Die fliegenden Funkentierchen prallten aufeinander, als hätten sie sich erschrocken und spürten eine Gefahr. Kadiya hielt den Atem an, überzeugt davon, daß jener, dem sie schon einmal hier begegnet war, wieder erscheinen würde.

Aber sie sah nur den Wind, der die Blätter bewegte, und den Schwarm der kleinen Funken. Dieser brach jetzt auseinander, jedes Tierchen wirbelte auf seiner eigenen Bahn davon, als wäre das, was es beunruhigt hatte, jetzt wieder verschwunden.

Zorn stieg in ihr auf, der Zorn, den sie früher schon gespürt hatte, wenn all ihre Anstrengungen umsonst gewesen waren. Sie kam sich vor, als stünde sie vor einer geöffneten Tür, durch die sie nicht gehen konnte.

Kadiya ging langsam zu der Treppe mit den Säulen zurück. Der Nebel schien inzwischen noch dichter geworden zu sein. Die Umrisse der Wächter sahen wie verschleierte Figuren aus. Und doch blieb sie vor dem einen oder anderen stehen, als sie die Stufen hinabschritt – ja, sie streckte ihnen sogar das immer noch glühende Amulett entgegen, als könnte sie die Wächter in seinem schwachen Licht besser erkennen. Einmal ging sie auf eine Gestalt zu ihrer Rechten zu, streckte die Hand aus und legte ihre Finger auf den kalten Körper.

Sie war der festen Überzeugung, daß diese Statuen einen Sinn hatten, den sie unbedingt herausfinden mußte. Wenn sie doch nur nicht so unwissend wäre! Jetzt war sie auf sich selbst zornig. Mit dem Schwert in der Hand suchte Kadiya den Weg zurück durch die stumme Stadt. Sie stieg die

Stufen empor zu dem Turmzimmer. Die ganze Zeit über hatte sie keinen Hassitti gesehen. Vielleicht hatten sie eigene Quartiere, in denen sie schliefen. Ob sie wohl gerade träumten?

Als sie wieder in ihr Bett ging, zog sie das Schwert aus seiner Scheide und legte es neben sich. Die Augen hatten sich nicht weiter geöffnet, aber sie hatten sich auch nicht wieder geschlossen. Die Macht in ihm mochte schlafen, aber sie war nicht verschwunden.

Wenn jemand in dieser Nacht träumte, so gehörte Kadiya nicht dazu. Obwohl sie das Schwert wieder an sich genommen hatte, war sie jetzt sonderbarerweise viel ruhiger als zuvor. Jagun war wieder auf den Beinen und teilte das Frühstück mit ihr, was auf Ollas und Runnas unausgesprochenes, aber dennoch deutliches Mißfallen stieß.

Das Lagerhaus, oder genauer gesagt die Kammer, in der sie die vielen Bücher und Schriftrollen gesehen hatte, ging ihr nicht aus dem Kopf. Wenn sie mehr von der Vergangenheit wüßte, könnte sie vielleicht eher entscheiden, was in der Gegenwart getan werden mußte.

»Unsere Sprecherinnen halten die Geschehnisse in ihren Webereien fest«, sagte Jagun zu ihr, als sie ihm erzählte, wo sie mit ihrer Suche beginnen wollte. »Einige der Dörfer besitzen sehr alte Rollen. Aber nur die Sprecherinnen können weben und sind daher in der Lage, die Rollen zu übersetzen. Dieses Wissen scheint angeboren zu sein – denn wenn ein Kind das richtige Alter erreicht hat, wird es einer Prüfung unterworfen. Was einigen für immer ein Geheimnis bleiben wird, ist für andere eine Fundgrube des Wissens.«

»Was ist mit dir, Jäger? Kannst du diese gewobenen Geschichten lesen?« Da sich die Seltlinge dieser besonderen Art und Weise der Geschichtsschreibung bedienten, hatte sie ihre Wurzeln vielleicht in einer ähnlichen Methode, die von ihren Mentoren, dem Versunkenen Volk, verwendet worden war. Wenn dies so war, wäre Jaguns

Wissen von unschätzbarem Nutzen. Sie bezweifelte, daß die Hassitti ihr eine große Hilfe sein würden. Kadiya hatte den Eindruck, daß sie einfach alles aufgehoben hatten, obwohl sich darunter viele Dinge befanden, die sie nicht verstanden.

»Nein, Weitsichtige, mein Wissen geht in eine andere Richtung: das Verhalten der Tiere, die Sumpfpflanzen, das Wetter. Dieses Wissen habe ich erworben, da ich schon als Kind zu Rusloog in die Lehre gegeben wurde, einem der besten Sumpfreisenden in meinem Dorf. Einige andere Dinge habe ich von Eurem Volk gelernt, als ich in die Dienste des Königs trat und in die Zitadelle kam. Aber was diese Rätsel aus uralten Zeiten betrifft, die mit Erinnerungen und Weben zu tun hatten, da könnt Ihr nicht viel von mir erwarten.«

Kadiya stürzte sich auf seine letzten Worte. »Du sagst ›nicht viel‹. Dann weißt du doch aber irgend etwas ...«

Jagun rutschte hin und her und griff eilig nach dem Pokal, dessen Inhalt er hinunterstürzte, als brauche er Zeit zum Überlegen.

»Weitsichtige, die Sprecherin meines Clans ist allezeit von dem Wunsch erfüllt, mehr zu erfahren. Als ich noch ein Sumpfläufer war und nach alten Dingen suchte, hat sie mir gezeigt, wie man feststellen kann, welche davon von Wert sind. Ich kann einige der alten Zeichen erkennen. Das ist alles.«

»Aber dann weißt du doch etwas!« Kadiya schob die Schale beiseite, aus der sie ihren Brei gegessen hatte, und leckte ihren Löffel ab. »Es gab so viel, was ich hätte lernen können. Aber ich habe die Zeit gehaßt, die ich in unserer düsteren Bibliothek verbringen mußte. Daran fand ich genausowenig Gefallen wie an den vielen Stunden, die ich im Frauengemach verbringen mußte, um Gobelins zu besticken. Haramis hatte ihre Bücher, Anigel ihre geschickten Finger – ich hatte die Sümpfe.«

Der Raum, in dem das Wissen gelagert wurde, war ungeheuer groß. Kadiya hatte nur einen kurzen Blick hineingeworfen, als die Hassitti sie durch ihre Lagerhäuser geführt hatten. Sie hatte darum gebeten, ein zweites Mal hierhergeführt zu werden, und war von dreien der kleinen Wesen begleitet worden. Zwei von ihnen trugen Lampen.

Hier zu suchen war eine entmutigende Aufgabe, um so mehr, als sie nicht genau wußte, wonach sie eigentlich suchte. Im Schein der Lampen war nur ein kleiner Teil der Kammer zu sehen. Die Regale, die das Mädchen deutlich erkennen konnte, waren mit unzähligen Schriftrollen vollgestopft – manche steckten in einer Hülle, manche nicht –, die den Spuren der Zeit und vielleicht auch Insekten ausgesetzt gewesen waren. Unter den Regalen waren Kisten aufgetürmt, die an der Wand lehnten. In dem überfüllten Raum befanden sich auch riesige Bücher, die denen ähnelten, die manchmal von Händlern in die Zitadelle gebracht und begierig von ihrem Vater entgegengenommen worden waren, obgleich ihr Inhalt vielleicht unleserlich war. Die Deckel der Bücher bestanden aus Holztafeln, einige von ihnen wurden auch von Metallschließen zusammengehalten.

Wo sollte sie nur beginnen – und nach was suchte sie eigentlich? Nicht nach den Büchern über Magie und geheimes Wissen, wie jene, die Haramis in ihrer Bibliothek hatte, eher nach der Geschichte jener, die diese Aufzeichnungen zusammengetragen hatten. Auch sie hatten Zauberkräfte, aber Kadiya wollte mehr über sie erfahren und darüber, wohin sie gegangen waren und warum. Aus irgendeinem Grund wußte sie, daß die Träumer, die das Nahen des Bösen vorausgesagt hatten, mit Vergangenem verknüpft waren – daß die Gegenwart aus der Vergangenheit erwuchs.

Die Hassitti wagten es nicht, den Raum zu betreten. Sie zwitscherten ärgerlich, als Kadiya einem von ihnen die Lampe abnahm und sie Jagun reichte. Dann griff sie nach der zweiten, die sie selbst tragen wollte. Die Hassitti drängten sich um sie, als wollten sie ihr den Weg mit ihren kleinen Körpern verstellen, aber als Kadiya entschlossen einen Schritt nach vorn machte, wichen sie zur Seite.

Sie hielt ihre Lampe in die Höhe. Jagun ging zur nächsten Wand, wo seine Lampe Schriftrollen, Kisten und die matt glänzenden Beschläge auf den Büchern erkennen ließ. Das Licht ihrer eigenen Lampe war nur schwach – sie konnte lediglich erkennen, daß nicht weit von ihr ein Tisch stand, dessen Platte fast gänzlich mit Kisten bedeckt war, in denen Schriftrollen lagen. Davor stand ein reich geschnitzter Stuhl, auf dessen Holz weißer Staub lag.

Ein Arbeitsplatz! Kadiya hielt die Lampe hinüber, um den Tisch zu beleuchten. Eine der Kisten, die direkt vor dem Stuhl stand, war leer. Im Licht der Lampe blitzte etwas auf. Eine kleine Röhre aus Metall stand aufrecht in einem Gefäß. Daneben war ein Pergamentstreifen ausgerollt, der im Laufe der Zeit fast so dunkel geworden war wie die Tischplatte, auf der er lag. Wer hier einst gesessen hatte, war vielleicht mitten in seiner Arbeit weggerufen worden.

Kadiya fuhr mit dem Finger über die Oberfläche des Pergaments, wo sie eine Spur im Staub hinterließ. Sie sah Zeichen, ineinander verschlungene Linien, wie jene an der Wand des ersten Gebäudes, das sie betreten hatte.

»Jagun«, rief sie den Jäger herbei, »was hältst du davon?«

Der Jäger starrte auf die Zeichen, dann fuhr er mit einem Finger die oberste Linie nach, als könne er dadurch einen Hinweis bekommen.

»Das hier«, sagte er einen Moment später, »ist das Zeichen für Berge.«

Kadiya war überrascht. Das Gebirge im Osten und Norden war einst ein unüberwindliches Hindernis zum

Schutz Ruwendas gewesen, bis es durch die Zauberkraft von Orogastus und den Verrat einiger Untreuer bezwungen wurde und der Tod in ihre Welt kam. Haramis war in die Berge gegangen, um die Zauberkunst zu erlernen, dann war sie aus eigenem Entschluß dorthin zurückgekehrt, um ihr Wissen noch zu mehren.

Kadiya hatte die Berggipfel nur aus der Entfernung gesehen, als sie die Polder besucht hatte. Jenes Land dort, das sich bis in den Himmel erstreckte, war bewohnt, aber niemand von dort hatte je Kontakt mit den Menschen im Tal aufgenommen, und die Menschen hatten sich nicht bis dorthin vorgewagt.

»Was noch?« fragte sie ihn aufgeregt.

Jagun kaute auf seiner Unterlippe, als er die Lampe näher an das Pergament brachte. Plötzlich schwankte diese heftig hin und her, als ob die Hand an ihrem Griff zitterte.

»Hier!« Seine Stimme klang beunruhigt. Er deutete mit dem Finger auf eine andere Stelle – eine gewellte Linie, in der keine Worte oder Buchstaben zu erkennen waren. »Unheil... großes Unheil. Eine Warnung!«

Wieder fuhr er mit seinem Finger die Linie entlang, dann schüttelte er den Kopf. »Weitsichtige, sonst kann ich nichts lesen.«

»Hier war jemand gerade dabei, etwas aufzuschreiben«, dachte das Mädchen laut nach. »Es war wichtig, dessen bin ich mir sicher. Dann wurde es einfach hier liegengelassen... absichtlich? Um spätere Generationen zu warnen? Berge und Unheil – eine Prophezeiung? Orogastus hatte sein Versteck in den Bergen im Norden. Er sammelte geheimes Wissen – er hätte sogar Haramis zu seiner Sammlung Zutritt verschafft, wenn sie gewollt hätte, allein aus dem Grund, weil sie vielleicht von Dingen wußte, die er noch nicht kannte. Eine Warnung vor Orogastus?«

Aber so weit in die Zukunft zu sehen – war dies überhaupt möglich? Kadiya bezweifelte es. Deshalb mußte es in den Bergen einst noch anderes Unheil gegeben haben, etwas, das so mächtig gewesen war, daß selbst das Versunkene Volk eine Warnung davor in seinen Aufzeichnungen hinterlassen hatte. Sie drehte sich zu Jagun um. »Berge – du kannst dieses Zeichen lesen. Laß uns zuerst hier danach suchen.«

Nur ein kleiner Hinweis – wie lange würden sie brauchen? Und selbst wenn sie das richtige Zeichen fanden, hieß das noch lange nicht, daß es sie weiterbringen würde – sie konnten ja nur dieses eine Symbol lesen.

»Weitsichtige«, sagte Jagun langsam, »Ihr tragt wieder das Schwert der Gerechtigkeit. Vielleicht kann es uns bei der Suche behilflich sein.«

Überrascht setzte Kadiya ihre Lampe ab und zog das Schwert hervor. Sie achtete darauf, daß die Schlitze über den Augen nicht von ihrer Hand verdeckt wurden. Die Augen sollten sehen – und das oberste Auge hatte die Macht der Alten. Einer plötzlichen Regung folgend, richtete das Mädchen den Schwertgriff auf den Pergamentstreifen, der seit so langer Zeit hier gelegen hatte.

»Sssssaaaa...« Jagun gab einen Laut von sich, der wie das Zischen einer Salschlange klang.

Kadiya hielt das Schwert fest. Es hatte sich nicht gegen ihren Griff gewehrt, aber das oberste Auge war jetzt ganz geöffnet. Ein Lichtstrahl aus dem Auge fiel auf den langen Streifen.

Teile der ineinander verschlungenen Linien änderten ihre Farbe, wobei die einzelnen Farbtöne jedoch nicht sehr deutlich ausgeprägt waren. Sie sah Grüntöne, so dunkel wie Likanblätter, Spuren von Rot, die im Wasser wirbelnden Blutstropfen ähnelten, Blau, und auch einen violetten Farbton, der langsam das bräunliche Rot eines verschmutzten Teiches annahm.

Ein Muster, das für sie überhaupt keinen Sinn ergab. Es sah nicht einmal mehr wie eine Schrift aus.

Jaguns große Augen wurden noch ein wenig größer.

»Aufzeichnungen einer Sprecherin!«

»Du kannst es lesen?« Kadiya hatte immer noch Hoffnung. Wenn das hier Seltlingschrift war, würde Jagun doch sicher etwas davon lesen können!

Er hatte seine Hände links und rechts neben das Pergament gestützt und sah es aufmerksam an.

»Ort der Sals«, sagte er langsam. »Wache ... Gefahr ... Berge.«

»Ort der Sals«, wiederholte Kadiya. »Wo liegt dieser Ort?«

Er sah sie an, und in seinem Gesicht lag ein Ausdruck, der an Ehrfurcht grenzte.

»Es war einmal ein Dorf, aber bei der Ankunft des großen Regens wurde es vom Fluß mitgerissen. Diejenigen, die dort gelebt hatten – und die aufgewühlten Fluten überlebten –, bauten sich an einer anderen Stelle neue Häuser. Weitsichtige, Ihr habt diesen Ort schon einmal gesehen – es ist das Dorf meines Clans!«

Sie konnte sich noch gut an ihren Besuch dort erinnern, an das Dorf, wo die Langhäuser auf Pfählen standen und in den See hineingebaut waren. Es war weit weg, nahe dem Goldsumpf, flußabwärts, jenseits der Dornenhölle.

Kadiya warf einen Blick auf die anderen Schriftrollen und Bücher in der Kammer. Vielleicht waren diese Schriftzeichen nicht das einzige, was mit Hilfe des Auges enthüllt werden konnte. Mit der Lampe in der einen Hand und dem Schwert in der anderen ging sie um den Tisch herum und hielt den Griff über die Aufzeichnungen, die in ihrer Nähe aufgetürmt waren. Jagun breitete die Schriftrollen aus und öffnete die Bücher, bei denen am meisten Aussicht auf Erfolg zu bestehen schien. Aber sie erreichten nichts. Kadiya konnte kein einziges vertrautes Symbol erkennen. Jagun beteuerte, daß dies alles war, was er tun konnte.

Ein Geräusch an der Tür unterbrach sie in ihrer eifrigen Suche. Gosel kam herein, neben ihm Tostlet. Beide hielten ihre zerschlissenen Gewänder eng an ihre kleinen Körper gedrückt, damit sie keinen der vielen Stapel zu Fall brachten, zwischen denen sie sich jetzt hindurchschlängelten.

»Ehrwürdige.« Als sie seinen Gedanken empfing, widmete sie ihm ihre volle Aufmerksamkeit. »Quave hat wieder geträumt. Die Mächte der Finsternis kommen näher. Setzt Eure Macht ein, damit sie uns nicht erreichen können.«

Kadiya sah die Hassitti an.

»Gosel, ich habe keine echte Macht. Dies hier« – sie hielt das Schwert hoch, damit die anderen die drei Kugeln an seinem Griff sehen konnten – »hat meinem Volk große Dienste erwiesen, durch mich. Und doch weiß ich nicht, woher seine Macht kommt und ob mir diese zu Willen ist. Es in einem offenen Kampf herauszufinden, wo ich so wenig darüber weiß, wäre töricht. Das hier ist alles, was es heute für uns getan hat.« Auf ihren Wink hin nahm Jagun den Pergamentstreifen vom Tisch, dessen Schrift sich verändert hatte. »Mein Waffengefährte sagt mir, daß dies hier von seinem Volk geschrieben wurde, aber er gehört nicht zu jenen, die man gelehrt hat, diese Schrift zu lesen. Was könnt ihr von den Dingen an diesem Ort lesen, Gosel?«

Der Hassitti starrte sie an.

»Ehrwürdige, wir wurden nicht auserwählt, um die Geschehnisse für die Nachwelt aufzuzeichnen. Wir haben alles, was wir gefunden haben, hierhergebracht« – er deutete mit seiner klauenbewehrten Hand um sich –, »um es aufzuheben, aber was sich darunter befindet, das wissen wir nicht.«

»Euer Träumer«, sagte Kadiya, in der der kleine Funke Hoffnung schon wieder erloschen war. »Was hat er geträumt?«

»Finsternis, Ehrwürdige, nichts als Finsternis.« Vorsichtig streckte Gosel seine Hand in Richtung des Schwertes aus, das er jedoch nicht mit seinen Klauen berührte. Das oberste Auge war geöffnet, und es sah fast so aus, als würde es den Hassitti mustern.

Gosel starrte es ebenfalls an. Und dann hob der Hassitti zu Kadiyas Überraschung seine klauenbewehrten Hände und berührte sein längliches Gesicht an einer Stelle zwischen den Augen.

»Ehrwürdige«, las sie seinen Gedanken. »Dieses Ding hier hat große Macht und ist uns unbekannt. Wir wissen nur, daß es den Träger veranlaßt, große Taten zu vollbringen.«

Dann beugte er ein wenig den Kopf, um den Pergamentstreifen anzusehen, den Jagun immer noch in seinen Händen hielt. »Wenn es Euch das hier gezeigt hat, Ehrwürdige, dann müßt Ihr wissen, was es bedeutet.«

Kadiya hätte vor lauter Verzweiflung schreien können. Trotz all ihrer Nachforschungen erhielt sie keine Antworten – nur Fragen über Fragen!

Nun gut, sie hatten eine hinterlassene Botschaft übersetzt mit Hilfe des einen Gegenstandes, von dem sie sicher war, daß er das vermochte, was ihr Volk gemeinhin als ›Zauberei‹ bezeichnete. In dieser Botschaft wurde ein Dorf aus alter Zeit erwähnt, das von einem Sturm zerstört und dann als Jaguns Dorf wiederaufgebaut worden war. Wenn hier nichts Genaueres herauszufinden war, warum sollte sie dann ihre Zeit vergeuden und die unleserlichen Aufzeichnungen eines anderen Volkes durchsuchen – und sich dabei auch noch ständig Tiraden über warnende Vorzeichen aus düsteren Träumen anhören?

Sie konnte ihren Fund in Jaguns Heimatdorf bringen. Dort waren gewiß ausführlichere Aufzeichnungen zu finden, die größeren Nutzen für sie hatten. Berge, düstere, längst vergessene Dörfer – wenn sie etwas erreichen konnte, dann nur, indem sie handelte. Das paßte schon eher zu Kadiyas Charakter. Sie mußten ihren Fund dorthin bringen, wo er in nützliche Informationen übersetzt werden konnte.

8

Kaum hatte sie sich zu ihrer Reise entschlossen, mußte Kadiya auch schon mit den Einwänden der Hassitti kämpfen. Die kleinen Leute waren fest in der Stadt verwurzelt, und es schien unfaßbar für sie zu sein, daß jemand sie aus freien Stücken wieder verlassen wollte. Sie wurde mit Warnungen und Bitten bombardiert, die ihre Geduld arg strapazierten. Ein- oder zweimal fragte sie sich, ob die Hassitti sogar so weit gehen würden, sie zurückzuhalten, und vielleicht eine List wie das Labyrinth des Lichts anwenden würden.

Kadiya war auch weiterhin geduldig – das hatte sie erst mühsam erlernen müssen – und bestand darauf, daß sie gehen mußte. Als sie sich mit Gosel und den anderen Ältesten beriet, fand sie zu ihrer Überraschung plötzlich Unterstützung bei den Träumern.

Quave war der Anführer jener schlafenden Weisen, ein Hassitti, dessen Augen nicht wie strahlende Knöpfe aussahen, sondern von einem dünnen Schleier verhüllt waren, als könnte er noch auf andere Weise sehen. Er wurde von seinem Volk mit großem Respekt behandelt. Als er sich ihrer Unterredung anschloß, wurde er von einem Gehilfen begleitet, der eine Schale trug. Diese war nicht aus dem Metall, das Kadiya schon gesehen hatte, sondern aus einem fast schwarz gewordenen Holz gefertigt.

Nachdem sich Quave auf den Platz von Gosel gesetzt hatte, den dieser ihm eilig angeboten hatte, wurde die Schale vor ihn auf den Tisch gestellt. Dann sank er mit gesenktem Kopf in sich zusammen und blickte in die Schale, die mit einer dunklen Flüssigkeit gefüllt war. Seine nächste Bewegung kam so plötzlich, daß Kadiya völlig überrascht wurde. Aus dem dicken Schal, den der Hassitti um sich gelegt hatte, schoß seine Pfote hervor. Die Klauenfinger suchten Kadiyas Hände auf dem Tisch und schlossen sich um ihr Handgelenk.

Er packte sie mit solcher Gewalt, daß sie mit einem Ruck nach vorne gerissen wurde. Quave hob den Kopf und richtete die scheinbar blinden Augen auf sie.

»Träume sind gekommen.« Wie ein Blitz drangen Quaves Worte mit einem fordernden Unterton in ihre Gedanken ein. »Ehrwürdige – wenn Ihr nicht träumen könnt – dann seht! Ruft herbei, was Ihr für Euer Vorhaben braucht.«

Was sie für ihr Vorhaben brauchte? Kadiyas Gedanken wirbelten durcheinander. Sie brauchte Wissen, das geheim war, Wissen, vor dem sie sich tief in ihrem Innern fürchtete. Wer besaß solches Wissen? Unter den Seltlingen gab es weise Frauen – und auch Haramis kam in Frage!

Sie starrte in die Schale hinunter und richtete ihre Gedanken auf Haramis, versuchte, ihr Bild entstehen zu lassen, so, wie sie ihre Schwester zum letztenmal in der Zitadelle gesehen hatte.

»Haramis!« Mit lauter Stimme rief sie ihren Namen, während sie gleichzeitig ihre Gedanken auf die Suche nach ihr schickte. Die Flüssigkeit in der Schale bewegte sich nicht, aber ihre dunkle Oberfläche wurde heller, als genau in ihrem Zentrum ein Funke aufleuchtete, dessen schwaches Leuchten sich bis zum Rand ausbreitete.

Das Bild war nicht sehr klar. Wände schienen sich zu bilden und dann wieder aufzulösen. An ihnen vermeinte sie Bücher und Schriftrollen zu sehen. Sie wurden weitaus ordentlicher aufbewahrt als jene in dem Raum, den sie hier durchsucht hatte. Ein Tisch, der mit Flaschen, Krügen und einem Stapel aus Pergamentblättern bedeckt war. Die Frau, die mit einem Stift in der Hand an diesem Tisch saß, war noch undeutlicher zu sehen als ihre Umgebung.

»Haramis!« Kadiya sammelte all ihre Kräfte, um den Kontakt mit ihrer Schwester herzustellen.

Der Schatten, Haramis, hob plötzlich den Kopf, als hätte man sie gerufen, und drehte ihn ein wenig zur Seite, so daß Kadiya ihre Schwester jetzt von vorn sehen konnte. Ihre Lippen bewegten sich, ihre Augen suchten, als ob sie sich bemühte, durch ein Hindernis hindurchzusehen.

»Haramis!« Das Bild zitterte und kräuselte sich, als hätte etwas den flüssigen Spiegel gestört, in dem sie es sah. Dann war es verschwunden.

»Wer ist diese Weberin der Träume, die Ihr zu rufen versucht?« Quave ließ Kadiyas Handgelenk los.

»Meine Schwester. Sie wurde von der Erzzauberin Binah auserwählt und hat deren Platz als Zauberin und Hüterin eingenommen.«

»Jene Haramis – hat sie große Macht?«

»Von uns allen hat sie die größte Macht«, antwortete Kadiya. »Ich kann das hier einsetzen« – sie berührte vorsichtig das Schwert –, »aber in der Zauberkunst bin ich nicht bewandert. Deshalb muß ich soviel wie möglich in Erfahrung bringen. Ich habe keine Träume, die mich warnen oder mich leiten.« Sie versuchte, die Ungeduld in ihrer Stimme zu unterdrücken, Quave ihre Hilflosigkeit verständlich zu machen und durch ihn auch den anderen.

Lange Zeit sagte ihr Gegenüber kein Wort. Er machte eine kleine Geste mit seiner Klauenhand, woraufhin der Gehilfe, der die Schale gebracht hatte, sie wieder an sich nahm.

»Das ist möglich«, antwortete ihr Quave schließlich. »Wir können nicht mit den Kräften umgehen, von denen die Ehrwürdigen wußten. Jene-von-der-geträumt-wurde, wenn Ihr glaubt, daß Ihr nach Wissen suchen müßt, dann zeigt Ihr damit, daß Ihr wahrhaftig zum Versunkenen Volk gehört, denn diese hörten nie auf, danach zu suchen.« Er rückte seinen Schal zurecht und sah Gosel an.

»Wenn diese gehen muß, dann müssen wir ihr helfen. Unheil naht, das den Himmel weitaus mehr verdunkeln wird als alle Stürme, die wir erlebt haben. Ehrwürdige« – er wandte sich Kadiya zu –, »schon einmal nahte das Böse, und die Wissenden haben es bekämpft. Das Böse erhebt sich wieder. Gebt acht bei Eurer Suche, wandert leichten Schrittes über alle Pfade, die Ihr finden werdet, und haltet allzeit Eure Augen offen und jenen Gegenstand der Macht dort bereit. Auch ich habe vor kurzem geträumt. Ich glaube, daß sich etwas wie ein Schatten über uns legt, so daß wir die drohende Gefahr nicht erkennen können.«

Er erhob sich und senkte den Kopf vor Kadiya. Das Mädchen spürte die starke Persönlichkeit dieses Träumers und verneigte sich ebenfalls.

Danach waren die Hassitti bereit, ihnen zu helfen. Jagun war froh darüber. Und wieder würden sie sich der Wucht des Sturms und der Reise den Oberen Mutar hinab stellen müssen, wieder würden sie die Durchquerung der Dornenhölle wagen müssen. So schwierig es auch sein mochte, sich in den fast ununterbrochen tobenden Stürmen voranzukämpfen – es war immer noch besser, jetzt aufzubrechen, als auf besseres Wetter zu warten, denn der heulende Wind und die Überschwemmungen würden viele der gefährlichen Kreaturen entlang ihres Weges fernhalten.

Sie würden ein Boot und Proviant brauchen, wobei das letztere wohl einfacher zu bekommen war. Aber auf Kadiyas Fragen hin schleppte Gosel einen sonderbaren Gegenstand heran, der einem Kajak ähnlich sah und sowohl im Schlamm als auch auf dem Wasser des Flusses verwendet werden konnte – das sagte zumindest Jagun, nachdem er es gründlich untersucht hatte.

Im Laufe der Jahre waren schon andere Besucher zu den Hassitti gekommen. Oder besser gesagt: Vor langer Zeit waren unglückliche Forscher von den Verteidigungsanlagen der Alten gefangen worden. Sie waren der Stadt zum Opfer gefallen, aber ihre Ausrüstung war von den Hassitti gerettet worden, die sie zunächst verwundert angesehen und dann wie alles andere auch in die Lagerhäuser gebracht hatten.

Jagun gab zu, daß er noch nie etwas Ähnliches wie dieses Kajakboot gesehen hatte, aber er fand Gefallen an einigen Eigenschaften, über die er sich voller Begeisterung äußerte. Er brannte darauf, es auszuprobieren. Vielleicht wollte er auch nur so schnell wie möglich der Stadt den Rücken kehren.

Der Proviant für ihre Reise war leicht zu bekommen. Der Brei, den die Hassitti aßen, konnte über dem Feuer getrocknet werden. Früchte wurden zerstoßen und in versiegelte Krüge gefüllt. Tostlet überreichte ihnen einige kleine Bündel und versuchte, Kadiya verständlich zu machen, wie jedes von ihnen für ihr Wohlbefinden und für Heilzwecke verwendet werden konnte.

Draußen vor dem Tor hingen die dunklen Wolken schwer am Morgenhimmel, als sie sich auf den Weg machten. An das Boot hatte man Seile gebunden, an denen Kadiya und Jagun jetzt gemeinsam zogen. Die Hassitti drängten sich am Tor, um sie zu verabschieden, aber durch den dicken Vorhang aus Regentropfen waren bald nur noch die Umrisse der Ruinen zu erkennen.

Wie alle Jäger hatte auch Jagun einen angeborenen und gut ausgeprägten Orientierungssinn. Zuversichtlich suchte er sich seinen Weg, obwohl sie durch ihre Last so behindert wurden, daß sie kaum schneller als im Schrittempo vorankamen.

Kadiya hatte ein paar ihrer Sachen weggeworfen, da diese vom Sumpfwasser völlig ruiniert waren, und sich dann aus den Gewändern, die von den Hassitti in ihrer Sammlung gehortet wurden, einige Kleidungsstücke aus Stoff ausgesucht. Jetzt stellte sie befriedigt fest, daß ihre Wahl größtenteils eine gute gewesen war und einige der Materialien, die sie sich ausgesucht hatte, sogar wasserdicht waren.

Sie mußten ein gutes Stück Weges gehen, bevor sie den Mutar erreichten. Jagun war ständig auf der Hut, obgleich es jetzt Regenzeit war. Auch Kadiya hielt nach den Gefahren Ausschau, die in der Erde verborgen auf sie lauerten, und auch nach jenen, die über den schlammigen Pfad krochen und hüpften, den sie hinter sich bringen mußten.

Kadiya hielt einen kurzen Speer bereit, den sie in den Schatzkammern gefunden hatte, und auch Jagun war mit seinem Blasrohr bewaffnet, als sie plötzlich von einem widerwärtigen Gestank gewarnt wurden. Das Ding, das sich genau vor ihnen aus dem Schlamm herauswand, war mit Schuppen bedeckt und trug zwei gespaltene Hörner auf seinem Kopf, der viel zu groß und zu schwer für den Körper mit den unzähligen Beinen aussah.

Kadiya begann einen Scheinangriff auf die Kreatur und lenkte sie nach links ab, so daß Jagun seinen Schuß auf eines der hervorquellenden Augen abgeben konnte. Sie hatten dieses Spiel schon oft gespielt, aber diese Beute war neu für das Mädchen. Mit dem Pfeil im Auge wand und krümmte sich das Ding, gelblicher Schleim tropfte aus seinem halb geöffneten Maul. Kadiya traf mit dem zweiten Stoß genau in dieses Maul und drehte den Speer mit einem Ruck darin um. Das Ding warf den Kopf nach hinten und riß ihr den Speer aus der Hand, konnte aber nicht mehr nach ihnen schnappen. Die Gliedmaßen mit den vielen Beinen peitschten den Boden, dann versuchte es, seinen sterbenden Körper im Schlamm zu vergraben.

Als es nur noch ein wenig zuckte, näherten sich Kadiya und Jagun mit größter Vorsicht, um ihre Waffen loszumachen. Jagun zog sein Messer aus dem Gürtel und machte sich über die Reißzähne her. Erst brach er einen und dann noch einen zweiten Vorderzahn aus dem Kiefer des Wesens heraus. Die Zähne wickelte er in ein großes Blatt ein, das er in seinem Bündel verstaute. Kadiya vermutete, daß daraus messerscharfe Spitzen für eine Harpune entstehen würden.

Jetzt krochen andere Kreaturen aus dem Schlamm hervor, um das tote Monster zu fressen, aber ihnen konnten sie leicht ausweichen, als sie den aufgewühlten Boden an diesem Ort hinter sich zurückließen.

Ihr Lager für die Nacht schlugen sie an einer etwas höher gelegenen Stelle auf, wo sie einige Schilfrohre niedertrampelten, so daß ein Boden für ihre kleine Hütte entstand, deren Dach das Boot bildete. Feuchtigkeit und Schlamm ließen nicht zu, daß sie ein Feuer anzündeten. Trotz ihrer körperlichen Erschöpfung fand Kadiya keine Ruhe in ihrem Nest aus zusammengedrückten Schilfrohren, über das sie ihre Reisematte gelegt hatte.

»Jagun…« Sie wußte, daß auch der Jäger noch nicht schlief, denn sie hörte das leiste Knistern der Schilfrohre, das seine unruhigen Bewegungen verriet. Der Regen hatte für eine Weile aufgehört, eine wahre Erholung, mit der sie nicht gerechnet hatten. »Warum hat dein Volk dieses weit entfernte Dorf erbaut, in dem du geboren wurdest? Du sagtest, es sei ein Vorposten des Nyssomu-Landes. War der Grund dafür die Überschwemmung, von der du erzählt hast?«

»Weshalb wir nach Norden gingen, Tochter des Königs? Nun, das ist eine Legende, von der nach so langer Zeit nicht mehr viel übrig ist. Man sagt, daß unser Clan schon immer von dem Verlangen beseelt war, Neues zu entdecken. Unter uns gibt es weitaus mehr Jäger als in anderen Dörfern. Es ist bei uns Sitte, weite Reisen zu unternehmen. Und so bin ich auch an den Hof Eures Vaters gekommen. Ich beschloß zu bleiben, denn ich war neugierig auf Euer Volk und darauf, weshalb sie gewisse Dinge taten, die nicht zu unseren Gepflogenheiten gehörten. Wie Ihr wißt, wurde ich Jäger am Hof des Königs.«

»Ja!« Wie gut konnte sie sich an jene Zeit erinnern, an den Tag, als sie Jagun zum erstenmal gesehen hatte. Er hatte zwei Intonjunge bei sich, denen er ein paar einfache Kunststücke beigebracht hatte. Aber es reichte, um all jene in Erstaunen zu versetzen, die ihren Vorführungen zusahen, denn Intons waren scheu und wurden nur selten gesehen.

»Sie hießen Issa und Itta.« Kadiya fielen ihre Namen wieder ein. »Und dann hast du die Händler in die Sümpfe geführt, und sie haben viele Ralmuscheln und die Häute der Var mit sich gebracht.«

»Das hätte auch jeder andere aus meinem Clan gekonnt«, erwiderte er. »Aber hört mich an. Wie ich schon sagte, hegt die Sprecherin meines Hauses großes Interesse an sonderbarem Wissen. Ihr habe ich vieles von dem übermittelt, was ich in der Zitadelle und während meiner Wanderungen gelernt habe. Dafür wurden wir vom Clan belohnt, und diejenigen, die nah mit mir verwandt sind, genießen hohes Ansehen bei den Großen Zusammenkünften.

Dies habe ich mit großem Eifer getan, denn auch ich verspüre den Wunsch, das zu lernen, was viele bereits wieder vergessen oder niemals gewußt haben. Jetzt kann ich noch viel mehr für die Aufzeichnungen bringen.« Kadiya hörte an seiner Stimme, wie befriedigt er darüber war.

»Die Hassitti, ihre Träumer, sprechen von großem Unheil.« Sie war in Gedanken versunken.

»Weitsichtige, die Sümpfe sind ein zerstörtes Land, und schuld daran ist ein widriges Schicksal. Daß das Böse darin umgeht, ist so natürlich wie der Wuchs von Samen auf einer Pflanze. Wir haben erlebt, was das Böse anrichten kann, und wir wissen, daß wieder Unheil auferstehen kann.«

»Aus Labornok?«

»Dieses Land und Eurer Land haben jetzt eine Königin, die von Eurem Blute ist, Weitsichtige. Und sie hat mitgeholfen, den Großen Talisman zu bilden.«

»Orogastus ist tot. Und auch Voltrik gibt es nicht mehr«, sagte Kadiya langsam. »Haramis ist die Wächterin – aber sie ist weit weggegangen. Binah lebte in Noth, das zu den

Sümpfen gehörte, aber meine Schwester ist in die Berge gegangen. Und die Gefahr kommt von den Bergen... Jagun, hast du bei deinen Wanderungen jemals die Berge im Westen erblickt? Wer oder was lebt dort?«

»Weitsichtige, auch ich würde das gerne wissen. Ich bin nie so weit in das Land der Uisgu gekommen, das sich bis an den Fuß jener Berge erstreckt. Und auch in den Aufzeichnungen meines Clans findet sich nichts darüber, daß jemals ein Jäger bis dorthin gelangt wäre. Aber jetzt schlaft, Tochter des Königs, die erste Wache übernehme ich.«

Widerwillig legte sich Kadiya nieder, aber sie dachte an Haramis und das verschwommene Bild ihrer Schwester, das der Träumer der Hassitti ihr gezeigt hatte. Haramis hatte von den Vispi gesprochen: Herrscher über Schnee und Eis in diesen hochgelegenen Gefilden, die man, auch wenn man sich dorthin wagte, fast nie zu Gesicht bekam. Hatte Haramis einen aus jenem Volk als Begleiter und Freund, so wie Kadiya Jagun hatte, oder war sie allein? Kadiya lief ein Schauer über den Rücken. Allein zu sein... das wünschte sie Haramis nicht. Von Kindesbeinen an hatte Kadiya die Sümpfe gesucht. In der Enge des königlichen Hofes hatte sie immer den Eindruck gehabt, daß sie nicht das war, was man von ihr erwartete. Sie hatte mehr Freunde unter den Seltlingen als unter den Menschen bei Hofe. Ein Gedanke stieg in ihr auf. Würde sie in den Sümpfen wohl jemals einsam sein, weil sie nicht dort geboren war? Es war eine Frage, die ihr nie zuvor in den Sinn gekommen war.

Der Regen hatte wieder begonnen. Sein stetes Trommeln auf dem Boot über ihren Köpfen war ohrenbetäubend. Kadiya warf sich unruhig auf ihrem modrig riechenden Bett hin und her und versuchte, die Gedanken zu verscheuchen, die ihr durch den Kopf gingen. Dann fiel sie in tiefen Schlaf.

Als Jagun sie weckte, setzte sie sich mit dem Schwert über den Knien hin und starrte in den Vorhang aus Wasser. Es war unmöglich, in der Dunkelheit der Nacht etwas zu sehen, und auch mit ihrem Gehör konnte sie nichts wahrnehmen, da das stetige Prasseln des Regens alles übertönte. Unbeholfen konzentrierte sie sich auf jenen anderen Sinn, den sie einzusetzen gelernt hatte, und schickte ihre Gedanken auf die Suche nach Anzeichen für Leben um sie herum.

Sie spürte die Bewegungen kleiner Tiere, die sich von dem Regen und den schlammigen Pfaden nicht so sehr stören ließen wie die größeren Geschöpfe. Alles, was Kadiya aus diesen flüchtigen Berührungen erfahren konnte, war das Gefühl von Hunger, das Bedürfnis, knurrende Mägen zu füllen, und die Konzentration eines Raubtieres, das seiner Beute nachsetzte. Dies waren die einzigen Hinweise darauf, daß die Welt um sie herum von Leben erfüllt war.

Dem Mädchen wurde bewußt, daß sie noch etwas anderes spürte. Das Drillingsamulett, das sie seit ihrer Geburt trug, war warm geworden. Als sie es aus ihrem mit Wasser vollgesogenen Hemd hervorholte, sah sie einen schwachen Schein in seinem Innern, einen Lichtkreis um die geöffnete Blüte, die darin eingeschlossen war. Einer plötzlichen Regung folgend, hob sie es hoch und berührte damit ihre Stirn unterhalb des Haaransatzes.

Zweifellos strahlte es Wärme aus. Und da war noch etwas – ein Puls. Die in seinem Innern eingeschlossene Blume schien wie ein Tier zu atmen. Schon einmal hatte sie Leben in ihrem Talisman gespürt. Er hatte ihr als treuer Führer gedient, als sie auf der Suche nach Binah gewesen war. Wenn sie doch nur mehr darüber wüßte, welche Hilfe er für sie sein konnte! Haramis war diejenige, welche die Macht besaß. Sie hatte die Talismane mit all ihren gewonnenen Fähigkeiten zu einer mächtigen Waffe zusammengefügt. Kadiya fuhr mit der Hand über die stumpfe Klinge ihres Schwertes, wobei sie darauf achtete, die drei Augen nicht zu berühren. Dies hier war ihre Macht, und sie hatte damit getötet. Würde sie es wieder tun müssen? Die Dämmerung war gerade erst angebrochen, als sie am nächsten Morgen aufbrachen. Jagun prüfte den Boden vor ihnen mit dem Ende seines Speers, um die heimtückischen Löcher im Schlamm zu finden, von denen die Unvorsichtigen verschlungen werden konnten, und sie mußten viele Umwege machen. An diesem Tag schleppten sie sich verbissen vorwärts, unbehelligt von Gefahren, mit Ausnahme jener, die das Land selbst in sich barg. Das Licht in Kadiyas Amulett glühte immer noch, ein kleines, warmes Feuer in einer düsteren Umgebung.

Nach beinahe vier Tagen beschwerlicher Reise hatten sie endlich den Fluß erreicht, und Kadiya stieß einen Seufzer der Erleichterung aus, als sie Jagun dabei half, das Boot zu Wasser zu lassen.

Der Sturm hatte den Fluß zu einer reißenden Flut anschwellen lassen. Jagun steuerte mit einem langen Ruder und war ständig auf der Hut. Da sie nicht zu paddeln brauchte, kauerte sich Kadiya in der Nähe des Bugs nieder und suchte die Umgebung wieder mit ihren Gedanken ab. Leben – ja, das gab es reichlich, aber sie spürte keinen Hinweis auf etwas, das wirklich bedrohlich war.

Seit sie die Stadt verlassen hatten, waren zehn Tage vergangen. Da endlich erreichten sie den See, der den langen Pier umgab, auf dem Häuser von Jaguns Clan standen. Der Wasserspiegel des Sees war sehr viel höher als bei Kadiyas erstem Besuch hier. Vieles hatte sich für sie und für die Welt verändert, seit jenem Tag, an dem sie es gewagt hatte, mit den Bräuchen zu brechen. Als Flüchtling, auf dessen Kopf ein Preis ausgesetzt war, hatte sie die Nyssomu in ihrem Dorf aufgesucht und um Hilfe gebeten für den Kampf gegen ihren gemeinsamen Feind. Und doch sah alles so aus wie damals, mit Ausnahme der Fluten, die jetzt näher an die Plattformen heranreichten.

Wie beim erstenmal wurde ihr Kommen auch jetzt von versteckten Wächtern angekündigt. Das Pfeifen des Willkommensgrußes hing immer noch in der Luft, als das Boot, in dem Kadiya saß, gegen den von Pfeilern gestützten Steg des Haupthauses stieß.

Auch diesmal wurde sie von vier Frauen der Nyssomu erwartet. Den strömenden Regen, der ihnen die Bemalung von den Wangen wusch und ihre Gewänder durchnäßte, schienen sie nicht zu spüren. Kadiya erkannte zwei der Frauen wieder. Wie würde man sie wohl dieses Mal begrüßen?

Jagun verneigte sich. »Ich grüße Euch, Erste des Hauses. Möge es allen wohl ergehen, die unter den Augen Jener-deren-Namen-wir-nicht-nennen wandeln.«

Die Nyssomu musterte sie einen Augenblick, der für die erschöpfte Kadiya eine Ewigkeit zu dauern schien, bevor sie die vorgeschriebene Antwort gab.

»Dieses Dach möge Euch Schutz gewähren, Euch, Jäger, und Euch, Tochter des Königs, die ein zweites Mal unser Gast ist.« Kadiya antwortete ihr mit der Geste des Respekts, die sie vor langer Zeit in Trevista gelernt hatte, als sie zum erstenmal die Sümpfe betreten hatte.

»Ich, Kadiya, wünsche allen darin Glück.« Sie legte ihre schlammbeschmierte Handfläche in die der Frau.

Die Nyssomu lächelte. »Das Glück möge mit Euch sein, Tochter des Königs. Wir haben Kunde davon erhalten, was Ihr und die Euren so weit von hier vollbracht habt und daß Ihr ein großes Unheil von uns abgewendet habt. Wir waren Gefährten in der Schlacht, und so sollen wir jetzt auch Gefährten im Frieden sein.« Dann verschwand ihr Lächeln, und sie starrte dem Mädchen in die Augen, als könne sie dort eine Botschaft lesen.

»Euer Herz ist betrübt. Seid willkommen, Ihr, die Ihr den Weg zu uns gefunden habt. Wir gewähren Euch alle Gastrechte.«

Die Frauen, die vor dem Eingang des Langhauses standen, verneigten sich, als die Erste des Hauses Kadiya in jene Kammer führte, an die sie sich noch gut erinnern konnte. Der Luxus darin, obgleich fremd und sonderbar, wurde von ihr, die gerade dem Schlamm und den tosenden Fluten entronnen war, mit Dankbarkeit angenommen.

Während Kadiya badete, erinnerte sie sich an ihren letzten Besuch hier. Was ihre Freunde ihr damals angeboten hatten, vermochte ihr mit Kummer erfülltes Herz zu erleichtern, so wie die Salben und Öle ihren Körper geheilt hatten. Damals war sie Tod und Gewalt entronnen, hatte ungeheuerlichere Greueltaten gesehen, als sie dies je für möglich gehalten hätte. Die Welt war in einem Tag und einer Nacht vernichtet worden. Es hatte nur noch ihren eisernen Willen und den brennenden Wunsch nach Rache gegeben.

Die Seife, die sie aus einer in Reichweite stehenden Muschelschale herausholte, brannte auf der Kopfhaut, wo ihr die Haare ausgerissen worden waren, aber das machte ihr nur wenig aus. Entspannt legte sie sich im Wasser zurück, bis Ruhe und Frieden, die untrennbar mit den Nyssomu verbunden waren, in ihrer wunden Seele Einzug gehalten hatten.

Sie legte eines der mit Fransen besetzten Gewänder an, die für sie bereitlagen, und entwirrte ihr nasses Haar mit einem Kamm aus Fischknochen. Auf ihrer nassen Haut lag noch der Duft der Blütenblätter in ihrem Badewasser, und sie war froh darüber, daß sie dem Geruch der Sümpfe wenigstens für kurze Zeit entrinnen konnte.

Jetzt versammelten sich die Anführerinnen der sechs Clans, die den Rat der Ersten bildeten, wie damals, als eine nervöse Kadiya zum erstenmal vor ihn hingetreten war. Sie setzte sich ihnen gegenüber auf einen Hocker, der mit einem Kissen versehen war. Eine jüngere Frau brachte den Willkommenstrunk, von dem eine nach der anderen trank.

Kadiya achtete darauf, daß sie das vorgeschriebene Trankopfer auf dem Boden ausbrachte.

»Tochter des Königs, ich habe gesehen, daß Ihr mit Kummer in Eurem Herzen zu uns gekommen seid. Aber wir haben keine Berichte über marschierende Armeen gehört – nicht seit der Rückkehr jener Siegreichen damals, als der verbrecherische König jenseits der Berge und sein übler Zauberer versuchten, uns unter ihren Füßen zu zertreten. Ihr tragt das« – sie deutete auf das Amulett, das Kadiya um den Hals trug – »... und das.« Jetzt deutete der Finger auf das Schwert, das zu Füßen des Mädchens lag. »Beides ist lebendig. Also sind die Schwierigkeiten noch nicht vorbei. Welcher neue König droht jetzt in unser Land einzufallen?«

Kadiya zögerte. Dann entschied sie, daß es wohl am besten war, wenn sie mit ihrer Geschichte ganz von vorn begann.

»Kein König will die Grenze überschreiten, Sprecherin. Meine Schwester Anigel trägt jetzt die Doppelkrone der beiden Länder und herrscht in Frieden. Und doch gibt es eine Warnung, daß das Böse noch nicht mit uns fertig ist – oder die Mächte der Finsternis eine neue Macht geschickt haben, um unsere Stärke zu prüfen, eine Macht, die sich von den Bergen her ausbreitet.«

Und so begann sie zu erzählen, was sich seit ihrem Verlassen der Zitadelle zugetragen hatte, als sie, getrieben von einem Gefühl, in den Garten des Schwertes zog.

9

Als Kadiya die Hassitti erwähnte, wurden ihre Zuhörerinnen ganz aufgeregt. Die Hausvorsteherin unterbrach sie.

»Tochter des Königs, Ihr sprecht von Legenden.«

»Lebenden Legenden«, erwiderte Kadiya mit fester Stimme. »Sie nennen sich die Wächter dessen, was vom Versunkenen Volk einst zurückgelassen wurde.«

Jetzt ging ein leises Raunen durch die Menge der Nyssomu-Frauen. Ein Raunen, so erschien es Kadiya, das eher von Erstaunen denn von Ablehnung zeugte.

Sie beeilte sich, von Jaguns Abenteuer im Labyrinth des Lichts zu erzählen, und sah, wie die Erste den Kopf schüttelte.

»Fallen! So also behandeln sie uns, die wir an weit entfernten Orten Hände und Füße für das Versunkene Volk waren! Das werden wir auf keinen Fall hinnehmen!«

Kadiya zögerte, dann sprach sie weiter. »Herrin des Hauses, ich glaube nicht, daß das kleine Volk diese Fallen erbaut hat. Sie sind seit der Zeit in Gebrauch, als das Versunkene Volk fortging. Die Hassitti sagen, daß sie die Wächter und Hüter all der Dinge sind, die von den Erhabenen zurückgelassen wurden. Und allem Anschein nach haben sie diese Aufgabe auch nach besten Kräften erfüllt.« Sie beschrieb die vielen Kammern mit den unzähligen Schätzen darin. Dann erzählte sie von den Botschaften der Träumer. Wieder wurde sie unterbrochen.

»Sie behaupten, sie könnten Träume einfangen! Träume, von denen Ihr sagt, sie seien eine Warnung. Gefahr von den Bergen. Haben wir denn nicht gerade einen Krieg gegen jene geführt, die über die Berge kamen? Es kann doch nicht sein, daß sie schon wieder auf dem Vormarsch sind!«

»Andere Berge – nicht gen Norden, sondern gen Westen«, antwortete Kadiya. »Die Träumer dort sind sehr geachtet. Die Hassitti hören auf ihren Rat.«

»Und Ihr versucht jetzt, etwas über diese Berge von uns zu erfahren, Tochter des Königs? Warum? Unser Volk hat nichts mit dem Gebirge jenseits der Sümpfe zu tun.«

»Deswegen bin ich hergekommen.« Kadiya öffnete ihren Beutel aus schützendem Silisleder, den sie herbeigeholt hatte, bevor sie mit ihrer Geschichte begann. Jetzt rollte sie den Streifen mit den gewebten Mustern auf, der von dem Auge des Talismans übersetzt worden war.

Einen Augenblick lang hatte Kadiya den Eindruck, als wollte die Erste ihn nicht berühren. Als müßte sie sich zwingen, etwas zu tun, was sie nicht wollte, nahm sie ihn dann entgegen und breitete ihn auf den Knien aus. Eine der neben ihr Sitzenden erhob sich und stellte sich neben die Erste, um ihr über die Schulter zu sehen.

Die Linien, die das Auge hervorgehoben hatte, waren nicht verblaßt und daher leicht zu erkennen. Die Erste zeichnete sie mit ihrem Finger nach, als würde die Berührung mit dem Material die Botschaft darin noch deutlicher machen.

Dann hob sie den Kopf, als müßte sie sich Auge in Auge mit der Nyssomu beraten, die sich zu ihr gesellt hatte, um den Fund zu untersuchen.

»Erste«, sprach die andere jetzt, »das Webmuster ist echt. Das hier ist Nyssomu.«

»Aber«, wandte die Erste ein, »doch ganz gewiß sehr, sehr alt. Das, wovon es spricht, liegt schon viele Jahre zurück. Schon zur Zeit meiner Großmutter war es fast vergessen. Weberin, haben wir Muster, die zu dieser Aufzeichnung hier passen?«

Die andere nickte. »Ja, wir haben drei Muster, die diesem hier ähnlich sind. Zwei von ihnen mußten wir in der letzten Trockenzeit erneut weben, denn sie waren schon so alt, daß sie zu zerfallen drohten.

Auch uns ist eine solche Botschaft bekannt: daß Unheil

im Westen wohne, dieses aber dort festgehalten werde und Schutzvorrichtungen erbaut worden seien, so daß die Sümpfe bisher keiner Bewaffnung bedurften. Das Versunkene Volk hat diese Barriere geschaffen. Diese hier« – sie sah Kadiya an – »berichtet davon, daß eine ihrer anderen Schutzvorrichtungen immer noch eine mächtige Falle ist. Sie bedienten sich einer Macht, über die wir nicht verfügen können.

Die Erhabene, Binah, hatte die Macht. Ihr, Tochter des Königs, seid mit dieser Macht in Berührung gekommen, oder mit einem Teil davon. Eine von Eurem Blute, Eure Schwester, nimmt jetzt Binahs Platz ein. Aber nichts kommt dem gleich, was das Versunkene Volk kannte und verwendete. Wir streben nicht nach einer solchen Macht. Es steht uns nicht zu, etwas zu begehren, das nicht zu unserer Art gehört. Das Versunkene Volk hat uns vor langer, langer Zeit verlassen, und seit damals ist es unser einziges Bestreben gewesen, die Sicherheit unseres Volkes zu bewahren. Wir haben uns an den alten Schwur gehalten. Der Ort, von dem Ihr gerade herkommt, war für uns verboten. Vielleicht deshalb, weil die Gefahr bestand, daß einige von übler Gesinnung geboren werden und leichtsinnig nach dem streben könnten, was ihnen nicht zustand.«

»Wenn das Böse naht« – sie war ein paar Schritte vor die Erste getreten und sprach mit ernster Stimme –, »dann vielleicht deshalb, weil während der letzten Monde zuviel von jener alten Macht herbeigerufen worden ist. Der Zauberer Orogastus versuchte sich an verbotenen Dingen, er benutzte das Feuer der Luft als Waffe. Wie sollen wir wissen, ob er nicht etwas aus dem Gleichgewicht gebracht hat und dadurch etwas befreit wurde, von dem man glaubte, daß es für immer gefangen war?«

Die Erste hob die Hand, und ihre Gefährtin verstummte.

»Tochter des Königs, Ihr habt uns vieles gesagt, über das wir nachdenken müssen.« Sie glättete den Pergamentstreifen mit der Hand. »Wir haben unsere Aufzeichnungen, die so gut und so sicher aufbewahrt werden, wie wir dies vermögen. Wegen der Warnung des Träumers und wegen dem, was Ihr in Euren Händen haltet und nicht zu seinem Ursprung zurückbringen könnt« – sie deutete auf das Schwert –, »glauben wir, daß sich uns wahrhaftig Unheil nähert. Wir verleihen Euch Kriegsvollmachten und werden Euch bei dem helfen, was getan werden muß. Obgleich wir ein Volk sind, das nicht leicht zu Speer und Pfeilen greift, so verschließen wir doch nicht unsere Augen und Ohren, wenn uns von einer Warnung berichtet wird.«

»Erste, Euch gebührt Dank. Für einige Dinge werde ich viele Hände brauchen. Eure Hilfe wird von großem Nutzen sein«, erwiderte Kadiya.

Die Frauen hatten sich erhoben und bewegten jetzt Hände und Kopf in einer feierlichen Geste. Angeführt von der Ersten, verließen sie die Kammer. Dann eilten zwei junge Seltlinge herbei, die Kadiya bedeuteten, ihnen zu folgen. Sie führten Kadiya in eine Kammer, von der sie annahm, daß sie als Gästezimmer für Besucher gedacht war, die nicht dem Volk der Nyssomu angehörten.

Dort fand sie eine Mahlzeit vor. Sie aß tüchtig von den Gerichten, die sie schon in ihrer frühen Kindheit bei ihren Ausflügen in die Sümpfe kennengelernt hatte, als sie von Jagun begleitet worden war. Diese Mahlzeit war etwas anderes als die weiche Breimasse und die zerdrückten Früchte, die ihr die Hassitti gegeben hatten. Mit Genuß biß sie in die knackigen, zarten Lakawurzeln.

Als ein junges Mädchen hereinkam, um das Tablett wegzuräumen, deutete sie auf die Schlafmatten, die auf einem Stapel aus Schilfrohren ausgebreitet waren, und hob einladend eine Ecke der feingewebten Grasdecke, in die man die duftenden Stiele getrockneter Blumen geflochten hatte, von denen sich die Nyssomu einen geruhsamen Schlaf versprachen.

Kadiya legte sich auf die Matten und wollte gerade die Decke hochziehen, als hinter dem Türvorhang ein leises Rufen ertönte. Auf Kadiyas Antwort kam jedoch nicht wieder das junge Mädchen herein, sondern die ältere Seltlingfrau, die von der Ersten als Weberin angesprochen worden war und Kadiyas Befragung beigewohnt hatte.

Die Nyssomu hielt beide Hände ausgestreckt vor ihrem Körper und trug einen sonderbaren Gegenstand herein. Es war ein Schilfrohr, das man zu einem Oval gebogen hatte. Darin war kreuz und quer ein Faden gespannt worden, der ein durchbrochenes Muster bildete – wie ein schiefes Netz. Von einer Seite des Ovals hingen zwei gefärbte Schilfgräser herab, eines grün, das andere blau. Diese waren nicht gleich lang, und von ihren Enden hingen kleine Federbüschel herab – jedes dieser Büschel strahlte einen metallenen Glanz aus, der sogar im Halbdunkel der Kammer zu erkennen war.

»Habt Ihr so etwas schon einmal gesehen, Tochter des Königs?«

»Nein, Weberin. Was ist das? Besitzt es große Macht?«

»O ja. Das hier ist ein Traumnetz, ein Fänger, der Euch vor unheilvollen Visionen im Schlaf schützen wird. Da man Euch erzählt hat, daß solche umgehen, werden wir es einfach hier aufhängen.«

Die Weberin streckte eine ihrer Hände in die Höhe und stellte sich auf die Zehenspitzen, um zu finden, was sie suchte. Sie zog eine fast unsichtbare Schnur zu sich herunter, in die sie ihren »Schutz« einhakte, so daß er frei in der Luft hing und sich um sich selbst drehte. Die kleinen Federbüschel bewegten sich im Luftzug.

Die Weberin musterte es prüfend und zog einmal kurz an einem der herunterhängenden Gräser, woraufhin es sich wieder im Kreis drehte. Dann nickte sie einmal kurz, wie jemand, der gute Arbeit geleistet hat.

»Schlaft gut, Tochter des Königs. Ihr seid jetzt vor schwarzen Träumen geschützt.«

Bevor Kadiya ihr Dank sagen konnte, war auch schon der Türvorhang hinter ihr niedergefallen. Die Lampe, die man für sie auf einem Hocker hatte brennen lassen, flackerte nur noch schwach. Kadiya legte sich wieder unter ihre duftende Decke. Im gedämpften Licht der Kammer huschten Schatten über die Wände. Die Traumfalle drehte sich immer noch. Sie fragte sich, was die Träumer der Hassitti wohl dazu gesagt hätten. Es hatte den Anschein, als würden die Nyssomu bedeutungsvolle Träume nicht so willkommen heißen wie die Bewohner der Stadt.

Kadiya wußte nicht, ob es nun die plötzlich mit aller Macht hereinbrechende Erschöpfung war, die sie in einen tiefen Schlaf ohne Träume versinken ließ, oder ob der Schutz wirklich funktionierte. Sie versank in warmer, willkommener Dunkelheit und war zufrieden.

Während die Bibliothek, die Kadiya in der Stadt durchsucht hatte, ein wahres Labyrinth aus Büchern und Schriftrollen gewesen war, dem jedes System fehlte, war die, die sie in Begleitung der Weberin in Jaguns Haus besuchte, geradezu ein Muster an Ordentlichkeit und ein Ort voller Betriebsamkeit. Die Nyssomu-Frau, die über diese Betriebsamkeit wachte, machte keinerlei Anstalten, ihrer Besucherin etwas zu erklären, und so erkannte Kadiya schnell, daß das Weben von Aufzeichnungen wohl nur einer bestimmten Gruppe bekannt und eines jener Geheimnisse war, die von jenen, die damit zu tun hatten, eifersüchtig bewahrt wurden.

Die Webstühle waren recht klein und standen auf Tischen, ähnlich denen, die sie in Trevista gesehen hatte. Dort wurden sie für die Herstellung von Schals und Bändern verwendet. Sie zählte drei Webstühle, von denen zwei in Gebrauch waren. Die Knäuel aus gesponnen Schilf- und Grasfasern, die man in verschiedenen Farben gefärbt hatte, standen auf große Spulen gewickelt bereit. Anstelle von Schiffchen benutzten die Weberinnen Nadeln mit langen Fäden, um Linien einzufügen, die in Kadiyas Augen keinem bestimmten Muster folgten.

Neben dem dritten Webstuhl lag der Streifen, den sie mitgebracht hatte, und daneben stand eine größere Spule, auf der so viel Material aufgewickelt war, daß sie fast so breit wie der Streifen aus uralter Zeit war.

Während die beiden jüngeren Seltlingfrauen ihre Arbeit fortsetzten, wurde Kadiya von der Weberin selbst zu dem mittleren Webstuhl geführt. Dort rollte sie mit unendlicher Sorgfalt das auf der Spule aufgerollte Band ab. Als das Material auf der Spule widerstrebend ihrem sanften Ziehen nachgab, stieg eine kleine Staubwolke auf, und Kadiya vermutete, daß es sich hier um eine Aufzeichnung handelte, die schon vor geraumer Zeit gewebt worden war.

Obwohl die Fensterläden fest geschlossen waren, um das Geräusch des Regens auszuschließen, kam von den Lampen, die von den Balken über ihren Köpfen herabhingen, soviel Licht, daß Kadiya erkennen konnte, wie die verschiedenfarbigen Linien sich trafen und wieder auseinanderstrebten, wie sie zuweilen Kreise oder Flecken bildeten.

Die Weberin rollte nur ein kleines Stück von der Spule ab. Dann griff sie nach dem Pergamentstreifen aus der Stadt und hielt ihn mit der einen Hand neben das gewebte Stück, das sie in ihrer anderen Hand ausgebreitet hatte.

»Dies hier ist die Arbeit von Jassoa, die vor hundert Jahren Weberin war. Es ist eine ausgezeichnete Arbeit, die ohne zu altern die Jahre überstanden hat. Hier ist ein Bericht über die Stürme, die damals zu der Überschwemmung unseres ersten Dorfes geführt haben. Und hier ist noch etwas anderes..., daß uns von den Uisgu ein Gerücht zugetragen wurde, demzufolge sie sich vor einem bestimmten Unheil fürchteten, das an ihren Grenzen wohnte, da es in den Bergen große Erschütterungen gegeben hatte. Wind und Regen hatten einen Erdrutsch auf den Berggipfeln ausgelöst...«

Kadiya unterbrach sie. »Könnte man das als absichtlich herbeigeführtes Unheil bezeichnen?« Dann beeilte sie sich zu sagen: »Ich bitte um Verzeihung, Weberin. Meine Ungeduld ist ungehörig.«

Die Weberin, die sie bei ihrer Zusammenkunft für weitaus ernster als die Erste gehalten hatte, lächelte ein wenig.

»Tochter des Königs, der Eifer zu lernen kann sich nicht immer von gutem Benehmen zügeln lassen. Aber die Antwort auf Eure Frage lautet: nein. Ein Erdrutsch, der von einem Sturm verursacht wurde, kann kein Angriff des Bösen sein. Wenn jedoch bei diesem Erdrutsch ein geheimer Pfad oder eine verschlossene Tür geöffnet wurden, könnte man es durchaus so bezeichnen.«

»Ein Pfad oder eine Tür«, wiederholte Kadiya, »in der Bergkette im Norden – die Vispi? Meine Schwester steht mit ihnen in guter Verbindung. Sind sie auch im Land jenseits der Uisgu zu finden?«

»Ich weiß es nicht«, entgegnete die Weberin. »Trotz unseres engen Kontakts mit den Uisgu haben diese bisher nie ein solches Volk erwähnt. Allerdings«, sie hatte ihre Aufmerksamkeit wieder dem gewebten Streifen zugewandt, »sind danach keine weiteren Warnungen vor einem drohenden Unheil mehr zu finden.«

»Gibt es noch andere Aufzeichnung über das, was die Uisgu fürchteten?«

»Die Uisgu haben vielleicht eigene Aufzeichnungen. Wenn sie uns diese mitteilen, dann nur, um uns vor einer Gefahr zu warnen, die allen Sümpfen drohen könnte. Sie haben uns nur das hier geschickt.« Sie rollte die Spule mit der gewebten Aufzeichnung wieder auf.

»Und die Berge jenseits des Landes der Uisgu, was ist über diese bekannt?« fragte Kadiya hartnäckig weiter. Ihr wurde langsam klar, wie wenig sie doch von der Welt in den Sümpfen wußte – sie, die sich für so klug gehalten hatte, weil Jagun ihr vieles beigebracht und sie manchmal eine kleine Reise unternommen hatte. Ihre Abenteuer während des Krieges hatten sie in Regionen geführt, die völlig neu für sie gewesen waren, und jetzt schien es so zu sein, als ob selbst dieses Wissen nicht ausreichen würde, um die Grenzen der Unwissenheit zu durchbrechen.

»Wir zeichnen das auf, was wir von den Sümpfen und von dem Leben, das unser Volk führt, wissen«, antwortete ihr die Weberin. »Was bedeuten uns diese Berge? Die Uisgu sind mit uns verwandt, aber wir treffen nur zum Handeln mit ihnen zusammen oder in Zeiten großer Gefahr.«

Sie hatte die aufgerollte Spule ergriffen und stellte sie wieder zwischen die anderen, die in ordentlichen Reihen auf den Regalen an drei Seiten des Raums standen, aber in diesem Moment hallte ein Schrei durch die Luft.

Hörte sie ihn mit ihrem Gehör? Kadiya hatte sich unwillkürlich die Hände auf die Ohren gepreßt, aber dennoch verringerte sich die Lautstärke des Schreis nicht. Also war es ein Gedankenschrei, so durchdringend und schrill, daß er sie wie ein Schlag auf den Kopf traf und vor Benommenheit schwanken ließ.

Die Seltlinge im Raum hatten ebenfalls die Hände auf die Ohren gepreßt. Ihre Gesichter verzerrten sich vor Schmerz. Dies konnte keine Laune des Sturms draußen sein.

Kadiya richtete sich auf, als das Geräusch verstummte. Sie hatte die Hand auf das Schwert gelegt und war zum Eingang gestürzt, die Weberin dicht hinter ihr.

»Unheil naht«, hörte sie die Seltlingfrau sagen.

In der Halle draußen drängten sich bereits viele der Nyssomu, zu denen sich immer noch mehr aus den Familienräumen gesellten. Jetzt strömten sie hinaus auf den breiten Landungssteg, wo ihre Boote vertäut waren. Kadiya bemerkte, daß sie sich alle bewaffnet hatten. Sie sah einen Wald aus Speeren und Blasrohren, die Männer und Frauen gleichermaßen mit sich führten. Nur die Kinder drängten sich im Hintergrund zusammen, wo sie die ungeduldigen Klapse der Älteren in Deckung gescheucht hatten.

Das Langhaus, vor dem sie stand, war nicht das einzige, das aufgeschreckt worden war. Kadiya konnte sehen, daß sich auch vor den anderen Langhäusern des Dorfes die Bewohner versammelt hatten. Einige von ihnen stießen sich mit ihren leichten Booten von den Stegen ab und paddelten durch die aufgewühlten Fluten des Sees in Richtung der Küste.

Sie sah, wie Jagun sich einer der Gruppen anschloß, die auf ein Boot warteten, und bahnte sich ihren Weg zu ihm.

»Was bedeutet das?« fragte sie ihn mit lauter Stimme, um das Schreien und Rufen der anderen zu übertönen, die jetzt alle die Sumpfsprache verwendeten.

Er wandte ihr nicht einmal den Kopf zu, sondern wartete auf die Gelegenheit, einen der Plätze im Boot einnehmen zu können. Aus Angst, er würde verschwinden, bevor sie etwas in Erfahrung bringen konnte, packte sie ihn am Arm.

»Es nähert sich etwas. Wir haben eine Todesbotschaft erhalten!« Mit einem Ruck riß er sich los.

Kadiya versuchte erst gar nicht, ihm zu folgen, als er in ein Boot stieg. Sie war viel zu schwer und hatte keine Erfahrung im Umgang mit den Waffen der Nyssomu, so daß sie im Augenblick gar keine Hilfe sein konnte.

Die Erste und der Rat der Frauen standen weit draußen auf der Plattform. Keine von ihnen achtete auf den Regen, der jetzt wieder in Strömen vom Himmel fiel. In jedem der Boote, die sich bereits auf den Weg gemacht hatten, schöpfte mindestens einer der Insassen das Wasser heraus.

Zu Kadiyas Überraschung verteilten sich die Boote, die von den Häusern ablegten. Einige paddelten auf die Mündung des Flusses zu, andere wiederum steuerten in Richtung der Küste, die sich um den ganzen See herumzog. Als das erste Boot das schlammige Ufer erreichte, zogen die Nyssomu die anderen an Land und verschwanden im Gestrüpp. Mit Ausnahme der wenigen Boote, die immer noch zu sehen waren, lag die Küste nach ein paar Minuten wieder völlig verlassen da.

Kadiya wußte sehr gut, daß die Seltlinge über Möglichkeiten verfügten, um ihr vom Wasser umspültes Land zu verteidigen. In der Wildnis wimmelte es jetzt nur so von Kämpfern. Jede Streitmacht, die versuchte, zum See – dem Mittelpunkt des Dorfes – vorzudringen, würde feststellen müssen, daß ihr Vorrücken ganz und gar nicht einfach sein würde.

Skritek? Kadiya konnte sich keinen anderen Feind vorstellen. Wenn eine kleine Gruppe von Voltriks Männern immer noch in der Wildnis herumirrte, wären solche Überlebenden überhaupt nicht in der Verfassung, einen Angriff zu beginnen. Aber die Skritek waren bekannt dafür, daß sie sich in einen Hinterhalt legten und dann still und leise in bewohntes Gebiet schlichen, wo sie eine kleine Gruppe von Seltlingen von den anderen abschnitten. Sie hatte noch nie davon gehört, daß die Wasserscheusale ein Dorf angegriffen hatten – mit Ausnahme der schrecklichen Wochen, in denen sie von Voltriks Männer dazu gezwungen worden waren. Das war nicht ihre Art zu kämpfen.

Das Mädchen ging zu der Ersten und den Frauen des Rates hinüber. Kein zweiter Laut hatte das Tosen des Sturms übertönt. Der Regen, der auf dem See niederfiel, war wie ein Vorhang, der einzelne Abschnitte der Küste verhüllte. Und das gefiel Kadiya überhaupt nicht. Es konnte sehr gut sein, daß die Skritek von den Invasoren eine neue Taktik erlernt hatten und ein wagemutiger Anführer unter ihnen diese jetzt ausprobierte.

Die Flottille der Boote, die auf die andere Seite des Sees zusteuerte, war kaum mehr zu erkennen. Die Nyssomu hatten ständig Wächter aufgestellt, nicht nur in der Nähe des Sees, sondern auch entlang des Flusses, und gewöhnlich war ein aus Gestrüpp gefertigtes Tor wie ein Vorhang über den Fluß gezogen, um diese zu verbergen.

Sie versuchte gerade, Boote zu erspähen, was aber selbst

ihre vielgerühmte Weitsichtigkeit überforderte, als der Laut wiederkam. Dieses Mal nahm er sie nicht ganz so sehr mit. Aber vielleicht lag es auch daran, daß sie ihn bereits einmal gehört hatte und daher jetzt besser ertragen konnte.

Jetzt kam Bewegung in die Frauen, die in ihrer Nähe standen. Eine von ihnen ging zu der Ersten und reichte ihr eine gewundene Muschel, die so groß war, daß man sie als Horn verwenden konnte. Die Erste setzte sie an ihren breiten Mund und blies eine Reihe von Tönen, die so laut wie Hornsignale waren, aber wie Worte aus der Sprache der Nyssomu klangen.

Wieder erklang ein Gedankenschrei. Die Erste antwortete. Von der gegenüberliegenden Seite des Sees kamen zwei Boote wieder in Sichtweite, zwischen ihnen ein drittes, in dem Kadiya schließlich zwei zusammengekauerte Gestalten erkennen konnte.

Sobald sie die durchnäßten Mäntel sah, die schwer auf ihnen lasteten, wußte sie, daß es Uisgu waren. Ihr Kommen bedeutete, daß ein ernster Grund vorliegen mußte.

Obgleich es zwischen ihnen nie einen Streit gegeben hatte, pflegten die beiden Seltlingrassen doch keinen engen Kontakt miteinander. Die Uisgu waren noch weitaus unzivilisierter als die Nyssomu und scheuten sich, mit allen zu verkehren, die nicht von ihrer Rasse oder Kaste waren. Vor dem Krieg hatte sie nur sehr wenige von ihnen in Trevista gesehen, denn auch wenn sie überall in den Sümpfen zu finden waren, so näherten sie sich doch niemals den Siedlungen der Menschen und benutzten die Nyssomu als Vermittler.

Daß jetzt zwei von ihnen hierherkamen, war eine große Überraschung. Als das Boot in Begleitung der beiden anderen den Steg des Hauses erreichte, wo sich auch Kadiya befand, war sie höchst erstaunt zu sehen, wer da gekommen war. Die Frau im Bug des winzigen Bootes warf die Kapuze ihres Mantels zurück und hob den Kopf. Mit Ausnahme des Gesichts war auch sie wie alle ihrer Rasse mit einem dichten Pelz bedeckt, der sich jetzt so eng an ihren Körper gelegt hatte, daß sie aussah, als hätte man sie in dunkle Farbe getaucht.

Ihre Gesichtsbemalung – auch diese typisch für ihr Volk – war fast gänzlich vom Regen abgewaschen worden, so daß jetzt nur noch einige verschmierte Flecke zu sehen waren. Ihr Begleiter war männlich – noch recht jung, fand Kadiya – und sah ziemlich kräftig aus. Allem Anschein nach war er für Reisen ausgebildet worden, denn er handhabte das Ruder des Bootes mit Geschick.

Die Begleitboote legten links und rechts davon an. Als die Insassen die Plattform betraten, bemerkte Kadiya, daß Jagun eines der Boote befehligt hatte. Das Boot der Uisgu legte nicht an, als wären sich jene an Bord nicht sicher, ob sie willkommen waren.

Wieder war es die Erste, die sprach, diesmal jedoch nicht mit Hilfe des Horns. Mit lauter Stimme rief sie einige Worte, um im fallenden Regen gehört zu werden. Kadiya konnte nicht verstehen, was sie sagte.

Jetzt kam auch das Boot der Uisgu. Der männliche Uisgu warf ein Seil, das von dem am nächsten stehenden Nyssomu aufgefangen wurde. Vorsichtig wurde das Boot herangezogen, damit die Uisgu-Frau die Plattform erreichen konnte, wo ihr einer der dort wartenden Männer des Clans die Hand reichte.

Sie stand nicht aufrecht da, sondern beugte sich ein wenig nach vorn, und schnell reichte ihr Begleiter ihr einen Stock hinauf, auf den sie sich stützte.

Ein Mann aus dem Boot, das sie begleitet hatte, erstattete kurz Bericht, und wieder blies die Erste in das Horn. Dann hielt sie der Uisgu die Hand entgegen, als seien sie Clanschwestern, und führte sie in den Schutz des Hauses. Die Frauen des Rates, denen sich Kadiya anschloß, folgten ihr eilig nach.

Der Uisgu-Junge schulterte ein großes Bündel und ging

neben Kadiya her, die er mit vor Überraschung weitaufgerissenen Augen ansah. Er hob eine Hand und machte eine sonderbare Geste, die Kadiya schon einmal gesehen hatte. Genauso hatten sich die Klauen der Hassitti bewegt, als sie ihnen zum erstenmal begegnet war. Hassitti, Uisgu – was hatten diese beiden gemein? Dies war noch eine weitere Frage, die ihr den Schlaf rauben würde.

10

Dieses Mal war es die Uisgu-Frau, die auf dem Hocker des befragten Besuchers Platz nahm, während Kadiya leise hereinkam und sich hinter eine der Bänke stellte, auf denen sich die Fragenden niedergelassen hatten. Obgleich ihr eine Ruhepause und eine kleine Stärkung angeboten worden waren, hatte die Uisgu alles voller Ungeduld abgelehnt und gebeten, zuerst möge ihr die Erste Gehör schenken.

Nicht nur das, sie hatte darauf bestanden, daß man auch die Ersten der anderen fünf Clanhäuser, aus denen das Dorf bestand, herbeirief. Erst dann nahm sie Speis und Trank an, an denen sie sich labte, während sie auf die Ankunft der Ersten wartete.

Auch der Jüngling in ihrer Begleitung hatte sich in die Ratskammer geschlichen und hockte jetzt ein kleines Stück hinter Kadiya auf dem Boden. Er hatte die Hände auf das Bündel vor sich gelegt, als sei dessen Inhalt so kostbar, daß er besondere Vorkehrungen treffen mußte, um es zu schützen.

Die Uisgu-Frau verwendete die Gedankensprache – vielleicht, um sicherzugehen, daß jeder sie verstand.

»Ich bin Salm vom Hause der Safor vom Clan der Segin. Ich bin sehend.« Sie fügte ihren Gedankenworten eine Geste hinzu, die sofort von der Ersten dieses Hauses nachgeahmt wurde.

»Über uns ist ein solches Unheil hereingebrochen, wie wir es seit Jahrhunderten nicht mehr erlebt haben. Etwas vernichtet das Leben auf grausige Weise. Wir haben keinen Namen dafür und keine Erinnerung daran. Und so bin ich denn hierhergekommen, damit ich die Weberinnen vergangener Gedanken bitten kann herauszufinden, welcher Art dieser kriechende Schrecken ist. Wenn wir wissen, was es sein könnte, kann mein Volk vielleicht dagegen ankämpfen.«

»Dieses Etwas, von dem Ihr sprecht, wie sieht es aus?«

»So.« Ohne den Kopf zu wenden, schnippte die Uisgu mit den Fingern. Geschwind griff der Jüngling in das Bündel und holte eine tiefes Becken hervor. Dieses war aus dem gleichen blaugrünen Metall gefertigt, das Kadiya schon bei den Hassitti gesehen hatte.

Aus einem Beutel aus Fischhaut goß er eine klare Flüssigkeit hinein, dann näherte er sich auf Händen und Füßen der Uisgu, zu deren Füßen er das Becken hinstellte, an der Stelle, an der sie der Ersten gegenübersaß.

Diese beugte sich ein wenig vor, so daß sie in die Schale sehen konnte. Die Uisgu schloß die Augen. Ihre Atemzüge wurden langsam und regelmäßig. In der Kammer herrschte absolutes Schweigen. Kadiya wußte, was jetzt geschehen würde. In Trevista war sie Seherinnen begegnet, die für ihre Bittsteller »das Wasser lasen«. Einige von ihnen behaupteten, daß sie damit sogar ein wenig in die Zukunft blicken konnten, andere wiederum, daß sie nur das zeigen konnten, was zur gleichen Zeit an einem anderen Ort geschah.

Das Wasser im Becken bewegte sich, als würde es von etwas aufgewühlt. Ein kleiner Strudel bildete sich darin, der sich nach und nach verdunkelte, bis er völlig undurchsichtig geworden war.

Das Wasser war jetzt so dunkelbraun wie ein Sumpfteich. Der Wirbel löste sich auf. Die Uisgu hielt ihre Hand ein gutes Stück über die jetzt wieder reglose Wasseroberfläche des Beckens. Ihre langen Finger bewegten sich. Den Kopf hatte sie weit in den Nacken gelegt, die großen Augen geschlossen. Kadiya beugte sich nach vorn, bis sie deutlich sehen konnte, was für ein Bild jetzt entstand. Als flögen sie durch die Lüfte wie ein Quim, sahen sie hinunter auf ein festes, unbewachsenes Landstück, wie man es zuweilen auf kleinen Hügeln in den Sümpfen antreffen konnte. Auf solchem Land fand man gewöhnlich die Ruinen. Dieses Stück hier wies Ackerfurchen auf, und es hatte den Anschein, als wäre gerade Pulin geerntet worden.

Aber das, was von der Ernte noch übrig war, war jetzt gelbgrün überwuchert und von blutroten Streifen durchzogen. Diese Schicht schien zu pulsieren, als sei sie eine der Riesenschnecken aus dem Goldsumpf, die über das fruchtbare Land kroch.

Das Ding hatte etwas Widerwärtiges, etwas völlig Fremdartiges an sich. Kadiya mußte schlucken und spürte einen schalen Geschmack im Mund. Dafür war kein Platz in dieser Welt, die von Menschen und Seltlingen bewohnt war. Aber das Schlimmste war nicht dieser kriechende Teppich, der sich über die Erde gestülpt hatte und sie nun vergiftete, sondern der Leichnam, der auf der Seite lag, in sich zusammengekrümmt, als versuche er, einer letzten Marter zu entkommen. Das Opfer war eindeutig ein Uisgu. Auf den Armen, die er um seine Knie geschlungen hatte, waren Flecken zu sehen, die dasselbe Grüngelb aufwiesen wie das Ding auf der Erde.

Das Bild im Becken wurde größer. Sie befanden sich jetzt genau über dem Leichnam, und Kadiya konnte trotz der gekrümmten Haltung erkennen, daß aus der Brust des Opfers ein Jagdmesser ragte.

Jetzt erwachte das Wasser wieder zum Leben und wirbelte heftig durcheinander. Dann beruhigte es sich wieder. Sie erblickten eine andere Szene: fließendes Wasser, das gegen das Ufer einer anderen Insel im Schlamm klatschte. Und wieder sahen sie dieses ekelhafte Gelbgrün – diesmal in Form von Flecken, als hätte jemand einen riesigen Behälter voller Farbe verschüttet. Die Flecke wurden immer größer.

Das nächste Bild. Ein Boot auf einem Fluß. Daneben trieb mit dem Bauch nach oben ein Rimorik, eines jener Tiere, mit denen die Uisgu in Freundschaft lebten und die sie bei ihren Reisen als schnelle Zugtiere für ihre Boote einsetzten. Auf dem aufgeblähten Bauch des Rimoriks war einer jener gelbgrünen Flecken zu sehen, während im Boot selbst ein Uisgu lag.

Es war keine unbewegte Szene. Während sie in das Becken hineinblickten, bewegte sich der Uisgu im Boot und brachte es dadurch gefährlich zum Schwanken. Er besah sich sein linkes Bein, das vom Knöchel bis hoch zur Hüfte mit den schon vertrauten Flecken bedeckt war. Dann zog er einen scharfkantigen, zum Schuppen von Fischen gedachten Spachtel hervor, was ihm offensichtlich größte Mühe bereitete. Diesen hob er jetzt mit letzter Kraft und schnitt sich damit die Kehle durch.

Das Wasser verwirbelte sich, das Bild verschwand, aber alle, die es gesehen hatten, waren Zeuge von etwas geworden, das wirklich geschah; dessen war sich Kadiya sicher.

Kein weiteres Bild erschien. Die Uisgu-Frau öffnete die Augen und hob den Kopf, so daß sie die Ersten der Clans ansehen konnte.

»So steht es mit uns, weise Frauen. Das Böse breitet sich über unser Land aus wie ein Scheusal und läßt Tod und Verderben hinter sich zurück. Alles Leben, das von diesem gelben Gift berührt wird, ist verdammt. Wir haben einen ganzen Clan verloren, weil sie versucht haben, einem Jäger zu helfen, der davon befallen war und in ihr Dorf getaumelt kam. Jetzt nehmen sich alle, die davon befallen sind, das Leben, auf daß sie nicht auch noch die anderen ins Verderben stürzen.

Die Aufzeichnungen der Weberinnen sind zahlreich und berichten von Jahrhunderte währenden Zeiträumen. In unseren Berichten wird nichts von einem solchen Schrecken erwähnt, und es ist auch nichts darüber zu finden, wie wir ihn bekämpfen können. Aber er breitet sich immer weiter aus, und auch dieses Land hier ist davon bedroht. Ich frage Euch: Was wißt Ihr darüber?«

Die Weberin hatte sich erhoben und sah auf die jetzt

ruhende Schale hinunter, deren dunkles Wasser langsam wieder klar wurde.

»Mir ist nichts darüber bekannt, obwohl ich nun schon zweimal sechzig Jahre lang Wächterin über die Webstühle des Wissens bin, Schwester in der Macht. Und doch habt Ihr recht, denn viele Aufzeichnungen sind hier gelagert. Diese können wir durchsuchen.«

Kadiya trat heran, fast so ungestüm wie früher.

»Weitsichtige«, fragte sie die Uisgu, »aus welcher Richtung nähert sich dieses widerwärtige Böse?«

Die Uisgu runzelte die Stirn. Sie musterte Kadiya von oben bis unten. Zwischen ihrem Volk und den Ruwendianern aus der Zitadelle hatte es nie eine Verbindung gegeben. Konnte man ihr überhaupt vertrauen?

Einer plötzlichen Eingebung folgend, hob Kadiya ihr das Schwert entgegen, so daß der mit Kugeln besetzte Griff deutlich zu sehen war. Dabei geriet sie mit dem Knauf über das Becken. Und...

Eines der Augen öffnete sich, das des Seltlings. Es schien die weise Frau aus dem Volk der Uisgu anzustarren.

Ihr kleiner Körper wurde starr. Ihre Hand hob sich leicht von ihrem Knie. Dann starrte sie Kadiya an. »Trägerin der Macht« – sie machte dieselbe Geste wie der Jüngling, jene Geste, die Kadiya auch bei den Hassitti gesehen hatte –, »Ihr seid also wieder auf Wanderschaft. Was hat Euch hergebracht, damit Ihr Euch dem hier entgegenstellt?« Sie deutete auf das Becken.

»Ich weiß es nicht. Aber sagt mir, weise Frau, breitet sich diese Spur des Verderbens von den Bergen im Westen aus?«

Die Uisgu sah sie erstaunt an. »So ist es, Trägerin der Macht.«

»Und wohin scheint sie zu führen?«

»In das Land der Skritek.«

Die Erste von Jaguns Clan sprach. »Weberin, wir müssen mit der Suche beginnen.«

Aber Kadiya wollte noch etwas wissen. »Was im Land der Skritek könnte das Böse anlocken?«

Der Mund der Ersten zuckte, als würde sie gleich ausspucken. »Wer kann das schon wissen. Die Skritek sind ein Ausbund an Schändlichkeit, ein Schandfleck für diese Welt. Haben denn nicht Eure Feinde, die damals über Euer Volk herfielen, versucht, sie in ihre Streitkraft aufzunehmen, Tochter des Königs? Waren sie nicht die Anhänger des Zauberers, der das Land verwüstet hat? Daß eine neue, böse Macht sie aufsuchen würde, war zu erwarten.«

Dann wandte sie sich an die weise Frau. »Schwester in der Macht, Euer Weg ist lang und mühselig gewesen. Gönnt Euch eine Ruhepause, während die Aufzeichnungen durchsucht werden. Ihr könnt gewiß sein, daß Ihr alle Hilfe erhaltet, die wir geben können. Wenn sich diese Seuche noch weiter ausbreitet, werden wir Euren Leuten Zuflucht gewähren. Was die Skritek betrifft, so werden wir unsere Speere und Pfeile bereithalten, um ihnen die Stirn zu bieten.«

Unzählige Lampen erhellten den Raum, in dem die Aufzeichnungen gehütet wurden. Der Tisch war fast gänzlich leergeräumt worden, und man hatte mehrere Schemel hereingebracht, so daß nicht nur die Weberinnen und ihre beiden Lehrlinge, sondern auch die Erste und Kadiya Platz fanden. Die Uisgu Salm und ihr Begleiter hatten ein Mahl zu sich genommen und schliefen jetzt nach ihrer schweren Reise.

Mit geschickten Fingern entrollte die Weberin die Bänder mit den Aufzeichnungen. Die meisten sortierte sie sofort aus und reichte sie ihren Helferinnen, damit diese sie wieder aufwickelten, bis nur noch drei davon auf dem Tisch standen. Das vierte war jenes Stück, das Kadiya aus der Stadt des Versunkenen Volkes mitgebracht hatte.

Die Weberin fuhr mit ihrer Fingerspitze blaugrüne Linien nach, die sich hie und da auf einem roten Fleck berührten. Kadiya kämpfte mit ihrer wachsenden Ungeduld. Sie dachte an die anderen Aufzeichnungen, die von den Hassitti in sorgloser Unordnung aufbewahrt wurden. Würde sie jetzt in die Stadt zurückkehren müssen, um festzustellen, ob dort noch etwas Brauchbares zu finden war? Mangel an Wissen verhinderte, daß sie Fortschritte bei ihrer Aufgabe machte. Sie konnte die altertümlichen Schriftzeichen dort ja gar nicht lesen. Und wahrscheinlich vermochte das auch niemand der hier Anwesenden. Haramis?

Mit dem Mantel der Erzzauberin hatte Haramis auch das Amt der Wächterin übernommen, eine Aufgabe, die für unendlich lange Zeit von Binah erfüllt worden war. Die Seuche in den Sümpfen war doch ganz gewiß von Belang für sie.

Kadiya griff nach dem Amulett aus Bernstein, das um ihren Hals hing. Einst war es ihr mit seiner Hilfe möglich gewesen, Kontakt zu ihrer Schwester aufzunehmen. War das auch jetzt wieder möglich?

Im Raum herrschte Stille, nur ein leises Kratzen war zu vernehmen, das vom Fingernagel der Weberin auf den Streifen mit den Aufzeichnungen herrührte. Kadiya entfernte sich ein Stück vom Tisch und umklammerte das Amulett mit beiden Händen. Dann schloß sie die Augen und konzentrierte sich mit aller Kraft auf ein Gedankenbild ihrer Schwester – so wie sie Haramis in jenem düsteren Raum gesehen hatte.

»Haramis!« Ihr lautloser Ruf hatte etwas Befehlendes an sich. »Haramis ...«

Es schien, als wäre ihre Schwester, die sie zu erreichen versuchte, von einem dünnen Nebelschleier verborgen. Sie versuchte hindurchzugehen, aber ihr war, als würde sie mit dem Kopf voran auf ein Hindernis stoßen.

»Haramis?« Nichts. Jemand hatte eine Tür zwischen ihnen zugeschlagen. Und doch spürte sie, daß es nicht an Haramis lag, daß sie keine Verbindung aufnehmen konnte.

Kadiya preßte ihre Finger auf das Amulett, als könne sie es dadurch zu einer Antwort bewegen.

»Ah...« Der Finger der Weberin hatte innegehalten. Sie wandte sich der Helferin zu, die neben ihr stand.

»Bring die Rolle von Lysta, die aus dem vierten Jahr!«

Das Nyssomu-Mädchen erhob sich und ging zur gegenüberliegenden Wand des Raumes. Ihre Hände bewegten sich suchend über ein Regal, das mit Rollen vollgepackt war. Eine von diesen brachte sie zum Tisch herüber. Die Aufzeichnung war in einen durchsichtigen Zylinder aus Fischhaut eingenäht worden. Diesen schnitt die Weberin jetzt mit der gleichen Sorgfalt auf, mit der sie dann auch die Aufzeichnung Zentimeter für Zentimeter aufrollte. Zwei der Umstehenden mußten niesen, und in Kadiyas Nase stieg ein Geruch, den sie nicht identifizieren konnte.

»Diese Worte wurden vor langer, langer Zeit gewoben«, bemerkte die Erste. »Ist schon früher von einem solchen Unheil berichtet worden?«

»Nicht von der Seuche.« Die Weberin spreizte ihre Hände auseinander, um die zähe Rolle flach auf den Tisch zu pressen, während sie sich vorbeugte und sie anstarrte.

Kadiya konnte sehen, daß diese Aufzeichnung völlig anders aussah als die übrigen Webrollen in diesem Raum. Auch in diesem Gewebe waren Linien zu erkennen, aber sie waren nicht regelmäßig, sondern wanden sich spiralförmig in der Waagerechten.

»Im vierten Jahr von Lystas Weberschaft ereignete sich ein Überfall, der vom Land der Skritek kam. Diese Invasion war von solcher Gefährlichkeit, daß sich die Uisgu und die Nyssomu verbündeten, um gemeinsam dagegen anzugehen. Die Glans verließen das Dorf und marschierten bis dahin« – sie berührte die Rolle mit der Fingerspitze –, »weit in das Gebiet der Skritek hinein. Unter den Skritek, die sie gefangennahmen, war auch ein Rufer des Blutes.

Unter den Wachen war einer mit der Macht, der die Gedanken des Rufers lesen konnte. Folgendes hat er von ihm erfahren: Im Herzen ihres stinkenden Landes gibt es einen Ort der Finsternis, der einer Tür gleicht. In früherer Zeit war von dort etwas herausgekommen, das uns überfallen wollte. Aber das Böse war nicht stark genug, um lange zu wären. Es wurde immer schwächer, bis es schließlich wieder verschwand. Man sagt, daß die ehrwürdige Binah eine Gedankenbotschaft schickte, die so mächtig war, daß sie jenen Ort versiegelte, der niemals hätte geöffnet werden dürfen. Was dort herausgekommen war, wurde angeblich vernichtet.«

Kadiya konnte nicht länger an sich halten. »Und jetzt kriecht diese Seuche wieder über das Land, vielleicht genau zu jenem Ort, von dem Ihr gerade berichtet habt?«

Die Weberin hob den Kopf und sah das Mädchen an. »So könnte es sein.«

»Dann gab es also auch damals eine Seuche?« beharrte Kadiya.

»Darüber gibt es keine Aufzeichnung.«

Das Mädchen zog das Schwert und hielt es über die Linien auf der Rolle. Der Finger aus Licht berührte das Gewebe. Dieses Mal hatte sich das Auge des Versunkenen Volkes geöffnet.

»Saa ...« Die Weberin wich vor dem Lichtstrahl zurück, und auch die anderen gaben erstaunte Zischlaute von sich.

Das Licht erstarb, das Auge schloß sich wieder. Kadiya hob das Schwert.

»Ich habe nicht die Macht der Erzzauberin«, sagte sie. »Ich wollte mit meiner Schwester sprechen. Ihr Wissen ist größer als meines. Vielleicht weiß sie die Antwort auf viele unserer Fragen. Aber mit meinem ungeübten Geist kann ich sie nicht erreichen. Wenn unter Euch jemand Erfahrung auf diesem Gebiet hat, könnte sie mir vielleicht dabei helfen.«

»Wir haben nur eine unter unserem Dach: Die zu uns gekommen ist, um unsere Hilfe zu erbitten, Salin von den

Uisgu.« Die Erste erhob sich. »Wenn sie sich ausgeruht hat, soll sie es versuchen. Waren wir nicht bereits Zeugen ihrer Macht? Weberin, laßt dies hier kopieren.« Sie deutete auf die Rolle auf dem Tisch. »Wir brauchen sie vielleicht, damit sie uns den Weg weise.«

Es sah so aus, als hätten sie den Aufzeichnungen des Dorfes alles entrissen, was diese preisgeben wollten. Was nicht gerade viel war, dachte Kadiya. Daß die weise Frau der Uisgu die Macht hatte, hatte sie bereits bewiesen. Und doch, wenn diese Macht durch ihre Suche bereits erschöpft war, würde sie wahrscheinlich nicht viel ausrichten können.

Kadiya kehrte in die Kammer zurück, die ihr als Quartier zugewiesen worden war. Wieder einmal machte sie sich daran, ihr Bündel für die Reise zu überprüfen. Wenn sie Haramis davon berichten wollte, dann mußte sie diese Seuche selbst sehen und herausfinden, wohin sie führte.

Sie nahm das Schwert auf und versuchte, es auf die gleiche Weise einzusetzen wie das Amulett. Ohne Erfolg. Sie konnte nicht einmal den Schleier aus Nebel sehen.

Quälend langsam verging die Zeit, bevor sich alle erneut versammelten. Salm hielt die Schale zu ihren Füßen, die anderen drängten sich im Halbdunkel des Raums zusammen, in dem nur zwei Lampen brannten.

Die Uisgu-Frau sah noch zerbrechlicher und erschöpfter aus als zuvor. Aber ihre Hände zitterten nicht, als sie die Schale bereitmachte. Als sich die Flüssigkeit darin verdunkelte, sprach sie zu Kadiya, ohne ihre Augen von dem Wasserbecken abzuwenden.

»Trägerin der Macht, denkt an jene, die Ihr zu rufen versucht.«

Auch Kadiya starrte jetzt in die trübe Flüssigkeit.

»Haramis!«

Wieder rief sie ihre Schwester, mit aller Kraft, die sie aufbringen konnte. Dabei legte sie eine Hand auf das Amulett und die andere auf das Schwert.

Im Becken bildete sich jetzt ein feiner Dunst, ein Schleier aus Nebel. Dieser kräuselte sich zwar, klärte sich aber nicht auf, um ihnen ein Bild zu zeigen.

»Haramis!« Kadiya versuchte, durch den Nebel zu dringen. Wieder traf sie auf eine unsichtbare Wand, mit solcher Wucht, daß ihr war, als hätte sie eine steinerne Mauer zu durchstoßen versucht.

Salm streckte ihre Hand über das Becken. Ihre Finger krümmten sich, als wollte sie den Vorhang zur Seite reißen. Aber es hatte keinen Zweck, der Nebel blieb.

»Etwas stellt sich uns in den Weg«, sagte sie langsam, als fielen ihr die Worte schwer. »Die Macht wird stärker, und sie wird nicht vom Licht genährt.«

Kadiya ließ das Amulett auf ihre Brust fallen, aber ihr Griff um das Schwert war so fest wie zuvor.

»Weise Frau, wenn Ihr meine Schwester nicht zu erreichen vermögt, könnt Ihr dann wenigstens noch einmal die Seuche sehen? Breitet sie sich immer noch in dieselbe Richtung aus?« Salm klatschte über dem Becken in die Hände. Der Nebel war verschwunden, aber die Flüssigkeit darin war nicht durchsichtig geworden.

Statt dessen schien sie zu gerinnen und von Schatten überzogen zu werden, deren Umrisse langsam deutlicher wurden. Und wieder sahen sie auf eine Region der Sümpfe hinab, wo gelbe Flecken wie tödlicher Schleim glänzten. Aber da war noch etwas anderes: ein schwarzer Klecks inmitten der unregelmäßig geformten Fäulnis. Aber dieser wurde nicht schärfer, so daß sie nicht erkennen konnten, was es war.

Sie sahen es nur für Bruchteile einer Sekunde, dann schoß eine Flamme empor, und das Bild war verschwunden. Mit einem Aufschrei wich Salm zurück.

»Macht... große Macht. Und sie weiß, daß wir sie beobachten!«

11

»Ich kenne den Ort.« Eine aus dem Rat der Ersten brach das Schweigen. »Es ist die Insel, auf der sich der Turm von Sal befindet.«

Ein Raunen ging durch die Frauen. Wieder war von der Ersten das sonderbare »sssaaa« zu hören.

Sie sah die Weberin an. »Breitet den Wegweiser vor uns aus.«

Ein Teil des Tisches wurde freigeräumt. Dann wurde ein rechteckiges Stück Gewebe herbeigebracht, so groß, daß man es an den Rändern einrollen mußte, um es auf dem Tisch unterzubringen. Kadiya konnte viele gewundene Linien erkennen, und als sie verwirrt blinzelte, wurde ihr klar, was das war. Sie sah eine Landkarte vor sich, die Windung des Mutar war deutlich zu erkennen.

Die Erste glättete das Gewebe mit ihrer Hand. »Holt Jagun herbei«, befahl sie. »Wir brauchen einen Weitsichtigen.«

Daß ein männliches Mitglied des Clans zu einer Zusammenkunft dieser Art gerufen wurde, war sehr ungewöhnlich. Unter einigen der Frauen machte sich Unmut breit, aber die Erste blickte eine der Geringeren im Rat an, woraufhin die Frau widerwillig den Raum verließ.

Salm war herangetreten und starrte auf die Karte hinunter. Dann hob sie die Hand und zog von einer der eingerollten Kanten bis hin zu einer anderen Stelle eine Linie.

»Es hat sich bereits bis hierher ausgebreitet!«

Obgleich eine Wand der Großen Halle in der Zitadelle von einer Landkarte geschmückt gewesen war, hatte Kadiya nur selten Notiz davon genommen. Im Vergleich zu den lebenden Sümpfen bedeuteten ihr verblassende Linien aus Farbe nur recht wenig. Von jener Landkarte wußte sie nicht mehr viel, besonders an die Gebiete der Uisgu im Westen konnte sie sich kaum noch erinnern.

Die Botin kehrte in Begleitung Jaguns zurück, der die Erste mit großer Ehrerbietung begrüßte.

»Jäger«, sagte diese ohne Umschweife, »Ihr seid bereits einmal im Turm von Sal gewesen.« Es war mehr eine Feststellung denn eine Frage.

»Einmal. Damals traf ich mit Sinu vom Clan der Val zusammen. Er kannte sich in jenem Land gut aus, da es zum größten Teil von seinem eigenen umgeben war. Und über den Turm von Sal gab es viele Legenden, weshalb ich ihn mit eigenen Augen zu sehen wünschte.«

Jetzt sprach die Erste zu Salm. »Weise Frau, zeigt uns, welchen Weg die Seuche seit ihrem ersten Auftreten genommen hat.«

Die ältere Frau beugte sich noch ein wenig mehr zu der Karte hinunter und zeichnete mit dem Finger einen Pfad vom Westen nach, der in einer fast geraden Linie zu der Stelle führte, wo der Turm stand. »Diesen Weg«, sagte sie.

Jagun hatte ihr aufmerksam zugesehen. Als sie ihre Hand zurückzog, legte er seinen Finger auf die Karte.

»Es sieht so aus, als würde die Linie so verlaufen, aber vielleicht endet sie ja gar nicht beim Turm von Sal. Wenn sie in dieser Richtung weiterläuft, wird sie tief in das Land der Skritek hineinführen.«

»Bevor sich die Seuche noch weiter ausbreitet«, sagte Kadiya, »sollten wir mehr darüber in Erfahrung bringen. Da Eure Macht uns nicht verständlich machen kann, um was es sich hier handelt, weise Frau, müssen wir es uns selbst ansehen. Man kann nicht gegen einen Feind ankämpfen, von dem man nicht weiß, wer er ist und welche Waffen ihm zur Verfügung stehen. Wir sollten zum Turm von Sal reisen.«

Sie drängte den Gedanken an das, was Salm ihnen gezeigt hatte, zurück. Statt dessen ließ sie ein anderes Bild vor ihrem inneren Auge entstehen: das des Schwertes, das mit zerstörerischer Kraft getötet hatte. Wenn sie sich dem Eindringling in den Weg stellte was oder wer er auch immer sein mochte –, würde sie ihn vielleicht besiegen können.

Die Erste strich mit einem Finger über den Rand der Kartenrolle. »Tochter des Königs, allzu oft erkennt man erst zu spät, mit welcher Macht man es zu tun hat. Wir wissen nur, daß wir nicht genug wissen. Ihr könnt auf einen gewissen Schutz vertrauen, der allein der Eure ist. Wenn es Euer Entschluß ist aufzubrechen, dann soll es geschehen.«

Kadiya umklammerte den Griff ihres Schwertes. Sie hatte es ihnen angeboten, also durfte sie sich nicht wundern, wenn ihr Angebot angenommen wurde. Ihrer Meinung nach war es besser, diesem schleichenden Tod bis zu seinem Ursprung zu folgen, als nur untätig um ein Wasserbecken herumzusitzen und zuzusehen, wie es tötete – und nichts darüber zu wissen, was es – außer zu töten – noch vermochte.

Sie wandte sich Jagun zu. »Waffengefährte, wirst du mit mir gehen?«

»Weitsichtige, Euer Weg ist auch der meine.«

Kadiya hatte bereits über eine andere Frage nachgedacht. »Nur wir beide werden gehen.« Sie sah die Erste an. »Eine große Streitmacht könnte nur zu leicht entdeckt werden. Jagun wird die Spur verfolgen. Wenn wir nur zu zweit sind, haben wir eine bessere Chance, unbemerkt etwas in Erfahrung zu bringen.«

»Auch wir werden Euch begleiten, Trägerin der Macht.« Salm hob den Kopf und starrte Kadiya über die Karte hinweg an. »Diese Sache ist auch die meine. Ich habe einen Schwur getan.« Kadiya hätte sofort dagegen protestiert, aber plötzlich bekam sie kein Wort mehr heraus. Diese weise Frau hier strahlte das gleiche Selbstbewußtsein aus wie die Erste. Sie war es nicht gewohnt, daß man sich ihren Wünschen widersetzte.

Endlich neigte sich der Monsun seinem Ende zu. Als sie wieder in ihr Boot stiegen – das wesentlich stabiler war als das, mit dem Salm und ihr Enkelsohn gekommen waren –, mußten sie daher nicht mehr gegen die vom Himmel stürzenden Wassermassen ankämpfen, die ihre Reise hierher so mühselig und gefährlich gestaltet hatten. Ihr Reiseproviant bestand aus dem Besten, was das Dorf ihnen geben konnte. Da das Wetter jetzt nicht mehr gegen sie war, konnten sie auch besser von dem leben, was das Land ihnen zu bieten hatte – oder besser gesagt das Wasser, denn Salins Enkelsohn Smail erwies sich als wahrhaft meisterlicher Angler. Kadiya, die schon vor langer Zeit gelernt hatte, sich dem Leben in den Sümpfen anzupassen, aß ihre in Streifen geschnittenen Rationen roh und ohne ein Wort der Klage.

Jede Nacht, wenn sie ihr Lager auf einer über dem Wasserspiegel gelegenen Stelle aufschlugen, holte Salm ihre Schale hervor und blickte hinein. Aber die Bilder waren nicht mehr so klar wie im Dorf. Auf der Oberfläche des Wassers erschienen Schatten, aus denen jedoch keine Bilder wurden. Zweimal versuchte sie mit Kadiya zusammen, Haramis zu erreichen, aber wieder stellte sich ihnen der schon vertraute Nebelschleier entgegen.

Jagun führte sie schließlich zu einer Stelle, die mehr als nur eine kleine Insel war. Hier fanden sie Spuren einer Ruine – einige Steine lagen immer noch aufeinandergetürmt da. Er konnte ein Pelrik erlegen, das gerade aus seiner Höhle gekommen war, wo es während des Sturmes geschlafen hatte. Neben einem der Steine fand Smail Moos, das teilweise getrocknet war. Es reichte, um mit seinen ölhaltigen Stielen und winzigen Blättern ein kleines Feuer zu entfachen, über dem sie ihre Beute zumindest ein wenig anbraten konnten.

»Ab hier«, sagte der Jäger zu ihnen, »müssen wir zu Fuß weitergehen. Unter dem Schlamm und den Pflanzen ist ein Weg verborgen, der uns als Straße dienen wird ... aber wir müssen ihn trotzdem auskundschaften.«

Im Licht des Morgens, das nun nicht mehr länger grau und düster war, zogen er und Smail das Boot ein ganzes Stück das Ufer hinauf, wo sie es festmachten und unter Buschwerk versteckten. Kadiya verteilte ihren Proviant auf drei Bündel, denn Salm, so dachte Kadiya, würde all ihre Kräfte brauchen, um sich auf ihren Stock zu stützen und auf dem holprigen Boden nicht zu stürzen.

Mühsam suchten sie sich in dem unwegsamen Gelände ihren Weg. An einigen Stellen hatten die starken Regenfälle Erde und Pflanzen weggeschwemmt, und Kadiya sah, daß sie tatsächlich auf den Überresten einer alten Straße gingen. Sie war froh, daß sie einigermaßen festen Boden unter ihren Füßen hatten, denn sie kamen schneller voran, als sie es für möglich gehalten hatte.

Sie kamen zu einer Lichtung, auf der kaum Pflanzen wuchsen und große Teile der gepflasterten Straße freigelegt waren.

»Seht euch vor!« Kadiya reagierte sofort auf Jaguns Gedankenwarnung und hielt ihren Speer bereit. In Smails Hand war plötzlich ein Blasrohr.

Dann erreichte es auch sie: ein Gedankenschmerz, der so stark war, daß er sie beinahe überwältigte. Sie hörte Salm wimmern. Die Uisgu stürzte auf die Knie, beide Hände auf den Kopf gepreßt.

Aus dem Buschwerk, das auf der gegenüberliegenden Seite der Lichtung wuchs, taumelte eine Kreatur hervor, die sich nur noch mit Mühe dahinschleppte. Es schien kaum mehr als eine heftig atmende, aufgequollene Masse von gelber Färbung zu sein, mit spindeldürren Armen und Beinen, die sich verzweifelt an allem festklammerten, an dem sie sich vorwärtsziehen konnten.

Der Wind wehte in ihre Richtung, und Kadiya schnürte es die Kehle zusammen, als sie den fauligen Gestank roch. Sie konnte kaum noch gegen den fürchterlichen, nicht endenden wollenden Schmerzensschrei in ihren Gedanken ankämpfen.

»Nein! Laßt es nicht in Eure Nähe kommen!« Salm schrie auf und packte Kadiya, als das Mädchen einen Schritt vorwärts machte.

Smail hob sein Blasrohr, zielte und schickte einen Pfeil auf die Reise, der im Kopf des unförmigen Körpers versank. Ein Zittern ging durch das Ding, und es suchte vergeblich nach einem Halt auf den glatten Steinen. Dann bäumte es sich plötzlich auf und fiel nach hinten.

Zu Kadiyas Entsetzen verriet ihnen diese Bewegung, was sie wirklich vor sich hatten. Aus der ekelerregenden Masse ragte zur Hälfte der Kopf eines Seltlings hervor.

»Die Seuche.« Die Angst stand Smail in sein junges Gesicht geschrieben. Er machte keinen Versuch, seinen Pfeil zurückzuholen. Wieder versuchte Salm, das Mädchen wegzuzerren.

»Geht nicht in seine Nähe, nehmt einen anderen Weg! Es hat das Gift gesät, als es am Boden entlanggekrochen ist.«

Obwohl sie nichts mit dem Toten zu tun haben wollte, zwang sich Kadiya dazu, daran zu denken, daß sie alles über diesen Schrecken in Erfahrung bringen mußte, was sie nur konnte. Sie nahm ihren Speer in die andere Hand, dann zog sie ihr Schwert und streckte es aus, die Augen auf den jämmerlich zugerichteten Körper vor sich gerichtet.

Sie riß sich von Salm los und ging einen Schritt vorwärts. Dann machte sie einen zweiten Schritt. Durch das trübe Licht des grauen Tages schoß ein Strahl aus Feuer. Alle drei Augen hatten sich geöffnet. Sie schickten etwas aus, das wie ein zusammengedrehter Lichtstrahl aussah und mit voller Wucht auf den Körper traf.

Bläuliches Licht blitzte auf, so hell, daß Kadiya einen Augenblick lang geblendet war. Dann ertönte ein Knall, stinkende Luft stieg auf. Auf dem halb freigelegten Pflaster der Straße war nur noch ein verschmierter Fleck zu sehen.

Kadiya spürte eine Hand an ihren Beinen, die zu ihrer Mitte hinaufwanderte. Salm hatte sich an ihr aufgerichtet.

»Setzt die Macht ein, Tochter des Königs! Reinigt unser

Land!« Kadiya taumelte ein wenig, als sich die gebrechliche Uisgu auf sie stützte. Das Schwert lag noch immer ausgestreckt in ihrer Hand, aber jetzt bewegte sich der Griff langsam auf die Erde zu. Ihr Arm wurde von einem großen Gewicht nach unten gezogen, und eine Schwäche brach über sie herein, als hätte der Flammenstoß ihre ganze Kraft aus ihr herausgesogen.

Jagun hatte sich nach vorn gewagt, in die Nähe des Flecks auf dem Pflaster, aber er blieb ein gutes Stück davor stehen. Dann wandte er den Kopf und sah dorthin, wo der gemarterte Uisgu auf die Lichtung gekrochen war.

Auch Kadiya konnte es sehen. Die Mauer aus Buschwerk vertrocknete und überzog sich, als sie hinüberblickten, mit einem gräßlichen, gelblichen Weiß. Der tote Uisgu mußte alles verseucht haben, was er berührt hatte.

Und es breitete sich aus, breitete sich mit einer Geschwindigkeit aus, die beängstigend war. Bald würde die ganze Mauer aus Sumpfpflanzen um sie herum verseucht sein, sie vielleicht umzingeln.

Mit Mühe erhob sie das Schwert ein zweites Mal. Wieder erweckte sie es zum Leben und richtete es auf die sterbende Vegetation, auf die verfaulenden Pflanzen.

Wieder wurde das Licht ausgesandt. Dieses Mal spürte sie ein Ziehen, als würde all ihre Kraft – mit Ausnahme der ihres Willens – aus ihr herausgesogen, um den Strahl zu nähren.

Das Feuer löste keine große Explosion aus, sondern entzündete viele kleine Blitze in den Büschen und Schlingpflanzen, so daß sich direkt vor ihnen ein Weg auftat.

Kadiya kämpfte darum, aufrecht stehen zu bleiben, das Schwert emporzuhalten. Aber sie konnte es nicht zwingen, noch mehr zu tun. Das Licht verblaßte, dann war es verschwunden. Die drei Augen hatten sich wieder geschlossen. Sie stürzte auf die Knie, zu schwach, um sich aufrecht zu halten. Sofort war Jagun an ihrer Seite.

»Weitsichtige!«

»Es… ich kann nicht mehr tun…«, stieß sie hervor. Sie atmete heftig, als wäre sie ein weites Stück Weg gerannt, und ihre Arme waren so schwach, daß sie schlaff an ihrer Seite herunterhingen. Das Schwert ohne Spitze war mit einem lauten Klirren auf dem Steinpflaster aufgeschlagen.

Sie spürte eine Bewegung neben sich, ein Arm legte sich um ihre Schultern.

»Smail! Den Trank der Sehenden!« Sie hörte den scharfen Befehl in ihren Gedanken. Jetzt wurde nicht mehr Salm von Kadiya gestützt, sondern das Mädchen von der weisen Frau. Der Jüngling hatte sein Bündel abgenommen und daraus ein verschlossenes Fläschchen hervorgeholt. Als es geöffnet wurde, vermischte sich ein anderer Geruch mit dem ekelhaften Gestank, der immer noch in der Luft hing – der wohltuende Duft von Kräutern. Kadiya trank.

Sie war immer noch zu erschöpft, um sich zu bewegen, aber jetzt breitete sich Wärme in ihr aus, und sie konnte wieder leichter atmen. Jagun hatte sie die ganze Zeit über mit besorgtem Gesichtsausdruck beobachtet. Schließlich nickte er. Vielleicht galt dieses Nicken ihr, vielleicht auch Salm.

Er nahm sein Bündel auf und ging auf den Tunnel zu, den das Schwert herausgebrannt hatte. Vorsichtig ging er zu einer Stelle, von der aus er hineinsehen konnte.

»Vor uns stirbt es immer noch«, berichtete er. »Ich glaube nicht, daß es klug wäre, auf diesem Weg weiterzugehen, obwohl er jetzt frei zu sein scheint.«

Kadiya fragte sich, ob sie überhaupt irgendeinen Weg gehen konnte. Sie war mehr als beunruhigt über den Verlust all ihrer Kraft. Sie wußte durchaus, daß der Einsatz der Macht einem die Kraft raubte. Vielleicht hielt sie die Antwort für die Befreiung des Landes in der Hand, doch ihr Körper würde diese Aufgabe nicht erfüllen können.

»Tochter des Königs, Ihr könnt es töten!« Zum erstenmal richtete Smail das Wort an sie. »Ihr könnt unser Land davon befreien…«

Langsam schüttelte Kadiya den Kopf. »Ich habe nicht die Kraft dazu. Ich besitze keine große Macht.« Sie nahm wieder das Schwert auf. Ja, die Augen hatten sich wieder geschlossen. Vielleicht war sie nicht die einzige, die mit ihrer Kraft am Ende gewesen war. Es konnte sein, daß das, was ihrem Talisman innewohnte, für den Augenblick aufgezehrt war. Oder waren seine Kräfte unwiderbringlich verloren?

Sie steckte das Schwert in seine Scheide zurück und stützte sich auf ihren Speer, um sich zu erheben. Smail und Salm halfen ihr auf die Beine, und schwankend stand sie da, so schwach, als hätte sie lange krank darniedergelegen.

Ihre Schwäche ärgerte sie. Sie war doch keine matte Hofdame, die schnell ermüdete. Der Sumpf forderte viel von denen, die ihn zu durchqueren suchten – und sie würde ihn durchqueren! Es war ihre Entscheidung.

Kadiya biß sich auf die Lippen, während ihr Blick über den Fleck auf dem Pflaster und die verdorrten Büsche glitt. Sie sprach zu Jagun.

»Gibt es noch einen anderen Weg, Jäger?«

Er deutete auf eine Stelle rechts neben dem Busch, den die Macht verbrannt hatte. Dort sah sie nichts von den gelben Schlieren.

»Diesen Weg hier, Weitsichtige, aber langsam.«

Kadiya gelang ein kleines Lächeln. »Mir bleibt gar nichts anderes übrig, Waffengefährte. Ich bin jetzt jemand, der einen Schritt nach dem anderen tun muß.«

12

Seit Jagun sie von der Seuche weggeführt hatte, war ihr Vorwärtskommen mühseliger geworden. Unter der Erde und den Pflanzen lag jetzt nicht mehr das alte Mauerwerk. Jagun und Smail wechselten sich ab, und einer von ihnen kundschaftete immer den Weg vor ihnen mit dem Ende seines Speers aus. Zu Kadiyas Überraschung schien die Insel, auf der sie sich befanden, recht groß zu sein, vielleicht sogar größer als die Insel im Süden, auf der Trevista errichtet worden war.

Allmählich kehrte ihre Kraft zurück, und nach zwei Tagen konnte sie auch wieder bei einer schnelleren Gangart mithalten. Das Schwert zog sie nicht mehr aus der Scheide, obwohl sie von Zeit zu Zeit einen Blick auf den Griff warf, um zu sehen, ob die Augen noch geschlossen waren. Sie wurde allmählich nervös und fragte sich, ob sie nicht vielleicht doch seine ganze Macht in jenem Feuerstoß erschöpft hatte.

Am Nachmittag des vierten Tages trafen sie wieder auf Wasser. Die Stürme hatten hier viel Unheil angerichtet, obwohl die Überschwemmung inzwischen wieder zurückgegangen war. Aber das aufgewühlte Wasser lag dunkel und träge vor ihnen, als wäre der Schlamm vom Grund des Flusses an die Oberfläche gekommen. Auf der anderen Seite konnte sie Büsche erkennen, die so groß wie die Bäume in den Poldern waren, aber diese hier bildeten eine finstere, von Schlingpflanzen durchsetzte Masse. Sie waren nahe genug, um zu erkennen, daß die Zweige dieser Büsche mit Dornen gespickt waren, so lang wie die Pfeile in Jaguns Schulterköcher. Es war unverkennbar – hier begann die Dornenhölle, die Hochburg der Skritek.

Kadiya hatte sie bereits zweimal durchquert, aber nur

auf dem Fluß, an dessen Ufern die gefährlichen Dornen in sicherer Entfernung wie eine Wand wuchsen. Sie fragte sich, ob es überhaupt möglich war, dieses Dickicht zu durchdringen.

Sie durchsuchten ihre Bündel und holten Wasserschuhe aus Blättern hervor. Diese schnürten sie mit Riemen an ihre Füße, wobei sie darauf achteten, daß sie fest auf ihren Stiefeln befestigt waren. Jagun rückte die Schlinge für sein Blasrohr zurecht, damit es im Nu zur Hand war. Smail folgte dem Beispiel des Jägers, nachdem er sich vergewissert hatte, daß die Wasserschuhe der weisen Frau richtig saßen.

Sie gingen weiter, wobei ihnen die Wasserschuhe gute Dienste leisteten. Kadiya behielt das trübe Wasser im Auge. Sie war sich sicher, daß sie Gesellschaft hatten, aber sie hoffte, daß keiner von ihnen groß genug war, um die Reisenden anzugreifen.

Als sie sich dem Dornenpanzer auf dem Land vor ihnen näherten, konnte das Mädchen keine einzige Lücke darin erkennen. Dennoch wußte sie, daß die Skritek Möglichkeiten hatten, diese Hölle zu durchqueren. Aber die Wasserscheusale waren praktisch Wasserbewohner, die gerne unter der Oberfläche schwammen und auch ihre Beute aus Verstecken unter Wasser angriffen. Benutzten sie vielleicht geheime Wasserwege, um in das Dickicht hinein und wieder hinaus zu gelangen?

Falls die Mauer vor ihnen auch für Jagun ein Rätsel war, so zeigte er es nicht. Kadiya versuchte, all ihr Wissen einzusetzen, das er ihr für die Jagd beigebracht hatte, und einen Weg für ihr Weiterkommen zu erspähen. Sie war nicht darauf gefaßt, daß er plötzlich seinen Speer direkt auf einen scheinbar undurchdringlichen Busch richten, mit der Spitze hineinstoßen und dann mit einer Drehung seiner Schultern herumreißen würde. Das kostete ihn so ungeheuer viel Kraft, daß die Muskeln dort, wo sein Wams zerrissen war, deutlich hervortraten.

Smail glitt auf seinen Wasserschuhen heran und zielte mit seinem Speer auf eine Stelle neben Jagun, dann beugte auch er sich hinab und drehte seine Schultern auf die gleiche Weise.

Der Busch, den sie angegriffen hatten und der beinahe so groß wie die Bäume im Garten der Stadt war, schwankte. Kadiya sah, wie eine leuchtendrote Schlange von einem der oberen Äste herabfiel, flossenartige Flügel ausbreitete und dann zu einem anderen Busch flog, der ein Stück weiter weg stand. Eine Wolke von Insekten stieg auf, so dicht, daß Kadiya fast nichts mehr erkennen konnte.

Jagun und der junge Uisgu strengten sich nur noch mehr an.

Kadiya wollte ihren Augen nicht trauen, als sich der Busch langsam nach links neigte. An seinem Platz gähnte jetzt eine dunkle Öffnung, ein Pfad, der mit schwarzer Erde bedeckt war, von der ein modriger Geruch ausging.

Jagun, der immer noch den Busch zur Seite drückte, gab einen Befehl. »Weitsichtige, Salm, hier hinein.«

Kadiya gehorchte im Vertrauen auf die Erfahrung des Jägers, obwohl sie eigentlich erwartete, gegen die Dornen zu prallen, die so lang und dick waren, daß sie mit Leichtigkeit hätte aufgespießt werden können.

Offenbar befanden sie sich in einem Tunnel, der durch die Dornenwand führte, allerdings für Reisende von der Größe der Seltlinge gebaut worden war, so daß Kadiya in gebückter Haltung vorwärtskriechen mußte, damit sich ihre Haare nicht in den Dornen und Schlingpflanzen verfingen. Die Schlingpflanzen beäugte sie mit größtem Mißtrauen. Nur zu gut konnte sie sich an den Überfall in der Stadt des Versunkenen Volkes erinnern.

Hier stieg ihr nicht nur der überall gegenwärtige modrige Geruch der Sümpfe in die Nase, sondern zuweilen auch der Körpergeruch der Skritek. Von dem stinkenden Atem der Seuche war jedoch noch nichts zu spüren.

Sie drückte sich zur Seite, als Jagun sie einholte, um die Führung zu übernehmen.

»Ist dies hier ein Pfad der Skritek?« flüsterte sie ihm zu.

»Es ist ein Weg – der einzige Weg, auf dem wir hereinkommen können«, entgegnete er. »Er ist nicht sehr lang und wird uns zum Turm von Sal führen.«

Sie nahmen Salm in die Mitte. Jagun und Kadiya liefen vor ihr, während Smail die Nachhut bildete. Kadiya spürte die Wärme des Amuletts auf ihrer Haut. Als sie an sich heruntersah, konnte sie das goldene Licht sehen, das durch ihren Kettenpanzer hindurchschien. Aber sie brauchte diese Warnung nicht.

Obgleich hier kein Wasser war, in dem sich die Skritek auf die Lauer hätten legen können, war es doch gut möglich, daß plötzlich die mit spitzen Dornen bewehrte Wand über ihnen niederfiel und sie sich von einer Streitmacht umzingelt sahen. Jagun näherte sich Kadiya, als wüßte er genau, woran sie gerade dachte. Das Mädchen hatte soviel Vertrauen in seine Kenntnis über diesen Weg, daß sie hoffte, sie würden diesen schrecklichen Tunnel ohne Angriff durchqueren können. Der Geruch nach Skritek war nicht sehr stark, man konnte annehmen, daß vor kurzem einer von ihnen hier durchgekommen war.

Sie hörte ein durchdringendes Knacken hinter sich und wirbelte herum, bereit, sich dem Feind entgegenzustellen. Aber sie sah lediglich Salm, die von einem Zweig in ihrer Nähe einen Dorn abgebrochen hatte. Er war nicht mattschwarz wie all die anderen Pflanzen, sondern eher grau, und die weise Frau griff nach einem zweiten der gleichen Art. Sie zog kräftig daran, bis er sich aus dem Holz löste.

»Was ...?«

Salm erntete bereits einen dritten. »Pfeile«, entgegnete die Uisgu. »Sie werden uns noch gute Dienste erweisen.«

Mit einem Grunzen stimmte ihr Smail zu. Er legte jedoch nicht seine Waffen ab, um ihr bei der Ernte zu helfen.

Während sie weitergingen, fügte Salm ihrer Sammlung

von Dornen nicht nur weitere hinzu, sondern zupfte zuweilen auch ein Blatt von einer Schlingpflanze ab, ja sie pflückte sogar eine Rispe mit sonderbar geformten Blüten, die für Kadiya wie der Kopf einer Vibonschlange aussahen.

Es war feucht und warm hier. Schweiß sammelte sich unter dem Rand ihres Helms und lief ihr die Wangen hinunter, tropfte ihr sogar vom Kinn. Der Speer rutschte ihr fast aus den Händen. Plötzlich wurde ihr bewußt, daß ihr Atem so schwer ging, als wäre jeder Zug eine Mühe für sie. Es gab keine Möglichkeit festzustellen, wie lange sie sich schon hier befanden oder wie weit sie vorangekommen waren, und Jagun ging immer weiter und weiter, wie von einem starken Willen vorangetrieben.

Als er schließlich haltmachte, lag der Grund einzig darin, daß sich ihnen eine undurchdringlich aussehende Wand aus Gebüsch entgegenstellte. Er nahm sein Bündel von der Schulter, und Kadiya konnte an der Bewegung hinter sich feststellen, daß Smail es ihm gleichtat. Wieder stellte sich der junge Uisgu neben Jagun, obgleich sie hier von den Wänden des geheimen Tunnels eng aneinandergedrängt wurden.

Beide Speere bohrten sich tief in die Dornen, als der Nyssomu und der Uisgu zustießen.

Es geschah nichts, lediglich die Zweige der Dornenbüsche bewegten sich, als hätten die Pflanzen ein Eigenleben und würden sich jetzt wehren. Kadiya nahm ihr Bündel ab. Obgleich ihr die Höhlung in der lebenden Mauer nur sehr wenig Platz ließ, um sich zu bewegen, und sie sich nicht völlig aufrichten konnte, zielte das Mädchen mit ihrem eigenen Speer zwischen die der Seltlinge und stieß so tief sie nur konnte in die Masse hinein. Als die Spitze des Speers auf Widerstand traf und dann Halt fand, half sie den beiden anderen, so gut sie konnte.

Schließlich spürte sie, wie sich etwas bewegte. Dieses Mal schob sich die verfilzte Vegetation nicht zur Seite, sondern wich zurück, als ob sie einen Korken aus einer Flasche drückten. Das Mädchen spürte die Anspannung der Seltlinge, und sie machte sich für einen letzten Angriff bereit.

Der Durchbruch kam so plötzlich, daß sie alle nach vorn taumelten und fast zu Boden stürzten. In das Halbdunkel des Tunnels drang Licht herein. Aber noch etwas anderes kam ihnen entgegen ... der Fäulnisgestank der Seuche.

Jagun und Smail schlichen sich vorsichtig ein Stück nach draußen. Vor ihnen lag eine Lichtung. Aber noch wagten sich die beiden nicht weiter hinaus. Steine bedeckten den Boden und verhinderten ein weiteres Vordringen der Dornen. Während sie den Platz vor sich sorgfältig musterten, um einen Weg durch die Steinblöcke zu suchen, stellten sie fest, daß die Lichtung größer war, als sie zuerst gedacht hatten. Gewiß hatten hier früher einmal riesige Bauten gestanden. Auf einem der Blöcke, kaum mehr als eine Handbreit von Jagun entfernt, lag eine Lentschlange, leuchtendrot mit schwarzen Streifen. Kadiya wollte ihn warnen, aber mit geübtem Schwung ließ der Jäger seinen Speer herabsausen, und die Schlange lag zuckend mit zerschmettertem Kopf da.

Kadiya wußte, daß dieser Ort für Schlangen ein idealer Unterschlupf war. Aber jetzt suchte sie den mit Überresten von Ruinen bedeckten Boden nach einem anderen Tod ab – nach den wuchernden gelben Flecken jenes tödlichen Unheils, dem sie noch keinen Namen geben konnten und das sie daher nur »die Seuche« nannten.

Schließlich sah sie einen der Flecken, halb im Schatten von etwas verborgen, das einmal ein Turm gewesen war. Nur ein Teil davon – das unterste Stockwerk und die Hälfte des ersten – waren von dem früher anscheinend imposanten Bauwerk übriggeblieben.

Smail kauerte sich neben den Stein, auf dem die tote Schlange lag, und schnitt ihr den Kopf ab. Diesen spießte er mit seinem Messer auf und verstaute ihn in einem kleinen Beutel, den er mit einem Stück Schnur verschloß. Das

Gift einer Lentschlange auf der Spitze eines Pfeils machte eine tödliche Waffe daraus.

Kadiya, die den Boden vor sich mit ihrem Speer durchwühlte, suchte sich ihren Weg von einem bloßen Stein zum nächsten und näherte sich so dem Turm. Als sie ein gutes Stück von der Dornenwand entfernt war, durch die sie gekommen waren, konnte sie den Klecks am Fuße des Turms deutlicher sehen. Es war kein großer Fleck – offensichtlich hatte die karge Vegetation verhindert, daß er sich weiter ausbreitete. Als sie aber den Kopf ein wenig drehte, konnte sie den Weg der Fäulnis zu der Wand zurückverfolgen, aus der sie gekommen war – und dort sah sie eine weitere Ansammlung der schleimigen Fäulnisflecken, die aus dem Turm herausführten und wie Fußspuren aussahen.

Sie hatte den Eindruck, als sei die Ruine ein Rastplatz, vielleicht sogar ein Lager – falls das Ding, das sie verfolgten, überhaupt Ruhepausen brauchte. An einigen Stellen hatte sich die verseuchte Vegetation verändert und schien zu kleinen Pfützen aus flüssig gewordener Fäulnis geworden zu sein. Am Rande dieser Pfützen sah sie vereinzelt etwas, das wie Skelette kleinerer Tiere aussah. Einige von ihnen schienen im grauen Licht des Tages ein phosphoreszierendes Leuchten von sich zu geben.

Jagun hatte sich zu ihr gesellt und kauerte jetzt auf einem Felsen neben ihr nieder.

»Es ist gekommen und wieder gegangen.« Offensichtlich hatte auch er die Spuren gelesen.

Sie mußte an den schwarzen Fleck denken, den sie im Wasserbecken gesehen hatten. Der war sicherlich hier gewesen. Aber wohin war er verschwunden? Die Spur führte quer über die Lichtung, von der die Turmruine umgeben war, hinüber zur anderen Seite.

Kadiya tastete nach dem Schwert. Ihr Talisman hatte die Seuche zerstört und den armen Seltling, über den die Fäulnis hergefallen war, in einen willkommenen Tod geschickt. Aber wenn sie dieser widerwärtigen Spur durch die Dornen folgen mußten – würde sich die Macht so weit erneuert haben, daß sie damit einen sicheren Pfad für sie freibrennen konnte? Jagun hatte ihnen den Weg zum Turm gewiesen, und nur dank seiner Hilfe war es ihnen möglich gewesen, so weit zu kommen, ohne der Seuche erneut zu begegnen. Aber jetzt sah es so aus, als sei der Turm nicht das endgültige Ziel dessen gewesen, was sie vernichten mußten.

Noch während ihr diese Gedanken durch den Kopf gingen, brach die Dämmerung herein. Sie mußten sich einen Unterschlupf suchen – aber bestimmt nicht in dem verseuchten Turm – und die Nacht hier verbringen. Sie hatte noch nie einen schlechteren Ort für ein Lager gesehen als dieses Labyrinth aus Steinen, in dem es vor Schlangen nur so wimmelte.

Aber sie wagten nicht weiterzugehen. Sie alle waren von ihrem anstrengenden Tagesmarsch völlig erschöpft. Salm war auf einen Stein gesunken, wo sie sich zusammenkauerte und ihre Beine und Knöchel rieb. Ihre gebeugte Haltung bedeutete ihnen, daß die weise Frau mit ihren Kräften am Ende sein mußte.

»Ein Platz für unser Lager?« wagte Kadiya zu sagen. Sie wandte den Blick von dem drohend aufragenden Turm ab und sah zu den anderen Ruinen hinüber. Der Regen hatte aufgehört, aber die Luft war immer noch unangenehm feucht und dunstig. Vielleicht konnten sie ja im Freien bleiben und hoffen, daß sie nicht von einem Sturm überrascht wurden.

Jagun drehte sich langsam um sich selbst und musterte das Land vor ihnen und zu ihrer Rechten. Dann deutete er mit seinem Speer auf etwas.

Drei Mauern waren gegeneinandergestürzt und bildeten jetzt eine Art Unterschlupf mit einem Dach darauf. Der Jäger kletterte von seinem Beobachtungsposten auf dem Steinblock herunter und ging vorsichtig darauf zu. Jetzt hatte er den Eingang erreicht und beugte sich ein wenig vor, um zu sehen, was dahinter lag. Die Stelle war ein ganzes Stück vom Pfad der Seuche entfernt, und zwischen ihr und jener Straße der Fäulnis lagen zum größten Teil unbewachsene Steine, so daß keine Ansteckungsgefahr bestand.

Kadiya hatte ihr Bündel, das sie aus dem Tunnel geschleppt hatte, wieder auf die Schulter geschwungen und reagierte auf einen Wink seiner Hand: Sie half Salm, die ihren Stock zwischen zwei Steine stieß und sich entschlossen hochstemmte.

Jagun und Smail hatten den Großteil der Erde weggeräumt, die durch die drei behelfsmäßigen Wände ihrer Unterkunft nach innen gedrungen war, und sich vergewissert, daß hier keine Schlangennester waren. Kadiya fand nun, daß ihre Wahl gar nicht so schlecht gewesen war. Der Boden war aus Stein und sehr kalt, und sie konnten kein Feuer entzünden. Aber es war besser, als die Nacht im Freien zu verbringen.

Ihr Essen bestand aus Reiseproviant, der trocken auf der Zunge lag, und nur wenigen Schlucken Wasser, das ihnen half, die Bissen hinunterzuschlucken. Salm griff in den Beutel, der von ihrem Gürtel herabhing, und holte einen Kranz aus getrockneten Blättern hervor, die sie verteilte. Das trockene Aussehen der Blätter täuschte. Kadiya fand sie erfrischend, als sie sich mit ihrem Speichel vermengten. Sie waren so kräftigend wie einige der belebenden Tränke, die sie noch von der Zitadelle her kannte.

Die weise Frau gab ihrem Enkelsohn das kleine Bündel mit den Dornen, die sie geerntet hatte. Der war bereits emsig dabei, mit dem Glättstein aus seiner Pfeiltasche die harten Dornen zu geraden Stücken zu feilen, die er dann an Jagun weiterreichte. Der Jäger schnitzte mit einem Messer die Enden zu scharfen Spitzen, obgleich die Dämmerung inzwischen so weit fortgeschritten war, daß er nicht mehr viel sehen konnte und wohl eher nach Gefühl arbeitete.

Kadiya saß mit gekreuzten Beinen da und ließ ihre

Hände über das Schwert gleiten. Als sie vorhin beim letzten hellen Lichtstrahl noch einen Blick darauf geworfen hatte, waren die Augen fest geschlossen gewesen. Und doch war ihr – sofern sie sich nicht selbst etwas vormachte –, als strahlte der Griff Wärme aus. Sie konnte sie spüren, wenn sie einen Finger ganz nah an die geschlossenen Augen hielt. Von ihrem Amulett ging immer noch ein warmes Leuchten aus, das von ihrem Kettenhemd jedoch gedämpft wurde.

»Weise Frau«, fragte sie, »hat Euch eine Botschaft der Macht erreicht? Welches Ziel hat dieses fürchterliche Ding? Könnt Ihr einen Blick in Euer sehendes Becken werfen und es herausfinden?«

Sie konnte das Gesicht der Uisgu nicht sehen, aber sie spürte, daß die andere Frau sich Sorgen machte.

»Trägerin der Macht, wir sind jetzt in einem Land, das von anderen beherrscht wird. Die Skritek waren schon immer die Diener des Bösen. Das Böse aber hat Augen und Ohren – und noch weitere Sinne. Wenn ich *meine* Macht erwecke, dann könnte dies etwas herbeirufen, dem wir uns nicht zu stellen vermögen. Doch es gibt noch einen anderen Weg ...« Ihre Worte kamen zögernd, als wäre sie nicht völlig überzeugt von dem, was sie vorschlagen wollte.

Kadiya spürte eine Bewegung neben sich und vernahm dann ein leises Geräusch, das wie Metall auf Stein klang.

»Tochter des Königs, holt Euer Amulett hervor«, sagte die alte Frau plötzlich. Es klang fast wie ein Befehl. Kadiya gehorchte und zog den Bernsteintropfen an seiner Kette hervor. Dünne Finger schlossen sich um ihr Handgelenk und zogen ihre Hand nach vorn. Gleichzeitig verstärkte sich das Licht des Bernsteintropfens mit der Drillingslilie in seinem Innern, so daß sie das Amulett erkennen konnte, das jetzt über Salms leerem Becken baumelte. Die Wände des Beckens reflektierten das Licht, und es sah beinahe so aus, als befände sich eine schwach leuchtende Lampe in seiner Mitte.

»Die Macht, Tochter des Königs«, befahl Salm. »Gebt mir von Eurer Macht. Zwingt Euch dazu!«

Kadiya versuchte es, so gut sie konnte. Sie konzentrierte sich auf das Amulett und ließ dabei das Bild von Salm in ihren Gedanken entstehen.

Dem Mädchen war, als bildete das Licht des Amuletts kleine Wirbel, die gleichen Wirbel, die entstanden waren, als das Becken mit Wasser gefüllt war. Sie spürte, wie ihre Kraft durch den Arm strömte und über ihre Finger in das Amulett überging, genau wie zuvor, als sie das Schwert auf die Seuche gerichtet hatte.

Jetzt bewegte sich das Amulett und schwang in einem kleinen Kreis über dem brodelnden Nebel aus Licht. Unter dem Mittelpunkt dieses Kreises entstand ein Bild.

Es war nicht sehr viel größer als die Spanne, die sie mit ihrem Finger abmessen konnte, aber einige Augenblicke lang war es so deutlich, als befände sie sich im Innern der Schale, als wäre sie ein Teil von dem, was sie sah.

Skritek. Aber bei ihnen war noch jemand anderer. Dieser war kein Flüchtling aus Voltriks besiegter Armee, eher ein Zerrbild von etwas anderem: einer der Wächter aus der Verlorenen Stadt! Kein Zweifel, die Gesichtszüge waren unverkennbar, so verzerrt und zerstört sie auch waren, und auch der Körper, wenngleich er gebeugt und zusammengeschrumpft war – wie ein Handschuh, aus dem die Hand ihre Finger herausgezogen hatte. Kadiya sah ganz gewiß einen aus dem Versunkenen Volk vor sich, erfaßte, daß diese Kreatur der Inbegriff von Tod, Fäulnis und Verzweiflung war. Sein zusammengeschrumpfter Körper hatte die gleiche grünlichgelbe Färbung, die auch die Opfer der Seuche aufwiesen.

Das Ding schritt voran, zu seinen beiden Seiten Skritek, aber wie sie bemerkte, lief keiner hinter ihm, wo auf dem Boden, über den es gegangen war, Fäulnisflecken erschienen, die vielleicht aus seinen Füßen ausgetreten waren. Diese widerlichen, zähflüssigen Kleckse schienen ein monströses Eigenleben zu entwickeln, und einige schlossen sich in Windeseile zusammen und flossen dann auseinander, um nach Nahrung zu suchen. Sein Gang war linkisch und steif. Wie Salm stützte sich dieses Wesen auf einen Stock, offensichtlich, um sich aufrecht zu halten. So mochten die lebenden Toten wandeln, die ihr Grab verlassen hatten, getrieben von einem Verlangen, dem sie sich nicht hatten widersetzen können.

Sie konnten noch einen letzten Blick auf das Ding und seine Begleitung erhaschen. Dann erlosch das Licht im Becken, und Kadiyas Hand fiel wie betäubt herab.

13

»Wohin geht dieses Ding?« fragte Kadiya laut. Die Frage galt genauso ihr selbst wie auch ihren Begleitern.

»Wir folgen nur einer Spur«, entgegnete Jagun, »der Spur der Zerstörung, die es zurückläßt.«

»Einer aus dem Versunkenen Volk.« Wieder stellte sie die Frage, die ihr im Kopf herumging. »Wie ist es nur möglich, daß einer aus dem Versunkenen Volk sich in so etwas verwandelt?«

»Es gab unter ihnen einige, die das Böse webten, selbst zu der Zeit, als ihr Volk das Licht webte«, antwortete Jagun. »Daraus entstand das Unheil, das die Welt verändert hat. Dieses Ding stammt aus jener Zeit. Es ist wieder frei und geht um.«

Kadiya zitterte, ihre Hand lag wieder auf dem Schwert. Konnte sie dort Wärme spüren? Sie drehte es um. Das Amulett leuchtete nicht mehr, und ihre schwere Hand war ihr nur widerwillig zu Diensten. Mit dem Verlöschen des Lichts ihres Amulettes war Dunkelheit über sie hereingebrochen. Kadiya fuhr mit dem Finger über die Kugeln, in denen die Augen wohnten. Sie schienen fest geschlossen zu sein.

»Die Verbotene Tür soll sich an dem Ort der Bitterkeit und des Todes befinden«, spürte sie Salms Gedanken in ihrem Geist. »Es kann nur die Tür sein, die dieses Ding sucht.«

»Wozu?« beeilte sich Kadiya zu fragen.

Sie mußten sich so eng in ihrer behelfsmäßigen Unterkunft zusammendrängen, daß sie spürte, wie die weise Frau unruhig wurde. Ihr dünner Arm stieß gegen Kadiyas Panzerhemd. »Trägerin der Macht, dieses Ding, das einen Pfad der Zerstörung hinter sich läßt, scheint unheilbar krank zu sein – und doch sucht es nach Hilfe. Vielleicht gibt es eine Quelle des Bösen, in der es sich erneuern könnte. Unsere ältesten Legenden berichten davon, daß das Versunkene Volk voller Trauer an einen anderen Ort ging, als es sah, welche Zerstörung es mit seinen Kriegen über dieses Land gebracht hatte. Es gab eine Tür zu jenem Ort, und durch diese verschwanden alle Überlebenden.«

»Aber wenn die Wesen guten Willens durch diese Tür verschwunden sind«, entgegnete Kadiya, »warum will dann etwas, das die Verkörperung des Bösen ist, den gleichen Weg gehen?«

»Vielleicht, weil es sich davon Heilung verspricht«, sagte die weise Frau. »Wir wissen nichts von den Gedanken des Versunkenen Volkes. Wir wurden von ihnen erschaffen, aber es steht uns nicht an zu vermuten, von was sie getrieben werden oder über welche Macht sie verfügen.«

Wieder fuhr Kadiya mit den Fingern über das Schwert. Dieses ... dieses Ding aus dem Nichts säte sein Gift mit jedem Schritt. Selbst wenn es das Land durch einen Zauber wieder verließ, würde sich die Seuche ausbreiten. Obwohl Kadiya ihr bereits begegnet war und einen kleinen Teil zerstört hatte, hatte sie nicht die Macht, seinen Weg zurückzuverfolgen und all das auszubrennen, was es hinterlassen hatte.

Wenn sie diesen wandelnden Tod einholen konnte, bevor er seine Stärke zurückgewann oder sich erneuerte, hatte sie vielleicht eine Chance, die Fäulnis ins Mark zu treffen. Dies würde kein Kampf sein wie jener, den sie gegen Voltrik oder die Skritek geführt hatte. Das waren Feinde aus Fleisch und Blut gewesen, die getötet werden konnten. Doch selbst im Tod konnte dieses Ding noch gewinnen, wenn sich die Seuche weiter ausbreitete. Und doch hatte sie keine andere Wahl. Sie mußte es verfolgen und vernichten, so wie sie auch Voltriks General vernichtet hatte.

Als sie den Kopf hob, stieß ihr Helm gegen einen der Steine in der Mauer, von der sie umgeben waren. Dieses

Mal konnte sie keine Armee herbeirufen, ja, sie konnte nicht einmal ihre Schwestern erreichen – nicht Haramis, die Wächterin und Hüterin von Ruwenda. Diese Aufgabe mußte sie allein erfüllen, deshalb hatte sie so überstürzt die Zitadelle verlassen. Kadiya war nicht gerufen worden, um das Schwert zurückzugeben, sondern vielmehr, um es wieder aufzunehmen und gegen einen Feind zu erheben, der grausamer war als alle Invasoren ihrer eigenen Art.

»Jagun, Salm, Smail«, sagte sie mit soviel Autorität, wie sie aufbringen konnte. »Ich weiß jetzt, was ich tun muß. Ich muß verhindern, daß das Böse sein Ziel erreicht. Aber ich werde ohne euch gehen.«

»Weitsichtige, dieses Unheil rührt aus uralter Zeit, und mein Volk ist eng verbunden mit dem Tag, der es zuerst ans Licht dieser Welt gebracht hat. Sagt nicht, daß Ihr diese Aufgabe allein erfüllen wollt!« In seiner Stimme lag ein scharfer Unterton, den sie sonst nie von Jagun hörte – mit Ausnahme von zwei Vorfällen, die schon lange zurücklagen. Damals hatte er geglaubt, sie hätte sich durch ihren eigenen Leichtsinn in Gefahr gebracht.

»Tochter des Königs«, sagte Salm, »ich habe diesen Weg gewählt, noch bevor ich Euch traf. Und ich werde ihn auch bis zu seinem Ende gehen. Ich mag nicht über soviel Macht wie Ihr verfügen, aber ich werde mit allem, was ich aufbieten kann, gegen dieses widerwärtige Ding kämpfen. Smail ist von meinem Blut und hat vor den Ältesten geschworen, nie von meiner Seite zu weichen. Wir werden Euch jetzt nicht verlassen.«

Kadiya seufzte. Jagun war durch viele Jahre gemeinsamer Erinnerungen und ihren gegenseitigen Respekt für das Können des anderen an sie gebunden. Er war wahrhaftig zu ihrem Waffengefährten geworden, und ohne ihn würde sie sich verloren vorkommen. Die beiden Uisgu standen ihr nicht so nahe, aber es war klar, daß sie ein starkes Pflichtgefühl besaßen. »Dann werden wir also zusammen gehen«, sagte sie.

Ihr Schlaf war unruhig. Am Morgen war sich Kadiya sicher, daß sie geträumt hatte. Obwohl sie noch wußte, daß es Alpträume gewesen waren, konnte sie sich nicht mehr an ihren Inhalt erinnern.

Es regnete nicht, und eine wolkenverhangene Sonne stand am Himmel, als sie an diesem Morgen die Steinblöcke um den Turm von Sal hinter sich ließen. Die Spuren auf dem Pfad, dem sie folgen wollten, waren deutlich zu erkennen. Sie kamen nur sehr langsam voran, weil sie den Stellen ausweichen mußten, an denen sich der Tod ausbreitete. Der Fäulnisgeruch der Seuche hing die ganze Zeit über in der Luft.

Vielleicht lag es an den Pflastersteinen, die man in der Erde verlegt hatte, um ein weiteres Ausbreiten von Wurzeln zu verhindern, daß die Vegetation hier nicht so dicht war, sondern vielmehr einen Weg für sie frei ließ. Jede Bewegung erschreckte sie, da es eine Schlange hätte sein können. Sie sahen nur eine, aber diese mußte mit der Seuche in Berührung gekommen sein, denn sie lag tot da, ihr Körper schon halb verfault.

Der breite Weg verengte sich wieder zu einem Pfad. Auch hier stießen sie auf die Reste von Pflastersteinen. Es war jetzt einfacher, der Fäulnis auszuweichen, da nur einige Schlingpflanzen und Pilze von ihr befallen waren. Dann sahen sie einen Pfahl vor sich, der so tief es ging zwischen zwei Steinblöcken in die Erde gerammt worden war.

Auf den Pfahl war ein Schädel gesteckt worden, der sich erst seit kurzer Zeit hier befand, denn am Knochen hingen noch Fetzen von zerrissenem Fleisch. Auf dem Steinblock sahen sie einen großen Blutfleck, der Insekten und andere Tiere anlockte.

Eine Markierung der Skritek. Kadiya hatte solche Zeichen schon gesehen. Auf diese Weise steckten die saurierähnlichen Wesen ihr Revier ab oder kennzeichneten den Weg. Hinter dem Pfahl sahen sie Steine, Überreste der

Wand eines längst verschwundenen Gebäudes. Sie kletterten darüber und standen vor einer kleinen Bucht, die in einen See von beträchtlicher Größe überging. Es war nicht zu übersehen, daß das Ufer des Sees eine übelriechende Masse war, die Überreste des Schilfrohrs, das von der Seuche erfaßt worden war – ein deutliches Zeichen dafür, daß jener, den sie verfolgten, seine Reise hier zu Wasser fortgesetzt hatte.

Selbst wenn auf die Gruppe, die sie verfolgten, ein Boot gewartet hatte – sie fanden keines. Ein gutes Stück von der Stelle entfernt, an der das verseuchte Schilfrohr stand, ging Jagun bis ans Ufer hinunter. Er drehte seinen Speer um und stieß mit der Spitze in den Vorhang aus Schilfrohr hinein. Schließlich schob sich auf seine kräftigen Stöße hin aus seinem Versteck ein Boot, wie Kadiya noch keines gesehen hatte.

Im Gegensatz zu den mit großer Sorgfalt bearbeiteten Paddelbooten der Seltlinge war dies hier lediglich eine Art Floß aus dicken Zweigen, die so fest miteinander verflochten waren wie die Wände aus Dornbüschen. Als der Jäger es aus den Schilfrohren herausgezogen hatte, konnte das Mädchen erkennen, daß es tatsächlich aus den Zweigen der Dornbüsche gefertigt war. Zusammengehalten wurde es von den Dornen, die sich ineinandergehakt hatten. Aber die Dornen, die nach oben und zur Seite gezeigt hätten, waren abgebrochen worden. Obenauf lag eine Schicht aus Schilfrohr, die man mit Lehm bedeckt hatte.

Das plumpe Floß sah nicht sehr vertrauenerweckend aus, und Kadiya fragte sich, ob sie sich damit wohl auf das Wasser wagen konnten. Aber nachdem er es gänzlich aus seinem Versteck herausgeholt hatte, sprang Jagun mit einem Satz hinauf und suchte auf der heftig schwankenden Plattform sein Gleichgewicht. Dann stieß er seinen Speer in den Uferschlamm, um das Floß auf der Stelle zu halten, und bedeutete ihnen mit einer Kopfbewegung, sich ihm anzuschließen.

Das Floß war weder bequem noch sicher. Sie mußten sich mit ihren Bündeln in seiner Mitte niederlassen, damit es aufhörte zu schwanken und Jagun und Smail sie mit den Stangen, die halb verborgen im Schlamm gelegen hatten, vom Ufer wegbringen und den breiteren Teil des Sees ansteuern konnten.

Wie an jedem Morgen seit Beginn ihrer Reise salbten sie auch jetzt ihre Haut zum Schutz vor den Insekten. Aber hier schien eine neue Spezies der fliegenden Blutsauger auf sie zu warten, die sich nicht so einfach verjagen ließen wie die anderen. Doch die Reisenden wagten nicht, nach ihnen zu schlagen, denn sie hätten vielleicht ihr schwankendes Transportmittel zum Kentern gebracht. Kadiya versuchte, die Attacken der Plagegeister einfach zu ignorieren, selbst als sie Blutflecken auf ihren Händen sah und spürte, daß auch ihr Gesicht völlig zerbissen wurde.

Ihr Floß bewegte sich vorwärts. Jagun und Smail mußten hart arbeiten, um es parallel zum linken Ufer zu halten. Kadiya suchte ihre Umgebung nach Spuren der Seuche ab, was ihnen einen Hinweis darauf gegeben hätte, daß der, den sie verfolgten, hier vorbeigekommen war. Das Gestrüpp wurde immer öfter von größeren Pflanzen verdrängt, die Bäumen ähnlich sahen, aber statt einem Stamm gleich mehrere hatten.

Die Stämme dieser Pflanzen wuchsen auf das Wasser hinaus und bildeten zusammen mit herabhängenden Zweigen eine Art Gewölbe über dem See. Zuweilen sahen sie, wie das Wasser unter den größten von ihnen aufgewühlt wurde, was darauf schließen ließ, daß sich dort Lebewesen befanden. Obwohl einige Zwischenräume recht groß waren, glaubte Kadiya nicht, daß sich ein Jäger der Skritek in den Wurzeln verbergen konnte.

Da sie bis jetzt noch keine einzige Wache gesehen hatten, vermutete Kadiya, daß sich die Skritek in ihrem eigenen Gebiet sicher wähnten und glaubten, ihre Nachhut nicht durch Wachposten sichern zu müssen.

Sie bewegten ihr Floß vorwärts, unaufhörlich von den Blutsaugern gequält. Bis jetzt hatten sie am Ufer noch keinen Fäulnisfleck entdecken können. Plötzlich ließ Kadiya von ihrer verhaltenen Jagd nach den Insekten ab. Sie spürte eine Flut von Wärme, durchdringender als die feuchte Wärme, die von dem finsteren See unter ihnen aufzusteigen schien.

Seit sie ihr Amulett zum Sehen verwendet hatte, war es völlig untätig geblieben. Nun aber gab es wieder Lebenszeichen von sich. Vorsichtig zog Kadiya es unter ihrem Kettenhemd hervor. Die Drillingslilie in seinem Innern schien lebendig zu sein, und der Bernstein, in dem sie eingeschlossen war, strahlte ein warmes Licht aus. War es wieder ihr Führer? Es reagierte auf die Macht, und wenn sich eine Quelle der Macht vor ihnen befand, dann würde das Amulett vielleicht antworten.

Sie machte ihre Begleiter auf das aufmerksam, was sie in der Hand hielt, dann rutschte sie vorsichtig in der Mitte des behelfsmäßigen Floßes hin und her und richtete das Amulett auf das Ufer zu ihrer Linken. Wenn sie es vor sich oder in die andere Richtung hielt, wurde sein Leuchten sofort schwächer.

An dieser Stelle hingen immer größere Äste weit über das Wasser hinaus. Die von den Wurzeln geformten Bögen waren jetzt fast hoch genug, um ihnen genügend Platz für ihre Köpfe zu bieten, aber Jagun hielt das Floß in sicherer Entfernung und ließ sich nicht auf solche Experimente ein.

Kein Anzeichen der Seuche, aber mit einem Mal bewegte sich das Amulett in Kadiyas Hand, und hätte sie nicht instinktiv ihre Hand geschlossen, wäre es ihr vielleicht sogar mit einem Satz entkommen.

»Dorthin!« Kadiya deutete auf einen der Wurzelbögen, der besonders groß und dick war. Die Pflanze, zu der er gehörte, mußte schon sehr alt sein.

Jagun steuerte ihr Floß nach links, und nur einen Augenblick später befanden sie sich im Schatten des Bogens.

Aber sie sahen kein Ufer vor sich, nur noch mehr gekrümmte Wurzeln, die ein gebogenes Dach über ihren Köpfen bildeten und in völlige Dunkelheit führten. Vielleicht waren sie auf einen Fluß gestoßen, der an dieser Stelle in den See mündete, aber Kadiya spürte nichts von einer Strömung.

Sie starrte nach vorn und suchte nach den verräterischen Schleimflecken. Wenn jene, die sie verfolgten, diesen Weg genommen hatten, dann hatte der, der die Fäulnis säte, nichts berührt, was das Gift aufnehmen konnte.

Jetzt kamen sie unter einem vierten Bogen hindurch. Mit jeder der riesigen Wurzeln war das Licht schwächer geworden, denn über ihren Köpfen standen die Bäume nun so dicht zusammen, daß sie ein Dach bildeten, von dem das fahle Tageslicht ausgeschlossen wurde. Sie waren von dem Gestank nach Brackwasser und verrottenden Pflanzen umgeben, aber von dem Fäulnisgeruch, der sie vor der nahenden Gefahr gewarnt hatte, nahmen sie nichts wahr.

Jagun stellte sich vorn auf das Floß und setzte die Stange mit der Geschicklichkeit ein, die von langer Erfahrung zeugt, während Smail vorsichtig auf die andere Seite ging und seine Stange im Einklang mit dem Jäger bewegte.

Irgendwo vor ihnen mußte sich eine Quelle der Macht befinden, dessen war sich Kadiya sicher. Aber welcher Macht – der des Bösen oder der des Guten? Das Amulett würde genauso auf eine starke Ausstrahlung des Bösen wie auch auf das Gute reagieren, von dem es als Schutz und Führer geschaffen worden war.

Das stetig stärker werdende Glühen des Amuletts war ihre einzige Lichtquelle, als sie ihre Reise ins Ungewisse fortsetzten. Über ihnen ragten gekrümmte Wände auf, wie in dem Tunnel aus Dornbüschen. Aber erst später konnte Kadiya, die das Amulett ein wenig gedreht hatte, ein kleines Stück einer solchen Wand genauer erkennen. Es war tatsächlich eine Wand – uralter Stein, von dem modrig riechende, grüne Wasserpflanzen herabhingen.

Das Amulett fing das Glitzern von Augen ein. Ein Stück Moos bewegte sich, dann brach es von dem Büschel ab und fiel ins Wasser. Also hatte auch dieser Ort hier seine Bewohner.

Es herrschte Stille bis auf das Geräusch der Stangen, mit deren Hilfe sie sich vorwärtsbewegten. Dann hörte Kadiya, wie Jagun etwas rief, und bemerkte im Schein des Amuletts eine plötzliche Unruhe, als er seine Stange mit einer weitausholenden Bewegung in den Grund stieß, um das Floß auf dem unterirdischen Wasserlauf zum Stehen zu bringen.

Kadiya kauerte sich auf die Knie und streckte die Hand mit ihrer schwachen Lichtquelle über die Schulter Jaguns hinweg nach vorn. Vor ihnen befand sich wirklich ein Hindernis – und zwar eines, das für unheimliche, vergessene Orte wie geschaffen schien.

Sie hatte die verschlungenen Netze der Roxlin ein- oder zweimal in den Randgebieten des Goldsumpfes gesehen. Aber jene waren klein gewesen, das Werk von Spinnen, die nicht größer als ihr Daumennagel waren. Dieses Netz war so vollendet gesponnen wie die, die sie gesehen hatte, bedeckte aber die gesamte Fläche vor ihnen, von einer feuchten Wand zur anderen, vom Rand des Wassers bis in das Dunkel über ihren Köpfen zu einem Punkt, den sie in der Finsternis nicht sehen konnten.

Der makellose Kreis war nicht aus dünnen Fäden gesponnen worden. Die einzelnen Stränge waren so dick wie die Seile, mit denen Boote vertäut wurden. Und sie waren mit den Körpern gefangener Insekten und anderer Kreaturen übersät, die an einigen Stellen in dicken Schichten übereinanderlagen. Sie sahen eine Eidechse, die so grün wie die Pflanzen um sie herum war, gewiß eines der Tiere, deren Flucht ins Wasser sie beobachtet hatte. Ihr Körper war zweifellos nicht leicht, und doch vermochte ihr Gewicht die Fäden, mit denen sie gefangengehalten wurde, nur wenig zu krümmen.

Die Roxlin wurden gemieden. Obgleich sie es kaum mit einer größeren Beute aufnehmen konnten, so war ihr Biß doch eine echte Gefahr und konnte dazu führen, daß die Wunde nur sehr schlecht wieder heilte. Eine Roxlin, die groß genug war, um dieses Netz hier zu spinnen, mußte ein furchterregender Gegner sein.

Als das Floß gefährlich zu schwanken begann, stützte sich Kadiya mit einer Hand auf Jaguns Schulter, um wieder festen Halt zu finden, und hielt das Amulett hoch über ihren Kopf. Keine der Wände schien als Versteck für ein größeres Lebewesen geeignet zu sein. Die Spinne konnte sich nur weiter oben verborgen halten. Aber im Licht des Amuletts, das sie so hoch hielt, wie sie nur konnte, war nichts zu erkennen. Wenn sie das Netz berührten, würde die Roxlin vielleicht herauskommen, um zu sehen, welche Beute sie da gefangen hatte.

Angesichts des schwankenden Floßes, auf dem sie sich befanden, wäre ein Angriff von oben mehr als gefährlich gewesen. Kadiya, die immer noch das Amulett in die Höhe hielt, nahm es jetzt in die linke Hand. Dann zog sie das Schwert. Die Augen schienen geschlossen zu sein, aber hier würde kein Speer und kein Pfeil etwas ausrichten können.

»Ich brauche mehr Platz«, flüsterte sie. Sie fürchtete, daß allein der Klang ihrer Stimme einen Angriff auslösen könnte.

Jagun drückte sich zur Seite und dann ein wenig nach hinten, so daß Kadiya sich ein Stück nach vorn bewegen konnte. Sofort spürte sie, wie das Floß mit bedrohlichem Schwanken auf die Gewichtsverlagerung reagierte. Sie mußte sich beeilen, bevor es sich zu weit zur Seite neigte. Falls das geschah, würde sie sich kaum retten können.

Dann legte sich ein Arm um ihre Mitte, und sie fand wieder Halt. Obwohl Jagun immer noch die Stange gepackt hatte, mit der er das Floß an der Stelle hielt, half er ihr nach besten Kräften.

Schnell zielte Kadiya mit dem Schwert auf das Netz. Auch wenn ihrer Klinge die Spitze fehlte, so war sie doch mit einer Klinge ausgestattet, und diese verfing sich für den Bruchteil einer Sekunde im Netz, bevor sie es durchschnitt. Kadiya hieb ein zweites und ein drittes Mal darauf ein, obwohl ihr bewußt war, daß die Roxlin jeden Augenblick angreifen konnte.

Das kreisförmige Netz war zu Fetzen zerrissen, und die Enden der Fäden hingen bis in das Wasser herab, wo kleine Wirbel erkennen ließen, daß dort unten etwas wartete, um sich an dem gütlich zu tun, was von den klebrigen Fäden des zerfetzten Netzes festgehalten wurde.

Kadiya wunderte sich, daß von der Kreatur, deren Werk sie jetzt mit aller Kraft, die sie aufzubringen wagte, vollends zerstörte, keinerlei Reaktion gekommen war. Daß die Falle verlassen war, konnte sie kaum glauben. Und doch, je mehr Schaden sie dem Hindernis vor ihnen zufügte, desto mehr glaubte sie daran, daß es so war.

Das Licht des Amuletts zeigte ihr jetzt ein schartiges Loch, das groß genug für sie alle war. Aber was, wenn die Spinne so verschlagen war, darauf zu warten, daß sie ihr Floß dort hineinlenkten, bevor sie zuschlug?

»Sollen wir es jetzt versuchen?« Kadiya verließ sich auf Jaguns Jagdinstinkt, bereit, ihm die Entscheidung zu überlassen.

»Macht euch bereit!«

Sie ließ sich fallen und setzte sich wieder so hin wie zuvor, Salms aufgeregte Atemzüge an ihrer Schulter gewahr. Sie hielt das Schwert bereit.

Jagun zog seine Stange aus dem Grund und stieß sie ein Stück vor sich wieder hinein. Das Floß schwankte, und Wasser schwappte darauf, bis Smail es geschafft hatte, in Jaguns Rhythmus einzufallen. Kadiya vermutete, daß sie sich jetzt so schnell wie überhaupt möglich vorwärtsbewegten. Unwillkürlich zog das Mädchen den Kopf ein, als sie unter den Resten des Netzes vorbeizogen. Sie konnte immer noch nicht glauben, daß sie dem Angriff der Spinne entkommen waren.

Jagun und Smail gelang es, sie innerhalb von Sekunden durch das Netz zu bringen. Als Kadiya hörte, wie Salm einen pfeifenden Ton von sich gab, wurde ihr klar, daß auch die Uisgu ihre Bedenken geteilt hatte.

»Eines steht fest«, bemerkte Jagun, als sie ihre Reise fortsetzten. »Wir können jetzt sicher sein, daß jene, die wir jagen, diesen Weg hier nicht genommen haben.«

Kadiya fragte sich, ob das gut oder schlecht war. Hatte das Amulett sie von der Spur weggeführt, der sie hätten folgen sollen, als es auf eine andere Macht aus uralter Zeit reagierte? Wieder schwang sie das Amulett von links nach rechts. Doch sie sah nur die feuchten, dunklen Wände aus Stein. Dann stieß das Floß plötzlich gegen ein Hindernis im Wasser.

Kadiya suchte nach Halt, und wieder schwang sie das Amulett in die Dunkelheit vor ihnen, dieses Mal an seiner Kette, damit das schwache Licht weiterreichte.

Aus dem Wasser vor ihnen ragte eine Rampe auf, die aus den gleichen Steinen gebaut war wie die Wände. Offenbar waren sie am Ende des Wasserweges angelangt. Smail drängte sich neben sie und sprang hinter Jagun auf den massiven Anlegeplatz. Dann zogen sie gemeinsam das Floß an die steinerne Rampe heran.

Schnell kletterte Kadiya herunter und ging voraus. Einen Augenblick später erfaßte das Licht des Amuletts eine Treppe, die nach oben führte. Von dem Gestank der Seuche war hier nichts wahrzunehmen.

Sie drehte sich um und half, das Floß so weit aus dem Wasser zu ziehen, daß es nicht fortgerissen wurde. Dann schulterte sie ihr Bündel, während Jagun und Smail die ihren aufnahmen. Salm, die sich auf ihren Stock stützte, befand sich gleich hinter ihnen, als sie auf die Treppe zugingen. Hier übernahm Kadiya die Führung, da das Licht des Amuletts das einzige war, was ihnen jetzt helfen würde.

14

Auf der dritten der breiten Stufen hielt Kadiya plötzlich an. Unter ihnen schlug das Wasser gegen die Anlegestelle. Es schien sich im Rhythmus einer Strömung, die sie zuvor nicht bemerkt hatten, auf und ab zu bewegen. Aber jetzt nahm sie noch ein anderes Geräusch durch den Stein um sie herum wahr, ganz leise, kaum mehr als eine Schwingung. Das Mädchen wußte nicht, was es war, aber ihr lief ein Schauer über den Rücken.

Jagun flüsterte ihr zu: »Skritek!«

Die Treppe weiter hinaufzugehen war vielleicht töricht, aber das Amulett in ihrer Hand glühte jetzt immer stärker. Ganz gewiß näherten sie sich einer ungeheuer starken Macht. Von den Wasserscheusalen sagte man, daß sie keinerlei Wissen besaßen und keine Waffen, außer ihren Reißzähnen, Klauen und einigen primitiven Speeren und Keulen. Ihre erfolgreichsten Überfälle waren solche, die sie in aller Heimlichkeit durchführten. Aber sie und ihre Gefährten befanden sich inmitten ihres Gebietes, und wer wußte schon, über welche Waffen sie hier verfügten?

Es war nicht Salms Stimme, die sie jetzt vernahm, es waren die Gedanken der weisen Frau.

»Sie erweisen gerade ihre Ehrerbietung – sie jagen nicht.«

Mit solcher Gewißheit wurde ihr dies übermittelt, daß Kadiya die Feststellung der Uisgu akzeptierte. Aber wem erwiesen diese schuppigen Monster ihre Ehrerbietung? Einem Häuptling oder einer Ersten aus ihrer Mitte – oder dem Ding, das den Tod mit sich brachte?

Es gab kein Zurück mehr, sie konnten nur noch weitergehen, so vorsichtig wie nur möglich. Zumindest Jaguns Sinne waren auf eine Situation wie diese eingestellt.

Kadiya ging entschlossen weiter. Obwohl sie etwas anderes erwartet hatte, wurden die Geräusche nicht lauter. Sie schienen zuweilen sogar wieder zu verschwinden.

Außer dem Leuchten des Amuletts sah Kadiya jetzt auch eine zweite Lichtquelle auf der Treppe, die mit jedem Schritt heller wurde.

Das Licht kam vom oberen Ende der Treppe, aber der Lichtstrahl war gebrochen, als ob er durch die Muster kleiner Öffnungen schiene.

Kadiya ließ das Amulett wieder auf ihre Brust fallen, wo sie es teilweise mit ihrer Hand verdeckte. Die Hitze in seinem Innern war mehr als nur Wärme. Es war ihr, als würde es gleich zu brennen beginnen, und sie mußte sich zwingen, ihre Finger nicht wegzunehmen.

Am Ende der Treppe wurde das andere Licht plötzlich heller. Der obere Eingang zur Treppe war versperrt – offensichtlich durch eine Trennwand, deren Fläche mit einem gemeißelten Relief durchbrochen war, so daß das Licht durch die geschwungenen Bögen und rechteckigen Öffnungen dringen konnte.

So etwas hatte sie schon einmal gesehen! In der Zitadelle von Ruwenda gab es Gänge, die zu einer ganzen Anlage aus geheimen Wegen gehörten. Viele dieser Wege waren entdeckt worden, und als Kadiya noch ein Kind war, hatte sie des öfteren Haramis oder Anigel herausgefordert, ihr auf diesen vergessenen Wegen zu folgen. Einige davon wurden durch Wandstücke verborgen, die von Schmuckreliefs verziert waren. Von außen schienen sie nur eine ausgefallene Dekoration zu sein, aber in Wirklichkeit versorgten sie jene, die sich in den Geheimgängen verborgen hielten, mit Licht, Luft und der Möglichkeit, Dinge auszukundschaften.

Jetzt standen sie vor einer Trennwand, die genauso aussah.

Von der anderen Seite strömte helles Licht herein. Kadiya ging nach rechts, damit die anderen Platz auf dem

Absatz fanden, mit dem die Treppe an ihrem oberen Ende abschloß, und ebenfalls hindurchsehen konnten.

Dahinter befand sich eine Kammer. Die Wände bestanden aus dem weißen Stein, der auch in der Stadt der Versunkenen zu finden war und völlig unversehrt die Zeit überdauert hatte. Zu beiden Seiten waren Haken eingesetzt, von denen an Ketten brennende Lampen herabhingen. Diese qualmten heftig, und das vermutlich nicht erst seit heute, denn die Wände waren über und über mit schwarzem Ruß bedeckt.

Die Wände, die sie beleuchteten, waren mit Reliefs geschmückt wie die Wand, hinter der Kadiya und die anderen standen. Vielleicht waren sie einst auch bemalt gewesen, damit Teile des gemeißelten Wandschmuckes besonders hervorgehoben wurden. Kadiya war sich sicher, daß sie Spuren von Rot und Blau erkennen konnte, und auch ein verblaßtes Gelb.

Auf den Reliefs waren keine Lebewesen abgebildet. Bögen und Kreise, vorspringende Rosetten, verschlungene Linien ohne Bedeutung bildeten Verwirrspiele, die das Auge in die Irre führten.

Die vier verborgenen Gestalten erstarrten. Plötzlich hörten sie das Gemurmel der Skritek. Kadiya legte wieder ihre Hand über das Amulett. Sie zuckte zusammen, als sie die glühende Hitze des Bernsteins spürte, wußte aber, daß sein Leuchten nicht gesehen werden durfte. Keiner von ihnen vermochte zu sagen, wie sicher ihr Versteck war, aber sie mußten unbedingt sehen, was dort drinnen geschah.

Durch die Tür zu ihrer Linken – dem einzigen sichtbaren Eingang in die fensterlose Kammer – kam eine sonderbare Gruppe herein.

Ein Skritek näherte sich, der von einem klauenbewehrten Fuß auf den anderen hüpfte. Auf seinem echsenähnlichen Kopf war ein Schädel befestigt, der aussah wie die Köpfe der Wesen seiner Art, aber so riesig war, daß es wohl einst eine sehr viel größere Form dieser Spezies gegeben haben mußte. Die deutlich sichtbaren Reißzähne des Kopfschmuckes waren mit Rot besudelt, und in den Augenhöhlen hingen die leuchtenden Insekten, die allen Bewohnern der Sümpfe als Lichtquelle dienten.

Abgesehen von dem Schädel, den er wie eine Krone trug, war der Skritek – wie alle seiner Art – fast nackt. Von den schuppigen Schultern hingen zwei Gürtel herab, die sich auf Brust und Rücken kreuzten. Diese waren über und über mit baumelnden Knochen besetzt, die bei jedem Schritt der Kreatur mit lautem Gerassel aneinanderstießen. Um den dicken Bauch war ein dritter Gürtel geschlungen, der offenbar aus Fell gefertigt war. Daran hing die Scheide eines Messers, das so lang war, daß man es schon fast als Schwert bezeichnen konnte, außerdem ein großer Beutel. In der Hand hielt die Kreatur einen Stab, von dem ein weiterer, menschlich wirkender Schädel herabhing.

Als er die Mitte der Kammer erreicht hatte, fuhr der Skritek herum und drehte sich zur Wand. Er hob den Stab, schwenkte das Zeichen seines Amtes über dem Kopf hin und her und schlug dann mit dessen Ende immer wieder auf den steinernen Boden, im Takt zu dem Gemurmel, das aus seinem mit Fangzähnen bewehrten Schlund kam. Kadiya vermutete, daß er eine Art Ritual ausführte.

Der Gestank des Skritek lag in der Luft, und er wurde noch stärker, als zwei weitere hereinkamen. Diese trugen keinen Schädel als Kopfschmuck und führten anstelle des Schädelstabes nur primitive Speere mit sich. Sobald sie in der Kammer waren, gingen sie rückwärts, bis ihre Schultern fast die Trennwand berührten, hinter der Kadiya und ihre Gefährten standen.

Während ihr schädelgekrönter Anführer seinen krächzenden Singsang fortsetzte, trat noch jemand ein. In das Licht der beiden Lampen schlurfte jene zusammengeschrumpfte, von Fäulnis zerfressene Gestalt, die Kadiya in

Salins sehendem Becken gesehen hatte. Hinter ihr kamen in gebührendem Abstand noch vier weitere, mit Speeren bewaffnete Skritek herein.

Kadiya hoffte, daß der Gestank der Skritek und der Fäulnisgeruch der Seuche so stark waren, daß jene dort keine Witterung von ihr und ihrer kleinen Truppe aufnehmen konnten. Auch war ihrer aller Körpergeruch bereits durch die Kräuterpaste, mit der sie sich täglich gegen die Insektenangriffe einrieben, abgeschwächt. Zumindest konnte das Mädchen keine Anzeichen dafür sehen, daß die widerlichen Gestalten ihre heimlichen Beobachter entdeckt hatten.

Der Schädelträger brüllte ein letztes Mal laut auf und schlug seinen Stab noch einmal mit voller Wucht auf den Boden, dann drehte er sich halb um, so daß er den von der Seuche Zerfressenen ansehen konnte. Für Kadiya war der letztere weitaus schrecklicher anzusehen als die Sumpfscheusale, denn hier war einer der makellosen Körper, die sie in den Statuen der Stadt gesehen hatte, zu einer ekelerregenden, furchteinflößenden Gestalt zersetzt.

Beinahe so gebeugt wie Salm, die Haut gerötet und von eiternden Geschwüren übersät, der Kopf einem Totenschädel ähnlich, auf dem lediglich eine dünne, vertrocknete Haut lag – wahrhaftig ein Scheusal.

Aber als es sich näherte, fiel der schädelgekrönte Skritek nicht nur auf die Knie, sondern kroch auch noch mit dem Gesicht nach unten vor dem monströsen Ding auf dem Boden herum.

Das Ding blieb stehen, schwankend, als hätte es Schwierigkeiten, sich aufrecht zu halten. Es hob einen Arm, aus dem eine gelbliche Flüssigkeit zu Boden tropfte, als er bewegt wurde.

Der Schmerz explodierte so plötzlich in ihrem Kopf, daß Kadiya beinahe gegen die Wand geschleudert wurde. Nur Jaguns ausgestreckter Arm vermochte sie noch zu halten. Es war ihr, als würde ein dröhnendes, mißtönendes Brüllen ihren Kopf zerreißen. Sie biß sich auf die Lippen und versuchte, ihre Gedanken dagegen zu verschließen.

Der Skritek am Boden krümmte sich, vielleicht, weil er die gleiche Marter erlebte, gegen die Kadiya jetzt ankämpfte. Das Scheusal musterte seinen Anbeter mit Augen, die von runzliger Haut umgeben waren und so tief in dem verfaulten Fleisch versunken waren, daß sie kaum noch zu sehen waren. Es hob den Fuß und stieß den schädelgekrönten Stab weg, dann taumelte es auf die Wand zu.

Mit deutlich erkennbarer Anstrengung richtete es sich auf. Es streckte beide Arme aus, von denen immer noch das tödliche Gift herabtropfte. Finger, die bis auf die Knochen verfault schienen, berührten vier Stellen in dem verschlungenen Muster der steinernen Wand.

Ein Geräusch ertönte, als ob der Stein selbst heftig gegen das protestierte, was da von ihm verlangt wurde. Dann öffnete sich ein Spalt.

Aus diesem strömte ein Licht heraus, das so rot wie die Flammen eines mächtigen Feuers war. Die Kreatur taumelte vorwärts, bis sie von dem Nebel aus Licht eingehüllt war. Dann war sie verschwunden.

Der auf dem Boden liegende Skritek erhob sich auf Knie und Hände, hob den Echsenkopf und sah zu der Wand hin, in der sowohl die Flammen als auch das Ding, das sie herbeigerufen hatte, verschwunden waren. Dann erhob sich der Priester – falls der schädelgekrönte Skritek tatsächlich ein solcher war –, drehte sich zu den Wächtern um und brüllte ihnen einen Befehl zu, woraufhin sich diese sofort durch die Tür davonmachten.

Aber ihr Anführer blieb zurück und ging jetzt zu der Wand hinüber. Kadiyas Gedanken fingen außer jenem heftigen Angriff, der wohl die Verständigung zwischen dem Träger der Seuche und seinem Anhänger gewesen war, noch etwas anderes auf. Der Skritek gierte nach Wissen und war verärgert darüber, daß dieses nicht mit ihm geteilt worden war.

Mit der Spitze seines Stabes berührte das Wasserscheusal die Stellen, die das Schloß der Tür öffnen mußten, zuerst vorsichtig, dann kräftiger. Aber nichts geschah. Kadiya fing Verwirrung und beginnenden Ärger auf.

Schließlich gab der Skritek seine erfolglosen Versuche, das Rätsel zu lösen, auf und verließ die Kammer, wobei er mißmutig seinen Stab auf den Boden niedersausen ließ.

Kadiya mußte das Amulett loslassen. Die Hitze darin war zu stark geworden, und sie konnte es nicht mehr mit den Fingern berühren. Nicht nur das, es bewegte sich auch. Und sie selbst spürte ein brennendes Verlangen in sich...

Eine Tür... öffnen... folgen... Alles, was von ihrer seit jeher nur spärlich vorhandenen Vorsicht noch übrig war, kämpfte gegen dieses Verlangen an.

»Jagun... Salm...« Sie brauchte Unterstützung von ihnen, Hilfe, um diesen überwältigenden Impuls zu verstehen, von dem sie jetzt beherrscht wurde.

»Weitsichtige.« Die Worte des Jägers bildeten sich in ihren Gedanken, und sie klammerte sich daran, als könnte sie sich dadurch vor dem Verlangen schützen, das sie erfaßt hatte. »Dies hier ist ein Ort großer Macht.«

»So ist es«, pflichtete ihm Salm bei, »aber sie ist weder gut noch böse, Tochter des Königs. Sie wird auf den Ruf beider Seiten antworten.«

»Aber wird diese Macht mir helfen oder mich in eine Falle locken?« wollte Kadiya wissen. »Ich spüre etwas, das mich dorthin treibt. Ich will mich nicht an jenen Ort mitreißen lassen, der hinter der Wand dort liegt.« Mit aller Kraft wehrte sie sich gegen diesen Zwang. So, wie es sie durch den Monsun hindurch in die verlorene Stadt gedrängt hatte, so spürte sie auch jetzt den unwiderstehlichen Drang in sich, auf die andere Seite der Trennwand zu gehen, sich vor die Wand dort drüben zu stellen und dem Scheusal, das das uralte Siegel gebrochen hatte, zu folgen.

Kadiya ging an der Trennwand entlang. Sie hatte nicht

den Willen, sich gegen das zu wehren, was in ihr brannte. Obgleich kein Skritek zurückgeblieben war, konnten sie doch nicht sicher sein, daß sie nicht zurückkehren würden. Und doch folgten ihr Jagun und die anderen, wie unter dem gleichen Zwang, dem auch sie unterlag.

Als sie sich in die Kammer jenseits der Trennwand schlichen, gingen der Jäger und der Jüngling nicht zu der Wand hinüber, die das Geheimnis in sich barg, sondern wandten ihre Aufmerksamkeit vielmehr dem Eingang zu, durch den die Begleiter ihres Widersachers hereingekommen waren. Smail hielt Pfeile in den Händen, jene Pfeile, die sie aus den Dornen gefertigt und in Schlangengift getaucht hatten. Jagun hatte seinen Speer erhoben, als warte er auf den Befehl zum Angriff.

Schritt für Schritt wurde Kadiya angezogen, ihr Wille vom Körper besiegt. Der Talisman brannte noch immer auf ihrer Haut. Jetzt spürte sie noch etwas anderes, eine Art An- und Abschwellen, als ob sich etwas freikämpfen wollte und dann verwirrt zurückzöge, um gleich darauf wieder anzugreifen.

Vorsichtig wich sie den glänzenden, gelblichen Flecken auf dem Steinboden aus, die den Weg des Zerstörers markierten. Auf dem steinernen Relief an der Wand sah sie ähnliche Flecken aus glühender Fäulnis an den Stellen, die seine zerstörten Finger berührt hatten. Sie würde ihre Hände nicht auf diese Kontaktstellen legen können, es sei denn, sie brannte das Gift mit dem Schwert weg.

Kadiya zog ihren Talisman. Die Klinge unter dem Griff war warm, wenn sie auch nicht mit der Kraft glühte, die von dem Amulett ausging. Sie sah hinunter und bemerkte, daß sich die Kugel über dem großen Auge öffnete. Das Mädchen hob die Waffe und versuchte, das Auge auf die vom Gift verseuchten Stellen zu richten.

Aber die Klinge widersetzte sich ihr. Sie konnte sie nicht halten. Aus dem obersten Auge entwich ein Strahl, dem sich beinahe im gleichen Augenblick zwei andere Strahlen aus den beiden unteren Augen anschlossen. Obwohl sie den Griff mit aller Kraft packte, drehte und wand sich das Schwert, als wäre sie wirklich ohne jede Macht.

Der Drillingsstrahl schoß vorwärts, aber nicht auf die Stelle, auf die Kadiya ihn zu richten versucht hatte. Er suchte sich seine eigenen Ziele. Hier – dort – dort – und dort – das pulsierende Licht traf einzelne Teile des riesigen Reliefs – nur nicht jene Stellen, die das Scheusal sich gewählt hatte.

Und wieder öffnete sich die Wand mit jenem Geräusch des Widerwillens. Dann wurde sie von Licht überflutet. Das Licht aber war nicht flammendrot... es war so hell wie das Licht der Sonne. Und noch etwas strömte heraus – jener Duft, den sie schon von dem Garten her kannte, aus dem sie die Waffe geholt hatte, die ihr gerade als Schlüssel gedient hatte.

Die goldenen Strahlen hüllten sie ein, so wie die Flammen jenen anderen eingehüllt hatten. In Bruchteilen von Sekunden war die Kammer verschwunden, in der sie gerade noch gestanden hatte. Kadiya keuchte, ihr war, als bekäme sie keine Luft in die Lungen, als befände sie sich an einem luftleeren Ort. Sie spürte noch etwas anderes – wie sie immer höher und höher getragen wurde, wie sie herumwirbelte, als hätte ein mächtiger Sturmwind sie gepackt, um mit ihr zu spielen, so wie der Monsun mit den Blättern und Zweigen spielte, die er von Pflanzen und Bäumen gerissen hatte.

So plötzlich, wie sie emporgehoben worden war, bewegte sie sich jetzt nach unten. Angst packte sie. Die Kraft des Windes würde sie vielleicht zu Boden schmettern. Ihr halb erstickter Atem war nur noch ein schmerzhaftes Keuchen. Aber jetzt verlangsamte sich ihr Fall. Ihre Füße setzten sanft auf einer festen Oberfläche auf. Die Kraft, die sie festgehalten hatte, stützte sie, bis sie ihr Gleichgewicht wiedergefunden hatte.

Der grelle Schein des goldenen Lichts blendete immer noch, und sie konnte nichts sehen, nicht einmal das Schwert, das sie immer noch in der Hand hielt.

Kadiya kniff die Augen zusammen. Selbst mit geschlossenen Augen konnte sie immer noch die strahlende Helligkeit vor ihren Lidern sehen. Aber diese verblaßte schließlich. Als sie die Augen wieder zu öffnen wagte, sah sie, daß der goldene Schein schwächer wurde und sich dann ganz auflöste, wie der Nebel in den Sümpfen.

Sie stand in einem Raum, der so groß war, daß die gegenüberliegende Wand so weit entfernt schien wie das andere Ende einer Straße. Das Pflaster unter ihren abgetragenen, durchweichten Stiefeln war mit einem Muster in gedämpften Farben versehen, als hätte man einen gewebten Teppich darüber gelegt. Die Farben verblaßten und vermischten sich zu Formen, die ihre vom Licht geblendeten Augen zu beruhigen schienen, als sie ihren Blick auf den Boden richtete.

An den Wänden hingen Streifen aus einem weichen weißen Gewebe, auf denen die goldfarbenen Symbole abgebildet waren, die sie schon in den Schriftrollen der Bibliothek in der Stadt gesehen hatte – Schriftzeichen, die sie nicht lesen konnte.

Eine dünne Rauchfahne wehte von links zu ihr her, und Kadiya sah in diese Richtung hinüber. Dort stand ein Quader aus Stein, besetzt mit jenem blaugrünen Material, das ein Geheimnis des Versunkenen Volkes war. Der Steinblock war vielleicht hohl, denn aus seiner Mitte erhob sich eine Pflanze von einer Art, die sie noch nie gesehen hatte. Ihr dicker Stiel war etwa so groß wie sie selbst, und die Blätter waren so lang wie ihre Arme. Doch das, was dieser Stiel trug, verschlug ihr den Atem.

Sie sah eine riesige Blüte mit drei Blütenblättern, wie jene, die sie seit ihrer Geburt kannte, das Zeichen ihres Hauses, von dem eine winzige Knospe im Innern ihres Amuletts eingeschlossen war. Aber ihre gewaltigen Blütenblätter waren nicht schwarz, sondern golden, ein Gold, das mit winzigen, bunten Flecken überzogen war, als wäre es in einen Regenbogen getaucht worden.

Als Kadiya diese herrliche Blume ansah, neigte diese ihren Stiel zu ihr herunter. Noch nie hatte Kadiya so etwas Wunderbares und Ergreifendes gesehen. Langsam ließ sie das Schwert sinken. Ohne sich dessen bewußt zu sein, sank sie auf die Knie, aber sie verneigte sich nicht. Sie konnte es nicht – die Blume selbst schien ihre Augen nach oben zu ziehen.

Sie hörte ein Trillern. Kam es von der Blume? Kadiya konnte es nicht sagen, aber an diesem Ort würde sie jedes Wunder akzeptieren.

Sie faßte das Schwert bei seiner stumpfen Klinge und hob es wie zum Gruß empor. Alle drei Augen waren geöffnet, aber keines sandte seinen vernichtenden Strahl aus.

»Erhabene...« Kadiya ging davon aus, daß sie hier vor etwas stand, das die Macht besaß. Vielleicht war es kein intelligentes Leben, wie sie es kannte, aber mit Sicherheit Leben, das sich mit dem ihrer Art vergleichen ließ.

»Erhabene«, begann sie wieder. »Ich wurde gerufen.« Sie hielt immer noch das Schwert fest, jetzt mit einer Hand, während sie mit der anderen das Amulett hervorholte. Der Bernstein schien an diesem Ort eine Kugel aus Gold zu sein, von ähnlicher Schattierung wie die Blume. Die Schwarze Drillingslilie in seinem Innern hob sich deutlich davon ab.

Wieder antwortete ihr das Trillern. Sie war traurig darüber, daß sie es nicht verstehen konnte. Hatte sie überhaupt das Recht, hier zu stehen? Wurde sie gerade befragt? Auf die Möglichkeit hin, daß dem so war, sprach sie jetzt ein drittes Mal.

»Erhabene, ich bin eine der drei in Ruwenda – im großen Land der Sümpfe. Dies ist das Geschenk, das ich von der Erzzauberin Binah bei meiner Geburt erhalten habe.« Sie berührte das Amulett. »Dies hier« – sie hielt das Schwert ein wenig höher –, »habe ich bei meiner Suche errungen, jener Suche, die mir auferlegt wurde, als Ruwenda von bösen Mächten überfallen wurde. Ich habe versucht, es zurückzugeben, als ich meine Aufgabe vollbracht hatte, aber die Erde, aus der es gewachsen ist, wollte es nicht wieder aufnehmen. Erhabene, dieses Schwert hat mich hierhergeführt, als ich einem neuerlichen Unheil durch das Land gefolgt bin. Ich bin Kadiya, Tochter des Königs, aber ich habe die Sümpfe gewählt. Alles Unheil, das über sie kommt, geht auch mich an. Erhabene, heute habe ich gesehen, wie dieses Unheil vor mir durch das Tor in der Wand gegangen ist...«

»Das ist nicht wahr!«

Der Kopf des Mädchens fuhr herum. Sie waren ganz leise hereingekommen – oder Kadiya war von der Blume so verzaubert gewesen, daß sie nichts gehört hatte. Es waren drei... Ihre Augen weiteten sich. Drei aus dem Versunkenen Volk! Und sie waren keine jener Statuen, die sie bis in ihre Träume verfolgten.

15

Sie waren auch nicht von den dünnen Nebelschleiern umgeben, die jenen, dem sie einst begegnet war, verhüllt hatten. In ihren Augen waren sie so lebendig wie sie selbst.

Sie waren größer als Kadiya, obwohl sie sogar die Seltlinge überragte – die Seltlinge! Zum erstenmal, seit sie durch den goldenen Nebel in den Tempel gekommen war, dachte das Mädchen an seine Gefährten. Ein schneller Blick nach links und rechts machte ihr deutlich, daß sie allein war.

Sie stellte das Schwert mit der Spitze voraus auf den Boden, behielt aber die Hand unter dem Griff, so daß die geöffneten Augen noch zu sehen waren. Trotz der Ehrfurcht, die sie gepackt hatte, musterte das Mädchen die anderen voller Mißtrauen.

Kadiya sah zwei Männer und eine Frau. Sie trugen nur wenige Kleidungsstücke, die aus so zartem Gewebe waren, daß ihre Körper darunter deutlich zu erkennen waren. Die Männer trugen Gürtel – über jeder Schulter einen –, die sich über der Brust kreuzten. Auf diesen leuchteten weiße und grüne Edelsteine, und an der Stelle, an der sie sich kreuzten, war ein großes, juwelenbesetztes Medaillon eingesetzt. Von einem dritten Gürtel um ihre Mitte, der noch reicher geschmückt war, hing ein nicht ganz knielanger Kilt herab. An den Füßen trugen sie hohe, fast bis ans Knie reichende Stiefel, von denen ein silberner Glanz ausging.

Die Frau, die ein Stück hinter ihnen stand, war in ein fließendes, hemdartiges Gewand gehüllt, welches auf den Schultern von großen, juwelenbesetzten Broschen zusammengehalten wurde und mit einem Gürtel geschmückt war, der ebenso prächtig war wie die ihrer Begleiter. Auch sie trug an ihren Füßen die hohen Sandalen.

Die Kleidung bildete einen Kontrast zu ihrer Haut. Diese war so dunkel wie die der Menschen, die in der labornikischen Ebene wohnten und im Freien arbeiteten. Die Männer schienen bartlos zu sein, doch ihre Köpfe waren von lockigem Haar bedeckt, das kurzgeschoren war. Das Haar der Frau war nicht ganz so kurz und fiel ihr bis auf die Schultern. Angesichts ihrer Gesichtszüge jedoch hielt Kadiya erstaunt den Atem an. Denn von den dreien hatte sie zwei schon einmal gesehen – in Stein gemeißelt und viele, viele Meilen von diesem Ort hier entfernt. Von dem einen kannte sie sogar den Namen...

»Lamaril!« Er war die lebende Verkörperung jener Statue, die ihr, befreit von ihrer Hülle aus eisenhartem, getrocknetem Schlamm, den Weg in die Verlorene Stadt gewiesen hatte, als sie zum erstenmal danach gesucht hatte. Lamaril, von dem Jagun sagte, daß ihn die Legende als großen Krieger im Kampf gegen die Mächte der Finsternis rühmte.

Auch die Frau hatte sie schon einmal gesehen, aber ihren Namen wußte sie nicht. Ihr Abbild stand auf der Gartentreppe, auf der linken Seite der vierten Stufe.

Keiner der drei schien sie willkommen zu heißen. Die Frau und Lamaril schauten sie mißbilligend an. Der dritte dieser kleinen Gruppe sprach jetzt zu ihr.

»Wer seid Ihr, was seid Ihr, wer wagt es, durch das Tor zu gehen?« Sein gebieterischer Ton setzte Kadiyas sprachlosem Erstaunen ein Ende. Sie hob den Kopf und sah den dreien ins Gesicht, aber ihre Hand suchte nach dem Amulett, während sie mit der anderen das Schwert fester packte.

»Ich bin Kadiya, Tochter des Königs Kram, der in der Zitadelle von Ruwenda herrschte. Mir wurde auferlegt, die Sümpfe gegen die Mächte der Finsternis zu verteidigen. Wir kamen, nachdem Euer Volk gegangen ist.«

»Sümpfe«, wiederholte der Mann. »Ihr sprecht von einem Ort, den wir nicht kennen, und doch seid Ihr durch das Letzte Tor gekommen wie jemand, der alle Rechte hat. Wir haben Euer Geplapper gehört – daß Ihr einem Unheil bis hierher gefolgt seid. An diesem Ort hier gibt es kein Unheil!«

Jetzt sprach Lamaril. »Ihr habt meinen Namen ausgesprochen, Ihr, die Ihr behauptet, Tochter eines Königs zu sein. Und doch habe ich Euch noch nie gesehen. Was bezweckt Ihr damit, daß Ihr mich bei meinem Namen nennt?«

Um seinen Mund lag ein harter Zug, aber Kadiya ließ sich durch die Kälte in seinem Blick nicht einschüchtern.

»Ich habe Euer Abbild gesehen, nicht Euch selbst.« Sie wußte nicht, mit welchem Ehrentitel sie ihn ansprechen sollte, aber das kümmerte sie im Augenblick wenig. »Eine Statue von Eurer Gestalt steht Wache – obgleich sie vor langer Zeit von Schlamm überzogen und dann vom Feind wieder freigelegt wurde. Jagun von den Nyssomu hat mir Euren Namen genannt und von Euch berichtet als tapferem Hauptmann, der sich in schweren Zeiten den Mächten der Finsternis entgegengestellt hat.«

Der harte Ausdruck auf seinem Gesicht war plötzlich verschwunden. Jetzt war er verblüfft, wie jemand, der einen Stein hat reden hören.

Kadiya nutzte aus, was ihrer Ansicht nach ein kleiner Vorteil war. »Und Ihr«, sprach sie die Frau an, »Euren Namen kenne ich nicht. Aber auch Euer Abbild steht in der Stadt mit dem lieblichen Garten, dem Ort der Erkenntnis. Sie steht Wache auf der Treppe, die in diesen Garten führt.«

»Yatlan!« Die Frau drängte sich vor. »Yatlan«, sagte sie noch einmal, und ihre Stimme klang weich. Sie hob die Hand und deutete damit auf Kadiya. »Ihr, die Ihr zu uns gekommen seid, was ist aus Yatlan geworden?«

»Eine vergessene Stadt. Nein«, verbesserte sich das Mädchen, »von fast allen vergessen. Aber sie hat noch ihre Bewohner. Sie nennen sich Hassitti und haben sich bemüht, alles aufzubewahren, was zurückgelassen wurde. Den Garten gibt es noch« – Kadiya hob das Schwert, um es ihnen zu zeigen –, »dies hier stammt aus dem Garten. Binah, die Erzzauberin, bestimmte mich und meine beiden Schwestern bei unserer Geburt als Retter von Ruwenda. Sie gab mir eine Wurzel, die mich zu der Stadt führte, und dort pflanzte ich sie in dem blühenden Garten ein, wo sie zu dem hier wurde, und später zum dritten Teil einer gewaltigen Waffe, die unser Land rettete.

Jede von uns fand einen Teil davon. Haramis, meine zauberkundige Schwester, die Binahs Nachfolgerin geworden ist, fügte die Teile zu einem mächtigen Ganzen zusammen. Nachdem es seine Aufgabe erfüllt hatte, wurde es wieder auseinandergenommen, und jede von uns erhielt den Teil zurück, den wir bei unserer Suche gefunden hatten. Ich wurde von dem brennenden Verlangen geplagt, es in den Garten zurückzubringen, aber als ich es dort wieder einpflanzte, trat keine Veränderung ein. So wußte ich, daß seine Aufgabe und damit auch die *meine* noch nicht vollbracht war.« Sie hatte immer schneller und schneller gesprochen, getrieben von dem Verlangen, alles zu berichten.

»Erzzauberin Binah!« Sie wurde von dem Mann, der als erster zu ihr gesprochen hatte, unterbrochen. »Jene, die geblieben ist – habt Ihr sie gesehen?«

»Sie hat mir diese Pflicht auferlegt. Aber ihre Herrschaft war schon fast zu Ende. Ihr letzter Versuch, die Mächte der Finsternis vom Land fernzuhalten, schwächte sie zu sehr. Sie wählte meine Schwester Haramis aus, die ihr nachfolgen sollte, und dann starb sie.«

»Binah!« Der Mann faßte sich erstaunt an den Kopf. »Daß man sich ihrer im Ödland noch entsinnt!«

»Ihr habt von einem Unheil gesprochen, dem Ihr gefolgt seid ... hierher! Das kann nicht sein ...« Wieder richtete Lamaril das Wort an Kadiya. »Wie habt Ihr das Letzte Tor gefunden – und warum?«

Das Mädchen errötete. Es war nur allzu deutlich, daß er ihr nicht glaubte, und irgendwie war sie traurig darüber.

Kadiya unterdrückte ihre aufwallende Ungeduld und ihren Zorn und begann ihre Geschichte damit, wie sie die Botschaft aus vergangener Zeit gefunden hatte, dann sprach sie von den Befürchtungen, die von den Träumern unter den Hassitti geäußert worden waren. Schritt für Schritt berichtete sie von der Reise in Jaguns Dorf, beschrieb, wie Salm und Smail gekommen waren, schilderte, was sie alle in dem sehenden Becken gesehen hatten. Als sie mit ihrer Erzählung fortfuhr, bemerkte sie, daß die drei ihr aufmerksam zuhörten. Bei ihrer Erwähnung des Berglandes im Westen griff Lamaril mit einer schnellen Bewegung an seinen Gürtel, als wolle er eine Waffe ziehen.

Kadiya schilderte ihnen die Seuche, und ihre Mienen veränderten sich. In den Augen der Frau stand Entsetzen geschrieben. Aber sie unterbrachen das Mädchen nicht, und Kadiya beeilte sich, ihren Bericht mit dem zu beenden, was in der sonderbaren Kammer mit dem steinernen Relief geschehen war.

»Und so bin ich hierhergekommen«, schloß sie.

Lamaril löste seine Hand vom Gürtel und streckte sie ihr entgegen, oder besser gesagt dem Schwert. Wieder vernahm sie das Trillern, das sie schon zuvor gehört hatte. Die riesige goldene Blume bewegte sich. Ein Schauer der bunten Stäubchen, mit denen auch ihre Blütenblätter überzogen waren, wehte zu ihr herüber. Sie wirbelten umher und sanken dann nach unten, wo sie sich auf den Griff des Schwertes setzten und die Ränder der Kugeln über den Augen zum Funkeln brachten.

»Es war rot... das Licht, das den Verfaulten empfing... rot.« Obwohl sie keine Frage vernommen hatte, antwortete Kadiya der Frau.

»Wie Flammen eines Feuers, die ihn einhüllten, ihn... *es* nach innen zogen. Aber ich habe nicht die gleichen Stellen berührt«, wiederholte Kadiya. »Dies hier« – sie hob das

Schwert ein wenig in die Höhe – »hat an meiner Statt gewählt.«

»In Varms Zufluchtsstätte«, sagte Lamaril. »Einer der Schläfer ... aber wie wurde er aufgeweckt?«

»Ich weiß nichts von den Schläfern.« Kadiya dachte, die Frage gelte ihr. »Die Hassitti sagten, daß die Macht, die von Orogastus herbeigerufen wurde, das Gleichgewicht durcheinandergebracht haben könnte, daß sie vielleicht etwas Böses befreit hat, bevor er durch den Talisman der Drei zerstört wurde. Ich habe mich der Macht bedient, aber ich weiß nicht viel von solchen Dingen. Ich verstehe sie nicht, obgleich ich von Geburt an von Binah dazu bestimmt war, mein Volk zu retten.«

Er hatte dem, was sie gerade gesagt hatte, offensichtlich keine Aufmerksamkeit geschenkt. Seine Gedanken gingen in eine andere Richtung. »Varm hat große Macht. Das haben wir festgestellt, als wir uns mit ihm beschäftigen mußten. Tochter des Königs« –jetzt sprach er zu Kadiya –, »nach dem, was Ihr sagt, seid Ihr von dem Ewigen geschickt, geführt und hergebracht worden.« Er blickte zu der Blume auf dem Altar hin. »Diese hier akzeptiert Euch – wir können nicht länger an Euch zweifeln.«

Kadiya seufzte innerlich vor Erleichterung. Jetzt richteten sich ihre Gedanken auf die drei, die nicht mit ihr gekommen waren. Waren sie wirklich in dem von den Skritek bewachten Schrein zurückgeblieben oder ... an einen anderen Ort gebracht worden? Sie wußte so wenig von der Zauberkunst. Jagun, Salm und Smail hatten ihr bei ihrer Aufgabe zur Seite gestanden, sie konnte sie nicht dort zurücklassen, wo sie vielleicht der Tod erwartete.

Beherzt begann sie zu sprechen. »Befinden sich meine Begleiter immer noch an dem Ort der Türen und Tore? Oder wurden sie gefangen und weggebracht? Sie sind meine Freunde, und ich trage Verantwortung für sie.«

Die Frau schüttelte den Kopf. »Es war ihnen nicht möglich, mit Euch zu kommen. Nur weil Ihr dies aus Yatlan bei Euch hattet« – sie deutete auf das Schwert –, »konntet Ihr hereinkommen. Sie müssen dort bleiben, wo Ihr sie zurückgelassen habt.«

»Aber Jagun wird nicht aufgeben! Er wird versuchen, mir zu folgen, und dabei vielleicht von den Skritek gefangengenommen werden. Wenn sich dieses Tor einmal geöffnet hat, dann kann es das doch wieder tun und mich zu meinen Leuten zurückbringen. Das Scheusal, das ich verfolgt habe, ist nicht hier, und *ihm* gilt meine Jagd.«

Jetzt schüttelte auch Lamaril den Kopf. »Tochter des Königs, wir können das Tor nur öffnen, wenn alle es wollen und ihre Kraft dazu hergeben. Es bleibt verschlossen.«

Kadiya zweifelte nicht daran, daß er die Wahrheit sprach. Ihre Angst – und das beunruhigende Gefühl, das diese Angst mit sich gebracht hatte, als sie die Fremden zum erstenmal gesehen hatte – wuchs, obgleich das Verlangen, ihre Geschichte zu erzählen, sie vorhin ein wenig gedämpft hatte. Kein Weg zurück? Sie spürte die Hitze des Amuletts, das Pulsieren der Macht im Schwert. Sie war noch nicht bereit, diese Macht zu akzeptieren. Sie konnte nicht zurückkehren!

Und doch ging sie mit ihnen, als sie die gewaltige Halle durchschritten. Ihre nassen Stiefel patschten über die Muster auf dem Boden, und ihr wurde plötzlich bewußt, was für eine sonderbare Figur sie an diesem Ort des Lichts, der Ordnung und der Schönheit mit ihrem schmutzigen, abgenutzten Panzerhemd und dem zerbeulten Helm, der auf ihren verfilzten Haaren saß, abgeben mußte. Daß sich eine solch schäbige Gestalt als Kriegerin gegen ein uraltes Unheil bezeichnete, war geradezu lachhaft. Kadiya biß sich auf die Lippen, als sie versuchte, mit denen mitzuhalten, die größer waren als sie und mit solch anmutiger Grazie gingen.

Die längliche Kammer führte direkt ins Freie, und Kadiya erblickte ein Land unter einer warmen Sonne, in dem keine einzige Sturmwolke am Himmel stand. Blendend weiße Gebäude, auf denen bunte Farbreflexe spielten, waren hier wie achtlos hingestreute Muscheln verteilt und nicht wie in Yatlan entlang von Straßen erbaut worden. Blumen und Büsche, deren Blätter in kräftigen Farben leuchteten, bedeckten den Boden zwischen ihnen.

Auf den kleinen Pfaden zwischen den Bauwerken gingen Leute hin und her. Als sie Kadiya und ihre Begleiter erblickten, begannen sie sich zu versammeln. Alle gehörten dem Versunkenen Volk an, und sie schienen das Mädchen ebenso erstaunt anzusehen wie Kadiya jene im Tempel.

Sie sagten kein Wort, aber Kadiya spürte etwas in ihrem Kopf, das wie weit entferntes Gemurmel klang. Sie vermutete, daß sie Gedankensprache auf einer Ebene verwendeten, die ihr nicht zugänglich war. Die Gruppe machte ihnen Platz, als Kadiya und die drei auf sie zukamen, einige folgten ihnen. Das Mädchen sah sich jedes Gesicht an und fragte sich, ob sie wohl noch andere unter ihnen finden würde, deren Abbild als Wächter in Yatlan stand.

Schließlich sah sie ein solches Gesicht, es war das einer Frau, die sich der Menge anschloß. Sie näherten sich einem zweiten Gebäude, das fast so eindrucksvoll aussah wie jenes, das sich die Hassitti als Wohn- und Lagerhaus in Yatlan gewählt hatten. Aber hier waren die Wände nicht von Schlingpflanzen überwuchert, und das Grün über dem Eingang war geschnitten worden. Die Luft um sie herum war mild, und jeder kleine Windstoß trug einen anderen Wohlgeruch herbei. Ihre Verwunderung wurde immer größer. Über das Versunkene Volk gab es viele Legenden. Es schien, als weilten sie an einem Ort, der schöner war, als Kadiya es sich je hätte träumen lassen.

Das Portal vor ihnen schien keine Tür zu haben. Lamaril trat einen Schritt vor. Er legte seine Hand auf eine glänzende Scheibe neben der Einfassung dieser Öffnung. Die klingenden Töne einer Melodie antworteten ihm.

Kadiya sah nur ein undurchsichtiges blaugrünes Schimmern über dem Eingang. Als die Botschaft erklang, teilte sich der Vorhang aus Licht – denn das war es für sie – und erlaubte ihnen einzutreten.

Sie kamen in einen Korridor. Entlang des Ganges befanden sich viele Türen, von denen jede mit den Hüllen aus Licht bedeckt schien, deren Farben von einem tiefen Blau bis zu Blaßgrün reichten. Einer der Vorhänge am Ende des Korridors öffnete sich, und sie standen zweien gegenüber, die durch diese Tür gekommen waren.

Die drei aus dem Versunkenen Volk, denen sie an diesem Ort zuerst begegnet war, waren ehrfurchtgebietend gewesen – aber von den beiden, die jetzt vor ihr standen, ging eine ungeheure Macht aus. Kadiya taumelte, dann sank sie auf die Knie. Sie hatte immer gespürt, daß der Erzzauberin alle Ehrerbietung gebührte. Vor diesen beiden hier, Frau und Mann, hätte sich auch Binah verneigt. Die Macht, die von ihnen ausging, war so stark, daß Kadiya sie spüren konnte wie jemand, der mitten in der Trockenzeit die Berührung der hoch am Himmel stehenden Sonne spürte.

Die drei Augen in ihrer Hand, umgeben von den glitzernden Stäubchen, die von der Blume auf sie herabgesunken waren, hatten sich vollständig geöffnet und blickten um sich, als ob das, was dem Schwert Leben verlieh, eine beherrschende Kraft erkannt hätte, der sie antworten mußten. Auch das Amulett erstrahlte in hellem Glanz. Und doch fühlte sich Kadiya herabgewürdigt. Dabei hatte sie, wie sie dachte, nicht vorgegeben, etwas anderes zu sein, als sie war.

»Tochter des Landes, das wir verlassen haben«, sprach die Frau zu ihr, »warum seid Ihr gekommen und stört unsere Ruhe? Wir sind gegangen, und wir haben recht daran getan, denn hochmütiger Stolz und falsche Wahl haben uns ins Exil gezwungen. Wir haben jene verlassen, die wir ungerecht behandelten, jene, deren Leben wir in unserem Hochmut geschaffen haben, damit diese in Frieden leben können.«

Kadiya wagte es jetzt, die Sprecherin anzusehen. »Erhabene, Ihr habt einst Eure Wahl getroffen, aber das Land ist nicht frei. Einer, der von Eurer Art zu sein scheint, obgleich er durch ein schlimmes Übel unkenntlich gemacht wurde, hat den Tod über das Land gesät, und die, die Ihr zurückgelassen habt, vermögen es nicht, dagegen anzugehen. Ihm bin ich gefolgt, und so kam ich hierher. Aber ich verstehe nicht, wie er unter Euch sein kann.«

»Er ist nicht unter uns«, antwortete ihr der Mann. »Varms Geschöpf ist zu seinem Herrn und Meister zurückgekehrt – das Tor, durch das er gegangen ist, war nicht das unsere. Aber daß einer von Varm wach wurde – hier haben die Mächte der Finsternis ihre Hand im Spiel. Tochter der neuen Länder, geht und ruht Euch aus. Wir müssen uns jetzt beraten.«

Plötzlich waren sie verschwunden, als hätten sie sich in Luft aufgelöst. Dennoch war Kadiya sich sicher, daß sie genauso aus Fleisch und Blut waren wie sie selbst.

Sie spürte eine Hand auf der Schulter. Als sie sich umdrehte, sah sie in das Gesicht der Frau, die sie hierherbegleitet hatte.

»Tochter des Königs, kommt mit mir. Speis und Trank erwarten Euch. Es gibt viel, worüber wir nachdenken müssen.«

Kadiya erhob sich. Sie zitterte. Das Amulett strahlte nicht mehr so hell, die Augen auf dem Schwert hatten sich halb geschlossen. Kadiya spürte nicht jene Erschöpfung, die sie sonst immer überfiel, wenn sie von der Macht Gebrauch gemacht hatte. Aber sie fühlte nun eine große Müdigkeit. Ihr wurde bewußt, daß es schon lange her war, seit sie zum letztenmal etwas gegessen hatte, und ihr Körper wurde von Schmerzen geplagt.

Die Frau begleitete sie den Korridor entlang zu einer Tür mit einem grünen Vorhang, der verschwand, als sie sich näherten. Kadiya hatte früher die Annehmlichkeiten in den Frauengemächern der Zitadelle erfahren, obgleich sie zuweilen recht ungehalten über solchen Aufwand gewesen war. Dabei waren sie nicht mit dem zu vergleichen, was hier auf sie wartete.

Sie badete in einem muschelförmigen Becken, in das die Frau etwas Pulver gab. Ein weicher Schaum bildete sich, der Prellungen und Kratzer und all die anderen Spuren ihrer beschwerlichen Reise verschwinden ließ.

Während Kadiya ihr Bad genoß, setzte sich die Frau auf einen Hocker. Nachdem sie Kadiya zugenickt hatte, die sich für die ihr erwiesene Freundlichkeit bedankte, sagte sie unvermittelt: »Erzählt mir von Yatlan, Reisende. Ich bin Lalan und habe einst der inneren Wache dort angehört. Manchmal träume ich davon, durch die Straßen von Yatlan zu gehen, von dem Garten...« Ihre Stimme erstarb.

»Die Stadt ist von einem Zauber umgeben«, sagte Kadiya. »Aus der Ferne scheint sie nur aus Ruinen zu bestehen, wie alle jene Orte auf den vielen Inseln. Aber wenn man durch das Tor geht...« – sie zögerte – »...sie scheint zu warten, so wie die Hassitti warten.«

»Die Hassitti.« Der sehnsüchtige Ausdruck auf ihrem Gesicht verschwand. Jetzt spielte ein kleines Lächeln um ihren Mund. »Die Kleinen! Sie waren immer um uns und haben uns mit ihren Späßen zum Lachen gebracht, selbst wenn uns das Herz schwer war. Was ist aus den Hassitti geworden, Tochter des Königs?«

Wieder erzählte Kadiya von ihrer Begegnung mit den Bewohnern von Yatlan, dieses Mal ausführlicher als zuvor. Sie erwähnte insbesondere die Tatsache, daß sie, so gut sie es vermochten, alles aufbewahrt hatten, was sie für die Schätze jener hielten, die gegangen waren.

Lalan nickte. »Sie waren schon immer so... sie haben immer alles aufgehoben. Ich wünschte, sie hätten mit uns kommen können, denn ich vermisse ihre ausgelassenen Spiele.«

»Ihr konntet sie nicht mitnehmen?«

Die Frau schüttelte den Kopf. »Das Tor ließ nur Wesen von unserem Blut durch. Als wir dieses Exil hier wählten, haben wir dies für das Wohl anderer getan – derjenigen, die Ihr die Seltlinge nennt – und auch aus Sorge um die Hassitti. Sie wurden von uns geschaffen, und die Zeit war gekommen, da sie ohne unsere Aufsicht wachsen und zu dem werden mußten, was ihnen vorherbestimmt war.«

»Aber das Tor hat mich doch auch hindurchgehen lassen.« Kadiya stieg aus dem Becken und trocknete ihr widerspenstiges Haar mit einem Handtuch.

»Ja, und *das* ist etwas, was wir noch nicht ganz verstehen«, antwortete Lalan. Sie hielt ihr ein Gewand entgegen, das aus dem gleichen dünnen Material gefertigt war, welches auch sie trug, aber es war nicht weiß, sondern grau wie der Nebel, der früh am Morgen aus dem Fluß aufsteigt. Die Schulterbroschen waren aus Silber und mit Steinen besetzt, die wie Wassertropfen geformt waren, durchsichtig, aber in allen Farben des Regentropfens schillernd. Einen Gürtel aus einzelnen Gliedern schob Kadiya zur Seite, statt dessen legte sie wieder ihren abgetragenen Schwertgürtel an. Sie stillte ihren Hunger mit einem Mahl, das dem ähnelte, was sie von den Hassitti bekommen hatte – Früchte und eine Schale mit einer breiähnlichen Masse.

Als Kadiya fertig war, stellte ihr Lalan, die ihr beim Essen Gesellschaft geleistet hatte, immer noch mehr Fragen über die Sümpfe. Vielleicht, so dachte das Mädchen, hatte sie einen bestimmten Grund und fragte nicht nur aus ihrer eigenen Neugier heraus.

Auch Kadiya hatte eine Frage. »Sind wirklich alle Erhabenen aus Yatlan weggegangen? Ich bin jemandem, der dort wohnt, begegnet, der zu mir von Wissen gesprochen hat. War dies ein Traum oder Wirklichkeit? Oder habe ich einen Schatten sprechen hören?«

Lalans Verwunderung war deutlich zu erkennen. »Erzählt mir mehr davon.« Ihre Stimme hatte einen befehlenden Unterton. Kadiya gehorchte.

Als sie geendet hatte, holte Lalan tief Luft. »Also hatte

Carnot doch Erfolg. Aber daß es so lange Zeit aktiv geblieben ist...« Sie seufzte. »Er wollte einfach nicht glauben, daß unsere Zeit vorbei war. Er war fest davon überzeugt, daß nach uns jemand kommen würde, der würdig war, unser Werk fortzusetzen. Bis zum Ende hat er mit all seiner Macht daran gearbeitet, und er besaß ein Wissen, das größer war als das der meisten von uns. Er wollte etwas schaffen, das denen, die nach uns kamen, Beistand leisten sollte – wenn sie des Lichts waren.«

Sie musterte Kadiya. »Und dieser Bote ist Euch erschienen?«

»Nur einmal«, antwortete Kadiya. »Als ich nach Yatlan zurückkehrte, hoffte ich, ihm wieder zu begegnen, aber ich konnte ihn nicht finden.«

»Die Macht verliert im Laufe der Zeit ihre Kraft. Vielleicht hat selbst der eine Kontakt mit Euch das, was Carnot zurückgelassen hat, erschöpft. Er hatte so wenig Zeit, es herzustellen, denn er war auf den Tod verwundet und starb, bevor wir gingen. Und doch, vielleicht hat es seinen Zweck erfüllt, denn es hat Euch den Weg gewiesen, der Euch hierhergeführt hat. Wir haben lange geredet, und Ihr seid sicher müde. Ihr müßt jetzt ruhen.«

Während draußen die Schatten länger wurden, begleitete sie Kadiya in eine andere Kammer. Diese war recht klein, aber durch das geöffnete Fenster strömte der duftende Wind herein. Ein Bett wartete auf Kadiya, das aus mehreren Lagen eines weichen Materials bestand, ähnlich wie die Matten der Seltlinge.

Mit dem Schwert in der Hand streckte sich Kadiya auf der weichen Unterlage aus, die unter ihrem Körper nachgab. Sie richtete ein letztes Wort des Dankes an ihre Gastgeberin. Dann fielen ihr die Augen zu.

16

Rot – das Rot von frisch vergossenem Blut, wie ein grauenvoller Regen nach einer Himmelsschlacht. Darin bewegten sich Dinge, die von dem Scharlachrot verborgen wurden, und Geräusche erklangen, die für das Ohr zu leise waren, um als Worte erkannt zu werden, aber dennoch eine Bedeutung hatten. Sie starrte in einen Brunnen aus Finsternis, in dem riesige Schatten an drei Seiten um einen mächtigen Sessel kauerten. Auf dem Thron saß eine müde Gestalt, zurückgelehnt, den Kopf auf der Brust, als fehle ihr die Kraft, ihn zu heben, die Hände ausgestreckt auf den Lehnen. Sein ausgezehrter Körper war nackt und übersät mit Flecken aus gelber Kruste, die wie schwärende Wunden aussahen, unter denen das Fleisch verfault war.

Kadiya wußte, daß es derjenige war, der die Seuche hinter sich gesät hatte. Sein Körper sah jetzt so ausgemergelt aus, daß das Mädchen dachte, er sei vielleicht tot.

Der schwarze Thron, auf dem er zusammengesunken saß, begann zu glühen, wie ein verkohltes Holzscheit, aus dem wieder Flammen schlugen. Das Glühen wurde stärker und stärker, aber die Schatten um den Thron wurden dadurch nicht vertrieben, sondern kamen sogar noch näher. Der Körper auf dem brennenden Sessel wand und krümmte sich, der Kopf wurde hochgerissen. Blicklose Augen öffneten sich, der Mund, dessen Lippen wie weggefressen aussahen, verzog sich. Die Kreatur schien vor Pein laut aufzuschreien – aber es war kein anderer Laut zu hören als jenes Gemurmel aus der Ferne, dessen Worte sie nicht verstehen konnte.

Das Feuer schien sich in den Körper zu fressen. Die gelben Krusten verdunkelten sich, wurden ausgelöscht, vielleicht weggebrannt. Die Haut über dem Skelett schien sich auszufüllen und die Knochen zu bedecken, die nur Augenblicke zuvor deutlich unter der Haut hervorgetreten waren. Als sich der Kiefer entspannte, schloß sich der Mund. Die Augen schienen wieder sehen zu können.

Der sich da nun aufrecht hinsetzte und die Hände vor das Gesicht hielt, als müsse er ihr erneuertes Leben begutachten, war einer aus dem Versunkenen Volk. In ihm war die gleiche ehrfurchtgebietende Macht zu spüren, die Kadiya empfunden hatte, als sie den beiden, die hier herrschten, begegnet war.

Aber das war ein anderer Ort, weit weg von dem Tempel der Blume und der Kammer, in der sie eingeschlafen war. Obwohl sie spürte, daß sie schlief, war sich Kadiya sicher, daß das, was sie sah, wirklich geschah.

Über den Mann auf dem brennenden Thron fiel ein Schatten. Er griff danach und riß ihn an sich. Plötzlich trug er einen Schuppenpanzer, der jenen ähnelte, die von den Seltlingen gefertigt wurden, aber dieser hier war von einem glänzenden Schwarz, über das bei jeder Bewegung seines Körper scharlachrote Flammen huschten.

Wieder streckte er die gekrümmten Finger seiner Hand nach dem Schatten aus, und ein Teil des düsteren Mantels löste sich ab. Jetzt hielt er einen Stab in Händen, der etwa ein Drittel einer Speerlänge maß. An seiner Spitze befand sich eine Kugel, die sich zu dem Abbild eines Schädels formte, eine Miniaturausgabe jenes Schädels, den der Skritek auf dem Kopf getragen hatte.

Die Augenhöhlen glühten so rot wie der Sessel, als der Mann mit einem triumphierenden Gesichtsausdruck den Schädel in die Höhe reckte. Er erhob sich, und der Thron, auf dem er seine Veränderung erfahren hatte, hörte auf zu glühen und wurde so grau wie kalte Asche.

Jetzt hielt er den Stab in beiden Händen. Er beugte den Kopf und blies in die offene Kieferhöhle des Schädels hinein. Mit einer schnellen Bewegung seines Handgelenk drehte er ihn herum. Aus den Kiefern, in die er seinen Atem geblasen hatte, schoß ein gelbgrüner Strahl heraus – die Farbe der Seuche.

Der Strahl zielte auf Kadiya. Wußte er, daß sie ihn beobachtete? Aber der Angriff – falls es einer war – erreichte sein Ziel nicht.

Wieder blitzte ein Feuerstrahl auf, dann war alles dunkel. Als sie die Augen öffnete, spürte sie die sanfte Liebkosung des Windes. Sie befand sich in der Kammer, in der sie eingeschlafen war. Draußen vor dem Fenster lag die Dämmerung wie ein Schleier über der Welt. Kadiya setzte sich auf, um einen Blick aus dem Fenster zu werfen. Sie sah ein Stück von einem Garten, der friedlich im Halbdunkel dalag, und plötzlich war ihr, als müßte sie den Mauern um sich herum entfliehen und diesen Ort des Friedens und der Schönheit aufsuchen.

Frieden und Schönheit, weit weg von dem Ort des Bösen, wo dem anderen neues Leben gewährt worden war und er eine Waffe erhalten hatte, die seine Macht sicherte.

Denn sie war sich gewiß, daß sie einen jener wahren Träume gehabt hatte, die auch die Hassitti kannten und die wie Salms sehendes Becken wirkten. Sie hatte etwas gesehen, das weit weg von ihr geschehen war.

Ihr Verlangen nach der Reinheit und dem Frieden dort draußen war so groß, daß Kadiya aus dem Fenster sprang, anstatt den Weg durch die Tür zu nehmen. Unter ihren nackten Füßen spürte sie den dichten, weichen Rasen, um sie herum stand eine Mauer aus hohen, blühenden Büschen, deren Blätter sich in dem leichten Nachtwind bewegten. Sie stand da und sog mit tiefen Atemzügen die duftende Luft ein.

Kadiya wußte, daß sie denen, deren Gastfreundschaft sie jetzt genoß, von dem berichten mußte, was sie gesehen hatte, und doch zögerte sie. Es war, als wäre sie allein durch die Tatsache, daß sie es miterlebt hatte, befleckt worden – als könnte niemand durch diese Flamme aus Blut gehen und das gewaltige Werk jener Macht auf dem Thron erblicken, ohne selbst dadurch besudelt zu werden.

Kadiya ging einen Schritt vorwärts. Selbst wenn sie nur daran dachte, schien sie den abscheulichen Gestank der Seuche riechen zu können. Sie beugte sich vor, um ihr Gesicht auf eine der großen Blüten zu legen, und sog ihren Duft ein. Eines der fliegenden Funkentierchen, die sie schon im Garten von Yatlan gesehen hatte, unterbrach seinen Flug, setzte sich ihr auf die Hand und schlug mit seinen funkelnden Flügeln.

»Ja«, sagte sie laut zu der Nacht und dem kleinen Tier, »ja, das hier ist ...« Sie suchte nach einem Wort, mit dem sie das, was sie in diesem Moment fühlte, beschreiben konnte.

»Ist was, Tochter des Königs?«

Beim Klang der Stimme zuckte Kadiya zusammen. Ihre Hand fuhr zum Griff des Schwertes, mit dem sie sich gegürtet hatte, bevor sie die Schlafkammer verlassen hatte.

Er war hinter einem großen Busch hervorgetreten und beobachtete sie. Ihr war, als stünde ein herausfordernder Ausdruck in seinen Augen.

»Lamaril!«

Mit lautlosen Schritten kam er zu ihr herüber. Bevor ihr klar wurde, was er vorhatte, legte er seine Hand unter ihr Kinn und hob ihren Kopf ein wenig, damit er ihr genau in die Augen sehen konnte.

»Ihr nennt mich wieder bei meinem Namen, Tochter des Königs. Wollt Ihr mich etwa fesseln? Was wißt Ihr vom Gebrauch der Macht?«

»Nur sehr wenig.« Sie drehte den Kopf weg und befreite sich aus seinem Griff. Ihre innere Ruhe war dahin. »Ich habe keinen Grund, Euch zu fesseln, Krieger.«

»Erzählt mir von der Statue, die mein Abbild ist.«

Sie berichtete in wenigen Worten, wie sie und Jagun zu den von Schlamm bedeckten Erdhügeln gekommen waren, die sich entlang der vergessenen Straße erhoben und deren letzter, befreit von seiner erdigen Hülle, jene Statue gewesen war, die ihnen den Weg nach Yatlan gewiesen hatte.

»Jagun wußte von alten Legenden«, schloß sie. »Er sagte mir, daß Ihr ein tapferer Held aus einer letzten Schlacht seid.«

Zum erstenmal sah sie ihn lächeln, ein kleines Lächeln, das auch Lalan gezeigt hatte, als Kadiya ihr von den Hassitti erzählt hatte.

»Es ist nur wenigen vergönnt zu erfahren, daß ihnen eine solche Ehre erwiesen wird«, bemerkte er. »Obgleich die alten Legenden oft kaum noch einen Kern der Wahrheit enthalten. Die Vorposten halten also immer noch die Stellung, selbst wenn sie jetzt von Schlamm bedeckt sind. Das gibt mir schon zu denken. Erous, Nuers, Isyat, Fahiel und ich – der letzte von ihnen.«

»Es gibt noch andere – in der Stadt, auf der Treppe, die in den großen Garten führt«, sagte Kadiya. »Frauen und Männer. Sind sie auch Wachen?«

Sein Lächeln war verschwunden, aber er nickte.

»Ja.« Er sprach mit leiser Stimme, und sein Blick ging in die Ferne. »Wir waren so viele – und dann so wenige, so wenige, die das Tor erreichten. Zum Schluß erhob sich selbst das Land gegen uns und spuckte uns alle aus, Finsternis wie Licht, beide zusammen. Tochter des Königs ...«

Kadiya unterbrach ihn. »Mein Name ist Kadiya. Wenn im Namen selbst eine Macht wohnt, dann gewähre ich Euch hiermit diese Macht.«

Wieder sah sie das kleine Lächeln auf seinen Lippen. »Kadiya.« Er sagte ihren Namen noch einmal, als müsse er ihn prüfen. »Ein sonderbarer Name, aber Ihr tragt ihn mit Stolz, Herrin der Macht. Aber sagt mir jetzt, was aus dem alten Land geworden ist. Es muß sich sehr verändert haben.«

»Beantwortet mir zuerst eine Frage«, entgegnete sie. »An welchem Ort steht ein Sessel aus Feuer, in den sich ein sterbender Mann setzt, um sich zu erneuern?«

Das Lächeln war erloschen. Die goldenen Augen verengten sich. »Was wißt Ihr von Varm?«

»Nichts, abgesehen davon, daß ich gehört habe, wie sein Name hier erwähnt wurde. Aber ich hatte einen Traum, und ich glaube, daß es ein wahrer Traum war, als hätte ich in ein sehendes Becken geblickt.« Sie erzählte ihm, was sie an jenem Ort aus Feuer und Schatten gesehen hatte.

»Also das ist es!« Seine Stimme bekam einen sonderbaren Unterton, der wie Überdruß klang. »Es ist wieder erwacht. Vielleicht wird dieser Kampf immer weitergehen. Aber Uono und Lica müssen es erfahren, und zwar rasch. Kommt!« Er packte sie am Arm und zog sie mit sich fort zu einem Gartenweg und dann zu der Eingangstür des Gebäudes, das sie auf so ungewöhnlichem Wege verlassen hatte.

Dieses Mal schlug er mit seiner Hand heftig auf die Scheibe neben dem Eingang ein, und die Melodie war tiefer und befehlender, eine Forderung nach Aufmerksamkeit.

Sie hatte nicht versucht, sich aus seinem Griff zu befreien, denn sie spürte, daß es wahrhaftig von großer Bedeutung war. In diesem Moment war seine Gegenwart für sie ähnlich wie die Jaguns – sie wußte, daß er sich hinter sie stellen würde.

Wieder trat sie vor die beiden hin, deren Gastfreundschaft sie genoß. Schnell wiederholte Kadiya den Bericht über ihren Traum. Sie sah, wie der Mann und die Frau sich Blicke zuwarfen, während sie sprach.

Als sie geendet hatte, sagte der Mann mit dem gleichen überdrüssigen Unterton wie Lamaril:

»Noch einmal – wird das denn nie ein Ende haben?«

»Kann es das überhaupt?« fragte die Frau. »Für alles gibt es einen Gegensatz, und das Gleichgewicht muß gewahrt sein. Wo Licht ist, wird es auch Dunkelheit geben, vielleicht, damit man das Licht besser kennenlernt. Aber Varms Macht ist erwacht – ich glaube, wir müssen wieder in den Kampf ziehen. Aber das Tor ist verschlossen.«

»Das Tor öffnet sich für niemanden!« erklärte der Mann, doch Lamaril unterbrach ihn:

»Die Wächter sind noch dort.«

»Das ist eine Aufgabe...« Aber die Frau antwortete nicht dem Hauptmann. Statt dessen sah sie Kadiya an und musterte sie mit strengen Augen. Das Mädchen straffte sich, wie jemand, der einen Angriff erwartet.

»Wir könnten es wagen.« Der Mann überlegte, und auch er sah das Mädchen an.

Ihre anfängliche Ehrfurcht vor ihnen hatte ein wenig nachgelassen. Kadiya wollte wissen, um was es ging.

»Wurde ich für eine bestimmte Aufgabe hierhergebracht, Erhabene? Die Sümpfe habe ich mir aus freien Stücken erwählt. Jetzt werden sie von der Seuche und vielleicht noch von anderen Gefahren heimgesucht. Solange mir dies hier gehört« – sie berührte das Schwert – »und es nicht dorthin zurückgerufen wird, woher ich es habe, muß ich den Weg gehen, den es mir weist.«

Sie sahen sie immer noch mit ihren prüfenden Blicken an.

»Ihr seid von einem Volk, das wir nicht kennen«, sagte die Frau langsam. »Und doch scheint es, als hättet Ihr das alte Land zu dem Euren gemacht. Wenn Binah sich mit Euch befaßt hat, dann hat sie Euch für würdig befunden. Tochter des Königs, erzählt uns mehr von Eurer Rasse und dem alten Land. Denn dies ist eine Angelegenheit, die erst nach gebührender Überlegung entschieden werden kann.«

Die Geschichte ihres Volkes hatte sich Kadiya tief eingeprägt, trotz ihrer kindlichen Proteste, daß sie ihre Zeit über alten Schriftrollen sitzend verbringen mußte, anstatt mit Jagun durch die Sümpfe zu ziehen. Kadiya versuchte jetzt, eine gewisse Ordnung in das zu bringen, was sie noch von ihrem Unterricht wußte. Sie begann damit, wie ihr Volk von jenseits des Meeres gekommen war und die Sümpfe zu seinem Land gemacht hatte, lange Zeit geschützt von den Gebirgsketten, die im Süden von dem undurchdringlichen Tassalejo-Wald ergänzt wurden.

Dann sprach sie von der Trockenlegung der Polder im Norden und der Bestellung des fruchtbaren Bodens dort, vom Handel mit den Seltlingen, von dem Markt für die Händler in Trevista und davon, welchen Respekt ihr Volk den Sumpfbewohnern entgegenbrachte und daß es zwischen ihnen oft Freundschaften gab.

»Wir sind kein mächtiges Volk«, sagte sie, obgleich sie ihren Blick wie eine Ebenbürtige erwiderte, »aber wir haben uns um das Land gekümmert. Wir haben unsere Aufgaben erfüllt, so gut wir konnten, und gegen die Mächte der Finsternis gekämpft. Die Nyssomu heißen uns willkommen, die Uisgu sehen keine Gefahr in uns. Wir betreten ihre Gebiete nicht, es sei denn, um Handel zu treiben, und sie sind uns in den unseren willkommen. Nur die Skritek bekämpfen wir, aber gegen sie halten alle in den Sümpfen ihre Waffen bereit.«

Kadiya versuchte, in anschaulichen Bildern vom Hof ihres Vaters in der Zitadelle zu berichten, und sprach davon, wie die Erzzauberin Binah zu der Geburt der drei Schwestern gekommen war und jeder von ihnen ein Amulett der Macht zum Geschenk gemacht hatte.

Erinnerungen an Blut, grauenvollen Tod, Angst und Schrecken stiegen wieder in ihr auf, als sie von der Invasion aus Labornok erzählte, von der Grausamkeit Voltriks und seines kaltblütigen Ratgebers Orogastus. Sie sprach von ihrer eigenen Suche und jener, die Haramis und Anigel auferlegt worden war, davon, wie alles im Zusammentreffen großer Mächte geendet hatte und dabei beinahe ihre Welt auseinandergerissen worden war.

Sie sprach lange Zeit. Zweimal trat Lamaril an sie heran, einen Becher in den Händen, aus dem sie dankbar ein paar Schlucke nahm, um ihre ausgedörrte Kehle zu benetzen.

Draußen vor den Fenstern zog die Nacht vorbei. Als die Dämmerung hereingebrochen war, war ein Leuchten an einigen Stellen hoch oben an den Wänden erschienen, so daß sie die Gesichter derer erkennen konnte, denen sie ihre Geschichte erzählte.

»Von meiner Rückkehr nach Yatlan, von dem, was dort geschah« – sie berührte das Schwert, das wie immer an dem abgenutzten Gürtel um ihre Mitte hing –, »habe ich bereits erzählt. Aber was ich von den Sümpfen berichtet habe – das geschieht jetzt.«

»Yatlan«, wiederholte die Frau, deren Name Lica war, und ihre Stimme klang weich. »Yatlan, wo wir unsere Abschiedsgeschenke in den überfließenden Wassern zurückgelassen haben.« Sie hob eine Hand und deutete auf Kadiya. »Ihr, die Ihr zu uns gekommen seid, was ist aus Yatlan geworden?«

»Eine Stadt, die vergessen, aber nicht geplündert ist.« Kadiya mußte an den Schatz im Brunnen denken. »Eure Gaben ruhen immer noch dort, Erhabene. Sie ist noch bewohnt, ihre Bewohner nennen sich Hassitti und haben hart gearbeitet, um alles, was zurückgelassen wurde, zu bewahren. Den Garten gibt es noch...« Jetzt hob Kadiya das Schwert und zeigte es ihnen.

»Dies hier stammt aus dem Garten. Binah, die Erzzauberin, hat mir und meinen beiden Schwestern auferlegt, Ruwenda zu retten. Sie gab mir eine Wurzel, die mich nach Yatlan führte, wo ich sie im Garten einpflanzte. Daraus wuchs das, was Ihr hier seht – der dritte Teil eines mächtigen Talismans, der unser Land retten sollte. Nichts anderes habe ich von dort genommen.« Sie mußte flüchtig an die Kette aus dem Brunnen denken.

Die Frau wurde unruhig. »So vieles... so fremd... dies hört sich gar nicht wie die Geschichte des Landes an, das wir einst gekannt haben.«

»Aber es ist die Wahrheit!« Kadiya setzte den Becher ab, nachdem sie noch einen Schluck genommen hatte. Es hätte Wasser sein können, aber sie nahm einen leichten Geschmack wahr, den sie nicht bestimmen konnte – herb, aber doch wohltuend für ihre trockene Kehle.

»Das bezweifeln wir nicht, Tochter des Königs. Es ist Eure Wahrheit, die die Wahrheit des Jetzt ist. Aber ein Teil davon hängt mit einer anderen Wahrheit zusammen, die dunkler und bedrohlicher ist.

Wir waren ... sind ... ein Volk, das immer danach strebt, noch mehr zu lernen.« Die Frau sprach langsam. »Wir entrissen der Erde ihre Geheimnisse, ja sogar der Quelle des Lebens selbst. Wir konnten Fels, Meer und Land befehligen. Vielleicht haben wir uns zu sehr von den Mächten lenken lassen, die wir mit solcher Begierde suchten.

Wir mischten uns ein. Aus dem Leben, das wir kannten, erschufen wir zwei neue Geschöpfe – jene, die Ihr Seltlinge nennt, und die Hassitti. Wir haben das Wachstum von Pflanzen verändert, damit sie als Nahrung verwendet werden konnten oder unser Auge erfreuten. Lange Zeit haben wir damit verbracht, uns einzumischen oder nach unserem Wunsch zu formen.

Aber Macht zieht Macht an. Wer sie ausübt, ist niemals zufrieden und will immer mehr Macht. Unter uns gab es welche, die nicht länger mit dem arbeiteten, was die Natur ihnen gab, sondern danach strebten, aus anderen Quellen Neues zu erschaffen.

Macht erhob sich gegen Macht. Anderen wurde rechtzeitig bewußt, wohin solche Forschungen und Taten führen wurden. Es gab einen Krieg ...« Sie verstummte, und ihr Mund verzog sich, als müßte sie etwas Bitteres kauen.

»Damals haben wir die dunkle Seite der Macht kennengelernt. Das Land wurde auseinandergerissen, das Wasser freigesetzt, um anzugreifen und zu besiegen. Es war nicht mehr dasselbe Land, denn in jenen Tagen entstanden die Sümpfe. Die mit dem größten Hunger nach den Mächten der Finsternis ließen frei, was sie in ihren Experimenten geschaffen hatten: die Skritek, ja sogar Pflanzen, die töteten und ihre Beute verschlangen. Städte wurden besiegt und eingenommen, und immer noch kämpften wir, Kraft gegen Kraft, suchten immer neue Geheimnisse der Erde unter uns und dem Himmel über uns zu entreißen. Am Ende war der Tod unser Begleiter. Einige von denen, die sich mit den Mächten der Finsternis verbündet und das Übelste des Schwarzen Wissens geschaffen hatten, konnten nicht getötet werden. Von ihnen blieb eine Handvoll übrig.

Sie flüchteten vor einer endgültigen Konfrontation in die Berge. Dort hatten sie eine letzte Fluchtburg errichtet, denn sie hatten einen mächtigen Weissager, einen gewissen Varm.« Sie zischte den Namen beinahe. »Aber das nützte ihm und ihnen nicht viel, denn wir belegten sie mit einem Fluch. Wenn sie jemals wieder aus ihrem Versteck herauskämen, würde alles Übel der Welt sie mit Fäulnis schlagen.

Sie zogen sich in ihr Versteck zurück, nur Varm und zwei seiner Gehilfen blieben übrig. Die anderen legten sich in eine Gruft, um zu schlafen, bis zu dem Tag, an dem sie – so prophezeite Varm ihnen – wieder herrschen würden.

Unsere Truppen hatten sie verfolgt, aber als sie das Versteck in den Bergen erreichten, waren Varm und seine beiden Helfer verschwunden. Doch versiegelten sie den Ort des schlafenden Todes mit einem starken Zauber, der nach ihren Berechnungen ewig halten würde.

Varm hatte seinen eigenen Zufluchtsort.« Die Frau hielt inne. »Für jemanden, der nicht über unser Wissen verfügt, ist es schwer zu verstehen. Ihr seid durch eine Sperre hierhergekommen – eine Sperre aus Raum und Zeit. Dieser Ort hier befindet sich nicht in Eurer Welt, und wir, die wir aus eigenem Entschluß hierhergekommen sind, können nicht zurückkehren. Auch Varm fand eine solche Zuflucht und hat seine eigenen Mächte verwendet, um ihn zu erreichen. Aber weil diese der Finsternis statt dem Licht entstammen, konnte er nicht hierherkommen.

Wir glauben jetzt, daß einer jener Todesschläfer aus seinem Gefängnis befreit wurde und daß er Varm aufgesucht hat, um von ihm das zu erhalten, was ihn und seine Sippe wieder erwecken kann.«

Lamaril stand neben Kadiya. Sanft berührte er ihre Schulter.

»Kadiya, erzählt jetzt noch einmal Euren Traum.«

»Ich glaube nicht, daß es ein Traum war«, sagte sie langsam. »Ich besitze nicht die Gabe der Weissagung, obgleich ich gesehen habe. Aber in meinem Schlaf, das schwöre ich, habe ich folgendes gesehen.« Und sie erzählte noch einmal alles, wobei sie sich bemühte, kein einziges Detail zu vergessen – von dem Sessel aus Feuer und jenem, der darin gesessen hatte.

Bevor einer ihrer Zuhörer das Wort an sie richten konnte, stellte Kadiya eine Frage, auf die sie mit heftigen Worten eine Antwort verlangte: »Ihr sagtet, daß ihr nicht in die Sümpfe zurückkehren könnt. Aber vermag dies jener Anhänger von Varm? Vermag es Varm selbst? Wir alle wollen die Wunden des Krieges heilen. Müssen wir uns jetzt einem noch viel größeren Feind stellen?« Nicht nur eine Frage, sondern viele, und sie spürte wieder die alte Kälte in sich, als sie voller Ungeduld auf eine Antwort wartete.

Der Mann sprach zuerst. »Tochter des Königs, unser Weg und der Varms haben lange Zeit in entgegengesetzte Richtungen geführt. Wir akzeptierten, daß es für uns keine Rückkehr gab. Vielleicht hat er versucht, eine Möglichkeit zu finden. Oder vielleicht kann der Diener, den er zu sich gerufen hat, wieder zurückgeschickt werden.«

Kadiya sah ihnen direkt in die Augen. Die Ehrfurcht vor ihnen hatte sie inzwischen überwunden.

»Erhabene, wollt ihr damit sagen, daß ihr uns nicht helfen könnt? Verlieren wir unser Leben und unser Land an jene kriechende Seuche aus dem Reich der Finsternis? Selbst Haramis mit ihrem großen Wissen wird keine Waffe dagegen aufbieten können!«

»Es gibt einen Weg...« Wieder stand Lamaril an ihrer Seite. »Haben wir denn nicht die stummen Wächter zurückgelassen... vielleicht genau zu diesem Zweck? Hier ist jemand, der sie rufen wird, wenn es denn euer Wille ist.«

Die Frau nickte sofort. »Das Unheil entsprang aus unserer Mitte. Wir können nicht einfach ignorieren, daß es sich wieder ausbreitet. Ihr habt einst einen Eid geschworen, Kommandant der Sindona.« Jetzt sah sie Lamaril an. »Gilt Euer Eid noch?«

»Lica, er gilt noch, und auch der aller anderen, die ihn geschworen haben.«

17

Kadiya trat unruhig von einem Fuß auf den anderen. Verschwunden war ihr arg mitgenommenes Panzerhemd, ihr zerbeulter Helm, ihre anderen, zerschlissenen Sachen. Aber sie trug nicht das hauchdünne Gewand. Auf ihren Schultern lag ein Kettenpanzer aus blaugrünem Metall, den ihr das Versunkene Volk gegeben hatte. Und darunter trug sie eine Hose aus einem Material, das so fest wie getrocknetes Leder war, aber gleichzeitig so geschmeidig wie das feinste Gewebe, das ihr Volk weben konnte.

In ihrer linken Armbeuge ruhte ein neuer Helm, dessen Vorderteil wie eine Halbmaske geformt war. Wenn sie ihn anlegte, reichte er bis zu ihrem Mund herunter, und sie sah durch Augenlöcher, die mit grünlichem Glas besetzt waren. Er war von einem Kranz aus geschmiedeten Drillingslilien umgeben, aber diese waren so gelb wie die große Blume, die sich jetzt zu ihrer Rechten auf dem Altar hin und her bewegte.

Sie hatten ihr zwar gesagt, was getan werden mußte, konnten ihr aber nur wenig Hilfe bei der Durchführung zusagen. Und ihre Aufgabe war so sonderbar, daß sie eher Stoff für die Gesänge der Barden zu sein schien. Aber diejenigen, die sich vor ihr aufgestellt hatten, glaubten daran, und daher mußte sie akzeptieren, daß es so etwas geben konnte.

In der erste Reihe standen sechs, mit Lamaril an ihrer Spitze. Hinter diesen hatten sich weitere zwölf aufgestellt, von denen sie jedes Gesicht kannte. Es waren die Gesichter der Statuen aus Stein, die Wächter. Aber die Wesen vor ihr lebten und atmeten.

Alle waren unbekleidet, und kein einziger trug eine Waffe. Würden sie Rüstung und Waffen jenseits des Tores vorfinden? Unter den Schrotthaufen, die von den Hassitti gesammelt worden waren, war gewiß so einiges zu finden. Aber Waffen? Es sei denn, ihre Waffen sahen völlig anders aus als Schwert oder Speer.

Die große, goldene Blume sandte eine Wolke aus Regenbogenstaub aus. Von der anderen Seite des Altars traten Uono und Lica heran. In den Händen der Frau befand sich eine Schale, die golden schimmerte, aber fast durchsichtig war. Der Mann trug eine silberne Flasche mit einer weiten Öffnung, die so klein war, daß man sie leicht an einem Gürtel befestigen konnte – einem so abgenutzten und schmutzigen Schwertgürtel, wie ihn Kadiya trug.

Ein trillerndes Lied drang von der Blume zu der Menge, die hinter den Wartenden stand. Obgleich Kadiya die Worte nicht verstand, spürte sie die Kraft dieser Anrufung.

Trompeten hätten ihr eigenes Volk in die Schlacht geschickt. Die Muschelhörner der Seltlinge würden hier hart und unschön klingen. Dies hier war kein anfeuernder Ruf zum Sieg, es war ein Abschiedsgruß. Es bestand die Aussicht, daß die Wartenden zurückkehrten, aber niemand konnte sich darauf verlassen.

Sie waren nicht so wie sie. Kadiya war sich nicht sicher, ob sie – trotz der Sache, der sie verpflichtet war – das zu tun vermochte, was jene dort tun wollten. Ihre Augen suchten wieder Lamaril. Sie sah nicht die Gestalt vor sich, sondern jenen anderen, der von Lehm bedeckt in der Erde der Sümpfe steckte. Sie hatte drei der hier herrschenden zeitlosen Tage gewartet, und zweimal war er zu ihr gekommen. Er hatte sie vieles gefragt: Fragen eines Kämpfers, der sich anschickt, seine Truppen in die Schlacht zu schicken.

Vertrauen, sie hatten ihr vorbehaltlos Vertrauen geschenkt. Kadiya hatte den Jubel über einen schon verloren geglaubten Sieg erfahren, als sie sich gegen Voltrik und Orogastus gewandt hatten. Aber dieser Moment jetzt übertraf alles, was zuvor gewesen war.

Sie hatten ihr gesagt, daß dies hier ein Ort war, an dem

es keine Zeit gab, wie sie sie kannte. Es gab keine Vergangenheit, die Zukunft war nicht wichtig, nur die Gegenwart zählte. Sie mußte die Zeit wieder finden, von diesem Ort hier, an dem sie ein Friede umgab, der noch größer war als jener, den ihr der Garten von Yatlan geschenkt hatte – denn der Garten war nur ein schwacher Abglanz dessen, was es hier gab.

Der Gesang verschmolz mit dem Trillern, das Trillern mit dem Gesang. Die Blume auf dem Altar bewegte sich immer schneller hin und her. Lica trat vor und stellte die Schale vor den schwankenden Stiel hin. Aus dem Zentrum der Blüte erhob sich eine Wolke aus goldenen Fünkchen, Blütenstaub, der von den Bewegungen der Blume gelöst worden war. Die Schale begann zu funkeln, als sich der Regen aus winzigen Teilchen in ihr sammelte.

Der Gesang des Versunkenen Volkes wurde immer lauter. Vielleicht war es das Lied, das die Blume dazu brachte, ihren Blütenstaub abzustoßen. Als die Schale zur Hälfte gefüllt war, erzitterte die mächtige Blume ganz plötzlich und ließ ihren Blütenkopf hängen. Die drei Blütenblätter schienen zu schrumpfen, ihre leuchtende Farbe verblaßte.

Lica kniete sich vor dem Altar nieder. Ihre Hände gruben sich in die dunkle Erde, die den Wurzeln der Pflanze Halt bot. Ihr Kopf lag im Nacken, die Augen waren geschlossen, um ihren Mund bildeten sich tiefe Falten der Anstrengung.

Kadiya konnte es spüren! So wie ihre Kraft in das Augenschwert floß, wenn sie es einsetzte, so gab diese Frau aus dem Versunkenen Volk von ihrer Kraft, um die Blume zu nähren.

Der Gesang wurde leiser, von dem Trillern waren kaum mehr als einzelne Töne zu hören. Lica sackte in sich zusammen, bis ihre Stirn den Rand des Altars berührte. Die Blume richtete sich auf, ihre Blütenblätter waren wieder erneuert und fest.

Jetzt war Kadiya an der Reihe. Man hatte ihr gezeigt,

was sie in dieser sonderbaren Zeremonie, die sie nicht verstand, tun sollte.

Sie legte den Helm auf den Boden und ging langsam zu Lica hinüber, wo sie sich neben die Frau stellte. Das Mädchen beugte sich über die zusammengekrümmten Schultern der Frau und hob mit beiden Händen die Schale hoch. Sie wußte, daß ihr Inhalt unersetzlich war. Man hatte ihr gesagt, daß ein solcher Regen aus Blütenstaub nicht noch einmal ausgelöst werden konnte.

Kadiya hielt die Schale in Brusthöhe vor sich, drehte sich um und stieg die Stufe zum Tempel hinunter. Dann ging sie weiter. Lamaril war der erste. Sie war sich immer noch nicht im klaren darüber, was geschehen würde, sie wußte nur, daß sie das, was sie in Händen hielt, nicht fallen lassen durfte. Es würde die Bewohner dieses Ortes an sie binden und damit an das, was jenseits der Sperre lag, durch die sie an diesen Ort gelangt war.

Als sie vor dem Kommandanten der Sindona stand, hielt sie die Schale ein wenig höher. Seine Hand hob sich, seine Finger tauchten in den Inhalt der Schale. Eine Spirale aus Blütenstaub stieg auf und wirbelte um Lamarils Kopf.

Von dem Faden aus Gold breitete sich ein Nebel aus, der seine leuchtende Farbe verlor und zu einer Wolke wurde. Diese sank zu Boden und verhüllte den Mann von Kopf bis Fuß. Aus dem Nebel tauchte das Ende eines Fadens auf, der sich in wirbelnden Kreisen den Weg in die Schale suchte. Lamaril war verschwunden.

Kadiya schluckte, dann hielt sie das Gefäß in ihren Händen noch fester. Man hatte ihr zwar gesagt, was geschehen würde, aber als sie es dann mit eigenen Augen sah, konnte sie es kaum glauben.

Einer nach dem anderen verschwand, als sie sich vor ihn stellte. Und doch wurde die Schale in ihren Händen nicht voller oder schwerer. Einen solchen Zauber hatte sie noch nie gesehen.

Nachdem der letzte der Wartenden verschwunden war,

ging Kadiya mit der Schale zurück zum Altar. Lica hatte sich wieder erhoben, aber sie lehnte ermattet an dem Stein, in den die Blume eingepflanzt war. Es war deutlich zu sehen, daß sie immer noch ihrer Kräfte beraubt war.

Sie streckte die Hand aus, und Kadiya übergab ihr die Schale. Dann wandte sich Lica zu Uono um, der die Flasche mit der weiten Öffnung bereithielt. In diese goß sie jetzt den Blütenstaub, so langsam, daß er Stäubchen für Stäubchen niederzufallen schien. Uono setzte den Verschluß auf die Flasche. Er benetzte den Zeigefinger seiner rechten Hand und hielt ihn vor die Blume. Und wieder ließ diese ein wenig von dem Blütenstaub niederregnen, den Uono sorgfältig auf die Flasche schmierte, um den Verschluß zu versiegeln.

Als er damit fertig war, streckte er die Flasche Kadiya entgegen. Das Mädchen holte tief Luft, dann schlossen sich ihre Finger um die Flasche. Sie befestigte die Flasche an ihrem Schwertgürtel und vergewisserte sich, daß sie sie nicht verlieren konnte.

Danach nahm sie wieder ihren Helm auf. Wie sollte sie von ihnen Abschied nehmen? Sie hatten alles nur Mögliche für ein Land getan, das nicht mehr das ihre war. Kadiya konnte ihnen sagen, daß sie ihre Befehle ausführen würde, aber das wußten sie bereits. Sie war nie um Worte verlegen gewesen, so wie sie auch oft unbesonnen und vorschnell handelte. Nun aber fand sie keine Worte, ja, nicht einmal Gedanken.

Die beiden am Altar schienen keine Worte des Abschieds von ihr zu erwarten. Uono bedeutete ihr zu gehen, und Kadiya gehorchte. Sie drehte sich um, Lica auf der einen Seite neben sich, Uono auf der anderen. Gemeinsam gingen sie zu einer Mauer.

Selbst jetzt wußte Kadiya nicht genau, was geschehen würde, und sie vermutete, daß ihre Begleiter ebenso unsicher waren. Es blieb ihr nichts anderes übrig, als zu tun, was sie für richtig hielt.

Kadiya zog das Schwert, dessen Augen weit geöffnet waren. An den Rändern der Kugeln funkelte noch der Blütenstaub der Blume. Sie hielt die Klinge ohne Spitze fest und richtete die Augen auf die Wand.

Der dreifache Strahl schoß hervor, und sie spürte wieder, wie ihre Kraft aus ihr herausgesogen wurde. Wo der Strahl auf die Mauer traf, breitete sich ein Licht aus und hüllte die Wand wie ein Mantel ein.

Kadiya, die nur noch das Licht vor sich sah, ging einige Schritte vorwärts. Dies war die Prüfung. Dort war keine Wand aus Stein. Nein. Dort war eine offene Tür, durch die sie hindurchgehen mußte.

In Gedanken hielt sie an dem Bild der Tür fest. Und wieder brach der Schwindel über sie herein, jenes Gefühl, von allem weggerissen zu werden, was beständig und vertraut war. Sie war wieder in jener unterirdischen Kammer, bis zu der sie Varms Diener verfolgt hatten. Ihr gegenüber standen Jagun und Smail, den Speer erhoben, den Pfeil schußbereit im Blasrohr, während Salm hinter ihnen mit ihren Händen sonderbare Muster der Macht in die Luft malte.

Sie hießen das Mädchen nicht willkommen. Kadiya sah sich von mißtrauischer Vorsicht umgeben. Dann fiel ihr ein, daß sie immer noch ihren neuen Helm trug, und schnell nahm sie ihn ab und enthüllte ihr Gesicht.

»Weitsichtige!« Jagun stieß einen gedämpften Schrei aus, der seine Überraschung verriet. »Aber ...« Er starrte sie erstaunt an. »Ihr wart fort. Ihr kommt wieder. Und jetzt tragt Ihr eine neue Rüstung.«

»Jagun, wie lange bin ich weg gewesen?« Sie wußte, daß mehrere Tage hinter ihr lagen, so viele wie die Finger einer Hand. Waren die drei etwa die ganze Zeit über hier gewesen?

»So lange, wie es braucht, um einen Borick zu häuten – einen jungen vielleicht«, entgegnete er.

»Aber nein. Es waren Tage!« Kadiya spürte, wie ihr ein

Schauer der Angst über den Rücken lief. Was hatten die anderen gesagt? Daß die Zeit dort, wo sie weilten, keine Bedeutung hatte. Aber sie war vielleicht nicht die einzige, die hierher zurückgekehrt war.

»Der wandelnde Tod, jener von Varm…«, wollte sie wissen. »Ist auch er zurückgekehrt?«

Die drei Seltlinge schüttelten den Kopf.

»Nur Ihr, Weitsichtige, und Ihr seid nur ganz kurze Zeit weg gewesen, nicht Tage.«

Sie blickte über die Schulter zurück zu der Wand, durch die sie gekommen war. Also hatte sie ein wenig der bekannten Zeit gewonnen. Jener andere war noch nicht wieder da.

»Was ist mit den Skritek?« fragte Kadiya.

»Auch sie sind noch nicht zurückgekommen«, versicherte ihr Jagun. »Salm« – er deutete auf die weise Frau – »hat eine Warnung gesetzt, die bis jetzt von nichts gestört worden ist.«

Und wieder hatten sie Glück gehabt. Sie fuhr mit den Fingern über die Flasche, die an ihrem Gürtel hing. Sie hatten eine lange Reise vor sich, und wenn sie sich den Weg zu ihrem Ziel erkämpfen mußten, würde das eine große Verzögerung bedeuten – wenn nicht gar ihre Niederlage.

»Tochter des Königs«, fragte Salm, »was habt Ihr hinter der Wand vorgefunden?«

»Jene, die einst hier geherrscht haben«, antwortete sie. »Die Erhabenen.«

»Werden sie uns ebenfalls zu Hilfe kommen?« Die Uisgu blickte zu der Wand hinter Kadiya.

»Ja, auf ihre Weise«, erwiderte Kadiya. »Sie werden sich uns jedoch nicht an diesem Ort anschließen. Aber wir sollten von hier verschwinden, bevor jener andere zurückkehrt. Er trägt einen Gegenstand der Schwarzen Magie bei sich. Wir müssen gehen!«

Sie hatte bereits das Ende der durchbrochenen Mauer erreicht, die den geheimen Eingang verbarg, und die anderen folgten ihr ohne weitere Fragen. Wieder gingen sie die Stufen der Treppen entlang, dieses Mal zurück in die Tiefe. Niemand hatte sich an dem einfachen Floß zu schaffen gemacht, das sie bis hierher gebracht hatte. Kadiya sah, wie sich die Nasenlöcher der drei Seltlinge weiteten, und sie wußte, daß sie versuchten, den verräterischen Geruch der Skritek auszumachen. Aber selbst wenn jene Kreaturen diesen Weg hier kannten, so hatten sie ihn doch schon seit langem nicht mehr benutzt.

Wieder kletterten sie auf das schwerfällige Floß und steuerten hinaus ins Freie. Kadiya sah nach oben und hielt Ausschau nach der riesigen Weberin, deren Netz sie zerstört hatten. Aber sie konnten die zerfetzten Überreste unbehelligt passieren.

Kadiya war immer noch nervös, als sie im Schatten der gewölbten Baumwurzeln endlich wieder den Himmel über sich sah. Sie hatten das Land der Dornen und der Wasserscheusale noch nicht hinter sich gelassen. Das Mädchen konnte kaum glauben, daß sie so weit gekommen waren, ohne angegriffen zu werden. Der Himmel war wolkenverhangen, aber es fiel kein Regen.

Am Abend dieses Tages erreichten sie ihren behelfsmäßigen Unterschlupf zwischen den drohend aufragenden Ruinen des Turms. Während der Reise hatten sie nicht miteinander geredet, da sie alle viel zu sehr damit beschäftigt waren, auf ihre Umgebung achtzugeben. Kadiyas innere Unruhe hatte auch ihre Gefährten erfaßt. Doch sie spürte von allen den stärksten Druck – den Drang, diejenigen ins Leben zu rufen, deren Hilfe sie brauchten.

Eine neue Gefahr erwartete sie – oder besser eine alte, die unendlich viel stärker geworden war. Die von Varms Diener gesäte Seuche hatte sich ausgebreitet, und sie mußten die befallenen Stellen mit großer Vorsicht umgehen. Die Dämmerung war inzwischen weit fortgeschritten. Glücklicherweise ging von den ekelerregenden Flecken ein bleiches, unnatürliches Leuchten aus, durch das sie gewarnt wurden. Die Fäulnis drängte sie von dem direkten Weg ab, und schließlich gelangten sie an eine Stelle, die nicht umgangen werden konnte, da sich ihnen hier wieder die Dornenhecke entgegenstellte. Die Dombüsche selbst waren verfault, über und über bedeckt mit eitrigen Beulen, die wie die Pusteln einer unheilbaren Krankheit aussahen. Kadiya sah, wie einige von ihnen aufplatzten und winzige, grünlich schimmernde Teilchen verstreuten, die vom Wind emporgewirbelt wurden und sich in alles hineinfraßen, was ihnen in den Weg kam.

Sie zog das Schwert. Obwohl sie genau wußte, daß das, was sie jetzt tun wollte, ihr alle Kräfte rauben würde, hatte sie doch keine andere Wahl. Die Augen hatten sich nicht mehr geschlossen, seit sie im Tempel der Blume ohne Zeit gewesen war. Ja, sie schienen sogar noch heller zu leuchten und wegen der funkelnden Stäubchen entlang ihrer Lider auf seltsame Weise realer geworden zu sein.

Kadiya nahm all ihren Mut zusammen. Wie zuvor, als es sich als Schlüssel zur Türwand erwiesen hatte, so sandte das oberste Auge auch jetzt wieder einen Dolch aus Licht aus, dem sich die Strahlen aus den beiden anderen Augen anschlossen. Die leuchtende Zunge fuhr über die verseuchten Pflanzen vor ihnen, als Kadiya das Schwert hin und her schwang. Sie hieb um sich, als kämpfe sie mit der Waffe gegen einen bewaffneten Feind.

Als sie vorwärtsging, breiteten sich die Flammen unter den Dornen aus. Die anderen drei gingen einer nach dem anderen hinter ihr her. Sie hörte leisen Gesang hinter sich, dann spürte sie eine Hand auf ihrer Schulter. Salm war an ihrer Seite. Von der weisen Frau ging ein Strom der Kraft aus, der ihre nachlassenden Kräfte erneuerte. Er verstärkte sich, einmal und dann noch einmal. Jagun und Smail mußten sich ihr angeschlossen haben.

Der Gestank des Todes wurde fast völlig von dem Geruch der brennenden Büsche überlagert. Kadiya versuchte noch schneller voranzukommen. Sie machten ihre Gegenwart nur allzu deutlich, und jeder umherstreifende Skritek würde wissen wollen, was sich hier abspielte.

Einmal stolperte sie – halbverbrannte Wurzeln, die aus der Erde hervorlugten, konnten die Unvorsichtigen zu Fall bringen. Und immer noch setzte sie das Schwert ein, obwohl ihr Arm schwerer und schwerer wurde. Sie kam nicht mehr so schnell voran wie bisher. Ihre Kraft wurde aus ihr herausgesogen, trotz der Hilfe, die sie von den anderen erhielt.

Kadiya strauchelte erneut, sie fing sich wieder. Sie sah, daß der Strahl aus Licht, den sie wie eine Waffe führte, kürzer geworden war. Jetzt flackerte er ein- oder zweimal auf. Sie biß sich auf die Unterlippe und kämpfte sich hartnäckig weiter. Ihre Welt bestand nur noch aus diesem Licht, aus dem Dunkel der Dornenwand unmittelbar vor ihr.

»Weitsichtige!«

Kein lauter Ruf, sondern eine Gedankenübertragung, stark genug, um durch ihre Konzentration zu dringen.

»Wir haben die Seuche hinter uns gelassen.«

»Die Dornen haben wir noch nicht hinter uns...«, sagte sie laut, zu müde, um ihr letztes bißchen Kraft für Gedankensprache zu verwenden.

»Darum kümmern wir uns, Weitsichtige. Laßt uns den Weg freimachen.«

Jaguns Angebot hatte eine fast magische Wirkung. Ihr Arm fiel herunter, und obwohl sie die Zähne zusammenbiß und sich abquälte, konnte sie das Schwert nicht mehr hochhalten. Der Lichtstrahl berührte den Boden, zuckte einige Male gleichmäßig auf, wie ein Herzschlag, dann war er verschwunden. Sie konnte sich nicht dazu bringen, das Schwert wieder zu heben.

Salm kam herbei und zog Kadiyas linken Arm über ihre gebeugten Schultern. Sie schien sie beide mit ihrem Stock zu stützen. Ohne das Licht des Schwertes bewegte Kadiya sich in einer Dunkelheit wie eine Blinde voran.

Mehr spürte sie, als sie es sah, wie sich die beiden anderen Seltlinge an ihr vorbeidrängten.

Was konnten sie wohl benutzen, um den Weg frei zu machen? Sie hörte ein knisterndes Geräusch vor sich, aber es stammte nicht von einem Feuer. Dann drängte Salm das Mädchen weiter, immer nur drei oder vier Schritte auf einmal. Sie hatten wirklich einen Pfad geschaffen, der jedoch sehr schmal war. Zuweilen griffen die Dornen nach ihr und fuhren über den seidenglatten Panzer des Versunkenen Volkes, rieben sich daran, fanden aber keine Öffnung, um das Fleisch darunter zu zerkratzen.

»Weiter.« Salms Gedankenstimme erreichte Kadiya nur undeutlich. »Sie benutzen die Wegmesser, Ehrwürdige. Es ist nicht mehr weit. Ich rieche Wasser vor uns.«

Kadiya konnte sich nur noch mit Hilfe der weisen Frau weiterschleppen. Durch den Schleier vor ihren Augen erkannte sie, daß die Büsche nicht mehr so dicht beieinanderstanden. Sie sah nach oben. Die Augenlöcher des Helmes schränkten ihr Blickfeld ein, aber sie meinte, einen Blick auf die Sterne am Nachthimmel erhascht zu haben, dort, wo die Wolkendecke aufgerissen war. Sie wußte, daß sie sich nicht mehr sehr lange auf den Beinen halten konnte.

Kadiya wunderte sich flüchtig über die Kraft der weisen Frau, die nicht nur unbeirrt weiterging, sondern auch noch das Mädchen führte.

Und dann lag Kadiya plötzlich am Boden und sah inmitten der Wolken einen Stern. Die dunklen Wolken am Himmel kamen immer naher. Sie griff noch nach dem Schwert, damit sie die Waffe, die ihr und nur ihr gehörte, nicht an die hereinbrechende Dunkelheit verlor.

18

Kadiya hörte Stimmen, aber sie konnte nicht verstehen, was sie sagten. Als sie die Augen öffnete, wurde sie vom Licht der Sonne geblendet. Das Mädchen stützte sich auf den Ellbogen und sah sich um.

Die drei Seltlinge hatten die Köpfe zusammengesteckt. Vor Salm stand die sehende Schale, ihr zur Seite knieten die beiden Männer. Aller Augen hingen an dem, was sie sahen. Salms Finger bewegten sich durch die Luft. Jagun rief etwas, seine Hand griff nach dem Speer, der neben ihm lag.

Kadiya brauchte die Vision, die von der weisen Frau herbeigerufen worden war, nicht zu sehen. Sie spürte die Angst der drei, die sie wie Nebel im Sumpf umgab. Mit Mühe richtete sie sich auf, bis sie auf ihren Knien saß.

Sie waren auf einem kleinen Hügel, der mit ein paar Büschen bewachsen war, von denen aber keiner Dornen trug. Das Mädchen konnte jene Fäulnis riechen, die typisch für den tiefen Sumpf war, aber sie spürte nichts von der Seuche.

»Was nähert sich?« Kadiya hatte ihre Stimme wiedergefunden. Als sie sich bewegte, spürte sie wieder, wie schwach und erschöpft sie war.

Die drei schraken auf. Jaguns Kopf fuhr herum, er sah sie an. »Das Böse, Weitsichtige.« Schnell stand er auf und kam zu ihr. Er legte die Hände auf ihre Schultern und zog sie hoch, mit einer Kraft, die man trotz seines drahtigen Körpers nicht in ihm vermutet hätte. »Seht selbst.«

Kadiya stellte fest, daß sie mit seiner Hilfe ein Stück vorwärts wanken konnte. Dann ließ sie sich auf die Knie fallen, dort, wo noch vor wenigen Momenten Jagun gehockt hatte. Sie beugte sich vor, um das Bild in der Schale zu sehen.

Und wieder war die Szene vor ihr so deutlich, als würde sie durch ein Fenster sehen. Im Hintergrund befand sich eindeutig die Dornenwand, durch die sie sich gekämpft hatten. Durch das Dickicht marschierte eine Gruppe Skritek, bewaffnet mit einfachen Keulen und Speeren.

Aber am deutlichsten sah Kadiya jenen, den die Skritek begleiteten. Es war der Mann, der auf dem Thron aus Flammen gesessen hatte. Sie sah keinerlei Spuren der Krankheit, die ihn zerfressen hatte. Jetzt war er groß und stark, mit glatter Haut und der gleichen kraftvollen Aura, wie auch Lamaril sie besaß. In der Hand hielt er die Stabwaffe. Und obwohl ihn die Skritek offensichtlich begleiteten, gingen sie doch nicht zu dicht an ihn heran, sondern blieben immer einige Schritte von ihm entfernt.

Der Diener Varms eilte mit großen Schritten dahin, den Blick nach vorn gerichtet, als suche er ein Ziel, das er möglichst schnell erreichen müsse. Dann, plötzlich, hielt er inne. Er hob den Stab, wandte den Kopf, zuerst nach rechts, dann nach links. Sein suchender Blick schweifte umher.

Salm fuhr mit der Hand über das Becken. In der Flüssigkeit darin bildete sich ein Wirbel, und das Bild war verschwunden. Doch im Gesicht der Uisgu war immer noch Furcht zu lesen.

»Er wußte«, erfuhr Kadiya über Gedankensprache, »daß er beobachtet wurde!« Die Uisgu berührte die Schale. »Wir können es nicht riskieren, dies noch einmal zu benutzen.«

»Und wenn wir die Schale verwenden, um mit jemandem Kontakt aufzunehmen?« fragte Kadiya. »Würde uns das auch verraten?« Sie dachte an Haramis. Vielleicht konnte ihnen ihre Schwester in diesem Augenblick schon etwas mitteilen, wodurch sie besser gewappnet sein würden. Wissen war zuweilen stärker als eine Waffe.

Salm schüttelte den Kopf. »Tochter des Königs, jedesmal, wenn ich dies hier anrufe« – sie hatte beide Hände um die Schale gelegt –, »wird das, was wir nicht sehen können, gestört. Das könnte ihn zu uns führen.«

»Ihr habt das...« Jagun deutete auf das Schwert.

»Ich habe mehr als das, aber ich muß es erst herbeirufen können«, entgegnete Kadiya. »Das Versunkene Volk wird sich uns anschließen – auf seine eigene Weise und mit unserer Hilfe. Jagun, wir müssen die Straße der Sindona erreichen. Kannst du den Weg dorthin finden?«

Und er fand ihn wirklich, nachdem er eine Weile die Umgebung ausgekundschaftet hatte. Sie sahen, wie die Sonne verschwand. Sie verbrachten die Nacht wachend, dann einen weiteren Tag. Als ihre Kräfte zurückkehrten, versuchte Kadiya, noch schneller voranzukommen. Bei jedem Schritt spürte sie, wie die Flasche gegen ihre Hüfte schlug, wie sie von ihr vorwärtsgetrieben wurde.

Die kleinen Hügel aus getrocknetem Lehm standen in einer Reihe da, genauso wie damals, als sie sie zum erstenmal gesehen hatte, und säumten die vergessene Straße, die nach Yatlan führte. An der Spitze jener Reihe stand Lamaril, der als einziger freigelegt war. Er sah anders aus als an jenem Ort hinter der Mauer, eher so, wie er wohl einmal in dieser Welt gewesen war. Es war spät am Nachmittag, als sie die Stelle erreichten. Das Gelände hier war völlig ungeschützt. Kadiya hoffte, daß jene anderen, die sie beobachtet hatten, nicht in diese Richtung gegangen waren. Varms Diener hatte sein eigenes Ziel; für ihn verstrich die Zeit ebenso schnell wie für sie.

»Wir müssen sie freilegen, alle« – sie deutete auf die Klumpen aus gelber, getrockneter Erde –, »so schnell wir nur können.« Sie stellten ihr keine Fragen. Sie hatten ihr keine einzige Frage gestellt, seit sie zurückgekommen war. Zuweilen war ihr, als blicke Jagun sie mit ehrfürchtiger Scheu von der Seite her an. Jetzt machten sie sich an die Arbeit und schlugen den Lehm mit Speer und Messerspitze ab. Kadiya schwang ihren Dolch, so schnell sie konnte. Der Lehm war festgebacken und ihre Arbeit mühsam, obgleich hie und da ein glücklicher Treffer der Klinge einen großen Klumpen wegsprengte.

Die Dämmerung brach herein, aber Kadiya und die anderen machten weiter. Vielleicht spürten jetzt auch sie, daß sie sich beeilen mußten. Wegen ihres ungeschützten Standortes konnten sie kein Feuer entzünden, um besseres Licht zu haben, aber Smail ging weg und kam nach kurzer Zeit mit einigen jener Leuchtraupen wieder, aus denen Jagun in Yatlan eine Lampe gemacht hatte.

So schwach das Licht auch war, es zeigte ihnen doch, wo sie ansetzen mußten.

Der gelbe Lehm auf der alten Straße, die von den verborgenen Statuen gesäumt war, erwachte nach Einbruch der Dunkelheit zum Leben. Tiere krochen dort umher, nur durch die Bewegung der Erde über ihnen zu erahnen. Salm unterbrach die Arbeit an dem Erdhügel, den sie sich ausgesucht hatte, und zog aus ihrem Reisebündel einen kleinen Behälter hervor. Mit diesem in der Hand ging sie um den Ort herum, an dem sie sich abmühten, und streute rötlichen Staub aus.

Trotz ihres neuen Helms, der sie vor den winzigen Fliegen bewahrte, die eine Qual für die Augen waren, und der Salbe, die alle Reisenden in den Sümpfen zum Schutz gegen die Insekten verwendeten, spürte Kadiya, wie sie gestochen wurde. Verbissen machte sie weiter.

Die Statue der Frau, an deren Gesicht sie sich noch von der Versammlung im Tempel der Blume her erinnern konnte, war jetzt zur Hälfte frei. Kadiya fuhr mit ihren übel zugerichteten Fingern in einen Spalt und zog einmal kräftig daran. Ein großes Stück Lehm fiel ab, die Frau war jetzt vollständig freigelegt.

Über dem Schlamm war plötzlich ein grünes Leuchten zu sehen. Überrascht drehte sich Kadiya um. Das Licht stand einige Atemzüge lang still, dann kam es auf sie zu. Wenn es von einer Kreatur getragen wurde, dann reichte der Schein jedenfalls nicht nach unten, so daß sie nicht sehen konnten, wer es wie eine Fackel erhoben hatte.

Und es war auch nicht allein. Drei andere kamen in

Sichtweite. Smail trat ein Stück von seiner Arbeit zurück. Er war fast damit fertig, einen anderen Sindona freizulegen, einen Mann. »Knochenfeuer!« Salm stürzte wieder zu ihrem Bündel. Dieses Mal zog sie einen kleinen Krug hervor, in den Smail einen Pfeil hineinsteckte. Das Blasrohr lag an seinen Lippen.

Es war zu dunkel, um dem Flug des Pfeils zu folgen, wenn dies bei einer solchen Geschwindigkeit überhaupt möglich war. Sie hörte einen lauten Knall. Der Feuerball, der sich ihnen am weitesten genähert hatte, war keine Kugel mehr. Einzelne Teile davon stoben wie Funken davon und fielen in den Schlamm. Die übrigen riß Smail einen nach dem anderen aus. Kadiya mußte husten. Ihre Nase fühlte sich an, als hätte sie das Feuer eingeatmet, und jetzt roch sie auch einen Gestank, der so fürchterlich war, daß es ihr die Kehle zuschnürte.

Sie stützte sich mit einer Hand auf die zweite Säule, bei der sie mit der Arbeit begonnen hatte. Kadiya mußte würgen, dann gab sie die Reste des Essens von sich, das sie vor einer Stunde zu sich genommen hatte. Salm trat heran, als sich das Mädchen mit der Hand über den Mund fuhr.

»Eßt!« Zwischen Daumen und Fingern hielt die weise Frau eine Masse, die wie ein Knäuel zerstampfter Blätter aussah.

Widerstrebend tat Kadiya, wie ihr geheißen wurde. Es schmeckte bitter. Das Mädchen wollte es sofort wieder ausspucken, aber sie wußte, daß sie Salms Heilmitteln vertrauen konnte. Als sie sich dazu zwang, den Saft zu schlucken, den sie aus dem Mundvoll Blätter herausgesogen hatte, stellte sie fest, daß ihr nicht länger übel war.

Der Mond erschien am Nachthimmel. Als er aufgegangen war, konnten sie in seinem fahlen Licht ihre Arbeit fortsetzen – obgleich ihre Aufgabe keine leichte war.

Als die Hügel schließlich von ihrer Schicht aus Lehm befreit waren, nahte schon der Morgen. Kadiyas Schultern schmerzten, und ihre Finger, die von den scharfen Kanten der weggerissenen Lehmstücke zerschnitten worden waren, wurden langsam steif. Aber sie hatte Angst, daß sie den Kampf verlieren würde, bevor er überhaupt begonnen hatte, wenn sie sich jetzt eine Ruhepause gönnte – sie wagte es nicht, ihrem Verlangen nach Schlaf nachzugeben.

Und wieder kam ihnen Salm zu Hilfe und versorgte ihre kleinen Wunden mit Salbe. Kadiya wischte sie zum Teil wieder ab, weil sie befürchtete, daß die klebrige Masse sie bei dem hindern würde, was sie jetzt tun mußte.

Die Seltlinge gingen einige Schritte zurück, als das Mädchen die Flasche von ihrem Gürtel löste. Mit ihrem Dolch, dessen Spitze bei der Arbeit, die das Mädchen heute nacht verrichtet hatte, schon ganz stumpf geworden war, brach sie den Verschluß auf.

Das graue Licht der anbrechenden Morgendämmerung würde sicher reichen, um sie die Statuen erkennen zu lassen. Kadiya biß sich vor lauter Anstrengung, die Flasche ruhig zu halten, auf die Lippen, während sie ihre andere Hand noch einmal an ihrem Beinkleid abwischte. Dann ging sie zu der Statue von Lamaril. Sie nahm eine kleine Menge des Blütenstaubs zwischen Daumen und Zeigefinger. Dann hob sie die Hand und trug den Staub zuerst auf die Stirn auf, zwischen die Augen aus Edelsteinen. Und nun...

Wieder etwas Blütenstaub, diesmal für die Lippen.

Sie trat einige Schritte zurück. Sie hatten ihr gesagt, was zu tun war, aber es war kaum zu glauben und wirklich schwer zu begreifen.

Das Licht der Morgendämmerung war nicht sehr hell. Hatte sich die Statue verändert?

Und dann... bewegte sich der Kopf, der so viele Jahrhunderte lang in eine Richtung geblickt hatte. Augen sahen auf sie herab. Der gräßliche Kopf, den Lamaril zur Abschreckung in seiner steinernen Hand gehalten hatte, wurde weggeworfen und landete im Schlamm.

»Gut gemacht.«

Kadiya blickte den Mann an, dessen Blick ihre Augen suchten. »Dann werde ich es sogleich noch einmal tun!« antwortete sie mit zitternder Stimme und schritt mit neuer Kraft zu der nächsten Statue, die sie aus ihrem irdenen Gefängnis befreit hatten.

Sie lebten und atmeten, sahen sich um. Kadiya verschloß die Flasche wieder.

»Was... was...« Eine der Frauen, der die Freiheit wiedergegeben worden war, schaute sich verwirrt um. »Was ist das hier?«

Die Sonne stand schon so hoch am Himmel, daß der schlammbedeckte Ort, unter dem die alte Straße verlief, gut zu erkennen war. Obgleich der Sumpf an manchen Stellen eine ganz eigene Schönheit besaß, war dies hier eine trostlose Gegend.

»Das, was daraus geworden ist«, sagte Lamaril.

»Das Böse.« Einer der Sindona ging ein paar Schritte vorwärts, bis zum Rand der gelben Fläche.

Kadiya antwortete ihm. »Dies hier ist nicht das Böse«, entgegnete sie. »Der Sumpf hat es geschaffen, nicht die Mächte der Finsternis haben es geschickt.« Wenn diese Zurückgekehrten schon hier das Böse sahen, was würden sie dann erst sagen, wenn sie die von der Seuche befallenen Landstriche zu Gesicht bekamen?

»Der Sumpf«, wiederholte Lamaril. »Und die Zeit. Wieder einmal haben wir es mit der Zeit zu tun. So sei es denn, und je eher, desto besser.« Er streckte die Hand aus und deutete auf die alte Straße, mit jener Geste, die auch an der Statue zu sehen gewesen war.

»Der Pfad ist gefährlicher, als es den Anschein hat«, warnte Kadiya. »Jagun!«

Der Seltling schrak zusammen und eilte an ihre Seite. Er und die beiden Uisgu hatten die Gestalten, die Kadiya zum Leben erweckt hatte, mit ehrfürchtiger Scheu beobachtet.

Jetzt ging er voran, den Speer bereit, um den Weg unter der Schicht aus Schlamm auf seine Festigkeit zu prüfen.

Die Wasserschuhe aus Blättern trugen sie nicht, denn Kadiya vertraute darauf, daß Jagun noch wußte, wie sie diesen Weg schon einmal überwunden hatten. Sie selbst erinnerte sich nur mit Grausen daran. Damals war der Tod vor ihr auf dem Pfad gegangen und hatte eine schreckliche Spur zurückgelassen.

Sie ließen das offene Gelände hinter sich und kamen an jene Stelle mit festem Boden, wo Büsche, Schilfrohr und Ranken von richtigen Bäumen verdrängt wurden. Kadiya war völlig erschöpft. Die anstrengende Nacht hatte sie, deren Kräfte von dem Schwert in der Dornenhölle ausgezehrt waren, noch weiter geschwächt.

Als sie ein kleines Stück in das Wäldchen hineingegangen waren, berührte Lamaril sie an der Schulter.

»Ihr und jene aus dem kleinen Volk, die so hart gearbeitet haben, müßt ruhen.« Er deutete auf die Seltlinge. »Obgleich sich alles zum Schlechten verändert hat, ist uns dieser Weg doch bekannt. Wir werden vorausgehen, und ihr werdet uns folgen. Aber zuerst werden wir hier eine Zeitlang unser Lager aufschlagen.«

Wenigstens wehte hier ein leichter Wind, der nicht allzuviel von dem Geruch des Sumpfes mit sich führte. Als sich Kadiya endlich auf die Erde sinken ließ, stellte sie fest, daß sie am Ende ihrer Kräfte war.

Es gab Leben hier: Vögel zwitscherten in den Bäumen, und ein kleines, pelziges Wesen huschte an einem krummen Baumstamm hinauf. Smail zog gerade ein kleines Paket hervor, um das mit dünnen Zweigen zusammengesteckte Blätter gewickelt waren. Kadiya mühte sich mit den Riemen ihres eigenen Beutels ab, bis er ihr sanft aus den Händen genommen wurde.

Lamaril kniete neben ihr. Einige aus seiner Truppe verschwanden zwischen den Bäumen, aber er wartete, während sie ein kleines Päckchen aus den getrockneten und gepreßten Wurzeln hervorzog, die wenig Geschmack hatten, aber ausreichten, um Kraft für die Reise zu verleihen.

Kadiya schob ihr Bündel zur Seite. Auf die niedergedrückten Farne, auf denen sie es abgesetzt hatte, legte sie jetzt ihren Anteil an Proviant nieder. Jagun fügte einige Streifen aus getrocknetem Fisch hinzu, die nicht sehr gut rochen. Smail hatte Reisekuchen aus Riedwurzelmehl, die inzwischen zu gräulich schimmernden Brocken aus staubähnlichen Krumen zerfallen waren. Selbst für ihre kleine Gruppe war es ein kümmerliches Mahl, so daß gar nicht daran zu denken war, es mit jenen zu teilen, die jetzt ihre Weggefährten waren.

Aber schon waren Schritte zu vernehmen. Sie kamen mit Nahrung zurück: Früchten, klein und säuerlich im Vergleich zur reichen Fülle des Gartens, aber von der gleichen Art, und einigen Wurzeln, an denen noch die dunkle Erde hing. Und dann brachten zwei von ihnen silbern glänzende Fische herbei, die sie auf Schilfrohr aufgereiht hatten.

Es war ein sonderbares Mahl – ganz gewiß kein Festessen –, aber sie teilten alles gerecht unter sich auf. Mehr als alles andere, was sie bereits gesehen hatte, überzeugte Kadiya diese Mahlzeit davon, daß sie einen großen Zauber vollführt hatte, den sie gleichwohl nicht verstand. Lebende Statuen, die aßen und zwischen jedem Bissen mit wachen Augen ihre Umgebung absuchten...

»Nuers!« Auf Lamarils Ruf hin schluckte einer der Sindona eilig sein Essen hinunter und gesellte sich zu seinem Kommandanten, der neben Kadiya saß.

»Wir gehen weiter. Fahiel wird Wache halten, bis sie sich ausgeruht haben...«

Kadiya wollte schon widersprechen, aber sie wußte, daß er recht hatte. Nach der anstrengenden Nacht waren sie und die Seltlinge gar nicht fähig weiterzugehen. Und doch würde man Kadiya in der Stadt brauchen, wenn ihre Streitmacht in voller Stärke zusammengerufen werden sollte.

Aber vielleicht bargen die Schatzkammern von Yatlan,

wo die Hassitti alles hineingepackt hatten, was von der Hinterlassenschaft des Versunkenen Volkes aufzufinden war, noch mehr. Lamaril und seine Truppe würden sicherlich Zeit brauchen, um jene überfüllten Räume zu durchforsten. Daher protestierte sie auch nicht, als die Sindona mit Ausnahme des einen, der als ihr Wächter bestimmt worden war, weiterzogen.

Mit ihm als Wachposten spürte das Mädchen zum erstenmal, wie ihr die Bürde der Verantwortung von den Schultern genommen wurde. Kadiya drückte das Farnkraut zusammen und nahm ihren Helm ab. Dann legte sie sich nieder und schlief ein.

Als Kadiya wieder erwachte, war die Sonne schon fast verschwunden. Am Himmel waren nur noch glühende Wolkenfetzen zu sehen, die vom Untergang der Sonne zeugten. Jagun hockte neben seinem Bündel und schärfte die Spitze seines Speeres mit einem Wetzstein. Smail setzte sich zur gleichen Zeit wie sie auf. Er gähnte herzhaft, wobei seine spitzen Zähne zu sehen waren. Salm lag immer noch schlafend da, aber als Kadiya sich bewegte, öffnete die weise Frau die Augen.

Ihr Wächter hatte sich auf seine Weise beschäftigt. Neben ihm lag ein Stapel aus Schlingpflanzen, von denen er einige in Stücke gerissen und zu einem dünnen, braungrünen Seil geflochten hatte, das er beim Flechten Zoll für Zoll einer Prüfung unterzog. Als die Seltlinge sich rührten, raffte er das Seil mit einer Hand zusammen, wobei sich zeigte, daß eines der Enden zu einer Schlinge geknüpft war.

Kadiyas Hand fuhr zu ihrem Kopf. Die Stelle, an der sie von der Schlingpflanzenfalle erwischt worden war, tat zwar nicht mehr weh, aber das, was Fahiel angefertigt hatte, brachte ihr den Angriff plötzlich wieder in Erinnerung.

Obgleich gerade die Nacht hereinbrach, wollte Kadiya nicht mehr länger am Ort ihres Lagers verweilen. Die Flasche an ihrem Gürtel und ihre nur zur Hälfte erfüllte Aufgabe trieben sie weiter.

Sie kamen an jenem Ort des Todes vorbei, wo Kadiya zuvor einen gepeinigten Gefangenen aus dem Volk der Uisgu befreit hatte. Jetzt gab es keinen Grund mehr, Angst vor Voltriks Abschaum zu haben, obgleich vielleicht Skritek in der Nähe waren.

Schließlich erreichten sie den Tunnel, durch den Kadiya zum erstenmal nach Yatlan gelangt war. Kadiya hatte den Seltlingen erzählt, was dahinter lag, und sie wußte, daß jene von Natur aus gute Schwimmer waren. Sicher wußte auch der Sindona, der während ihrer Reise hierher nur sehr wenig gesagt hatte, von diesem Weg.

Die Morgendämmerung stand kurz bevor. Kadiya war sicher, daß sie gut vorangekommen waren, da selbst Salm das vorgegebene Tempo hatte einhalten können. Wo die alte Straße nicht vollständig zugeschüttet war, hatte sie sicheren Halt gefunden.

Kadiya stürzte sich jetzt wieder in jene Dunkelheit, in der sie sich früher hatte verstecken wollen. Der Wasserspiegel stieg immer höher, sie mußte schwimmen. Das Schwert in ihrem Gürtel zog wie ein schweres Gewicht an ihr. Zuvor hatte sie sich noch einmal vergewissert, daß die Flasche fest versiegelt war.

Fahiel las ihre Bündel auf, band diese mit seinem Seil zusammen und nahm alles mit sich. Er schien genau zu wissen, was er tat, so daß weder Kadiya noch die Seltlinge dagegen protestierten.

Wieder kam sie in dem Teich an die Oberfläche. Dessen Wasser schimmerte im Licht der Dämmerung jedoch nicht blau wie damals, als sie zum erstenmal diesen Weg genommen hatte. Vor ihr ragte die Treppe mit den Statuen der Wächter auf. Dort bewegte sich etwas. Einen Augenblick lang trat Kadiya im Wasser auf der Stelle und wollte den Teich nicht verlassen. Dann enthüllte ihr das Licht tanzender Laternen, was – *wer* – sie dort erwartete. Hassitti drängten sich auf den Stufen, und zwischen ihnen stand eine sehr viel größere Gestalt. Auf seiner strahlend hellen Rüstung funkelte das Lampenlicht, aber er trug keinen Helm, der sein Gesicht verbarg. Als das Mädchen ein Stück unter sich festen Halt fand, beugte sich Lamaril herunter, ergriff ihre Hand, die sie unbewußt zum Gruß erhoben hatte, und zog sie so mühelos aus dem Teich heraus, als wäre sie eine Kottablüte, die auf der Wasseroberfläche trieb.

19

Yatlan war alt, sehr alt, und lange Zeit hatte ein Mantel aus Stille auf der Stadt gelegen. Jetzt leuchteten Laternen in den Fenstern jener Gebäude, die dem Teich gegenüberlagen und den Weg zum Garten säumten. Überall war geschäftiges Trippeln zu hören. Fast hysterisch vor Freude, überschlugen sich die Hassitti beinahe in dem Bemühen, all das hervorzuholen, was sie den endlich Zurückgekehrten zu ihrer Bequemlichkeit anbieten konnten.

Kadiya sah sich von der Schönheit des nächtlichen Gartens umgeben, die ihren Geist und ihren Körper besänftigte. Immer noch lag ihre Hand auf der jetzt leeren Flasche. Sie hatte den Wunsch derer erfüllt, die jenseits der Mauer zurückgeblieben waren: Alle Statuen auf der Treppe waren mit Leben erfüllt. Männer und Frauen, in deren Adern nicht das gleiche Blut wie in den ihren floß, machten sich in den Gebäuden, die einst ihre Wohnstatt gewesen waren, an die Arbeit. Kadiya wußte nicht genau, was sie suchten – Rüstungen wie jene, die Lamaril trug, ja, und vielleicht Waffen, die weitaus gefährlicher waren als das Schwert, das sie trug.

In diesem kurzen Moment des Friedens sog sie die heilende Ruhe des Gartens in sich auf, sah mit müden Augen zu, wie die fliegenden Lichter ihre Muster in die Luft malten, während sie von Blüte zu Blatt und von Blatt zu Blüte schwebten.

Der Sumpf mit seinen Geheimnissen und Gefahren hatte sie von klein auf fasziniert. Dieser Ort hinter der Mauer war immer nur Schönheit ohne jede Gefahr gewesen. Kadiya stieß einen Seufzer aus. Selbst jetzt, da sie versucht hatte, jede Abwehr aufzugeben, ihre Ungeduld zu besiegen, fühlte sie sich immer noch wie eine Fremde hier. Wo gehörte sie nur hin? Beim Verlassen der Zitadelle hatte sie voller Hochmut den Sumpf zu ihrer Heimat erklärt. Nein, der Königshof war nicht für sie bestimmt. Anigel herrschte gerecht und würdevoll auf jenem Thron, der für eine Königin gedacht war. Haramis in ihren Bergen im Norden lebte für ihre Gelehrtheit, begierig, immer noch mehr von dem zu erfahren, was ihre geistigen Kräfte stärkte. Wenn diese Gefahr erst hinter ihr lag – wenn Kadiya das alles überlebte –, was würde dann kommen? Entschlossen verdrängte sie diesen Gedanken.

Vor kurzem hatte Kadiya noch einmal versucht, über Salms sehende Schale Kontakt mit Haramis aufzunehmen, aber sie hatte keine Antwort erhalten. Wußte ihre Schwester inzwischen von der Gefahr, und hatte sie vielleicht ihren Horst in den Bergen verlassen, um die Mächte der Finsternis zu verfolgen?

Sie hob den Kopf. Ihr Haar war geflochten, mit Ausnahme der Haare auf ihrem Scheitel, die noch nicht nachgewachsen waren. Ihre Haut war zerkratzt, ihr Körper abgemagert – aber sie hatte wenigstens die Gelegenheit zu einem Bad gehabt, mit allen kleinen Annehmlichkeiten, die ihr die Hassitti anbieten konnten. Es war unumgänglich gewesen, die Juwelen und die zarten Gewänder abzulehnen, die sie auf ihr Drängen hin hätte tragen sollen. Kadiya hatte wieder den Kettenpanzer angelegt, den man ihr am Ort der Blume gegeben hatte.

Ein leises Geräusch hinter ihrem Rücken ließ sie zusammenzucken. War es wieder einer der Hassitti, der nach ihren Wünschen fragte, wie sie dies schon seit Stunden taten?

»Ein Platz zum Träumen...«

Obgleich sie diese Worte in Gedankensprache erreichten, kamen sie doch nicht von einem Hassitti. Kadiya blickte über ihre Schulter und wollte sich erheben, aber Lamaril ließ es nicht zu. Er bedeutete ihr, sitzen zu bleiben, und ließ sich neben dem Mädchen nieder. Seine Rüstung scharrte über den Steinboden.

Sie stellte ihm die Frage, die sie schon den ganzen Tag beschäftigte. »Empfindet Ihr Wut oder Trauer, wenn Ihr Yatlan so seht, wie es heute ist?«

Als er ihr nicht antwortete, wurde sie verlegen. Stürmisch wie immer war sie vielleicht dorthin vorgedrungen, wo sie nichts zu suchen hatte. In dem dämmrigen Licht konnte sie sein Gesicht nur verschwommen sehen. Dies konnte durchaus ein Ort sein, an den er glückliche Erinnerungen hatte.

»Ihr seht tief«, vernahm sie schließlich seine Worte. »Diese Mauern enthalten etwas, das wie ein Traum ist, in dem man in seine Kindheit zurückkehrt und nach all der Wärme und Güte von damals sucht. Ein Schatten von etwas, das einmal war. Aber es ist nicht gut, das heute Existierende von Schatten verhüllen zu lassen. Ich weiß, wie Yatlan einmal war. Dies hier ist ein anderes Yatlan, eines, das ich erst kennenlernen muß ... wenn mir die Zeit dazu gegeben wird.«

»Die Berge ...« Sie legte die Hand auf den Griff ihres Schwertes.

»Die Berge erwarten uns«, pflichtete er ihr bei. »Salm hat mit anderen von ihrer Art gesprochen. Der Träumer der Hassitti hat uns einiges mitgeteilt. Ja, die Mächte der Finsternis kehren zurück, um das Böse wieder zu befreien – und es war wahrhaftig das Böse.«

»Aber was können wir denn dagegen tun?« Sie konnte sich eine Schlacht gegen Menschen vorstellen, auch gegen Skritek, wie damals während der Invasion. War jetzt die Zeit gekommen, wo sie Anigel und Haramis herbeirufen mußte, damit sie den Talisman zu einer einzigen, mächtigen Waffe zusammenfügten?

»Sie schlafen. Fünf warten auf den einen, der von Varm zurückkehrt, um sie aufzuwecken. Es sind jene Herren der Finsternis, die wir am Ende nicht vernichten konnten. Und so fesselten wir sie – versahen sie mit einem Siegel – mit einer Kraft, von der wir glaubten, daß sie niemals gebrochen werden könnte.«

»Bis Orogastus sich eingemischt hat. Aber wenn Ihr damals nicht vermocht habt, sie zu töten, wie können wir dann hoffen, daß es uns heute gelingen wird?« fragte Kadiya.

»Im Schlaf sind sie ohne Macht. Wir müssen den Boten aufhalten, bevor er sie wecken kann. Aber Eure Aufgabe, Tochter des Königs aus einer anderen Zeit, ist bereits erfüllt.«

Ärger flammte in Kadiya auf. Sollte sie jetzt etwa weggeschickt werden wie ein Kind, das einen kleinen Botengang erledigt hatte, aber die Erwachsenen nicht belästigen durfte, wenn diese sich um die wirklich wichtigen Angelegenheiten kümmerten?

»Jetzt ist wahrhaftig eine andere Zeit.« Sie versuchte ihr aufbrausendes Temperament zu unterdrücken, ihn zu beeindrucken, ohne ihm ihre Gefühle zu zeigen. »Vor vielen Tagen habe ich den Schwur geleistet, den Sümpfen zu dienen – jenen, die sie bewohnen, und dem Land selbst. Die Angehörigen meines Volkes kennen sich gewöhnlich nicht in den Sümpfen aus. Aber schon von Kindesbeinen an hat mich dieses Land voller Wasser fasziniert. Als ich die Nyssomu rief, waren auch die Uisgu bereit zu kämpfen – was sie noch nie für jemanden meines Blutes getan hatten, nicht einmal für Kram, meinen Vater.

Was dieses Land berührt, was dieses Land bedroht, betrifft auch mich, denn wir leben in *meiner* Zeit. Hier in diesem Garten wurde mir eine Waffe für mein Land übergeben.« Sie hatte das Schwert gezogen und hielt es in die Höhe. Die Augen waren geöffnet, aber kein zerstörerisches Feuer ging von ihnen aus. Es sah eher so aus, als könnten sie wirklich sehen, als würden sie Kadiya, ja sogar Lamaril mustern. »Solange dies hier mein ist, Anführer der Wächter, geht mich jeder Kampf in den Sümpfen etwas an.«

Wieder blieb er längere Zeit stumm. Dann nickte er langsam. »Da Ihr so fest entschlossen seid, Kadiya, werden wir Euch nicht im Weg stehen. Aber Ihr wißt nicht, was uns erwartet. Diese Macht ist vielleicht so groß, daß sie sogar Euren Talisman in tausend Stücke zersprengen kann. Wir wissen nicht, ob es uns gelingen wird, dem zu widerstehen, was geschehen wird, wenn die Schläfer von Varm geweckt und bewaffnet werden.

Schon seit langem ist die Zeit für uns ohne Bedeutung. Wir haben in Frieden gelebt. Wir haben unsere Fertigkeiten von einst nicht verlernt, aber wir haben uns auch nicht in ihnen geübt. Waffen rosten, wenn sie nicht von Zeit zu Zeit gebraucht werden. Ich will Euch nicht glauben machen, daß wir allmächtig sind. In dieser Zeit können wir so schnell und leicht sterben wie jemand von Eurer Art oder wie die kleinen Leute, die Ihr Seltlinge nennt.« Plötzlich ergriff er ihre freie Hand und zog sie an sich. Sein Fleisch unter ihren Fingern fühlte sich wie das ihre an – sie spürte nichts von der Glätte des Steins.

Ein Insekt flog herbei und ließ sich auf einem seiner Finger nieder. Er schrie auf und schnipste es weg.

»Wie Ihr seht, können wir von diesen fliegenden Tieren gestochen werden – genau wie Ihr. Wir sind verwundbar.«

»Aber ihr seid das Versunkene Volk. Diese Stadt war schon verlassen und von Schlingpflanzen überwuchert, bevor mein Volk gekommen ist – und wir sind seit über sechsmal hundert Jahren hier. Und doch erinnert Ihr Euch an die Straßen hier, an die Gebäude, die einst Eure Heimat waren.«

»Hier herrscht die Zeit. Hinter dem Tor gibt es sie nicht mehr. Obgleich jene meines Volkes sehr lange leben, müssen auch sie am Ende sterben. Ist nicht auch Binah von uns gegangen? Es war ihre Entscheidung, unter dem Einfluß der Zeit zurückzubleiben, und die Zeit lastete immer schwerer auf ihr. Ja, da Ihr unser Innerstes durch die Barriere gebracht und uns unsere Körper zurückgegeben habt, gilt für uns jetzt wieder die Zeit. Auch dem Tod sind wir wieder unterworfen, und einer anderen Form von Leben.«

»Und jetzt gehen wir in die Berge«, sagte Kadiya. Die Unsterblichkeit des Versunkenen Volkes war also eine Legende der Barden gewesen. Lamaril sagte, daß sie der Zeit und dem Tod unterworfen waren. Das hatten sie gewählt, als sie sich zum Kampf entschlossen.

»Wenigstens kennen wir die Straße, aber wir wissen nicht, was uns an ihrem Ende erwartet. Kadiya, erzählt mir von Eurem Volk. Ihr sagt, Ihr habt die Sümpfe als Eure Heimat gewählt, nachdem der Zauberer Orogastus besiegt worden war. Als Ihr diese Entscheidung getroffen habt – was für ein Leben habt Ihr da hinter Euch gelassen?«

Es stimmte. Sie hatte ein anderes Leben gewählt, so wie Lamaril und die anderen sich zur Rückkehr entschieden hatten. Sie dachte an die Zitadelle. Manches aus ihrem Leben dort konnte sie sich noch klar und deutlich ins Gedächtnis rufen, andere Dinge wiederum blieben tief in ihrer Erinnerung verborgen: jene letzten Stunden des Schreckens, in denen Voltrik durch die Mauern gebrochen war und ihr behütetes, glückliches Leben ein jähes Ende gefunden hatte.

Jetzt rief sie sich die frohen Augenblicke wieder ins Gedächtnis – das Leben in der riesigen Feste, die wohl auch von Lamarils Volk erbaut worden war, das Fest des Dreigestirns zur Jahresmitte, die Ankunft der Händlerboote, die flußaufwärts nach Trevista strebten, ihre Jagdausflüge mit Jagun, die langweiligen Zeremonien bei Hofe, an denen sie hatte teilnehmen müssen.

Dann ließ sie mit Absicht die Schrecken jener Zeit vorbeiziehen – den grausamen Tod, den ihr Vater und seine Wachen gestorben waren, den von Schwertern und Kriegsäxten in Stücke gehauenen Körper ihrer Mutter, die Flucht durch geheime Gänge, die tiefer und tiefer bis zum Mittelpunkt der Erde geführt hatten.

»Von allem anderen habe ich Euch bereits erzählt«, sagte sie schließlich. Sie stellte fest, daß sie am ganzen Körper zitterte, obwohl der leichte Wind im Garten gar nicht kühl war. Würde sie jemals den Anblick des Blutes aus ihrer Erinnerung verbannen können?

Und wieder griff er nach ihrer Hand und hielt sie fest. Die Wärme seiner Berührung vertrieb den Schauder. Kadiya fing einen der Gedanken ein, die ihr durch den Kopf gingen, und klammerte sich daran fest wie an einem rettenden Strohhalm. Ja, sie fühlte sich ihren beiden Schwestern verbunden, wenn auch nur durch ein zartes Band. Sie waren zu verschieden, um durch mehr als Blutsbande verknüpft zu sein.

Ihre Freundschaft mit Jagun war eine Freundschaft zwischen Kampfgefährten, aber sie beide gehörten Rassen an, die einander fremd waren. Sie wußte, daß sie jederzeit auf seine Hilfe vertrauen konnte, aber plötzlich wurde ihr klar, daß sie tief in ihrem Inneren eine Leere empfand, die ihr bis jetzt nicht bewußt gewesen war.

Seine starke Hand war wie das Schwert für sie: ein Schlüssel, ein Schlüssel zu Gefühlen, die sie bis jetzt immer verleugnet hatte.

Nein, sie wollte diesen Schlüssel nicht benutzen! Das Hier und Jetzt gehörte ihr. Sie wollte keine Träume und auch keine Weissagungen. Kadiya beeilte sich, diese Gedanken zu verdrängen. Schnell stellte sie ihm noch eine Frage.

»Ist es sehr weit bis zu diesem Gefängnis in den Bergen?«

»Wir müssen den Goldsumpf durchqueren«, entgegnete er. »Dahinter befinden sich die Ausläufer des Gebirges. Die Straße dorthin wurde damals versperrt und so gut es ging verborgen. Der Weg ist nicht leicht zu gehen.«

Unvermittelt stand Kadiya auf. »Ist denn irgendeiner der Wege in den Sümpfen leicht zu gehen? Die Flüsse können uns gute Dienste leisten, aber ihr Lauf ist nie gerade.

Ist der Mount Brom oder der Mount Gidris unser Ziel? Haramis ist dort. Ihre Macht...«

»Nein, wir gehen um die Dornenhölle herum, schlagen den Weg nach Süden durch das Land der Uisgu ein und marschieren dann auf den Gipfel des Rotolo zu.«

»Was ist mit den Vispi? Ihr Land liegt dort. Wissen sie denn nichts von der Gefahr?«

Lamaril schüttelte den Kopf. »Wir glauben, daß das alte Siegel des Schweigens noch intakt ist. Es wäre ein Vorteil für Varms Diener, der seine Kameraden aufzuwecken sucht, wenn er es als Schutz für seine Rückkehr aufrechterhält. Salm hat zu sehen versucht, und auch der kleinere Träumer der Hassitti hat alles Erdenkliche getan, um eine Störung in den Bergländern zu entdecken. Aber sie können lediglich die Angst und den Schrecken vor dem Tod wahrnehmen, der sich in den Sümpfen ausbreitet.

Die Uisgu fliehen bereits nach Süden und versuchen, den gierigen Fängen der Seuche zu entkommen, die schon das ganze Land zu einer Stätte der Fäulnis gemacht hat.«

»Aber Ihr wißt doch, wo diese Schläfer sind?« Sie wußte nicht genau, warum sie ihm diese Frage stellte. Ganz bestimmt wußte er es.

Zu ihrer Überraschung antwortete er ihr nicht sofort. »Das Land hat sich verändert«, entgegnete er zögernd. »Wir haben zwei unter uns, die in die Ferne blicken können. Sie sehen eine Einöde, die von der Seuche geschaffen wurde. Diese müssen wir durchqueren.«

Kadiya dachte an ihr Schwert. Würde sie genug Kraft aufbringen können, um einen Weg für sie frei zu machen?

»Feuer« – vielleicht las er ihre Gedanken, obgleich sie ihn nicht in ihrem Geist gespürt hatte – »wird uns helfen. Das werden wir schon schaffen – wenn nicht jener, der dem gleichen Ort zustrebt, noch eine andere Waffe bereithält.«

Das Versunkene Volk besaß große Macht. Dies belegten Legenden, die sie schon seit ihrer Kindheit kannte. Und doch waren seine Worte keine Beruhigung für sie, sondern ließen vielmehr ein bohrendes Gefühl des Zweifels in ihr zurück. Vielleicht war es einfach nicht möglich, in vollkommener Sicherheit zu leben – nicht in dieser Welt. Aber dies hier war ihr Land, und sie hatte beschlossen, hier zu leben.

Früh am Morgen brachen sie auf. Zu Kadiyas großer Überraschung warteten sechs Hassitti auf sie, als sie sich versammelten. Die zerlumpten Überreste ihrer prächtigen Kleidung hatten die Hassitti abgelegt, obgleich einige von ihnen immer noch juwelenbesetzte Ketten trugen. Jeder von ihnen hatte ein kleines Bündel bei sich. Die beiden an ihrer Spitze kannte Kadiya bereits: Tostlet, die Heilerin, und Quave, den Träumer.

Sie trugen Waffen, lange Messer, die den kleingewachsenen Hassitti als Schwerter dienen würden, und Stäbe, von deren Spitzen lange Lederriemen herabhingen. Welchem Zweck sie dienten, wußte das Mädchen nicht.

Kadiya war es ein Rätsel, daß die Sindona den Hassitti gestattet hatten, sich ihrer Gruppe anzuschließen. Für Lamaril und die anderen schien ihre Gegenwart geradezu eine Selbstverständlichkeit zu sein.

Sie verließen die Stadt durch die Tore, von denen die Sinne getäuscht wurden, und bahnten sich ihren Weg nach Westen, weg von der Dornenhölle. Dort trafen sie auf weitgehend festes Land, so daß sie nicht befürchten mußten, im Morast steckenzubleiben. Obgleich Kadiya der Gedankensprache folgen konnte, wenn die Worte direkt an sie gerichtet wurden, konnte sie doch dem, was jetzt vonstatten ging, nicht folgen; aber sie spürte, daß ständig Mitteilungen zwischen den Sindona und vielleicht auch den Hassitti hin- und hergingen.

Sie schloß sich nicht den Wächtern an, sondern blieb bei ihren Gefährten Jagun, Smail und Salm, die sich auf ihren Stab stützte, auch wenn das von Lamaril angeschlagene Tempo noch nicht zu anstrengend war.

Jagun und Smail entfernten sich als erste von der Hauptgruppe. Kadiya wußte, daß die Seltlinge die Umgebung auskundschaften wollten, wenngleich keiner der Sindona diese Notwendigkeit zu sehen schien.

Sie hatten sich schon ein gutes Stück von Yatlan entfernt, als Kadiya eine Gedankenwarnung der Seltlinge erreichte. Sie eilte nach vorn zu Lamaril.

»Skritek! Ein ganzer Stoßtrupp. Jagun hat ihre Spur gefunden!«

Aus der Gruppe des Kommandanten hatte sich jemand nach Westen gewandt. Es war Lalan, die Frau, die Kadiya bereits kannte und deren Gesicht jetzt unter einem Helm verborgen war. Sie schien einen Geruch aufzunehmen, der vom Wind herbeigetragen wurde.

»Eine Nachhut.« Dieses Mal waren ihre Gedanken so gerichtet, daß Kadiya sie aufnehmen konnte. »Varms Kreatur kommt schnell voran, und die schuppigen Ungeheuer sind in seinem Gefolge.«

»Hier sind Uisgu«, erfuhr Kadiya gerade von Jagun. »Sie fliehen vor der Fäulnis. Smail wird sie warnen.«

Lamaril nickte nur kurz, aber seine Schritte wurden schneller. Widerwillig blieb Kadiya hinter ihm zurück, um Salm zu helfen, denn trotz ihres guten Willens konnte die weise Frau dieses Tempo nicht mithalten.

Als die beiden immer weiter zurückfielen, kamen plötzlich die Hassitti herbei und umringten sie. Kadiya wurde zur Seite gedrängt. Überrascht nahm sie mit einem Blick nach unten wahr, daß Tostlet neben der Uisgu ging und diese stützte.

»Wir werden uns um sie kümmern, Ehrwürdige«, versicherten ihr die Hassitti sogleich. »Ihr geht dorthin, wo die Macht gebraucht wird.«

Einige Hassitti waren in eine Art Galopp verfallen und so schnell getrippelt, daß sie Kadiya einholten, als sie sich wieder der Spitze ihrer kleinen Truppe anschloß.

»So sei es denn!« Aus einer Schlinge an seiner Seite, die ein Schwert hätte enthalten können, zog Lamaril einen dünnen Stab. Dessen Spitze schien zu zittern. Kadiya taumelte. Hinter ihren Augen spürte sie einen stechenden Schmerz. Der Sindona, neben dem sie marschierte, streckte seine Hand aus und klappte ihren Helm zu, den sie nach oben geschoben hatte, weil sie durch die Augenlöcher der Gesichtsmaske fast nichts gesehen hatte.

Sofort war der Schmerz verschwunden. Kadiya hatte ihr Schwert gezogen und spürte jetzt in ihrer Hand, wie es immer wärmer wurde. Die Augen waren geöffnet, und einer plötzlichen Eingebung folgend, hielt sie es ein wenig höher, als ob die Kugeln wirklich sehen und auf diese Weise verstehen könnten, was hier geschah und was vielleicht von ihnen verlangt wurde.

Die Sindona lösten ihre dichtgedrängte Formation auf, die sie seit ihrem Aufbruch von Yatlan gehalten hatten, und schwärmten in einer gekrümmten Linie aus, die weiterhin stetig vorrückte. Ihre Bewegung ähnelte dem Vordringen von Jägern, die das Wild vor sich her in die Netze trieben, so wie Kadiya dies einmal bei den Nyssomu auf einer großen Insel in der Nähe von Trevista gesehen hatte.

Jetzt hielt jeder von ihnen einen solchen Stab in Händen, und obwohl Kadiya den betäubenden Lärm nicht mehr hörte, war sie doch sicher, daß alle, die nicht von einem Helm geschützt wurden, jetzt unter dem Geräusch litten. Und doch schien es die Hassitti, die immer noch eilig dahertrippelten und sich manchmal sogar durch die Linie der Sindona hindurchschlängelten, in keiner Weise zu berühren.

Sie waren bis kurz vor eine mit Unterholz bewachsene Stelle gelangt – das erste richtige Hindernis seit ihrem Aufbruch von Yatlan –, als sich die Zweige plötzlich heftig hin und her bewegten. Ein Skritek taumelte aus dem Gebüsch hervor. Grünlicher Schaum floß ihm aus dem weit aufgerissenen Schlund. Seine Augen glühten rot auf, als befände er sich im Blutrausch, so wie Kadiya dies einmal gesehen hatte.

Aber selbst wenn er einmal bewaffnet gewesen war, hatte er seine Waffen inzwischen fallen gelassen. Statt dessen hatte er beide Hände auf den Kopf mit den kräftigen Kiefern gelegt, den er wie wild hin und her warf. Sein Sprung aus dem Unterholz warf ihn auf die Knie, und trotz seiner heftigen Anstrengungen schien er sich nicht wieder erheben zu können.

In seinen Augen blitzte Wut auf, die von Schmerz herrührte, und Kadiya spürte den sengenden Haß, den er für sie empfand. Ein Hassitti trippelte auf die rasende Kreatur zu. Kadiya wollte sich nach vorn stürzen, überzeugt davon, daß jene Kiefer dort nur einmal zuzuschnappen brauchten, um das Leben des kleinen Wesens zu beenden. Aber Lalans Arm senkte sich wie ein unüberwindliches Hindernis vor ihr.

Jetzt hatte der Hassitti sein Ziel erreicht. Mit einem tückischen Schnalzen sauste die peitschenähnliche Waffe über die schuppige Schnauze des Skritek. Das Wasserscheusal richtete sich auf, bis es fast wieder aufrecht stand, und hieb mit seiner klauenbewehrten Tatze nach seinem Angreifer. Aber der Hassitti war ein gutes Stück von ihm entfernt und sah zu, wie der zuckende Körper seines Feindes wieder zu Boden ging, mit dem Gesicht nach unten.

Einen Augenblick lang schoben sich die Füße des Hassitti auf dem Boden hin und her. Es sah aus wie ein kleiner Freudentanz. Was der Peitschenschlag bewirkt hatte., konnte Kadiya nicht erraten, aber es war zweifelsohne sehr wirksam gewesen. Keiner der Sindona oder Hassitti verschwendete noch einen Blick auf den Skritek, als sie weitergingen, obgleich die Kreatur offensichtlich noch nicht tot war. Kadiya sah, wie der Körper von keuchenden Atemzügen geschüttelt wurde.

Sie hatten jetzt den äußersten Rand des Hindernisses aus dichtem Unterholz erreicht, wo sie kurz anhielten. Lamaril brach einen dünnen Zweig ab, rollte Stiel und Blatt zwischen seinen Fingern hin und her und hielt die zerdrückte

Pflanze dann an seinen Maskenhelm. Offensichtlich roch er an dem, was er gepflückt hatte.

Er ließ den zerrissenen Zweig fallen und fuhr mit den Fingern langsam über seine Stabwaffe, eine Geste, die von seinen Gefährten nachgemacht wurde. Sie hielten die Stäbe vor sich und marschierten einfach weiter, als ob es das Hindernis vor ihnen gar nicht gäbe. Und wirklich: Es war nicht mehr da. Blätter, Stiele, schwere Zweige waren... verschwunden. Die Luft um sie herum war erfüllt von einem grünen Dunst, der so dicht wie dicker Rauch war. Kadiya versuchte ihn mit den Händen zu vertreiben, als sie unmittelbar hinter Lamaril herging. Sie spürte die Feuchtigkeit auf ihrer Haut, sah, wie sie grün wurde, als trügen die Uisgu eine dicke Schicht Körperfarbe auf.

Als das Unterholz verschwunden war, wurden noch fünf andere Skritek sichtbar, die jetzt zu Boden gingen, ihre Waffen nutzlos neben sich auf der Erde. Wieder trat der Hassitti in Aktion. Dieses Mal wurde er von zwei seiner Artgenossen unterstützt, und sie machten aus den Skritek hilflos zuckende Wesen.

Nur einem von ihnen mußten sie nachsetzen, denn der kroch davon, wobei er den Kopf hin und her warf und die Reißzähne aufeinanderschlug, als wolle er ein Stück Beute zerreißen. Von seinem schuppigen Hals hing eine Kette aus schwarzem Metall herab, an der kleine graue Knochen baumelten, Fingerknochen. Kadiya erkannte daran, daß es sich bei dem Skritek um einen erfahrenen Jäger handelte, um einen, der das Recht auf Führerschaft besaß. Er drehte sich herum und sah sie an.

Dann legte er den Kopf zurück in den Nacken wie eine Kreatur, die ihre Qual in den Himmel schreit. Kadiya wich einen Schritt zurück. Wie der Ton, den die Sindona als Waffe gebraucht hatten, so wirkte auch sein gellender Schrei wie ein mächtiger Hieb. Es war pures Gefühl, so starker Haß, daß er wie Gift wirkte, das ihr jemand ins Gesicht gespuckt hatte.

Drei Hassitti umzingelten ihn, aber sie waren jetzt vorsichtiger geworden. Der Skritek stützte sich schwer auf einen Arm, mit dem anderen holte er aus. Fast wäre es ihm gelungen, mit seinen Krallen die gepanzerte Brust des am nächsten stehenden Hassitti zu erwischen. Die anderen beiden sprangen so behende zur Seite, wie Kadiya dies angesichts ihrer kurzen Beine und schweren Körper nie für möglich gehalten hätte. Beinahe im gleichen Augenblick fuhren die Peitschen auf den Kopf ihrer Beute nieder.

Noch einmal flammte seine glühende Wut auf – und dann war alles zu Ende, obgleich sie einen Bogen um den immer noch auf dem Weg zuckenden Körper machen mußten, als sie weitergingen.

20

In dieser Nacht schlugen sie ihr Lager auf festem Boden auf. Kadiya sah zu, wie Lalan ihre Handwaffe auf die Erde richtete, während sie aus ihren Bündeln einen Kreis bildete. Dem Mädchen wurde klar, daß sie jetzt einen Schutzwall um sich hatten, einen unsichtbaren Wachposten.

Am Himmel zeichnete sich bereits die gezackte Silhouette der nahen Berge ab, und so unternahm Kadiya einen weiteren Versuch, mit ihrer Schwester in Kontakt zu treten. Salm und sie setzten sich vor das Seherbecken und blickten in den dunklen Spiegel.

Das Mädchen faßte die weise Frau der Uisgu bei den Händen und befahl dem Becken, ihr zu zeigen, was sie zu sehen wünschte. Als sich plötzlich etwas darin bewegte, beugte sich Kadiya nach vorn.

Im Nebel der Schale bildete sich ein Schatten, so weiß wie der Schnee, der auf den hohen Berggipfeln lag.

Die mit einem Mantel bekleidete Gestalt wurde deutlicher.

»Haramis!« Mit aller Kraft, die sie aufbieten konnte, und unterstützt von der Energie, die von Salm zu ihr herüberfloß, sandte Kadiya einen Gedankenruf aus.

Ihre Schwester drehte sich um und sah sie an. Haramis hielt ihren Stab in Händen, jene Quelle der Macht, die mit dem Schwert auf Kadiyas Knien zusammengefügt wurde. Aber Kadiya sah kein Willkommen auf dem Gesicht von Haramis, hörte keine Antwort. Statt dessen stand ein fragender Ausdruck in ihrem Gesicht, der schon bald ihre innere Unruhe verriet. Haramis' Kopf unter der Kapuze bewegte sich von rechts nach links, ihre Augen schienen etwas zu suchen.

»Haramis!« Wenn Gedanken schreien konnten, dann

sicher jetzt. Dieses Mal bewegten sich die Lippen ihrer Schwester, als würde sie sprechen.

»Haramis!« Zum drittenmal nahm Kadiya all ihre Kraft zusammen und rief nach ihr.

Sie konnte ein Flüstern hören, so leise, daß sie nur wenige Worte zu verstehen vermochte.

»Schwester... das Böse... Sperre... ich weiß noch nicht...«

Haramis hob den Stab von der Schneewehe, auf der sie stand. Die Zauberin malte Symbole in die Luft, als hielte sie einen Stift, der für die Hand eines Riesen gedacht war. Die Zeichen entstanden in Form von wirbelnden Schneeflocken, aber Kadiya konnte sie sehen, konnte sogar ihre Wirkung spüren. Es war ein Abwehrzauber, von Haramis ersonnen, sowohl zum Schutz als auch zur Warnung.

Die Zeichen in der Luft lösten sich langsam auf. Dann war alles verschwunden.

»Sie hat recht.« Kadiya wachte aus ihrer Trance auf, aufgeschreckt von der Stimme an ihrer Seite. Lamaril kniete neben ihr und starrte in das Becken, in dem jetzt wieder alles dunkel war.

»Es gibt eine Sperre«, sagte er langsam. »Das, wogegen wir angehen, ist seinerzeit sehr stark gewesen. Wir haben es zwar besiegt, aber wir konnten es nicht aus dieser Welt verschwinden lassen. Denn es ist von dieser Welt – wie alles, über das wir gebieten können.«

Kadiya zitterte. Es schien, als hätten jene wirbelnden Schneeflocken aus weiter Ferne sie für einen Augenblick eingehüllt. Haramis, die über Binahs uralte Kräfte verfügte, konnte nichts ausrichten. Und Kadiyas Glauben an die Macht der Sindona war durch das Geständnis ihres Anführers erschüttert worden.

»Wenn wir den Suchenden von den Schläfern fernhalten können – dann sind wir die Sieger im Hier und Jetzt. Er ist bewaffnet, ganz gewiß gut bewaffnet, mit dem Besten, was Varm ihm geben konnte. Er darf sie nicht aufwecken!«

Jetzt wandte er sich an Salm. »Weise Frau, wie weit könnt Ihr heute nacht sehen? Könnt Ihr durch Eure Gabe seine Spur aufnehmen?«

Lange Zeit, so schien es Kadiya, sagte die Uisgu kein Wort. Statt dessen malten ihre Finger Zeichen in die Luft.

»Ehrwürdiger«, entgegnete sie ihm schließlich, »wir haben es bereits versucht – als jener die Hilfe suchte, derer er bedurfte –, und er hat uns gespürt! Es gab einmal Zeiten – und davor wurde ich immer gewarnt –, da konnte die Seherin der Tod ereilen, wenn sie diejenigen beobachtete, die stark und mächtig waren.«

»Das ist wahr. Und doch ist er zur Zeit allein, und wir sind so viele, daß er es nicht mit uns aufnehmen wird. Er wird das, was er mit sich trägt, um die Schläfer zu erneuern, nicht verlieren wollen. Er wird es nicht wagen, sein Meister wird dafür Sorge getragen haben. Aber wir müssen wissen, wo er ist. Mit jedem Schritt, den er seinem Ziel näher kommt, wird unsere Chance auf einen Sieg geringer.«

Salms Hände legten sich wieder um das Becken. Ihre großen Augen waren immer noch auf Lamaril gerichtet, als sie sich an Kadiya wandte.

»Tochter des Königs, alte Bindungen sind in dieser Sache stärker als neue. Ihr habt Salm bereits zuvor geholfen, Ihr habt jenen schon gesehen, nach dem wir suchen. Würdet Ihr für uns sehen?«

Kadiya mußte an die Angst denken, die sie in ihrem Traum empfunden hatte, an die Macht, die jenem verliehen worden war, den sie sehen wollten. Sie spürte Wärme auf ihrer Brust – das Amulett regte sich. Das Mädchen sah auf das Schwert hinunter. Jetzt schienen alle drei Augen sehen zu können. Deren Blick fiel auf sie selbst.

»Ja«, sagte sie, ein kleines Wort, das sie gleichwohl taumeln ließ. Er konnte es ruhig sehen, aber ihr Wort würde sie dennoch halten.

Er kam näher, bis seine Hände auf ihren Schultern lagen, und sie spürte, wie sich hinter ihm noch andere aufstellten – die Sindona bildeten eine Kette, einer hinter dem anderen.

Kadiya fuhr sich mit der Zunge über ihre Lippen, die plötzlich ganz trocken waren. Dann sagte sie zu Salm: »Jetzt!«

Die Uisgu begann mit einem heiseren Singsang, den Kopf gebeugt, als laste ein schweres Gewicht auf ihr. Kadiya spürte den Sog, viel stärker als jemals zuvor. Sie spürte noch eine Bewegung. Jemand war herangetreten und hatte sich hinter Salm gestellt, aber Kadiya wagte nicht, ihre Konzentration zu unterbrechen. Sie versuchte, in ihren Gedanken das Bild des Mannes auf dem Flammenthron entstehen zu lassen.

Dieses Mal stiegen Blasen aus der Flüssigkeit in der Schale auf, die nun nicht in einem Strudel herumwirbelte, wie sie es zuvor immer getan hatte. Kadiya war, als stünde das Gefäß auf einem offenen Feuer. Feuer! In dem Becken war eine ungeheure Hitze zu spüren, die sich auf ihre Hände und dann auch auf die von Salm ausbreitete, als sich die beiden wieder bei den Händen faßten.

Die brodelnde Flüssigkeit verdickte sich. Sie sah jetzt nicht wie ein Spiegel aus dunklem Glas aus, sondern eher wie eine klebrige, widerliche Masse. Die Oberfläche glättete sich, ein Bild entstand. Einen Moment lang zitterte es, dann war es deutlich genug, so daß sie ihn sehen konnte, den Diener von Varm.

Er stand auf einem kleinen Hügel, vor sich ein Feuer aus düster aussehenden Flammen, die am Rande schwarz waren. Skritek drängten sich um das Feuer. Das Mädchen sah, wie sie einen gefesselten Gefangenen, der sich verzweifelt wehrte, emporhoben und mitten in das Feuer warfen.

Kadiya wurde schlecht, sie hatte plötzlich einen bitteren Geschmack im Mund. Jetzt schleppten die Sumpfungeheuer einen zweiten Gefangenen herbei – ein Uisgu-Mädchen, das fast noch ein Kind war. Sie spielten mit ihr, legten ihr keine Fesseln an und stießen sie von einem zum anderen. Jetzt zerrten sie das Mädchen vor Varms Diener. Sein Gesicht! Kadiya wollte ihre Augen vor diesem Gesicht verschließen, aber da sie ihn auch in ihren Gedanken sah, vermochte sie es nicht.

Beinahe zärtlich senkte er die Spitze der Waffe, die er in Händen hielt. Eine Zunge aus Flammen schoß daraus hervor. Wie eine Peitsche ließ er dieses Rinnsal der schwarzen Magie wieder und wieder über den zuckenden Körper gleiten, der sich vor Schmerzen krümmte.

Die Skritek ließen den verkohlten Körper los, der kopfüber in die Flammen stürzte. Das Bild in der Schale schien größer zu werden, ihr Anführer mehr in die Mitte zu rücken.

Seine Augen wurden zu schmalen Schlitzen, er *wußte* es!

Dann sahen sie nicht mehr ihn, sondern nur noch die Skritek, die sich am Rand der weit verstreuten Menge befanden. Kadiya spürte, daß sie etwas Bestimmtes tun sollte, und sofort wurde ihr klar, was die Sindona brauchten – einen Orientierungspunkt, einen Hinweis darauf, wo sich dieser Ort der Zerstörung und Schmerzen befand.

Sie hatte nur noch wenig Zeit. Das Bild verzerrte sich, wurde an den Rändern immer dunkler, als würde es vom Feuer vernichtet. Plötzlich spürte sie eine sengende Hitze auf ihren Händen, so stark, daß sie unerträglich war.

Lamarils Hände auf ihren Schultern verstärkten ihren Griff, zerrten sie weg, so daß der Kontakt zu Salm und der sehenden Schale unterbrochen wurde. Sie konnte ihre Augen von der aufgewühlten Flüssigkeit abwenden, die jetzt wieder langsam in sich zusammensank. Aber jede noch so kleine Bewegung bereitete ihr Schmerzen.

Der Anführer der Sindona ließ sie nicht los. Er zog sie an sich. Seine Berührung gab ihr neue Kraft. Aber nichts konnte das, was sie mit angesehen hatte, aus ihrer Erinnerung bannen.

»Ich kenne diesen Ort«, sagte plötzlich Smail, der nie viele Worte machte. Kadiya hatte nicht einmal bemerkt, daß er und Jagun von der Spurensuche zurückgekehrt waren. »Sie sind bei den Reißzähnen des Rapan. Das ist in der Nähe des Nothar.«

Lamaril ließ sie vorsichtig los. »Ruht Euch aus, Kadiya.« Seine Worte klangen sanft. »In dieser Nacht habt Ihr wie ein Held in der Schlacht gekämpft. Und auch ihr«, richtete er seine Worte dann an Salm.

Lalan hatte sich neben die weise Frau gekniet und beide Hände auf den gebeugten Kopf der Uisgu gelegt. Kadiya vermutete, daß sie für Salm das tat, was Lamaril für sie getan hatte: Sie gab ihr neue Kraft.

Der Anführer der Wächter war schon dabei, den Boden zu seinen Füßen zu glätten, wo er zwei Leuchtraupenlampen aufgestellt hatte. Mit der Spitze seines Dolches zog er Linien in die Erde.

»Es ist schon lange her, und seit damals hat sich vieles verändert«, sagte er dabei. »Junger Krieger, könnt Ihr uns zeigen, wo diese Reißzähne sind, von denen Ihr gesprochen habt?«

»Der Nothar verläuft so, er fließt von den Gipfeln der Berge herab, wo der Legende nach die Eishöhlen des Mount Gidris liegen.« Smail kniete sich neben der Zeichnung nieder und zeigte jetzt mit seinen langen Fingern auf eine bestimmte Stelle.

»Das stimmt, nördlich des Nothar gibt es Höhlen. Sie sind unser Ziel. Aber die Reißzähne?«

»Sind hier!« Smail bohrte seinen Finger in eine Stelle, die westlich des Flusses lag. »Ehrwürdiger, die Seuche ist dort schon fast überall. Die Clans sind nach Süden geflohen. Wir sind des Todes, wenn wir diesen Weg hier gehen. Wir haben mit Kundschaftern gesprochen, und sie sagten, daß nur die Gegend dort noch sicher ist.« Sein Finger bewegte sich weiter in Richtung Osten. »Jener Ort, der einst Noth gewesen ist, die Wohnstätte der Erzzauberin, liegt jetzt in Trümmern, aber es ist immer noch ein Zauber dort, denn die Seuche ist zum Stillstand gekommen und breitet sich nicht weiter in diese Richtung aus.«

»Und der, den wir suchen, befindet sich dort.« Lamaril sah sich die Markierungen an. »Hält ihn das von der Fäulnis verseuchte Land auf?«

Er schien die Frage an sich selbst zu richten, denn er wartete nicht auf eine Antwort, sondern fragte statt dessen: »Der Sumpf – können wir dort auf festem Boden marschieren?«

»Nein, Ehrwürdiger, aber wir haben mit den Kundschaftern gesprochen. Einige von ihnen werden sich uns bei Sonnenaufgang anschließen. Sie kennen die Pfade der Jäger. Außerdem ist es Brauch bei den Glans, an Flüssen und Seen Boote für die Überfahrt versteckt zu halten, und die zu uns kommen, wissen davon.«

Kadiya wunderte sich, wie sie bei dem schwachen Licht überhaupt etwas sehen konnten, aber sie sprachen mit fester Stimme über Entfernungen und Wege, die sie möglicherweise zu lange aufhalten würden. Der, den sie suchten, hatte zudem die Skritek bei sich. Die Ungeheuer, die sich lautlos durch die Sümpfe schlichen, waren ein gefährlicher Feind.

»Wir werden tun, was getan werden muß.« Nuers gesellte sich zu der kleinen Gruppe, die sich um die grob gezeichnete Landkarte geschart hatte. Neben ihm saß ein Hassitti. Das kleine Wesen hatte sich hingehockt, als wollte es die Linien auf dem Boden mit seiner langen Nase beschnuppern.

Dann richtete sich der Hassitti zu seiner vollen Größe auf und deutete auf etwas – nicht auf die Landkarte, sondern nach Westen. Dabei schnatterte er in seiner sonderbaren Sprache aufgeregt vor sich hin. Lamaril hörte dem Schwall zirpender Laute zu und sagte dann:

»Dies ist Quave von der Linie der Träumer. Er bittet darum, heute nacht für uns sehen zu dürfen. Weise Frau«, wandte er sich an Salm, »anscheinend werden bestimmte Kräuter gebraucht. Die Heilerin Tostlet« – die angesprochene Hassitti war in das Licht der Lampen getreten –

»hat nicht genügend Vorrat bei sich. Würdet Ihr mit ihr teilen?«

Als Salm nickte, gesellte sich die Hassitti zu der Uisgu, und zusammen durchsuchten sie ihr Bündel. Schließlich hielt Tostlet ein kleines Knäuel aus zerdrückten Blättern in der Hand. Salm sah ihr aufmerksam zu.

Aber Kadiya wollte nichts mehr davon sehen. Die Übelkeit, die ihr das Mitangesehene verursacht hatte, war noch stärker geworden. Sie vermochte es nicht, ihren Anteil an den Reisekuchen hinunterzuschlucken, obgleich sie vorgab zu essen. Als sie sich auf ihrer Schlafmatte zusammenkauerte, preßte sie das Schwert an ihre Brust, die Augen nach außen gerichtet, als sollten sie Wache halten.

Glücklicherweise wurde sie in dieser Nacht nicht von Träumen heimgesucht. Und da die Sindona Vorkehrungen zur Sicherung und Bewachung ihres Lagers getroffen hatten, konnte keine Verantwortung sie plagen. Bald fiel sie in tiefen, ungestörten Schlaf.

Kadiya hörte Geschnatter und spürte, wie sie jemand an der Schulter berührte. Sie öffnete die Augen und sah, daß der neue Tag grau und nebelverhangen war. Neben ihr stand Tostlet, und als Kadiya zu ihr aufblickte, fuhr die Hand der Hassitti über das Gesicht des Mädchens.

Angenehme Kühle breitete sich unter ihren Klauen aus. In der anderen Hand hielt die Hassitti eine Schale, die mit einer zähflüssigen, fettigen Masse gefüllt war. Im Gegensatz zu der Salbe, mit der sich die Sumpfbewohner gegen die Angriffe der Insekten schützten, war diese hier wohlriechend und ließ eine belebende Frische auf der Haut zurück.

»Heilerin« – Kadiya rieb sich den letzten Schlaf aus den Augen –, »ich danke Euch.« Sie setzte sich auf und lächelte Tostlet an.

»Die weise Frau hatte ein paar Dinge, und ich hatte noch etwas anderes. Zusammen lassen wir die geflügelten Beißer wieder davonfliegen«, erklärte ihr die Hassitti zufrieden. »Außerdem beleidigt es die Nase nicht mit üblen Gerüchen.«

Kadiya lachte. »Das stimmt, Tostlet, und an einem Ort wie diesem ist das eine große Erleichterung.«

Zum erstenmal war das Mädchen mit einem Gefühl der Zuversicht aufgewacht. Bei diesem Kampf war vieles auf ihrer Seite. Trotz der Warnungen Lamarils war sich Kadiya sicher, daß die Sindona über eine Macht verfügten, von der ihr Volk nicht einmal zu träumen wagte – vielleicht sogar mehr Macht, als der Talisman der Drei aufbringen konnte.

Als sie ihre Schlafmatte aufrollte, um diese in ihr Bündel zu stecken, stellte sie fest, daß sie eine der letzten war. Die meisten ihrer Reisegefährten aßen bereits, nicht nur ihren Reiseproviant, sondern auch frisch gegrillten Gorba. Sie sah, wie Lamaril sich die Finger ableckte. Bei diesem Anblick hätten die Menschen aus der Zitadelle wohl einiges von der Ehrfurcht vor seiner Rasse verloren, wenn sie zugegen gewesen wären.

Nachdem Kadiya ihr Bündel geschnürt hatte, ging sie zum inzwischen fast erloschenen Feuer hinüber und erhielt dort den letzten Gorba. Er war auf einem Zweig aufgespießt über dem Feuer geröstet worden.

»Heiter möge der Tag sein, weit die Reise.« Lamaril begrüßte sie förmlich, und sie antwortete ihm, so gut sie konnte.

»So soll es für alle hier sein!« Sie ließ den Fisch ein wenig abkühlen und fragte:

»Was ist mit dem Träumer?«

»Er hat geträumt«, entgegnete Lamaril. Er klang sehr ernst, und das zuversichtliche Gefühl, das Kadiya noch vor wenigen Augenblicken empfunden hatte, wurde dadurch etwas gedämpft. »Wir haben eine weite Reise vor uns.«

Jagun und Smail waren nirgends zu sehen. Das Mädchen nahm an, daß die beiden wieder den Weg vor ihnen auskundschafteten. Die Bündel der beiden konnte sie sehen – zwei Sindona hatten sie sich um die Schultern geschlungen, zusätzlich zu denen, die die Wächter bereits bei sich trugen. Als sie aufbrachen, gesellte sich Lalan an Salms Seite, obgleich sie nur ein wachsames Auge auf sie hatte und der weisen Frau, deren Stab an diesem Morgen eher wie ein Zeichen ihres Amtes denn wie eine Krücke wirkte, nicht ihre Hand als Stütze anbot.

Bald hatten sie den festen Boden, der sie so lange Zeit getragen hatte, hinter sich gelassen. Sie kamen jetzt nur noch langsam voran, da sie sich ihren Weg durch den Sumpf suchen mußten. Zweimal an diesem Morgen endete der Pfad an einem Gewässer, und jedesmal wartete schon eines der im Sumpf verwendeten Boote auf sie. Es waren keine Rimoriks da, um das Boot zu ziehen; statt dessen griffen die Sindona nach den Stangen und setzten die Gruppe auf diese Weise über.

Sie kämpften sich jetzt durch die hochgewachsene, goldfarbene Vegetation hindurch, die diesem Teil des Sumpfes seinen Namen gegeben hatte. Der Monsun hatte den oberen Teil der Pflanzen mit den Samen abgebrochen, doch wuchsen von unten neue Blätter nach. Die Sindona wechselten sich ab – oft mit den Hassitti an ihrer Seite – und ließen ihre Speere auf den dichtbewachsenen Boden niedersausen, so daß die darin verborgenen Tiere das Weite suchten. Zweimal sah Kadiya, wie sich ein Hassitti nach vorn beugte und dann mit einer zuckenden Giftschlange in den Klauen wieder aufrichtete. Nachdem man ihr die Wirbelsäule gebrochen hatte, wurde sie in hohem Bogen weggeschleudert.

Zur Mittagszeit konnten sie nicht anhalten. Zwar hatten sie ihr Tempo weiter verringert, doch fanden sie keinen festen Boden, auf dem sie eine Rast hätten einlegen können. Salm stützte sich jetzt auf ihren Stab, und Kadiya hielt sich neben ihr, so daß sie der weisen Frau jederzeit helfen konnte, wenn sie an eine schwierige Stelle gelangten.

Es hatte immer Gerüchte gegeben, daß in der Wildnis des Goldsumpfes Ruinen verborgen waren. Mit Sicherheit stammten einige der Schätze, mit denen die Uisgu in Trevista Handel getrieben hatten, von dort. Aber an diesem Tag entdeckten sie keine solche Stätte.

Am späten Nachmittag, als sie endlich auf eine erhöht gelegene Stelle trafen, an der sie nach ihrem Kampf gegen Schlamm und Wasser eine Rast einlegen konnten, tauchte Jagun wieder auf. Er wurde von drei Uisgu begleitet, deren Gesichter über und über mit Mustern bemalt waren, von denen Kadiya wußte, daß es Kriegsbemalung war.

Die Neuigkeiten, die er mit sich brachte, veranlaßten die kleine Truppe, nach Westen zu marschieren, mit den Neuangekommenen als Führern. Noch vor Sonnenuntergang hatten sie eine kleine Insel mit festem Boden erreicht. Dort wuchsen sogar einige Bäume, und bei ihrer Ankunft scheuchten sie sechs Droski auf, eine Vogelart, deren regenbogenfarbene Federn bei den Händlern überaus begehrt waren. Das schillernde Rotorange der Vögel am Himmel war ein großartiger Anblick. Aber kein lieblicher Gesang untermalte diese Schönheit, von den Vögeln war nur heiseres Gekrächze zu hören. So anmutig sie auch aussahen, waren Droski doch zuweilen Aasfresser und besaßen einige Angewohnheiten, die ihr Aussehen Lügen strafte.

Andererseits waren sie äußerst scheu und hatten Angst vor allen größeren Tieren, die sich am Boden bewegten. Daß sie ihr Nest hier hatten, konnte also nur bedeuten, daß die Reisenden einen Ort für ihr Lager erreicht hatten, an dem kein größeres und damit feindliches Wesen zu finden war – und ganz gewiß nicht jemand ihrer Art.

Die Uisgu versammelten sich, so erzählten die Neuankömmlinge. Die Seuche schien sich nicht weiter im Land auszubreiten, wenn sie auch bereits einen großen Teil ihres Gebietes verunreinigt hatte. Ihre Heilerinnen und weisen Frauen versuchten alles Erdenkliche, um ein Gegenmittel zu finden – etwas, mit dem das verfaulte Land wieder gereinigt werden konnte –, hatten aber bis jetzt keinen Erfolg gehabt.

Skritek waren unterwegs, die wie zu Zeiten Voltriks alles angriffen, was ihnen begegnete. Es hatte bereits einen Zusammenstoß mit ihnen gegeben, der auf beiden Seiten gleich viele Opfer gefordert hatte. Aber die Wasserscheusale schienen es eilig zu haben, nach Westen zu gelangen, in Richtung der Berge, und obgleich sie jetzt von Kriegern der Uisgu verfolgt wurden, hatten sie keinen weiteren Versuch unternommen, von ihrem eingeschlagenen Weg abzuweichen und dem Land und seinen leidgeprüften Bewohnern noch mehr Schaden zuzufügen.

Die Uisgu hatten außerdem festgestellt, daß sie jetzt auch über den von der Seuche befallenen Boden gehen konnten, ohne Schaden zu nehmen. Dennoch wählten sie, wann immer es möglich war, einen Umweg über gesundes Gebiet. Was auch immer ihnen diese Sicherheit verlieh, währte vielleicht nicht lange.

»Wir überqueren den Nothar«, verkündete Lamaril. »Dann gehen wir nach Westen. Das Land dort ist besser, und wir werden schneller vorwärtskommen.«

»Und der Diener des Varm?« fragte Kadiya.

»Er bewegt sich auf dieser Seite des Flusses vorwärts. So wurde es jedenfalls geträumt.«

»Wie schnell?« wollte das Mädchen wissen.

Er hatte keine Zeit, ihr zu antworten. Ein gellender Schrei ertönte, der den Himmel über ihnen auseinanderzureißen schien. Noch niemals zuvor hatte Kadiya einen solchen Laut gehört. Eine in einen Schrei gefaßte Drohung, Hunger, Wut... Sie standen da, die Hassitti zusammengedrängt, die Waffen hoch erhoben.

Ein zweites Mal peinigte der Schrei ihre Ohren. Kadiya hatte in den Himmel hinaufgeblickt, da der Schrei aus dieser Richtung zu kommen schien. Aber jetzt bewegte sich etwas im Unterholz auf der anderen Seite der Insel, auf der sie ihr Lager aufgeschlagen hatten, das im Licht der Dämmerung deutlich zu sehen war.

21

Mit einem Satz sprang die Kreatur aus ihrem Versteck. Sie war nicht viel größer als Kadiya selbst, aber durch ihren mächtigen Leib wurde sie zu einem Ungeheuer, von dem das Mädchen die Jäger noch nie hatte erzählen hören. Ihr Schlund, aus dem gerade ein weiterer Schrei ertönte, war fast so groß wie ein Torweg. Ihre roten Augen, die ganz oben auf dem massigen Kopf saßen, waren fast völlig zwischen warzenreichen Hautfalten verborgen. Von der Kreatur ging ein solch widerwärtiger Gestank aus, daß allein schon dieser Geruch bedrohlich wirkte.

Die beiden Vorderbeine waren nach außen gekrümmt, und als das Wesen mit einem Plumps zum Stehen kam, hing sein grauer Wanst wie ein gewaltiges Faß zwischen ihnen. Die Vorderbeine endeten in riesigen Schwimmfüßen.

Es war ein Alptraum – um so mehr, als Kadiya jetzt erkannte, was es war. Im Wasser zwischen den Schilfrohren waren Tiere zu finden, kaum größer als ihre Hand, die diesem Ungeheuer hier ähnelten.

Aus der gähnenden Tiefe des Schlundes schnellte jetzt eine Zunge hervor, wie ein dickes, mit Schleim bedecktes Tau. Sie schoß genau auf einen der Hassitti zu und hätte die kleine Kreatur auch gefangen, wenn Lamaril nicht mit der Schnelligkeit des geübten Schwertkämpfers gehandelt und mit seinem Stab zugestoßen hätte, so daß er jene furchterregende Zunge traf.

Sie sahen einen Blitz. Die Zunge schnellte in die Höhe. Über ihre ganze Länge lief ein Streifen aus grünblauem Feuer.

Das Feuer traf das Gesicht des Ungeheuers nur einen Fingerbreit von einem der Augen entfernt. Der Körper der

Kreatur straffte sich. Kadiya hatte kaum einen Atemzug Zeit, um Salm zu packen und sich mit ihr zur Seite zu werfen, bevor es zum nächsten Sprung ansetzte, bei dem es sich mit seinem gewaltigen Gewicht auf ihre ganze Gruppe gestürzt hätte.

Am Himmel über ihr ertönte ein Schrei. Dann wurde Kadiya von dem riesigen Schwimmfuß, der sie bei der Landung des Ungeheuers streifte, durch die Luft gewirbelt. Sie fiel mit dem Gesicht nach unten zu Boden und blieb benommen liegen. Kadiya hörte Lärm hinter sich, während sie versuchte, sich von der feuchten Erde zu erheben.

Was sie durch den Nebel vor ihren Augen sah, war ein einziges Schlachtfeld. Sie wurden nicht nur von dem Krötenwesen angegriffen, nein, vom Himmel stürzten sich jetzt auch Var herab. Sie waren nicht sehr groß, aber selbst ein mittelgroßer Var vermochte einen Seltling zu packen und mit dem Gefangenen davonzufliegen, um ihn dann im Flug zu zerreißen.

Sie tastete nach ihrem Schwert. Da es keine Spitze besaß, würde sie es nicht als Klinge verwenden können. Aber sie hoffte, daß die Macht es zu einer wirkungsvollen Waffe machen würde.

Aber das Schwert wurde nicht warm in ihrer Hand, sie spürte kein Leben darin – die Augen waren fast völlig geschlossen.

Blitze aus den Stabwaffen der Sindona zuckten hin und her. Das Krötenwesen brüllte, hob einen seiner Füße in die Höhe und ließ ihn auf die Erde niedersausen. Kadiya erstarrte, als sie sah, daß es einen der Hassitti im Schlamm unter sich begrub.

Dann drang ein Wort in ihre Gedanken, durchdringend wie ein Schlachtruf.

»Trugbild!«

Sie hatte sich außer Reichweite des Fußes gebracht. Die Zunge hing wie eine schlaffes Seil aus dem Schlund der

Kreatur, aber das Ende zuckte wie die Hälften einer durchtrennten Schlange hin und her.

»Trugbild!« Wieder erklang jener gebieterische Befehl. Aber wie konnte dies hier ein Trugbild sein? Sie sah, wie das Bein eines Hassitti unter dem Fuß hervorragte. In der Haut des Ungeheuers steckten Pfeile – und vom Himmel stürzte ein Var herab, die todbringenden Krallen zum Angriff bereit.

Sie sah Lalan zusammen mit drei anderen Sindona. Sie unternahmen keinen Versuch, dem Angriff von oben auszuweichen. Wurden sie tatsächlich von einem Trugbild gefesselt?

Endlich fand Kadiya ihre Stimme wieder: »Achtung – Var!«

Keiner von ihnen hob den Kopf, um sich den Angreifer anzusehen. Das Wesen war jetzt so nah, daß sich seine Klauen um Lalans Helm schlossen. Obwohl die Sindona zu schwer war, um von dem Var in die Lüfte entführt zu werden, so konnten seine Klauen doch töten.

»Trugbild!« Zum drittenmal erreichte sie das Gedankenwort. Kadiya packte ihr nutzloses Schwert fester. Die Klauen des Var hatten Lalan am Hals gepackt. Die gefährliche Kreatur schlug heftig mit den Flügeln und versuchte, mit ihrer Beute aufzusteigen. Und doch griffen die Hände der Frau nicht nach ihrem Stab, um den Angreifer in die Flucht zu schlagen, ja, sie bewegte sich nicht einmal.

Trugbild? Kadiyas Hand fuhr zu ihrer Brust. Das Amulett! Sie zog an der Kette, zerrte es heraus und preßte den Bernsteintropfen an die Stirn, nachdem sie den Maskenhelm hochgeschoben hatte. Sie hätte nicht erklären können, warum sie das tat – nur, daß sie den Drang verspürte, es zu tun.

Sie empfand plötzlich einen stechenden Schmerz, als hätte das Amulett die Macht, sich mitten in ihren Schädel zu bohren. Nebel legte sich auf ihre Augen und hob sich dann wieder.

Der Himmel war leer, Lalan wurde nicht von Klauen festgehalten. Kadiya rang nach Atem und suchte nach dem zweiten Ungeheuer. Es gab keine rundliche, warzige Gestalt, die so groß war wie ein Handelsschiff. Lamaril hatte sich über einen jener kleinen Sumpfbewohner gebeugt, die das Mädchen schon seit langem kannte. Er bückte sich und stach in den aufgeblähten Leib hinein, der daraufhin in sich zusammenfiel.

Ein Trugbild – es war alles ein Trugbild gewesen! Das Mädchen konnte es immer noch nicht glauben. Sie kroch zu dem Hassitti hinüber, der immer noch mit dem Gesicht nach unten an der Stelle lag, an der das mächtige Bein ihn niedergestreckt hatte... Tostlet... Nein!

Während das Amulett vor ihrer Brust hin und her baumelte, drehte Kadiya den kleinen, schuppigen Körper mit beiden Händen um, so behutsam wie möglich. Im Boden sah sie eine Vertiefung – das hatte sie nicht erwartet. Und Tostlets Körper lag schlaff und leblos da.

Kadiyas Finger flogen zum Hals der Hassitti, wo sie nach einem Lebenszeichen suchten. Wie konnte jemand von einem Trugbild getötet werden? Oder war der Glaube daran die eigentliche Waffe?

»Tostlet?« Sie suchte nach einem Gedanken, nach einem Zeichen dafür, daß die Heilerin noch lebte. »Tostlet, es war alles nur ein Trugbild!« So wie Lamaril sie mit seinem Gedanken erreicht hatte, so versuchte sie jetzt, zum Geist der Hassitti vorzudringen.

Die lange Nase zuckte. Die trichterförmige Zunge lugte ein Stück hervor, dann öffneten sich die kleinen Augen.

»Es war nur ein Trugbild, Tostlet!« Das Mädchen hatte den kleinen Körper an sich gezogen, dessen Schuppen unbemerkt ihre Haut zerkratzten. »Nur ein Trugbild – seht!«

Kadiya stützte Tostlet, so daß diese den Klumpen, der einmal ein Sumpftier gewesen war und immer noch von Lamaril untersucht wurde, sehen konnte.

Die Heilerin rang nach Atem und stieß einen zirpenden

Schrei aus. Sie packte Kadiya am Arm und hob den Kopf, um in das Gesicht des Mädchens zu blicken. Kadiya nickte, um ihre Gedankenworte zu bekräftigen.

»Es ist nur eine List, Tostlet, eine List, um uns zu verwirren.«

»So ist es.« Salm humpelte herbei und ließ sich mühsam auf die Knie sinken, wobei sie sich schwer auf ihren Stab stützte. »Aber eine sehr gute« – sie schüttelte den Kopf –, »hier sind die Mächte der großen Finsternis am Werk.«

»Wer?« Kadiya hielt immer noch die Heilerin in ihren Armen. »Was für Mächte sind das?« Und warum hatte das Schwert sie im Stich gelassen? Sie schauderte. Verließ sie sich inzwischen zu sehr auf *ihre* Macht, auf etwas, das sie nie verstanden hatte und auch jetzt noch nicht verstand?

Endlich ließ Lamaril von der Kröte ab.

»Und wieder geschieht es. Das Land macht aus dem, was es besitzt, eine Waffe.« Sein Mund unter dem Helmrand zuckte. »Aber dies hier ist ein Spiel der Unwissenden. Wie konnte Varms Kreatur nur glauben, daß er uns damit beeinflussen kann?«

»Aber das hat er, zumindest einige von uns«, erwiderte Kadiya niedergeschlagen. »Ich habe den Tod gesehen – und Tostlet hat ihn gespürt. Die aus Eurem Gefolge waren nicht davon betroffen, aber wir haben es geglaubt. Weiß er vielleicht, wie groß unsere Macht sein kann? Selbst mein Schwert hat versagt.«

»Aber das, was Ihr bei Euch tragt, nicht«, entgegnete ihr Lamaril.

»Nur, weil Ihr mich gewarnt habt«, sagte sie eigensinnig. »Sonst ... Ich glaube, diese Trugbilder hätten uns wahrhaftig den Tod gebracht. Habe ich recht?«

Er antwortete ihr nicht sogleich.

»Habe ich recht?« fragte sie ein zweites Mal. »Ich bin nicht von Eurer Rasse, und die Seltlinge auch nicht, und auch nicht diese kleinen Wesen hier, die Euch so lange Zeit ein treues Andenken bewahrt haben. Wenn wir die Trugbilder, die uns von einem geschickt werden, der ein Meister ist, nicht als solche erkennen – können sie uns dann töten?«

»Ja«, antwortete er ihr schließlich. »Aber diese Trugbilder sind jetzt als solche enthüllt worden, und wir sind gewarnt.«

»Gewarnt – so daß wir allem mißtrauen müssen, was unsere Augen sehen und unsere Ohren hören. Wir sind in einem Land, das sich uns bereits als Feind offenbart hat. Jedes Sumpfloch auf unserem Weg kann jetzt in eine Falle verwandelt werden.«

Er nickte zustimmend, und Kadiya lief ein Schauder über den Rücken. Sie hatte mehr von ihm gewollt, hatte erwartet, daß er ihr versicherte, es sei gar nicht so. Es war nicht das erste Mal, daß sie Angst hatte – aber bis jetzt war ihre Angst immer real gewesen, verursacht von einem für sie verständlichen Gegenüber. Jetzt war sie hilflos.

»Tochter des Königs, Kadiya.« Lamaril ging auf sie zu. »Aus uns wird das, was uns bei unserer Geburt bestimmt war. Ihr habt bereits viel vollbracht. Denkt nicht über das nach, was Euch fehlt, sondern haltet Euch an das, was getan werden kann. Auch wenn Euch das Schwert im Stich gelassen hat – Euer Talisman hat nicht versagt. Ihr seid nicht ohne Hilfe.«

Sie hoffte, daß seine Gedanken nicht noch tiefer dringen konnten, dorthin, wo sie ihm ihre verwirrten Gefühle enthüllt hätten und die Zweifel, die sich wie dunkle Schatten über ihr türmten und ihr Selbstvertrauen zerstörten. Man hatte immer von ihr gesagt, sie sei leichtsinnig, sei jemand, der alles riskierte, ohne erst darüber nachzudenken. Und jetzt – jetzt erstickten die Gedanken ihren Mut, zeigten ihr einen Abgrund, den sie vielleicht nie würde überwinden können.

»Ich werde tun, was ich tun muß«, murmelte sie. Kadiya war froh, als er dann ging, weil ihn jemand von seinen Leuten gerufen hatte.

Tostlet, die immer noch von dem Mädchen gestützt wurde, richtete sich auf.

»Ehrwürdige...«

Kadiya zuckte zusammen. »Tostlet, bitte, Ihr seht doch, daß ich nicht zu den Erhabenen gehöre. Mein Name ist Kadiya, und ich wünschte, Ihr würdet mich auch ›Freundin‹ nennen.«

»Freundin«, wiederholte die Hassitti. »Ja, Kadiya, wir sind Freunde. Aber Ihr tragt den Namen, den wir Euch gegeben haben, zu Recht. Ihr seid Trägerin der Macht.« Sie hatte sich in den Armen des Mädchen herumgedreht und deutete jetzt mit ihrer Hand auf das Amulett, das sie jedoch nicht berührte. Das Glühen der Drillingslilie, für immer gefangen in dem Käfig aus Bernstein, war ein beruhigender, ja sogar wärmender Anblick.

»Setzt Euch nicht selbst herab, Freundin«, fuhr Tostlet fort. »Wir werden der Macht unsere Macht entgegensetzen. Jeder von uns wird etwas dazu beitragen. Wenn ein Metall zusammen mit einem anderen Metall geschmolzen wird, kann daraus eine bessere Waffe geschmiedet werden. Und wir werden die Waffe sein, die dieses Land befreien kann.«

Wenn der Magier mit seinen Trugbildern ihren Weitermarsch hatte verzögern wollen, so war ihm dies nicht gelungen. Nach diesem Vorfall eilten sie sogleich weiter, noch schneller als zuvor, und die Sindona wechselten sich mit den Kundschaftern bei der Suche nach weiteren Fallen ab.

Ob ihr Feind sie zur Unachtsamkeit verleiten wollte, war ungewiß, aber in den nächsten beiden Tagen ihrer Reise ereigneten sich keine weiteren Zwischenfälle dieser Art. Am zweiten Tag stiegen sie wieder auf Boote um, die dieses Mal schon auf sie gewartet hatten. Sie waren nicht nur mit Uisgu bemannt, sondern auch mit Rimoriks als Zugtieren versehen. Dank ihrer Hilfe erreichten sie eine Geschwindigkeit, die Kadiya nicht für möglich gehalten hatte.

Sie bewegten sich auf einem Seitenarm des Nothar stromaufwärts. Hinter den hoch aufragenden Gipfeln der Berge im Westen versank gerade die Sonne. Zweimal kamen Kundschafter der Uisgu herbei und berichteten, daß die Skritek in großer Zahl in Richtung der Berge unterwegs seien. Aber auf der Südseite des Flusses versammelte sich eine weitere Armee: Uisgu, zusammen mit Nyssomu aus den Clans des Nordens.

Viele von ihnen kannte Kadiya noch von früher, als sie sich ihr im Kampf gegen Voltrik angeschlossen hatten. Zweimal bat sie darum, ans Ufer gebracht zu werden, um mit Anführern der Clan-Truppen zu sprechen und sie vor Trugbildern zu warnen. Der Träumer der Hassitti war schon völlig außer sich, weil er es trotz seiner Fähigkeiten nicht vermochte, durch die dunkle Wolke zu sehen, die den gesamten Norden unter sich verbarg. Auch Kadiya wagte keinen weiteren Versuch, mit Haramis in Kontakt zu treten.

Am dritten Morgen nach ihrem Kampf mit den Trugbildern wurde der Fluß bereits von den Ausläufern des Gebirges gesäumt. Das Wasser hatte die trübe Färbung verloren, die es in den Sümpfen besaß, und war so kalt geworden, daß jeder zusammenzuckte, wenn er sich darin waschen wollte. Der Fluß entsprang im ewigen Schnee des Hochgebirges.

Auch die Wärme der Sümpfe war verschwunden. Die Seltlinge hüllten sich in Mäntel aus geflochtenem Schilfrohr, die sie auch ihren Reisegefährten anboten, obgleich diese Gewänder viel zu klein für die Sindona waren. Aber Kadiya nahm dankbar einen der Mäntel an, mußte dann aber feststellen, daß er kein so großer Schutz gegen die von den Bergen kommenden Winde war, wie sie gehofft hatte.

Die Uisgu, die sie mit ihren von Rimoriks gezogenen Booten begleitet hatten, meldeten mit Bedauern, daß sie ihre im Wasser lebenden Freunde nicht bitten konnten, noch weiter zu schwimmen. Die Kälte war nicht gut für die, deren Heimat die Sümpfe waren.

Und so gingen sie wieder an Land weiter, wo sie jedoch langsamer vorankamen. Immerhin waren sie bereits am Fuße der Berge angelangt, wo sie sicheren Halt fanden.

Zum erstenmal in ihrem Leben sah Kadiya jetzt die vom Wind gekrümmten Bäume des Hochlandes. Früh am Morgen war die Luft so frisch, daß sie zu brennen schien, wenn Kadiya sie mühsam in ihre Lungen sog. Als sie am Morgen ihr Lager abbrachen – es war dies der nächste Tag, nachdem sie von den Booten der Uisgu auf der Westseite des Flusses abgesetzt worden waren –, machte Lamaril einen sonderbaren Gebrauch von seiner Stabwaffe. Ein Stück von der Gruppe entfernt hatte er den Stab aus glänzendem Metall auf seiner Handfläche ins Gleichgewicht gebracht und starrte ihn jetzt wie gebannt an.

Kadiya trug ihr Amulett jetzt außerhalb ihres Kettenpanzers. Sie vertraute darauf, daß es sie vor jeder Gefahr warnen wurde. Es leuchtete nun schon seit Tagen und war die ganze Zeit über warm – ein Zeichen dafür, daß sie sich der Quelle einer Macht näherten.

Der Stab auf Lamarils Handfläche bewegte sich und schlug ein kleines Stück nach Süden aus. Der Sindona drehte den Stab wieder zurück und beobachtete ihn, bis er wieder die gleiche Bewegung machte. In diese Richtung brachen sie dann auf.

Sie kamen in ein Tal, das zwischen zwei Gebirgsausläufern lag. Geröll unter ihren Füßen deutete auf einen mittlerweile verschwundenen Fluß hin, vielleicht war es auch einer, der nur zu bestimmten Jahreszeiten Wasser führte. Die üppige Vegetation der Sümpfe gab es hier nicht mehr. Hier war nur hartes, graues Gras zu finden, dessen Halme messerscharfe Kanten besaßen – wie Kadiya herausfand, als sie mit dem Fuß von einem vom Wasser abgerundeten Stein abrutschte. Sie packte einen Grasballen, um sich daran festzuhalten, und mußte sich gleich darauf die Blutstropfen von den Fingern lecken.

Sie kamen nicht völlig geräuschlos voran; zuweilen war das Geklirr einer Waffe gegen den Fels zu hören, dort, wo das Tal sich verengte. Einmal hörten sie einen Schrei von oben und sahen die ausgebreiteten Flügel eines Lämmergeiers, während der riesige Gebirgsvogel vom Himmel herabschwebte, als wolle er sich jene, die da in sein Gebiet eindrangen, näher ansehen. Die Lämmergeier standen im Dienste von Haramis. Wenn sie sich doch nur irgendwie mit diesem Wächter hier verständigen könnte... Kadiya sah zu, wie er davonflog. Aber gewiß wußte ihre Schwester, daß Gefahr drohte, und ein solcher Anblick würde sie warnen.

Das Flußbett war jetzt von schräg geneigten Felswänden umgeben, die mit jedem Schritt höher wurden. Hier waren überhaupt keine Pflanzen mehr zu finden – nur die uralten Spuren des Wassers an den Wänden, die von dem Lauf des Flusses zeugten, der sich hier einst seinen Weg gesucht hatte.

Vor ihnen lag eine scharfe Biegung. Dahinter war der Weg von einer Wand aus Felsbrocken versperrt, deren graue Oberfläche mit Schlangenlinien aus mattem Rot und Gelb überzogen war. Als Kadiya näher heranging, stellte sie fest, daß es sich dabei um eine Art Kristall handelte.

Das Flußbett verlief an dieser Stelle in Richtung Süden. Aber Lamaril wandte sich nicht von der Barriere ab, die sich ihnen in den Weg stellte, denn sein Stab deutete direkt dorthin.

Kadiya rang nach Atem. Die Waffe schoß aus seiner offenen Hand – er hatte sie ganz gewiß nicht von sich geschleudert – und stieß gegen den Fels, wo sie waagerecht verharrte, als hätte ihre Spitze den Stein durchbohrt. Zur gleichen Zeit machte ihr Amulett einen Satz nach vorn. Die Kette, an der es hing, zerrte an ihrem Hals. Auch das Amulett klebte jetzt am Gestein, bis Kadiya es packte und kräftig daran zog, um es aus den unsichtbaren Klauen zu befreien.

Die Kristalle auf den Felsen leuchteten. Das Mädchen sah, wie sich daraus Muster bildeten, die ähnlich aussahen wie die Webereien von Jaguns Volk oder die Symbole in den alten Büchern von Yatlan.

Lamaril legte seine Hand auf den Stab und zog ihn zurück. Die Inschrift leuchtete noch eine Weile, dann war sie verschwunden. Ein Raunen ging durch die Gruppe der Sindona, und um Lamarils Mund lag plötzlich ein harter Zug.

Kadiya spürte ein Unbehagen. Es war keine echte Angst, sondern eher ein Gefühl wie jenes, das man empfand, wenn man einen schon lange bestehenden Befehl mißachtete – so wie bei Jagun, als sie mit ihm zum erstenmal die Straße nach Yatlan gegangen war, die seinem Volk aufgrund eines uralten Schwurs verboten war.

Lamaril wandte sich nach links. Aber dieser Weg war nicht von einem Fluß geschaffen worden – er war bestimmt schon seit langer Zeit von der Mauer mit den Kristallen blockiert. Es war ein Felsrutsch, und das Gestein sah lose und gefährlich aus. Anscheinend hatte die Felswand von oben her nachgegeben und war dann in sich zusammengestürzt.

Sie nahmen ihre Bündel ab und banden diese zu größeren Packen zusammen. Mit den Mänteln verfuhren sie ebenso, als sie sich für den schwierigen Aufstieg bereitmachten. Kadiya blickte zu Salm hinüber. Würde die gebrechliche Uisgu ihnen folgen können?

Aber die weise Frau zeigte keine Angst. Ihren Stab hatte sie auf den Rücken gebunden, und jetzt stand sie da, die Hände vor sich ausgestreckt, und dehnte ihre Finger, als ob sie diese darauf vorbereitete, nach einem geeigneten Halt zu suchen.

Die Hassitti hatten sich bereits am Fuße des Felsrutsches

versammelt. Jetzt begannen die kleineren unter ihnen, nach Halt in der Wand zu suchen. Ihre klauenbewehrten Hände und Füße erwiesen sich als hervorragend geeignet für diese Aufgabe, und sie kletterten eifrig hinauf, gefolgt von Jagun und den Uisgu, die jedoch viel langsamer vorankamen. Zweimal drückten sie sich an die Wand und verharrten regungslos, als sich lockere Steine lösten und in die Tiefe polterten.

Kadiya vergewisserte sich, daß ihr Schwert fest in seiner Scheide saß, und ließ ihren kurzen Speer neben ihrem Bündel zurück.

Wie gut sie klettern konnte, würde sie erst sagen können, wenn sie in der Felswand war, aber vielleicht würde sie Salm trotzdem helfen können. Sie deutete auf ein zusammengerolltes Seil, das auf dem Bündel eines Sindona lag.

»Zusammen...«, dachte sie an die weise Frau.

Sofort drehte sich Lamaril zu ihr um, obgleich Kadiya ihren Gedanken nicht an ihn gerichtet hatte. Aber er protestierte nicht. Statt dessen nahm er seinem Gefährten das Seil ab und hielt es dem Mädchen hin.

Zuerst schüttelte Salm den Kopf und wich zurück. Aber Kadiya knüpfte eine Seilschlinge und warf sie ohne Vorwarnung über die kleine Seltling-Frau, bevor diese sich davonschleichen konnte. Beherzt drehte sich das Mädchen zu der Wand um. Hinter ihr stand Lamaril, als erster von den Sindona, die viel größer und schwerer waren.

22

Kadiya hatte noch niemals zuvor ihre Kräfte beim Klettern in rohem Stein gemessen. In den Sümpfen gab es keine Berge. Sie wußte, daß sie nur auf die Wand aus Geröll vor sich blicken durfte und nirgendwohin sonst. Es gab genügend Spalten, in denen ihre Finger und Zehen Halt finden konnten, aber ob diese auch ihr Gewicht aushielten, war eine andere Frage. Sie hatte sehr wohl bemerkt, daß einige Vorsprünge nachgegeben hatten, als die kleineren und leichteren Seltlinge hinaufgeklettert waren.

Es nahm viel Zeit in Anspruch, jeden Halt so gut wie möglich zu prüfen, bevor sie ihn mit ihrem vollen Gewicht belastete. Ihre Fingerspitzen rissen sich an dem Stein blutig, als sie versuchte, Spalten zu finden, die groß genug waren, um die Spitzen ihrer Stiefel aufzunehmen. Aber es gelang ihr voranzukommen.

Und auch Salm schaffte es. Das Seil zwischen ihnen spannte sich nicht, bis jetzt war es der Uisgu gelungen, bei Kadiyas Aufstieg mitzuhalten. Doch dann löste sich unter dem rechten Stiefel des Mädchens ein Stein. Verzweifelt krallte sie ihre Finger in eine Spalte weiter oben, so daß sie mit ausgestreckten Armen in der gefährlichen Felswand hing.

Finger griffen nach ihrem Fußknöchel; sie konnte den festen Griff selbst durch ihr Schuhwerk hindurch spüren. Einen Augenblick später wurde ihr Zeh in eine Spalte gerammt, wo er festen Halt fand. Aber sie zitterte am ganzen Leib, und trotz des eisigen Windes, der sie bei ihrem Aufstieg begleitete, war sie in Schweiß gebadet. Aus dem Helm tropften die Schweißtropfen heraus und liefen ihr über das Kinn.

Sie blieb, wo sie war, und versuchte sich zu beruhigen,

den Mut zu finden, nach Halt über sich zu suchen. Irgendwie gelang ihr das auch. Spalt für Spalt kämpfte sie sich nach oben. Dann griffen Hände nach ihr, die sich um ihre Handgelenke schlossen, Halt gaben und ihr halfen, sich über die Felskante nach oben zu ziehen. Auf Händen und Knien kroch Kadiya vom Abgrund weg und spürte, wie sich das Seil straffte, als Smail und einer der Hassitti Hand anlegten, um auch Salm in die trügerische Sicherheit des Felsvorsprungs zu ziehen.

Denn noch hatten sie den höchsten Punkt der Felswand nicht erreicht. Sie waren auf einem Vorsprung, wo sie sich aufrichten und mit dem Rücken zur Wand stehen konnten, zu ihren Füßen die zerklüftete Geröllhalde, über die sie sich nach oben gekämpft hatten. Als sich Kadiya aufgerichtet hatte, erkannte sie, woher der Felsrutsch gekommen war. Der Vorsprung hier war einmal sehr viel breiter gewesen. Jetzt konnte man tiefe Spalten darin sehen, was darauf hindeutete, daß er fast gänzlich abgebrochen und in das ausgetrocknete Flußbett gestürzt war.

Und noch etwas anderes war auffällig. Kadiya hob den Kopf, schnupperte und versuchte den Geruch zu erhaschen. Nur schwach, aber er war es! Der Geruch des Todes!

»Die Seuche!« Sie meldete die Gefahr mit Worten, sandte aber gleichzeitig auch eine Gedankenwarnung aus. Hier waren keine verfaulten Pflanzen zu sehen, keine Lebensform, von der sich die Seuche hätte ernähren können, und doch war der Gestank nicht zu verkennen.

Die Gefährten neben ihr machten Platz, als Lamaril sich über die Felskante schwang. Er mußte unmittelbar hinter ihr gewesen sein. Sie fragte sich flüchtig, ob es seine Hand gewesen war, die ihrem Fuß wieder Halt gegeben hatte.

Der Vorsprung wurde zu der Stelle hin schmaler, an der die meisten Felsbrocken in die Tiefe gestürzt waren, und sie schoben sich mit dem Rücken zur Wand auf ihm entlang, wobei sie genauso vorsichtig waren wie bei ihrem

Aufstieg. Die hochgewachsenen Sindona mußten sich sehr nah an den Rand wagen, um die Stelle überhaupt passieren zu können. Und über all dem lastete der Gestank der Seuche.

Aber es blieb ihnen keine andere Möglichkeit voranzukommen, denn der Felsvorsprung führte an der Barriere aus Kristallgestein vorbei und setzte sich dann hoch über dem blockierten Flußbett fort. Lamaril und Fahiel zwängten sich an den anderen Wächtern vorbei, gestützt von jenen, an denen sie vorbeigingen. Vor ihnen trippelten die Hassitti. Die kleinen Wesen aus Yatlan schienen so schnell vorwärtskommen zu wollen, als wäre dies hier ein Rennen.

Die Barriere war sehr breit, und der Vorsprung verengte sich noch weiter, bis diejenigen, die an der Spitze gingen, auf den oberen Teil der Barriere selbst hinuntersprangen. Von hier aus sahen sie, was vor ihnen lag: Das Flußbett zog sich noch ein Stück weiter, und die Spuren des Wassers befanden sich hier hoch oben an den Wänden, als hätte der künstliche Damm an dieser Stelle einst einen kleinen See gebildet. Hier und da waren Flecken auf dem trockenen Stein zu sehen, die Kadiya zuerst für Blumen hielt, so leuchtend hob sich ihre Farbe auf dem Fels ab. Dann stellte sie fest, daß es kleine Platten aus den roten und gelben Kristallen waren, die auch den Fels der Barriere überzogen.

Sie waren am Ende der Barriere angekommen. Jetzt mußten sie wieder in das Flußbett hinabsteigen, da der schmale Weg hier oben nicht weiter begehbar war. Ihre Bündel, die in die Höhe gezogen worden waren, wurden jetzt wieder herabgelassen. Dann sicherten die Sindona die Seile, während die Seltlinge, die Hassitti und Kadiya daran hinunterkletterten.

Einer nach dem anderen folgten auch die Sindona, bis nur noch Lamaril und Fahiel auf dem Vorsprung oben standen. Die beiden knieten nieder und richteten ihre

Stäbe mit der Spitze nach unten auf den Felsen. Es sah aus, als wollten sie ihre Waffen als Bohrer verwenden, wie jene, die Kadiya schon bei den Bootsbauern gesehen hatte. Die dünnen Stäbe bohrten sich in das Gestein.

Lamaril und Fahiel schlangen das Seil um sich, sprangen über den Rand des Vorsprungs und ließen sich in die Tiefe gleiten. Als ihre Stiefel auf den Kies des alten Flußbetts trafen, zogen sie an dem Seil, und Kadiya hörte einen hohen Pfeifton.

Sie sah, wie sich die Stäbe bewegten und aus dem Stein lösten. Dann schnellten sie in die Luft und fielen gleich darauf herab in das Flußbett, wo sie von ihren Eigentümern aufgefangen wurden.

Lamaril fuhr mit dem Finger über seine sonderbare Waffe, die zugleich ein Werkzeug war. Kadiya konnte nur diese Bewegung sehen, da sein Gesicht von der Helmmaske verborgen war, aber sie spürte ein Unbehagen, das mit Sicherheit von ihm und Fahiel ausging – als hätten sie die Macht geschwächt, über die sie verfügen konnten. Falls dem so war, fanden sich die beiden schnell damit ab, denn unmittelbar darauf wandte sich der Anführer der Wächter an den Rest der Truppe.

»Wir gehen in diese Richtung weiter.« Er deutete auf das Flußbett vor sich. »Achtet darauf, die Kristalle nicht zu berühren. Sie sind eine Art Wächter, und wir wissen nicht, ob ihre Macht überdauert hat und wie stark sie noch sind.«

Nach dieser Warnung gingen sie in einer Reihe hintereinander weiter, wobei sie den Boden unter ihren Füßen im Auge behielten und einem leuchtenden Fleck nach dem anderen auswichen. Der Gestank der Seuche lag immer noch in der Luft, aber er war längst nicht so stark wie an jener Stelle im Sumpf, wo Kadiya auf ihre widerliche Spur gestoßen war. Aufmerksam suchte sie ihre Umgebung ab – nach den gefährlichen Kristallen, aber auch nach Pflanzen, die von der Seuche befallen sein könnten. Doch bis jetzt hatte sie nur toten Stein gesehen. Das Flußbett stieg zu den

Bergen hin an. Trotz der hohen Felswände zu beiden Seiten konnten sie vor sich die Silhouette der in den Himmel ragenden Berggipfel erkennen. Der Wind, der durch den Gang pfiff, war eisig kalt.

Das durch die Felswände ohnehin gedämpfte Tageslicht wurde allmählich schwächer. Kurz vor Einbruch der Abenddämmerung hatten sie immer noch keine Stelle entdeckt, an der sie ihr Lager hätten aufschlagen können, da der Boden überall von den Kristallen bedeckt war. Und doch mußten sie rasten und essen, zumindest, so dachte Kadiya, die Seltlinge, die Hassitti und sie selbst. Die Sindona brauchten vielleicht keine Ruhepause.

Als es dunkler wurde, begannen die Kristalle zu leuchten. Das Licht, das von ihnen ausging, war so hell, daß sie ihnen leicht ausweichen konnten. Aber so weit Kadiya sehen konnte, nahmen sie kein Ende.

So weit sie sehen konnte ... Das Mädchen stellte plötzlich fest, daß der Weg vor ihnen von einer Art Nebel verborgen war, ähnlich dem Dunst, der über dem Sumpfland hing. Und doch gab es hier kein Wasser, aus dem er hätte entstehen können.

An den Rändern schien sich dieser Nebel auf sonderbare Weise zu verdichten. Und auch der Gestank der Seuche wurde immer stärker. Kadiya ging langsamer und sandte eine Gedankenwarnung aus, die, wie sie hoffte, alle aus ihrer Gruppe erreichen würde. Doch die Schritte der Sindona wurden nicht langsamer.

»Lamaril!« Sie versuchte, den großen Schritten Lamarils zu folgen. »Die Fäulnis, vor uns ...«

»Es gibt keinen anderen Weg, Tochter des Königs«, entgegnete er.

Sie wollte stehenbleiben, die Seltlinge, die trippelnden Hassitti zurückhalten. Die Seuche mochte den Sindona als ein geringes Übel erscheinen, aber Kadiya hatte sie gesehen.

Langsam und mit einiger Mühe zog Kadiya ihr Schwert.

Die anstrengende Klettertour schien es fester in die Scheide gezwungen zu haben. Sie sah ein schwaches Licht, die Augen waren halb geöffnet. Ein gedämpftes Leuchten ging von ihnen aus. Die sonderbaren Kugeln lebten, und sie hatten die Spuren der Seuche mit ihrem Feuer vernichtet. Aber würden sie diese Macht auch über einen längeren Zeitraum hinweg ausüben können?

Der Nebel war zu einem dunklen Vorhang geworden, so dicht, daß es schien, als könne man ihn mit Händen greifen. Sie kamen immer näher. Kadiya schnupperte. Bis jetzt war der faulige Geruch noch nicht stärker geworden.

Lamarils Stab stieß nach vorn. Eine Lanze aus Licht, nicht größer als der Zeigefinger des Mädchens, richtete sich auf den Vorhang. Lamaril schien ihn durchzuschneiden, er bewegte den Stab auf und ab wie ein Messer.

Aber der dunkle Schleier verschwand nicht. Statt dessen verwandelte er sich in lange, gekräuselte Bänder, die nach ihnen griffen. Wieder ein Trugbild? Kadiya glaubte es nicht. Aber sie glaubte auch nicht, daß es eine der alten Wachen war, die vom Versunkenen Volk zurückgelassen worden waren, obgleich Lamaril anscheinend wußte, was er da tat.

Einer der dunklen Streifen griff nach links. Ein Hassitti – Quave – duckte sich näher an den steinigen Untergrund und schlich zurück. Lalan erhob ihren Stab, wie jemand, der ein ungebärdiges Tier mit der Peitsche zur Ordnung ruft, und ließ ihn auf einen der herumstreifenden Nebelfetzen niedersausen. Er schnellte zurück, als wäre er ein Teil eines fühlenden Wesens, aber auf einem Stein, den er berührt hatte, blieb ein Fleck aus glänzendem Schleim zurück – eine mit der Fäulnis gefüllte Blase, von der der verräterische Geruch ausging.

Jetzt stellten sich drei Sindona neben ihren Anführer. Die Spitzen ihrer Stäbe waren nun winzige Punkte aus gleißend hellem Licht – Licht, das sich auf die zuckenden Tentakel des Vorhangs stürzte.

Feuer lief über ihn hinweg, als er sich wand und krümmte, wie ein lebendes Wesen, das in einem Ofen verbrannt wurde. Dann war der Nebel verschwunden, und sie konnten wieder sehen, was vor ihnen lag. Aber auf dem Boden waren stinkende Flecken zurückgeblieben, die den Weg vor ihnen bedeckten. Kadiya holte mit dem Schwert aus und richtete die Augen auf den ersten Schleimspritzer.

Aber die drei Kugeln folgten ihrem Befehl nicht. Schließlich verbrannte ein Sindona den Fleck.

Völlig verunsichert stand Kadiya da und hielt die Waffe fest, der sie so lange vertraut hatte. Die Augen waren offen, und sie konnte sie ansehen, in sie hineinsehen – das grüne Auge, das dem eines Seltlings ähnelte, das braune mit den goldenen Fünkchen, das eines ihrer Augen hätte sein können, und das strahlend helle Auge, das größer war als die beiden anderen und so aussah wie die Augen der Sindona.

Sie schauten nur zu – oder warteten. Auf was? Bewahrten sie ihre Kräfte für eine Prüfung, die ihnen noch bevorstand? Wohl konnten Kadiyas verwirrte Gedanken Antworten geben, aber wer wußte schon, ob es auch die richtigen waren?

Und doch behielt sie die blanke Waffe in der Hand, als sie hinter den Sindona an der Spitze weiterging, begleitet von den Seltlingen und den Hassitti, die jetzt wieder zurückgefallen waren. Der Nebel war verschwunden, und sie sah, was vor ihnen lag.

Das alte Flußbett setzte sich fort, aber zu ihrer Linken sah sie noch etwas anderes. In die Felswand war eine enge Treppe hineingehauen worden, die nach oben führte. Und auf den Stufen waren Spuren zu erkennen – kaum sichtbare Flecken, die ausgetrocknet waren und abbröckelten, aber immer noch den Fäulnisgeruch der Seuche verströmten.

Lamaril hielt seinen Stab bereit. Als er nach oben ging, fiel das Licht auf jede einzelne Stufe und reinigte den

Weg. Die Stufen waren steil und zweifellos für die großgewachsenen Angehörigen des Versunkenen Volkes gebaut worden. Die Hassitti gebrauchten Hände und Füße, um hinaufzuklettern, und Kadiya konnte immer nur eine Stufe auf einmal nehmen, seitwärts und mit dem Rücken zur Wand, damit sie Salm helfen konnte, wenn diese Hilfe brauchte. Die weise Frau sah noch gebrechlicher aus, ließ aber kein Wort der Klage vernehmen, sondern zog nur etwas aus dem Beutel an ihrem Gürtel hervor, das wie eine halbe Handvoll getrockneter Blätter aussah. Diese steckte sie sich in den Mund und kaute kräftig darauf herum, als könne sie dadurch ihre Kräfte stärken.

Die Abenddämmerung war hereingebrochen, aber die wachsende Dunkelheit schien die Sindona nicht aufhalten zu können. Vielleicht besaßen sie ja die Fähigkeit, im Dunkeln zu sehen, aber für Kadiya, die verzweifelt versuchte, nicht über den ungesicherten äußeren Rand der Stufen in die Tiefe zu blicken, war die Treppe eine fast ebenso große Herausforderung wie die Besteigung des Felsrutsches.

Die Treppe ging immer weiter und weiter. Hatten sie die Ausläufer des Gebirges hinter sich gelassen, so daß sie jetzt schon in den Bergen waren? Sie zitterte in dem schneidenden Wind, der zum Glück nicht sehr stark war – zumindest nicht stark genug, um sie von der Treppe zu schleudern.

Schließlich gelangten sie auf ein flaches Felsplateau, das so glatt wie eine gepflasterte Straße war. Vorne führte es zu einer offenen Stelle, über die der Wind der hereinbrechenden Nacht fegte, an der Rückseite erhob sich wieder eine Felswand. Diese bestand aus rohem, unbehauenem Stein, durch den sich einige Risse zogen.

Lamaril und jene, die ihm beim Kampf gegen den Nebelvorhang zur Seite gestanden hatten, gingen direkt zu der Felswand hinüber. Als sie dort angekommen waren, streckten sie ihre Hände mit der Handfläche nach oben aus. Die Stäbe zeigten auf die Wand. Wieder bewegten sie sich von allein. Lamarils Stab flog aus seiner Hand und blieb an einer Stelle im Fels stecken, die sich ein kleines Stück über seinem Helm befand. Die Stäbe seiner Gefährten suchten sich links und rechts davon ihr Ziel.

Kadiya sah wieder, wie sich die Waffen bewegten, Lamarils Stab zuerst nach rechts und dann nach links, wobei sie eine hauchdünne Linie aus Licht über den Fels zogen. Auch die anderen bewegten sich und zeichneten zwei senkrechte Linien. Schließlich zeigte sich der Umriß eines Rechteckes, das eine Tür sein konnte.

Aber kaum waren die Linien aus Licht erschienen, erloschen sie auch schon wieder. Sofort berührte Lamaril den Stab, versuchte aber nicht, ihn aus dem Fels herauszuziehen. Noch einmal leuchteten die Linien auf, dann waren sie verschwunden.

Jetzt legte er seine Hände auf das Gestein, innerhalb des Rahmens, den die Stäbe gezogen hatten. Kadiya sah, wie sein Körper starr wurde. Zwei seiner Gefährten traten hinter ihn. Einer von ihnen packte die rechte Schulter des Kommandanten, der andere die linke.

Macht! Kadiya spürte die Gegenreaktion auf die Kraft, die sie aufwendeten. Zweifellos versuchten die Sindona, eine Öffnung zu schaffen.

Der Rückstoß der Energie wurde immer stärker. Das Schwert in Kadiyas Händen bewegte sich, als wolle es protestieren.

Und wieder stieß die Macht zu. Aber die Wand vor Lamaril und seinen Gefährten gab nicht nach. Die Linien erloschen und leuchteten nicht wieder auf.

»Versiegelt.« Lamaril trat zurück, nachdem er seinen Stab aus der Wand gezogen hatte. »Sie ist immer noch versiegelt, so, wie sie zurückgelassen wurde – aber wir können sie nicht öffnen.« Er steckte den Stab in seinen Gürtel und drehte sich wieder zur Wand. Jetzt setzte er die Fingerspitzen beider Hände auf den Felsen und fuhr an der Stelle, wo die Linien erschienen waren, suchend über die Oberfläche.

»Ich spüre die Mächte der Finsternis. Sie sind hier!« Es waren nicht Lamarils Gedanken, sondern die von Salm. Die weise Frau trat vor. Ihr Gesichtsausdruck machte deutlich, daß sie Abscheu, aber auch tiefe Angst empfand.

»Dunkelheit«, wiederholte sie, als Lamaril den Kopf wandte, um zu ihr hinunterzusehen.

»Das Werk von jenem, den Varm auserwählt hat!« sagte Lalan erstaunt. »Dann ist er also vor uns hier angekommen!«

»Das glaube ich nicht«, sagte Lamaril langsam. »Wenn dem so wäre, stünde dieser Weg hier sicherlich offen, denn das, was sich dort drin befindet, soll herauskommen können.

Caskar hat die letzte Sperre gesetzt – und er war nicht mit den Mächten der Finsternis im Bunde. Auch Binah nicht, die damals zugesehen hat, damit sie darüber wachen konnte. Kadiya« – seine Gedanken richteten sich an das Mädchen –, »Ihr habt uns von diesem Orogastus erzählt, der sich in die verbotenen Dinge eingemischt hat. Was für ein Mann war er?«

Sie versuchte sich an das zu erinnern, was Haramis ihnen erzählt hatte. Aber sie wußte auch, daß vieles, was den Zauberer betraf, nur ihrer Schwester bekannt und deren Geheimnis geblieben war, obgleich sich Haramis am Ende gegen Orogastus gestellt und ihn mit der Macht des zusammengefügten Talismans vernichtet hatte.

»Er wußte sehr viel, aber er war ein sonderbarer Mann und aus einem fremden Land. Wir haben nie erfahren, woher ihn Voltrik als seinen Berater mitgebracht hatte. Wir wußten nur, daß Voltrik ihm danach völlig zu Willen war, ob der König es nun wußte oder nicht.

Haramis sagte, daß er – obgleich er sehr viel wußte – nach immer mehr Wissen strebte und glaubte, in den Ruinen der Sümpfe verborgene Geheimnisse finden zu können. Ganz sicher war er mit den Mächten der Finsternis im Bunde gewesen, und immer wollte er die Macht beherrschen.«

»Aus einem fremden Land...«, sagte Lamaril nachdenklich. »Macht lockt Macht an. Vielleicht ist er von dem hier angelockt worden.«

»Seine Wohnstatt war hier in den Bergen«, fügte Kadiya hinzu.

»Ein Suchender, der sich hier zu schaffen gemacht hat, und vielleicht eine Sperre gesetzt hat, um alles zu sichern, bis er zurückkehren konnte«, sagte Lalan zögernd.

»Vielleicht und doch entkam der eine und gelangte zu Varm. Es könnte auch *sein* Siegel sein, das uns jetzt den Weg versperrt.« Lamaril warf einen Blick auf die Wand. »Auch wir könnten ein Siegel setzen. Vielleicht wird er dadurch aufgehalten, wenn er hier ankommt.« Er wandte sich an die weise Frau.

»Was wißt Ihr von der Macht, mit der Siegel gesetzt werden?« Mühsam setzte sie sich mit gekreuzten Beinen auf den Steinboden des breiten Felsvorsprungs. Aber auf ihren Wink hin brachte Smail ihr Bündel herbei und löste die Riemen für sie.

»Ich vermag nur wenig, Ehrwürdiger. Ich sehe in die Ferne und – ein wenig – in die Zukunft. Ich weiß ein wenig von der Heilkunst. Ich kenne einige Schutzzauber, die für die Jäger gedacht sind, für Reisende oder jene, die von schlechten Träumen gequält werden...«

»Träume! Dafür sind die Hassitti zuständig«, wurde sie von Quave unterbrochen, der zu der Uisgu trottete und sich zu ihr gesellte. »Mit Träumen kenne ich mich aus. Aber für welchen Zweck ist das hier gut?«

Salm hatte ihr Bündel durchsucht und legte jetzt drei kleine Päckchen und einen Teller aus Metall, der nicht größer war als Kadiyas Hand, vor sich.

»Vielleicht hat es noch gar keinen Zweck, mein Kleiner.« Anstelle der weisen Frau beantwortete Lamaril die Frage des Hassitti. »Aber alle Erscheinungen der Macht dienen einem Zweck.«

Kadiya packte ihr Schwert fester. Alle Erscheinungen der Macht...

Salm zerkrümelte ein kleines Stück von einem getrockneten Blatt auf dem Teller und fügte ein wenig Pulver aus jedem der Päckchen hinzu.

Es war jetzt dunkel, aber von dem Teller vor ihr ging ein schwaches Leuchten aus. Die Stäbe der Sindona sahen aus wie Kerzen, als sich ihre Träger hinter Salm aufreihten und nur die dem Berg zugewandte Seite frei ließen.

»Dies ist der stärkste Abwehrzauber, den ich kenne, Ehrwürdiger.« Die weise Frau zog einen kleinen Knochensplitter hervor und berührte damit den Teller. Ein Funken sprang auf die Mixtur über, aus der sich sogleich eine kleine Wolke leuchtenden Rauchs erhob. Salm bewegte ihre Hand, und der senkrecht aufsteigende Rauchfaden änderte plötzlich die Richtung. Er bewegte sich auf die Wand zu.

Lamaril war auf ein Knie gesunken und blickte von Salm zu der Wand und wieder zurück. Selbst in diesem schwachen Licht konnte Kadiya sehen, wie er schnupperte. Auch sie hatte den Duft gerochen – beißend, stark, wie der Geruch, der von einem stark gewürzten, heißen Mahl ausging.

»Zarcon – ja.« Er nickte. »Euer Lied, weise Frau?«

Salm, die immer noch ihre Hand über den Rauch hielt, um diesen zu leiten, legte den Kopf zurück, als wolle sie jetzt etwas Unsichtbares in der Luft über ihnen ansprechen.

Aus ihrem Mund kam ein sonderbares Trillern, das für Kadiya überhaupt nicht wie ein Lied klang. Salm schloß die Augen. Smail kniete sich hinter sie. Er schlug mit der offenen Handfläche auf den Fels, in einem gleichbleibenden Takt. Kadiya hörte, wie er seinen Rhythmus den kehligen Lauten der weisen Frau anpaßte.

Lamaril hatte sich wieder erhoben. Mit zwei Schritten war er am Rand des Felsplateaus. Er streckte die Hand mit dem Stab aus und tauchte ihn in den Rauchfaden. Das Ende davon wickelte sich um den Stab, und als Lamaril ihn wieder erhob, zog er den Rauch mit sich.

Er holte aus und schleuderte den gefangenen Rauch auf die verborgene Tür. Sein Stab blitzte auf, als er die Waffe auf und ab bewegte. Auf dem Felsen zeigten sich wieder Linien – dieses Mal dünn und grau –, Rauchlinien, die zu einem dichten Netz geknüpft wurden.

23

Jagun entdeckte einen Weg von der Felsbank in das Versteck. Das Netz, das sich über die Tür gelegt hatte, war nicht mehr zu sehen, aber Kadiya war sicher, daß es noch da war. Jetzt suchten sie sich ihren Weg entlang des Plateaus, zu einem Spalt in der Felswand, den sie vorhin nicht bemerkt hatten.

Hier bildete eine Spalte im Fels einen Kamin, der weiter auf den Berg führte. Für die Seltlinge, die Hassitti und Kadiya war es ein leichtes, aber die Sindona konnten sich nur mit Mühe hinein und dann weiter nach oben zwängen. Das Mädchen hörte, wie ihre Panzer über das Gestein scharrten.

Zum Glück dauerte der Aufstieg nicht lange. Sie gelangten in einen schmalen Durchgang, der zu einer größeren Spalte führte und schließlich in einem Felsvorsprung hoch über dem Tal endete. Er war einmal bewohnt gewesen, denn sie stießen auf viele trockene Zweige, Gras und ihnen unbekanntes Material, aus dem ein riesiges Nest zusammengefügt worden war. Sie hatten den Horst eines Lämmergeiers gefunden.

Aber nachdem Jagun und zwei der Uisgu alles mit großer Sorgfalt untersucht hatten, versicherten sie, daß die Lämmergeier hier seit mehreren Brutzeiten nicht mehr gebrütet hatten. Da die riesigen Vögel Jahr für Jahr zu denselben Nestern zurückkehrten, mußte es einen Grund dafür geben, daß sie dieses hier aufgegeben hatten.

Sie machten sich daran, den Unrat – der einen üblen Geruch verströmte, als sie an ihm rührten – von dem Vorsprung zu räumen. Er war so groß, daß sie alle sich darauf zusammendrängen und ihr – wenn auch recht beengtes – Lager aufschlagen konnten.

Kadiya wußte, daß sie auf die Ankunft des Schwarzen Dieners warteten. Wenn er bei seiner Flucht tatsächlich die Sperre gesetzt hatte, um seine hilflosen Gefährten zu schützen, dann wurde er bei seiner Rückkehr vielleicht von dem Netz aufgehalten, das Lamaril und Salm gesponnen hatten.

Erst als das Mädchen sich auf dem schmalen Raum, der ihr zustand, zu Boden sinken ließ und an ihrem harten Reiseproviant knabberte, spürte sie die Müdigkeit, die sie nach den Mühen des Tages überfiel. Der ständige Schmerz in ihren überanstrengten Muskeln zermürbte sie. Kadiya hatte geglaubt, daß sie nach den Anstrengungen der letzten Tage abgehärtet sei, aber erst jetzt wußte sie, wieviel Kraft eine Reise kosten konnte.

In dieser Nacht zogen die Sindona keinen Schutzkreis und entzündeten auch kein Feuer, obgleich das alte Nest so trocken war, daß es gutes Brennmaterial abgegeben hätte. Es war klar, daß sie keinen Zauber und auch kein Licht verwenden wollten. Es hätte den abgeschreckt, den sie fangen wollten.

Kadiya fragte sich, wie gefährlich der Mann war, der sich triumphierend von dem eisernen Thron erhoben hatte. Sie wußte nicht, wie groß die Macht war, die von den Sindona oder ihm aufgeboten werden konnte, aber aufgrund von Lamarils Verhalten war sie zu der Überzeugung gelangt, daß das Versunkene Volk diesen alten Feind ihres eigenen Blutes für einen ernst zu nehmenden Gegner hielt.

Zum Glück waren sie durch die Wände der Felsspalte einigermaßen vor dem Nachtwind geschützt, aber das Mädchen spürte, wie Salm und Tostlet, die in der qualvollen Enge an sie gedrückt wurden, zitterten. Auch Kadiya litt unter der eisigen Kälte, die die Sumpfbewohner nicht kannten. Ihre Mäntel aus Schilfrohr, dazu gedacht, die feuchten Nebel der Sümpfe abzuhalten, boten fast keinen Schutz vor den kalten Windböen.

Kadiya war zu müde, um zu schlafen, und sie mußte gegen ihre Gedanken ankämpfen, die das Bevorstehende in düsteren Farben ausmalten. Hätten die Sindona bei der Tür unten nicht versagt, würde sie jetzt nicht von solchen Zweifeln geplagt. Nachdem sie ihr ganzes Leben lang an die Allmacht des Versunkenen Volkes geglaubt hatte, brachte die Erkenntnis, daß es auch für jene Grenzen gab, all ihre Grundsätze ins Wanken. Das Mädchen wünschte, es hätte noch einmal versucht, Haramis zu erreichen. Hier in den Bergen, wo ihre Schwester jetzt lebte, hätten sich ihr sicher nicht die Barrieren entgegengestellt, auf die sie in den Sümpfen unten getroffen war. Aber das Gebot, keine Magie gleich welcher Art einzusetzen, diente ihrem eigenen Schutz.

Schließlich siegte ihre Müdigkeit über die Fragen und Zweifel, die ihr im Kopf herumgingen, und sie fiel in einen tiefen, traumlosen Schlaf.

Als sie erwachte, war der Himmel vom ersten trüben Grau der Morgendämmerung überzogen. Zu ihrer Rechten war jemand aufgewacht und hatte sich aufgesetzt. Am Rand des Felsvorsprunges konnte Kadiya die Umrisse von zwei Helmen erkennen: Sindona, die Wache hielten.

»Tochter des Königs...« Ganz schwach drang ein Gedanke zu ihr vor, dann legte jemand vorsichtig seine klauenbewehrte Hand auf ihren Arm. Tostlet.

»Gibt es Schwierigkeiten?« Kadiya rieb sich den Schlaf aus den Augen. Dann fiel ihr etwas auf – der Griff des Schwertes, der auf ihrem Arm lag, wurde immer wärmer.

»Es gibt – ein Geheimnis...« Beim letzten Wort hatte die Heilerin der Hassitti gezögert, als wäre sie sich nicht ganz sicher.

»Wo?«

»Unter uns.«

Tostlet hatte den Belag weggekratzt, der unten im Nest gelegen hatte – jene pulverförmige Masse, die den Fels überzogen hatte, als sie die Zweige und den anderen Unrat zur Seite geräumt hatten. Jetzt kratzten ihre Krallen leise über das Gestein. Da Kadiya im schwachen Licht der Dämmerung fast nichts sah, konnte sie nur vermuten, was die Hassitti da gerade tat. Aber als sie ihre Hand ausstreckte, spürte sie, wie ihre Finger von Klauen ergriffen und nach unten gezogen wurden.

Sie spürte den Stein, und dann noch etwas anderes. Die kühle Glätte von Metall! Es war am Felsen befestigt, auf gleicher Höhe mit dem Stein. Mit Tostlets Hilfe konnte das Mädchen einen Winkel ertasten, vielleicht die Ecke eines größeren Teils.

Sie hatte sich vornübergebeugt, um den Klauen der Hassitti zu folgen, als plötzlich das Amulett auf ihrer Brust zu strahlendem Leben erwachte und über dem Teil des Felsens unter ihnen hin und her pendelte.

»Kadiya!«

Lamarils Gedanken. Es fiel ihr nie schwer zu erkennen, daß er es war.

»Wir haben etwas gefunden. Es besitzt Macht.«

Die anderen um sie herum rührten sich, der Gedankenaustausch hatte sie wohl aufgeweckt. Einige schoben sich zur Seite, als der Anführer der Sindona zu Kadiya ging.

»Macht.« Er bestätigte ihre Worte. »Wir müssen mehr darüber erfahren.«

Sie hatten nicht viel Platz für ihre Aufgabe, aber alle drückten sich zur Seite, so gut sie konnten. Die pulverförmigen Ablagerungen, von denen der Fels überzogen war, verströmten einen schwachen, unangenehmen Geruch, als sie diese wegkratzten, aber es war nicht der Fäulnisgeruch der Seuche.

Mit ihren Händen und einigen brüchigen Holzstücken kratzten sie eine Fläche frei, wo sie etwas fanden, das tatsächlich aus Metall bestand. Als das Tageslicht stärker wurde, konnten sie Genaueres wahrnehmen als zuvor im Licht des Amuletts. Sie hatten ein im Fels eingelassenes Gitter freigelegt. Die eng gefügten, offenen Stäbe bildeten ein Gatter, das völlig mit Staub verstopft war. Sie fanden keine Stelle, an der sie es hätten hochheben können; anscheinend war das Metall an den Rändern mit dem Felsen verschmolzen worden.

»Es führt in das Gefängnis der Schläfer.« Lamaril setzte sich wieder auf.

»Und es ist geschützt«, bemerkte Tostlet. »Ehrwürdiger, es ist ein mächtiger Schutzzauber – aus der alten Zeit.«

»So ist es. Und doch kann es uns von Nutzen sein. Ein guter Fund ...«

Seine nächsten Worte wurden von einer plötzlich ausgesandten Warnung unterdrückt, die jeden Gedanken übertönte.

»Von unten kommt jemand!«

Die Kette von Kadiyas Amulett bewegte sich, als ihr Talisman nach links pendelte und zum Rand des Felsvorsprungs zeigte. Kadiya erstarrte. Ihr Blick richtete sich auf das Schwert, da das Mädchen zu weit von dem Aussichtspunkt an der Felskante entfernt war und sich zu viele dazwischen drängten, als daß sie hätte sehen können, was geschah. Das Schwert war zum Leben erwacht, die Augen in seinem Griff waren nicht mehr von den Kugeln verborgen.

Sie hörte ein scharrendes Geräusch, als sich Jagun von oben herunterfallen ließ und auf der Rückseite des Horstes landete. »Auf beiden Seiten über uns sammeln sich Skritek!«

Der schmale Felsvorsprung, auf dem sie ihr Lager aufgeschlagen hatten, war zu ihrer Falle geworden. Die Sindona gingen den Weg zurück, der sie hierhergeführt hatte. Die Lichtstrahlen aus ihren Stäben fielen auf den Unrat aus dem Nest, als sich die Uisgu an die Felswand an der Rückseite des Vorsprungs zusammendrängten, um den anderen, die Blasrohre in den Händen hielten, mehr Raum zu verschaffen. Kadiya blieb im Augenblick nichts anderes übrig, als es ihnen gleichzutun, denn der Weg durch den

Kamin war von den massigen Körpern der Sindona versperrt.

Sie musterte den Fels zu beiden Seiten. Er war hier breiter, so daß der Einschnitt wie ein Keil geformt war, an dessen engster Stelle sie sich gerade befanden. Lämmergeier waren riesige Vögel, in der Lage, einen Reiter zu tragen – sie hatte einmal gesehen, wie Haramis einen von ihnen bestiegen hatte. Der Weg zu dem verlassenen Nest war daher mit Sicherheit so breit, daß auch die kleineren Var zwischen den Felswänden hindurchfliegen konnten.

Feuer war die wirkungsvollste Waffe gegen die gefährlichen Raubvögel. Aber das Material des alten Nests anzuzünden hieße, sie alle bei lebendigem Leib zu verbrennen. Das Holz war so trocken und brüchig, daß sich die Flammen sofort ausbreiten würden.

Im grauen Himmel über sich sah sie mächtige schwarze Schwingen – zweifellos Var. Was hatte sie hierhergebracht? Die kalte Luft in den Bergen war bestimmt nicht angenehm für sie – Varms Diener mußte sie in der Gewalt haben. Und nicht nur die Var zogen ihre Kreise am Himmel über ihr – von oben zog der Gestank der Skritek die Felswand hinunter. Die von den Mächten der Finsternis beherrschte Gruppe mußte den steilen Abhang entdeckt und sich verteilt haben, um sie gleichzeitig von unten und von oben anzugreifen.

Sie hörte Gebrüll über sich, dann wurde vom höchsten Punkt der Felswand, an die sich Kadiya und die meisten ihrer Gefährten drückten, ein Felsbrocken auf sie herabgeschleudert. Er prallte von der gegenüberliegenden Felswand ab und kam genau auf sie zu! Er schlug so nah bei Kadiya auf, daß sie sich unwillkürlich duckte. Ein Uisgu konnte sich gerade noch durch einen Sprung zur Seite retten, bevor der Fels aufschlug. Aber das war nur der erste von weiteren Angriffen, mit denen die Feinde versuchten, sie entweder an Ort und Stelle zu zerschmettern oder in den Kamin zu treiben. Sie waren in einer

Falle. Ein Var stürzte sich herab. Dann überschlug er sich und kreischte. Obwohl die Seltlinge von diesen furchtbaren Kreaturen angegriffen wurden, waren sie doch so geistesgegenwärtig gewesen, ihre Waffen bereitzuhalten. Der Var stürzte herab, drehte sich immer wieder um sich selbst und stürzte schließlich in die Überreste des alten Nests. Kadiya sah, daß zwei Pfeile in seinem Körper steckten – es waren jene vergifteten Dornen, die Smail während ihrer Reise angefertigt hatte.

Immer noch stürzten Felsbrocken auf sie herab. Ein Schrei gellte Kadiya in den Ohren. Jemand aus ihrer belagerten Gruppe war getroffen worden.

Der andere Var, der immer noch seine Kreise am Himmel zog, versuchte keinen zweiten Angriff. Aber der Regen aus Steinbrocken, der sie an Ort und Stelle festhalten, wenn nicht gar zerschmettern sollte, ging unvermindert weiter. Aber wie Kadiya sah, gab es gar keine Möglichkeit, die Angreifer oben auf der Felswand zu erreichen. Jagun war vorhin dort hinauf- und dann wieder heruntergeklettert, um sie zu warnen. Aber jetzt noch einmal dort hinaufzuklettern war unmöglich – das Risiko, von einem der herabstürzenden Felsbrocken erschlagen zu werden, war einfach zu groß.

Unten würden sie sicherer sein. Kadiya sandte einen Gedanken aus, und schon gehorchten ihr jene, die sich an die Felswände gedrückt hatten, und gingen langsam auf die Öffnung zu, durch die sie nach unten klettern mußten.

Sie versuchte, Lamaril mit ihren Gedanken zu erreichen. Welchem Feind standen er und die Sindona dort unten gegenüber? Einige Augenblicke lang schien sie durch seine Augen zu blicken. Skritek versuchten, auf den Felsvorsprung vor der geheimen Tür zu gelangen, wo sie schon von den zuckenden Blitzen aus den Stabwaffen erwartet wurden. Und doch kamen immer mehr von ihnen, und jetzt konnte sie auch ihre jammernden Schreie hören, die sogar das Gepolter der herabfallenden Steinbrocken übertönten.

Die Verbindung brach plötzlich ab – als hätte sie nie bestanden. Was war mit Lamaril? Wenn er getötet worden war, wie war der Feind dann zu ihm gelangt? Sie hatte keinen Skritek über die Felskante kommen sehen. Kadiya versuchte mit aller Kraft, die Verbindung wiederherzustellen, traf aber nur auf einen dichten Vorhang. Lalan – auf einmal tauchte das Bild der Frau in ihren Gedanken auf. Das Mädchen versuchte es festzuhalten. Dann wurde plötzlich alles schwarz.

Tot! Waren die beiden tot? Sie konnte, wollte es nicht glauben. Salm hatte Macht, der Träumer der Hassitti hatte Macht, aber jetzt war das Schwert vielleicht ihre einzige Verteidigung. Sie mußte verhindern, daß die anderen nach unten kletterten, wo sie vielleicht schon von den Klauen der Skritek erwartet wurden.

Auf ihren Befehl hin – obgleich Jagun und Smail ihr den Weg versperren wollten und sich erst zurückzogen, als Kadiya den beiden das Schwert entgegenstreckte und sie die glühenden Augen darauf sahen – wichen die Seltlinge und die Hassitti zurück und ließen sie als erste gehen.

Sie brauchte beide Hände für den Abstieg, mußte aber auch das Schwert bereithalten. Kadiya steckte sich die Klinge zwischen die Zähne und biß so fest darauf, wie sie konnte. Die Waffe wurde immer heißer und verbrannte ihr die Mundwinkel. Aber sie hielt sie fest und konzentrierte sich darauf, an welchen Stellen sie beim Abstieg Halt für ihre Hände und Füße finden würde.

Kadiya war den Kamin zur Hälfte hinuntergeklettert, als sie die Macht spürte. Sie brach wie die Flutwelle eines vom Monsun aufgewühlten Flusses über das Mädchen herein. Sie klammerte sich an den Felsen und kämpfte verzweifelt darum, nicht in die Tiefe zu stürzen.

Aus dem Sog wurde plötzlich Druck. Als sie weiter nach unten kletterte, war ihr, als ließe sie sich in einen

See aus Energie hinab, der sie jeden Augenblick gegen den Fels schleudern und zerquetschen konnte – wie einen der Steine, die von ihren Angreifern geworfen worden waren.

Jede Bewegung war eine ungeheure Anstrengung. Das Schwert zwischen ihren Lippen glühte inzwischen wie die Kohlen eines lodernden Feuers. Aber Kadiya kämpfte sich weiter voran. Als sie schließlich wieder festen Boden unter den Füßen hatte, mußte sie sich noch einen Moment festhalten. Der Druck war jetzt so stark, daß Kadiya sich fragte, wie lange sie ihn wohl noch aushalten konnte.

Daher versuchte sie erst gar nicht, Verbindung mit jenen aufzunehmen, nach denen sie suchte. Es war gut möglich, daß die Macht jede Verbindung bemerken und Kadiya sich dadurch verraten würde. Das Schwert – mühsam hob sie die Hand und befreite das Schwert aus ihren schmerzenden Kiefern. Macht lockt Macht an... Aber es gab keine Möglichkeit, das zu kontrollieren, was von dem Schwert und dem hell leuchtenden Amulett auf ihrer Brust ausgesandt wurde.

Das Mädchen ging von der Wand weg und schlich sich zu dem Felsvorsprung hinüber. Eine ungeheure Kraft war dort draußen. Sicher bedeutete das, daß die Sindona noch am Leben waren, daß sie kämpften – oder waren sie etwa von demselben Druck gefangen, der Kadiya umgab?

Jetzt konnte sie hinaus auf den Felsvorsprung sehen. Die Sindona hatten ihr den Rücken zugekehrt, sie standen aufrecht da – wenigstens waren sie noch am Leben. Sie mußte sich anstrengen, um Lamaril zu sehen, ohne aus dem Schatten des Felsbrockens herauszutreten, der den steinernen Kamin nach oben verbarg.

Er stand ein wenig vor den anderen, den glühenden Stab in der Hand. Ihm gegenüber stand der andere, jener, den sie in Varms Zufluchtsstätte gesehen hatte. Er war von einem sonderbaren Leuchten umgeben, als wäre er nicht in einen Panzer gehüllt, sondern eher in eine Kraft, die aus seinem Körper herausfloß. Er trug keinen Helm, und sein Gesicht war deutlich zu sehen.

Auf seinen Lippen lag ein Lächeln. Tief in seinen Augen glühten rote Funken. An seinem Körper waren keine Spuren der Seuche zu sehen. Selbstbewußt stand er da, wie jemand, der sich völlig unter Kontrolle hat.

Gedankensprache – sie war sicher, daß sie Gedankensprache verwendeten, denn ihre Auseinandersetzung fand ohne jede Bewegung statt. Kadiya fuhr mit der Zunge über ihre schmerzenden Lippen. Konnte sie es wagen, sich ihre Worte anzuhören? Oder würde sie dadurch in den Kampf eingreifen – Aufmerksamkeit in die falsche Richtung lenken?

Sie konnte nicht warten, bis alles vorbei war. Sie mußte es wissen. Dies war von Anfang an ihr Kampf gewesen. Jene anderen hatten ihn an sich gerissen, aber sie würde sich ihre Rolle darin nicht wegnehmen lassen. Die Sümpfe wurden von jenem dort in seiner schimmernden Rüstung bedroht – besudelt, wie es selbst Orogastus nicht getan hatte.

Kadiya tastete sich vorwärts, suchte die Ebene, auf der die Feinde miteinander sprachen.

»... es wurde gesagt, daß dieser Tag kommen würde, du Narr. Dein Bann wurde am Ende doch gebrochen. Ich bin der Beweis dafür!«

»Aber er wurde nicht von dir gebrochen, Ragar. Jemand hat sich eingemischt, hat in den Bergen herumgespielt. Aber jetzt kann er dir nicht mehr helfen. Du hast ihn damals gerufen, nicht wahr, Ragar?«

»Überaus scharfsinnig, Lamaril. Du scheinst klüger geworden zu sein in all diesen Jahren, die du untätig in eurem kleinen Paradies verbracht hast. Ja, jener mit Namen Orogastus konnte gerufen werden, selbst von einem schlafenden Geist. Träume können überaus mächtig sein – und Träume können auch von einem Schläfer eingesetzt werden. Wir hatten natürlich keine Kontrolle über ihn – unsere Fesseln erlaubten keinen direkten Kontakt –, aber wir haben ihm eingeredet, daß es hier in dieser Gegend ein Geheimnis gab, das zu suchen sich lohnen würde. Er war sehr neugierig und hat sich bereitwillig in alles eingemischt – auch wenn er es nicht verstanden hat.«

»Aber er konnte euch nicht gänzlich befreien. Sein Schritt war nur der erste von vielen anderen, Ragar.«

»Wir brauchten nur eine offene Tür, Lamaril. Was mich an etwas erinnert – hinter dir befindet sich die Tür, die ich verschlossen habe und jetzt wieder öffnen werde. Jener, der mich geschickt hat, kann recht ungeduldig werden, und er hat schon viel zu lange gewartet.«

»Die Schläfer schlafen«, entgegnete Lamaril gelassen. »Ich werde nicht zulassen, daß du sie störst, Ragar.«

Aus Ragars Lächeln wurde ein grausamen Grinsen. *»Du wirst es nicht zulassen?* Wie kannst du es wagen!«

Gleißend helles Feuer flammte auf, als er seinen Stab ausstreckte. Die Flammen waren dunkel, rot wie getrocknetes Blut, ohne die Wärme eines richtigen Feuers.

Sie trafen auf eine goldene Mauer, die von den Waffen der Sindona errichtet worden war. Schwarzer Rauch stieg auf, und dann bohrten sich die roten Flammen hinein, schossen wie Blitze über die Oberfläche. Zweimal verdrängte das rote Feuer das Gold, aber sofort wurde die Barriere wieder aufgerichtet. Kadiya taumelte unter dem Einfluß der Macht. Das, was auf Lamarils Geist einstürmte, hatte jetzt auch sie erreicht. Die Sindona hielten dem Angriff stand – aber sie konnten keinen Gegenangriff durchführen. Ragar hatte einen unbändigen Haß in seine Waffe strömen lassen, der pure Energie war und kein Ende nahm. Uralter, wilder Haß, der sich in unendlich vielen Jahren angesammelt hatte und aufgespart worden war für den Tag der Entscheidung.

Die aufeinanderprallenden Flammen riefen ein tiefes Brummen hervor, wie ein Tier, dem man die Beute entreißen wollte. Dann – ein Flammenstoß, ein goldenes

Flackern. Die Flamme drang durch die goldene Barriere und schlug in der Felswand hinter Lamaril ein. Der Sindona zur Linken des Hauptmanns sank in sich zusammen – Nuers fiel vornüber.

Ragar stieß einen triumphierenden Schrei aus. Die dunkle Flamme klebte an der Wand. Obwohl das goldene Licht wieder aufflammte und es von seiner Quelle abschnitt, blieb es dort und kroch über den Fels.

»Noch nicht, Ragar, noch nicht.« Es klang wie ein Schwur. Nuers bewegte sich nicht. Seine Waffe, die er fallen gelassen hatte, war entzweigebrochen und lag da wie ein Stück Holz.

»Bald, Lamaril, bald, sehr bald!« Die Zuversicht, die in seinen Worten lag, wirkte wie ein Schlag.

24

Die leuchtende Wand der Sindona hielt weiter stand. Auch die kriechende Flamme auf dem Felsbrocken war nicht erloschen. Aber von der Tür war nichts zu sehen. Ein Schrei störte den Kampf der Flammen.

Ein Var stieß auf jene herab, die sich auf dem Felsvorsprung befanden. Es war der größte dieser Art, den Kadiya je gesehen hatte – und er stürzte sich direkt auf Lamaril. Ohne zu überlegen, hob sie das Schwert und richtete die Augen auf den herabstürzenden Tod.

Aus dem großen Auge auf dem Griff schoß ein fingerbreiter Strahl hervor, der den Kopf des Raubvogels traf. Der Var verstummte. Er überschlug sich in der Luft und fiel dann wie ein Stein nach unten.

Der herabstürzende Körper geriet in die Schlacht aus roter Flamme und goldenem Licht. Ein gleißend heller Blitz war zu sehen, so hell, daß Kadiya einen Augenblick lang geblendet war. Dann hörte sie einen triumphierenden Schrei – nicht als Gedanke gesendet, sondern mit lauter Stimme ausgestoßen. Die Mauer aus goldenem Licht war zusammengebrochen, die rote Flamme leckte gierig nach Lamaril.

Und wieder hob Kadiya das Schwert, ohne vorher zu überlegen. Dieses Mal gehorchte es ihr nicht. Lamaril war auf die Knie gesunken, das Licht seines Stabes schwächer geworden. Das angreifende Feuer loderte hinter ihm auf – es war direkt auf die verborgene Tür gerichtet.

»Kommt – kommt heraus!«

Der Schrei gellte in ihren Ohren. Kadiya hielt das Schwert mit beiden Händen fest. Sie war schuld daran, sie hatte den Var vom Himmel geholt, der die Verteidigung der Sindona zerschlagen hatte. Das Mädchen sah sie mit tränenden Augen an, denn sie war immer noch durch den Blitz geblendet.

Wenn sich diese Tür jetzt öffnete ... wenn jene darin herauskamen – Lamaril und seine Truppe würden von zwei Seiten aus angegriffen, würden vernichtet werden ...

Sie wich einige Schritte zurück. Es gab nur eine kleine Chance, so klein, daß sie nicht mit Erfolg rechnen konnte. Und doch mußte sie diese Chance nutzen.

Kadiya blickte sich um. Hinter ihr standen dichtgedrängt die Hassitti und die Seltlinge. Einige von ihnen hingen immer noch in den Wänden des Kamins, weil der Platz nicht ausreichte, um vollends nach unten zu kommen.

Donnerten oben immer noch Felsbrocken herab? Vielleicht war das, was sie suchte, inzwischen völlig unter ihnen begraben – und doch gab es eine Chance, eine winzige Chance ...

»Jagun.« Sie erblickte den Jäger unter jenen, die sich hinter ihr zusammendrängten. »Ich muß zurück!«

Auch die anderen hatten ihren Gedanken aufgenommen. Sie hörte leises Murmeln, das Zwitschern der Hassitti.

»Wenn es einen anderen Weg zur Stätte der Schläfer gibt, müssen wir dort hin und angreifen!«

Jene im Kamin kletterten wieder ein Stück nach oben, versuchten, ihr den Weg frei zu machen. Sie sah, wie sich Jagun an eine frei gewordene Stelle schwang und nach einem Halt für seine Hand suchte. Kadiya zwängte sich durch – wobei es Salm, zweien der Uisgu und den Hassitti irgendwie gelang, ihr Platz zu machen. Und wieder klemmte sie sich das Schwert zwischen die Kiefer und trotzte der Hitze darin, die mit jedem Augenblick stärker wurde. Sie kletterte nach oben. Jene, die vor ihr hinaufgeklettert waren, hatten sich wieder an die Wände der Felsspalte gedrängt. Der Hagel aus Felsbrocken hatte aufgehört, aber an der Stelle, wo sich das Nest befand, türmten sich nun die Steine auf. Und gewiß hatten sie oben Wachposten aufgestellt, um sicherzugehen, daß sich ihre Opfer nicht wieder hinauswagten.

Was sie suchte, lag dort draußen, war für ihre Beobachter von oben deutlich zu erkennen. Und doch hatte sie keine Wahl. Kadiya packte das Schwert an seiner Klinge und blickte verzweifelt zu dem Geröllhaufen vor ihr hinüber. Das Gitter – es war irgendwo dort drüben!

Von hinten drückte sich etwas gegen Kadiya, und sie hörte ein lautes, ungeduldiges Zwitschern. Die Hassitti waren ihr nach oben gefolgt. Sie fiel beinahe hin, als sich der erste von ihnen an ihr vorbeizwängte.

Kadiya versuchte, ihn mit der freien Hand wieder zurückzuwinken, aber er hatte sich auf den Bauch geworfen und rutschte auf die Überreste des Nests zu, wo er sich in dem Stapel aus Unrat verkroch, den sie vorhin zur Seite geräumt hatten, um das Gitter freizulegen. Eine Wolke aus Staub erhob sich, zusammen mit dem scharfen Geruch getrockneten Dungs.

Steine? Kadiya warf einen Blick nach oben und suchte die Kante der Felswand ab. Keine Anzeichen dafür, daß die Skritek einen Wächter zurückgelassen hatten.

Sie ließ sich auf Hände und Füße nieder und kroch dann wie der Hassitti auf das Gitter zu. Um sie herum wirbelte Staub auf. Sie wagte nicht zu husten, denn wieder hielt sie das Schwert zwischen den Zähnen. Die ganze Zeit über erwartete sie, das Triumphgeschrei der Skritek zu hören, das Poltern herabstürzender Steine.

Daß sie nichts dergleichen hörte, machte ihr angst. Sie konnte nicht glauben, daß die Kreaturen da oben ihren Posten verlassen hatten, daß sie nicht darauf lauerten, jene zu vernichten, die es wagten, zurückzukommen.

Sie kroch weiter. Jetzt war sie mitten auf dem Felsvorsprung. Kadiya machte sich noch kleiner, als könne sie sich auf diese Weise unsichtbar machen. Sie riß sich das Schwert so schnell aus dem Mund, daß sie einen stechenden Schmerz verspürte und Blut über ihr Kinn lief.

Sie hatten das Gitter freigeräumt. Der Hassitti, der es als erster erreicht hatte, fuhr mit seinen Krallen über die Stelle, an der sich Fels und Metall trafen. Offenbar versuchte er, einen Spalt zu finden.

»Zurück!« Kadiyas Gedanke war ein scharfer Befehl. Der Hassitti – jetzt erst sah sie, daß es Quave war – gehorchte.

Sie hörte ein Krachen über sich – ein Stein kam auf sie zu. Kadiya duckte sich. Wenn er sie traf... Sie rollte sich zur Seite und sah, wie der Felsbrocken aufschlug.

Es war so nah, daß ihr Kies und Staub ins Gesicht geschleudert wurden. Aber sie sah noch etwas anderes – Jagun und Smail kletterten die Felswand hoch. Die beiden waren von einer sonderbaren, zitternden Hülle aus mattem Grün umgeben, die sich allmählich verdichtete und die Seltlinge verbarg.

Jetzt wurde sie grau, paßte sich dem Felsen hinter ihr an. Die Macht – aber wessen? Kadiya hatte keine Zeit, darüber nachzudenken.

Sie drehte sich wieder herum und streckte das Schwert aus. Kadiya versuchte, alles aus ihren Gedanken zu verbannen und nur an das zu denken, was sie jetzt tun mußte – alle Kraft, die sie besaß, in ihre Waffe fließen zu lassen.

Das Schwert wurde noch heißer, der Schmerz in ihrer Hand fast unerträglich. Aus den drei Augen schoß ein Lichtstrahl hervor, der sich auf das Gitter richtete. Sie schwenkte das Schwert hin und her, so daß das Licht langsam über das Metall glitt. Die Schmerzen waren jetzt so stark, daß sie beinahe geschrien hätte. Verzweifelt kämpfte sie dagegen an. Sie mußte es schaffen!

Auf dem Gitter lag ein Schimmer – oder täuschten sich etwa ihre Augen? Nein, selbst als sie das Schwert auf eine andere Stelle richtete, konnte sie immer noch ein Leuchten über dem Metall sehen. Mit aller Kraft, die ihr noch verblieb, fuhr sie über die Platte, so wie Lamaril dies bei der Tür unten getan hatte. Aber Kadiya wollte keine Sperre errichten. Sie wollte eine öffnen – so ihr die Kräfte des Lichts dabei halfen!

Die Macht zehrte all ihre Kräfte auf! Ein zweiter Hassitti hatte sich zu dem ersten gesellt. Ihre Krallen schlossen sich um die schimmernden Stäbe. Es schien ihnen nichts auszumachen, daß das Gitter von Hitze glühte.

Ein knirschendes Geräusch war zu hören – die Hassitti hatten mit vereinten Kräften nach unten gedrückt. Und das Gitter hatte nachgegeben!

Ein schwarzes Loch war erschienen. Kadiya kroch wieder nach vorn. Sie durfte keine Zeit verlieren.

Sie setzte sich auf und versuchte, nicht an herabstürzende Felsbrocken zu denken. Einen flüchtigen Moment lang wunderte sie sich, warum keine mehr heruntergekommen waren. Dann hielt sie das Schwert über die Öffnung. Die Augen hatten sich fast ganz geschlossen. Kein Licht ging von ihnen aus. Das Amulett! Würde sie es anstelle des Schwertes verwenden können? Kadiya riß sich die Kette vom Hals und ließ sie nach unten. Und wirklich – als der Bernstein die Stelle passierte, an der das Gitter gewesen war, fing er an zu leuchten. Sein Licht war so stark, daß Kadiya eine große Höhlung unter sich erkennen konnte und sah, daß es ihr nicht unmöglich sein wurde, in diese Tiefe zu springen.

Ihr Mund schmerzte so sehr, daß sie das Schwert nicht mehr zwischen die Zähne nehmen konnte. Es gelang ihr, die Klinge in ihren Gürtel zu zwängen, wo sie sie schnell mit der Hand erreichen würde. Dann schwang sich Kadiya über den Rand der Öffnung und ließ sich nach unten fallen. Sie konnte gerade noch rechtzeitig zur Seite springen, als ihr zwei Uisgu und dann noch ein dritter nachfolgten.

Die Kammer, die sie auf diese Weise betreten hatten, war keine zerklüftete Höhle. Die Wände waren glatt behauen und reflektieren das Licht des Amuletts. An diesen Wänden stapelten sich Truhen aus Metall, wie jene, die Kadiya in Yatlan gesehen hatte.

Etwas anderes war nicht zu sehen. Aber als sie sich langsam mit dem Amulett in der Hand herumdrehte, sah sie auf der gegenüberliegenden Wand einen schwarzen Fleck, der so im Dunkeln lag, daß sie ihn kaum sehen konnte.

Dorthin eilte sie jetzt mit den Uisgu hinter sich. Zu diesen hatten sich inzwischen Salm und auch die Hassitti gesellt, die durch das Loch geklettert waren und den Sprung nach unten – der für sie sehr viel tiefer war – gewagt hatten.

Als sie sich der Wand am anderen Ende näherte, konnte Kadiya dort eine Tür erkennen – oder eher eine Öffnung, die durch nichts versperrt zu sein schien. Aber als sie sich der Öffnung näherte, stieß sie gegen eine Wand, die sie nicht sehen konnte. Und doch trafen ihre tastenden Hände auf eine feste Oberfläche.

Es gab nur einen Schlüssel dafür, jenen, der ihr bis jetzt immer treu gedient hatte. Sie holte das Schwert aus ihrem Gürtel und streckte es dem Unbekannten entgegen.

Und wirklich schoß aus dem Griff ein Lichtstrahl hervor, der jedoch nicht sehr hell war, da er nur aus einem Auge kam – aus jenem, das so aussah wie das ihre. Sie ließ das Licht darüber gleiten, so, wie sie es auch bei dem Gitter getan hatte.

Kadiyas streckte ihre freie Hand aus. Der Weg war frei, aber sie konnte nicht sehen, was sich dahinter verbarg. Fast schien es ihr, als würde das Licht des Amuletts von der Finsternis vor ihr zurückgeworfen.

Trotzdem ging das Mädchen weiter, dicht gefolgt von den anderen. Als sie das Tor hinter sich gelassen hatten, wurde das Licht tatsächlich wieder heller – so hell, daß sie die beiden Stufen vor sich rechtzeitig sah. Sie führten nach unten zu einem Teil der Kammer, den ihr das dürftige Licht zuvor nicht in seiner ganzen Größe gezeigt hatte.

Kadiya ging vorsichtig weiter, in der einen Hand das Schwert, in der anderen das Amulett. Der Boden unter ihren abgetragenen Stiefeln war glatt. Staub lag darauf, so dick, daß sie ihn durch ihre Schritte aufwirbelten und husten mußten.

Dann fiel das schwache Licht auf etwas, das aus dem Staub aufragte. Wieder erblickte das Mädchen eine Truhe. Diese war so lang, wie ein Sindona groß war. Die Seiten bestanden aus dem blaugrünen Metall, das diese Rasse für so vieles verwendete. Aber oben auf der Truhe funkelte und blitzte es – selbst das schwache Licht des Amuletts wurde als strahlendes Leuchten reflektiert. Als Kadiya die Truhe erreicht hatte, sah sie, daß der Deckel aus einer dicken Platte bestand, in die – mit der Spitze nach oben – unzählige Kristalle eingelassen worden waren.

Salm trat neben sie.

»Ein Schläfer«, beantwortete die weise Frau Kadiyas unausgesprochene Frage.

Jetzt trippelten die Hassitti herbei, die aus dem Lichtschein des Amuletts herausgetreten waren. »Noch drei, die versiegelt sind – einer wurde durch Feuer zerstört«, berichtete Quave.

Kadiya wollte es selbst sehen. Der Hassitti hatte recht. Der mit Kristallen besetzte Deckel der am weitesten von ihnen entfernten Truhe war zerbrochen und geschwärzt, als hätte hier ein Feuer gewütet. Das meiste davon lag auf dem Boden. Aus ihrem Innern stieg ein übler Geruch auf, der Kadiya an den Gestank der Seuche erinnerte.

»Haltet Euch fern davon«, warnte sie die anderen, als sie daranging, die anderen Truhen zu untersuchen.

Wenn die Sindona, die den Felsvorsprung verteidigten, versagt hatten – wenn Lamaril tot war –, dann würden jene hier gerufen werden, um den Mächten der Finsternis zu dienen. Sie würden prächtige Diener abgeben, dachte sie mit grimmiger Miene. Vielleicht würden sie die Seuche noch weiter verbreiten, so daß die Sümpfe gänzlich verfaulten. Das Übel würde sich auf die Länder jenseits Ruwendas ausbreiten, dann auf alle Länder, die sie kannte, und vielleicht noch viel weiter.

Jene, die hier schliefen... es gab nur eine Antwort. Sie durften nicht aufwachen!

»Salm, Quave.« Sie richtete ihre Gedanken an die weise Frau und den Träumer. Wie Kadiya, so hatten auch diese beiden Macht, wenn auch nicht so große wie sie. Aber würden sie ihre Macht vereinen können, um zu tun, was getan werden mußte? Es mußte gelingen! Aber sie würden nicht viel Zeit haben. Sie hatten die äußere Tür verschlossen, aber die Mächte der Finsternis wirkten jetzt unter und über ihrem Zauber – der vielleicht unter dem Druck von zwei Seiten brechen würde! Und die Sindona wurden vielleicht gerade in diesem Moment besiegt, wie Lamaril, dessen Niederlage sie mit angesehen hatte.

Die kleine Uisgu und der noch kleinere Hassitti standen jetzt rechts und links von ihr.

Kadiya deutete auf die Truhe neben der, die aufgebrochen worden war. »Was darin schläft, darf nicht aufwachen.«

»Töten!« verlangte der Hassitti sofort.

»Tochter des Königs, wir haben nicht die Macht, um die Siegel zu erhalten. Er hat recht – die Schläfer müssen vernichtet werden.«

»Aber dazu müssen wir die Truhen erst öffnen.« Skeptisch betrachtete Kadiya den mit spitzen Kristallen besetzten Deckel.

Die Krieger der Uisgu, die ihnen gefolgt waren, traten heran. Sie sahen klein und zerbrechlich aus neben der Truhe, aber schon fuhr einer von ihnen mit der Hand unter dem oberen Rand entlang, wo er nach einem Schloß oder einer Halterung suchte. Dann stellten sich drei von ihnen nebeneinander auf. Kadiya schloß sich ihnen an. Der Rand des Deckels stand so weit über, daß sie genügend Halt für ihre Finger fanden und versuchen konnten, ihn anzuheben.

Er war zu schwer – aber vielleicht hielt auch ein Zauber den Deckel fest.

Kadiya versuchte, das stumpfe Ende des Schwertes hineinzuzwängen – aber es wollte ihr nicht gelingen. Dann fuhr Salm mit den Händen über den versiegelten Spalt zwischen Deckel und Seitenwänden.

»Ein Siegel der Macht«, stellte die weise Frau fest.

Kadiya fragte sich, ob dieses Siegel vor langer Zeit vom Versunkenen Volk gesetzt worden war oder ob es jener Bote des Todes, der da draußen kämpfte, errichtet hatte, um seine Gefährten bis zu seiner Rückkehr zu schützen. Von wem es auch stammte – sie würden es nicht brechen können.

Sie hatte nur das Schwert. Keinen Versuch zu unternehmen hieße, ihre Niederlage einzugestehen – und das würde Kadiya niemals tun.

Sie wandte sich wieder an Salm. »Gebt mir Eure Kraft – und auch Ihr, Quave!« Welch innere Stärke der Träumer der Hassitti aufbieten konnte, wußte Kadiya nicht, aber hinter seinen Träumen stand mit Sicherheit die Macht.

Salm kam näher. Ihre Hand legte sich auf Kadiyas Schulter, der Hassitti beeilte sich, die weise Frau zu berühren. Kadiya holte tief Luft und rief das Schwert an, wobei sie die Augen, die sich inzwischen wieder geöffnet hatten, auf den Rand der Truhe richtete.

Der Lichtstrahl antwortete ihr. Sie sah, wie das Licht auf den Spalt zwischen Deckel und Seitenwänden fiel. Dann, obgleich Kadiya ihre Hand nicht bewegt hatte, drehte sich das Schwert, so daß der Speer aus Licht jetzt über die Oberfläche des Deckels glitt, wo er zwischen den Spitzen der Kristalle ein Feuerwerk aus gleißender Helligkeit entfachte, so strahlend weiß, daß es sie beinahe blendete.

Die Spitzen der Kristalle schienen in Flammen aufzugehen. Kadiya war es, als sähe sie einen Schleier aus Rauch über ihnen, als hätten sie wirklich Feuer gefangen. Das Licht glitt vor und zurück. Sie mußte dem folgen, was von ihrer Waffe Besitz ergriffen hatte.

Sie spürte, wie hinter ihrem Rücken Unruhe ausbrach,

wie die Krieger der Uisgu in einer Richtung davongingen. Aber Kadiya versuchte, sich völlig auf ihre Aufgabe zu konzentrieren. Ohrenbetäubender Lärm ertönte. Kristallstücke schossen durch die Luft. Kadiya zuckte zusammen, als ihre Wange vom Rand des Helms bis hinunter zum Kinn aufgeschlitzt wurde. Der Deckel brach auseinander, Teile davon flogen in alle Richtungen. Der Sog der Energie hatte sie einige Schritte nach vorn gezogen, so daß sie – als jetzt der Hagel aus Glassplittern auf sie niederging – einen Arm vor das Gesicht riß und gleich darauf einen stechenden Schmerz empfand, als wäre sie von unzähligen Seltlingpfeilen durchbohrt worden.

Als Kadiya aufzublicken wagte, stellte sie fest, daß der Deckel auseinandergebrochen war. Teile davon fehlten, sie waren durch die Wucht des Berstens weggeschleudert worden oder in den Hohlraum gefallen, der bis jetzt verborgen gewesen war.

Das Licht des Schwertes wurde schwächer. Trotz der zusätzlichen Energie, die ihre eigenen Kräfte verstärkt hatte, war nicht zu verkennen, daß es beinahe erschöpft war. Kadiya bemerkte, daß sich alles vor ihr drehte.

Sie war in Schweiß gebadet und todmüde, aber dennoch konnte sie sich noch auf den Beinen halten. Mit ihrer freien Hand packte sie einige der Stücke, riß diese los und schleuderte sie zu Boden. Salm und Quave halfen ihr dabei.

Jetzt erst wurde Kadiya bewußt, daß sie etwas hörte – einen schrillen, quälend hohen Ton. Sie blickte über ihre Schulter zurück auf die Felswand.

Auf der Wand waren die Umrisse jener Tür zu erkennen, die sie bereits von draußen gesehen hatte – aber dieses Mal waren die Linien, die schon bei der Suche der Sindona erschienen waren, nicht golden, sondern glühten in dem dunklen Rot, das von Varms Gefolgsmann beherrscht wurde.

Kadiya biß die Zähne zusammen und widmete sich wieder ihrer Aufgabe. Vor der Wand standen die Krieger der

Uisgu, ihre Blasrohre schußbereit in Händen. Sie bezweifelte, daß die Uisgu viel ausrichten konnten, wenn die Sindona erst einmal geschlagen waren. Aber noch war die Tür dort geschlossen.

Sie blickte in die Truhe. Der Inhalt war von einem Schleier aus Nebel bedeckt, als sei der Kasten mit einer träge fließenden Flüssigkeit gefüllt worden. Aber trotzdem konnte sie die Umrisse eines menschenähnlichen Wesens darin erkennen, das so groß wie ein Sindona war.

Sie bezweifelte, daß ein Pfeil oder ein Speer dem, was hier schlief, ein Ende bereiten konnte. Die wirbelnde Flüssigkeit stieg immer höher, und von ihr ging der üble Fäulnisgeruch der Seuche aus – so stark, als drücke ihr jemand Aas auf das blutende Gesicht.

Das Feuer des Schwertes hatte die Spuren jener Seuche vernichtet, das Feuer des Schwertes war alles, was sie jetzt aufbieten konnte. Wieder spürte das Mädchen Salms Hand auf ihrer Schulter, und dann noch einen schwachen, aber beständigen Strom der Macht, der von Quave kommen mußte.

Kadiya hielt das Schwert waagrecht über das Wesen, das vor ihnen in seinem Unrat lag. Ein Lichtstrahl blitzte auf, der jedoch nicht von dem großen Auge an der Spitze des Griffes ausgeschickt wurde – dieses Mal kam er von den beiden Augen darunter. Es war nur ein dünner Faden im Vergleich zu dem, was sie vorhin hatte aufbieten können.

Und doch hielt sie stand und schickte den Doppelstrahl in die Truhe hinein.

Das Licht traf auf die Oberfläche der Masse, mit der der Schläfer bedeckt war, und breitete sich darauf aus. Ein schwaches Flackern war zu sehen – kein Feuer, aber es bewegte sich etwas. Dann, wie ein Feuer, auf das man einen Blasebalg gerichtet hatte, flammte es auf und schoß über die ganze Länge des Schläfers. Der Geruch des Todes stieg auf.

Tief in ihrem Innern hörte Kadiya einen schwachen,

angsterfüllten Schrei. Krümmte sich die verhüllte Gestalt unter dem Feuer, oder war es nur eine Täuschung?

Die Augen des Schwertes schlossen sich. Sie mußte akzeptieren, daß sie alles gegeben hatten, was sie konnten. Und doch hatten sie bis jetzt nur eine der Truhen gereinigt. Nur eine!

Verzweifelt betrachtete sie jene, die noch übrig waren. Sie konnte es nicht tun, und doch mußte sie! Kadiya lehnte sich gegen die Truhe, in der noch das Feuer schwelte, und warf einen abschätzenden Blick auf den Umriß der Tür hinter sich.

Inzwischen war es mehr als nur ein Umriß – die Wand innerhalb der Linien hatte zu glühen begonnen. Doch schien ihr, als sei das Rot nicht mehr ganz so dunkel, als sei es heller und blasser geworden. Vielleicht war die Macht durch das Feuer der Sindona geschwächt. Kadiya aber war sich sicher, daß die Macht jenes anderen alles, was sie selbst aufbieten konnte, sogar in geschwächtem Zustand übertreffen würde.

Sie entfernte sich von der Truhe, die sie zerstört hatten, und taumelte auf die nächste zu. Salm gelangte vor ihr dorthin, und Quaves Arm um Kadiyas Mitte stützte sie mit einer Kraft, die sie dem kleineren Hassitti nicht zugetraut hätte.

»Die Macht der Sümpfe«, sagte Salm. »Und Eure Macht, Tochter des Königs. Vielleicht kann nur die Macht der Alten hier nicht bestehen. Wenn es *wirklich* die Macht der Sümpfe ist...«

Anstatt Kadiya nur zu berühren, streckte sie jetzt die Hand aus und legte diese auf die Schwerthand des Mädchens, während sich Quave zwischen die beiden stellte und jede von ihnen mit einer Klauenhand berührte.

»Jetzt!« Salm machte aus diesem Wort ihren Schlachtruf.

Nur mit Mühe konnte Kadiya das Schwert heben. Sie befahl. In die Klinge floß ein Strom aus Energie, der stärker war als der, den sie zuvor gespürt hatte. Dieses Mal wußte sie, was sie zu tun hatte, und mit Hilfe der Uisgu zog sie ein Muster über den Kristalldeckel, so schnell sie nur konnte.

Wieder zerbrach der Deckel. Aus den Augenwinkeln sah Kadiya, wie auf Salms Schulter eine blutige Linie erschien, spürte die scharfen Ränder der geborstenen Kristalle auf ihrem Panzer. Und auch jetzt richtete sich erneut nur das Licht der beiden anderen Augen auf das, was in der Truhe lag.

Kadiya konnte sich nur noch mit Mühe auf den Beinen halten. Ihr Schwertarm wurde so schwer, daß sie fürchtete, ihn nicht mehr heben zu können. Sie wartete nicht, bis das Feuer den zweiten Schläfer vernichtet hatte. Stattdessen taumelte sie mit Salm und dem Hassitti zur nächsten Truhe. Noch zwei! Würde es ihnen gelingen?

Die Tür in der Wand glühte jetzt von oben bis unten und strömte eine solche Hitze aus, daß die Wachen der Uisgu zurückweichen mußten. Aber jetzt besaß das Glühen eine goldene Färbung. Die Sindona? Waren sie vielleicht doch nicht besiegt worden? Lamaril – ihre Gedanken zuckten zurück, als sie an ihn dachte. Sie schleuderte sein Bild von sich, vergrub es tief in ihrem Innern. Jetzt kam es nur auf eines an – die zwei Truhen, die noch geleert werden mußten.

Salm wankte neben ihr. Wieder nahmen sie Verbindung zueinander auf und kämpften – zusammen mit dem Hassitti, der ihnen seine Kraft gab – gegen die Kristalle. Dieses Mal wurde Kadiya durch die herumfliegenden Splitter am Hals verletzt, aber ihre Augen waren zum Glück von dem Helm geschützt. Wieder brachte das Licht Feuer und dann den Tod für das, was vor ihnen lag.

Sie gingen auf die letzte Truhe zu. Kadiya war nicht sicher, ob sie sich lange genug auf den Beinen halten konnte, um sie zu erreichen.

Ein Ton war zu hören – nicht das Zerspringen von Kristall, das sie noch gar nicht angegriffen hatten, sondern ein tiefer, rauher Ton. Sie sahen, wie sich der Deckel der letzten Truhe hob.

25

Die Kreatur, die jetzt zum Vorschein kam, bewegte sich nur langsam und anscheinend mit größter Mühe. Zäh und klebrig, wie der Schleim einer Sumpfschnecke, kroch die Flüssigkeit an ihr herunter. Die Kreatur hob beide Arme, ihre Hände krallten sich um den Rand der Truhe. Dann zog sie sich in die Höhe.

Der schleimverschmierte Kopf drehte sich in ihre Richtung. Kadiya sah nur die Augen in dem Gesicht, Augen, in denen das dunkle Feuer von Varm brannte.

Instinktiv wich sie zurück; ihre Gefährten folgten ihr. Sie hielt das Schwert zwischen sich und die Kreatur, die sich jetzt aus dem Bett erhob, in dem sie seit Hunderten von Jahren geruht hatte.

Als sie ihre Beine bewegte, spritzte grünliche Flüssigkeit auf den Fels, die wie ein Extrakt der Fäulnis aussah. Ein Arm hob sich, und einige Tropfen der Flüssigkeit klatschten auf den Boden in ihrer Nähe. Jetzt schwang sich eines ihrer langen Beine über den Rand – die Kreatur wollte aufstehen.

Das Schwert! Kein Lichtstrahl schoß aus dem obersten Auge. Es war glasig, ohne jedes Leben. Aber aus den beiden anderen brachen dünne Bündel aus Licht hervor, vereinten sich zu einem Strahl, der kaum dicker war als der Faden eines Riednetzes.

Kadiya zielte, obwohl sie wußte, daß sie vielleicht einen verhängnisvollen Fehler beging, wenn sie auf die schwächste Stelle des Schläfers zielte. Und doch richtete sie den dünnen Strahl auf seinen Kopf, von dem immer noch der Schleim herabtropfte. Das Licht fand sein Ziel, und die Kreatur machte einen Satz nach hinten. Sie riß einen Arm hoch, um den Strahl abzulenken.

An der Stelle, auf die das Licht gefallen war, entzündete sich ein Funke, so, als hätte jemand einen kleinen Zweig angezündet. Das Feuer flammte nicht mit dem dunklen Rot von Varm auf, es leuchtete auch nicht in jenem goldenen Glanz, den die Sindona befehligten. Es war grün, das frische Grün junger Schilfrohrtriebe.

Es fraß sich hinein und schien Wurzeln zu schlagen, und dann wuchsen Ranken heraus, Ranken, die sogar noch dünner waren und sich um den Kopf des Schläfers wickelten. Der Schrei der Kreatur gellte nicht in ihren Ohren, sondern bohrte sich als purer Schmerz in Kadiyas Gedanken. Sie wäre zurückgetaumelt, aber der Hassitti, der trotz seines kleinen Körpers erstaunlich stark war, hielt sie fest.

Um den Kopf des erwachten Schläfers schloß sich jetzt ein grünes Netz, das immer schneller wuchs. Ein zweiter Schrei stieg aus seiner Kehle auf – ein Schrei, in dem mehr Wut als Schmerz lag. Das Wesen stürzte sich nach vorn, die Arme vor sich ausgestreckt, als wolle es sie alle drei auf einmal packen.

Tod! Wie bei seinem Gefährten brachte auch seine Berührung den Tod. Die offene Truhe hinter ihr war jetzt eine Mauer, an der Kadiya kauerte. Sie wußte, daß es kein Entrinnen vor diesem Angriff gab.

Aus dem Amulett auf ihrer Brust war eine Feuerkugel geworden. Es pendelte hin und her, obgleich diese Bewegung nicht von ihr hervorgerufen worden war. Schrilles Getöse dröhnte ihr in den Ohren, Schreie, als stießen Hunderte, ja Tausende von Stimmen aus dem Sumpf, Seltlinge, alle möglichen Tiere – vielleicht sogar Pflanzen – einen Kampfschrei aus.

Der Kopf des Schläfers war jetzt vollständig in das Netz aus Licht eingehüllt – nur dort nicht, wo die glühenden Kohlen seiner Augen brannten. Vielleicht war es sein abgrundtiefer Haß, der ihm sein Augenlicht bewahrt hatte, auf daß er seine Feinde vernichten konnte.

Seine Arme hoben sich. Die schleimige Flüssigkeit, in der er gelegen hatte, tropfte zu Boden. Er taumelte weiter. Das Schwert lag schwer in Kadiyas Händen. Alle drei Augen blickten jetzt starr und leblos.

Ein Pfeil schoß durch die Luft und versank tief in einem der roten Augen. Einer der Uisgu hinter Kadiya hatte sein Ziel getroffen.

Die Kreatur reagierte nicht. Und doch war Kadiya sicher, daß der Seltling einen vergifteten Pfeil abgeschossen hatte. Vielleicht war das Wesen vor ihr selbst so giftig, daß kein Gift in das eindringen konnte, was anstelle von Blut in seinen Adern floß.

Das Wesen machte einen Sprung nach vorn. Zur gleichen Zeit hörte sie noch etwas anderes in der Kammer, die jetzt nach Fäulnis stank – einen Befehl:

»Bei der Heiligen Blume – bleib stehen!«

Eine Wolke aus Goldstaub erhob sich hinter ihr. Als die goldene Wolke das leuchtende Amulett erreicht hatte, schossen farbige Funken daraus hervor, wie splitterndes Glas, und ein funkelnder Schleier trieb hinüber zu dem erwachten Schläfer. Das Grün des Lichtnetzes wurde immer stärker, bis Kopf und Schultern der Kreatur völlig verhüllt waren. Die wütenden roten Funken der Augen waren nicht mehr zu sehen.

Ihre Hände glitten an den Seiten der Truhe entlang, nur eine Handbreit von der Stelle entfernt, an der Kadiya sich zusammengekauert hatte. Das Mädchen wurde weggezerrt, gestützt von einem starken Körper. Ihre Erleichterung über die Rettung war so groß, daß sich die dunkle Kammer vor ihren Augen zu drehen begann. Übelkeit überfiel sie, und sie kämpfte so sehr darum, ihren Körper wieder unter Kontrolle zu bekommen, daß sie kaum bemerkte, wie sie hochgehoben und aus der stinkenden Luft dieses Ortes heraus ins Freie getragen wurde.

Sie sah hinauf in einen wolkenlosen Himmel, spürte die Wärme der Sonne. Dann wandte sie den Kopf, um zu sehen, von wem sie getragen wurde. Er ließ sie auf den Boden des Felsvorsprungs herab, der jetzt von den schwarzen Spuren des Feuers überzogen war.

»Lamaril!« Aber er war doch umgekommen, als die Waffe seines Volkes versagt hatte...

»Varms Diener?« Sie wandte den Kopf und blickte sich um. Auf dem Felsen war ein großer Fleck zu sehen – bösartig, schwarz, wie ein Schatten von der Form eines zusammengekrümmten Mannes, der unter einer schweren Verletzung litt.

Lamaril lehnte sich gegen die Felswand. Die Tür zur Kammer der Schläfer sah jetzt aus wie ein aufgerissener Mund.

Kadiyas zitternde Hand ging zu ihrem Gesicht. Sie schmeckte die klebrige Süße von Blut. Ihre Finger glitten über die schmerzenden Wunden, die ihr die explodierenden Kristalle zugefügt hatten.

»Dann ist also alles vorbei?« Sie war jetzt so erschöpft, daß es ihr Mühe bereitete, Worte oder Gedanken zu bilden.

»Varm kann nicht mehr in dieses Land gelangen. Die Schrecken aus der Vergangenheit sind besiegt, Kadiya. Die Bande zwischen Vergangenheit und Gegenwart sind endlich durchschnitten – so, wie es sein soll. Wir haben damals den Fehler gemacht, die Sache nicht ganz zu Ende zu bringen. Aber wir brachten es nicht fertig, unsere Gefangenen einfach zu töten. Es wäre besser gewesen, wir hätten damals diese Schuld auf uns geladen. Er hätte beinahe gewonnen. Wenn Ihr und jene, die wir geschaffen haben, nicht gewesen wärt, wären wir gescheitert. Für uns ist das eine Erfahrung, die wir für immer in Erinnerung behalten müssen. Wir sind nicht allmächtig, obgleich wir damals die Sieger waren. Wir sind nur Männer und Frauen mit anderen Fähigkeiten, aber auch wir können Tod und Verzweiflung erfahren.«

»Die Sümpfe sind gerettet.« Es war keine Frage, eher eine Feststellung, etwas, das später ein Trost für sie sein würde.

Warum sie Trost brauchen würde, wußte Kadiya jetzt nicht genau – sie war zu müde, zu erschöpft.

Sie sah hinab auf das Schwert. Blut klebte an ihren Händen, dort, wo sie das Schwert so fest gepackt hatte, daß selbst die stumpfe Klinge in ihr Fleisch hatte schneiden können. Die Augen waren fest geschlossen. Der glitzernde Staub auf den Kugeln war verschwunden. Sie spürte, daß sich etwas verändert hatte, spürte es mit ihrem ganzen Körper. Die Macht, die sie hatte herbeirufen können, war jetzt endgültig erschöpft – es war kein Leben mehr übrig.

Ihre Hand suchte nach dem Amulett. Die tastenden Finger beschmierten die Brustplatte ihres Panzers mit Blut, und als sie den Bernstein berührte, fühlte er sich kalt an. War auch er ohne Leben? Vielleicht.

Sie war nicht wie Haramis, die nach Macht strebte. Was ihr gegeben worden war, hatte sie nach besten Kräften eingesetzt. Jetzt war es verschwunden. Kadiya starrte teilnahmslos vor sich hin, an jenem Fleck auf dem Felsen vorbei, der das Ende von Varms Gefolgsmann bezeichnete. Sie zitterte. Der Wind, der über den Felsvorsprung fegte, war eisig kalt.

»Wohin jetzt?« wollte sie mehr von sich selbst als von ihm wissen.

»Wir gehen nach Yatlan.« Sie spürte Kälte, sogar eine Art Ablehnung in seinen Gedanken.

Kadiya mußte daran denken, was die Rückkehr nach Yatlan bedeutete. Jene, die sie aus einer Welt ohne Zeit gerufen hatte, würden dorthin zurückkehren.

»Tochter des Königs!«

Kadiyas Kopf flog herum. Jagun kam auf sie zu. Den Arm trug er in einer Schlinge, und einer der Uisgu stützte ihn, denn er hinkte.

»Jagun!« Sogleich fügte sie hinzu: »Smail?«

Der Jäger blinzelte ihr zu. »Die Heilerin kümmert sich um ihn. Er hat drei Skritek besiegt, bevor der vierte versucht hat, ihn gegen den Felsen zu schmettern. Die Wasserscheusale sind geflohen, als sie den Todesschrei von Varms Diener hörten. Aber nur wenige sind unseren Pfeilen und Speeren entkommen.«

»Das ist gut.« Obwohl sich Kadiya mit aller Kraft dagegen wehrte, entspannte sich ihr Körper immer mehr, auf eine Weise, die sie nicht verstand. Ihre Augenlider wurden immer schwerer. Das Mädchen konnte nicht länger gegen diese Müdigkeit ankämpfen. Sie lag auf ihr wie einer jener Felsbrocken, die auf den Vorsprung mit dem Nest niedergegangen waren.

Dunkelheit hüllte sie ein, umgab sie wie ein weiches Bett. Mit einem Seufzer gab sie nach und überließ sich dem heilenden Schlaf.

Wie lange sie so gelegen hatte, wußte das Mädchen nicht, aber schließlich hörte sie ein Rufen, dem sie sich nicht entziehen konnte.

»Kadiya!« Jemand rief gebieterisch, aus weiter Ferne, ihren Namen.

Sie versuchte, Ohren und Gedanken dagegen zu verschließen.

»Schwester!«

Das war zu deutlich, zu nah, als daß sie es verleugnen konnte. Wo sie sich bei ihrer Begegnung befanden, konnte Kadiya nicht sagen. Vielleicht war dies ein Ort, der gar nicht existierte – jedenfalls nicht in ihrer Realität. Haramis war nur ein Gesicht, das schemenhaft aus einem Schatten auftauchte.

»Was hat das Land bedroht?« fragte sie mit schneidender Stimme. »Seit vielen Tagen nun schon ist es in einem Schleier verborgen, durch den ich nicht hindurchblicken kann. Was ist über Ruwenda gekommen?«

»Ein Übel aus alter Zeit.« Kadiyas Antwort kam nur schleppend. Immer noch war sie von einer bleiernen Müdigkeit gefangen. Und doch brachte sie es fertig, sich auf das Gesicht ihrer Schwester zu konzentrieren. Sie wußte, daß Haramis ihr zuhörte.

Die Seuche, die Entdeckung jenes anderen Ortes, wohin das Versunkene Volk gegangen war, ihre Rückkehr – die Reise in die Berge, die Schlacht – sie berichtete alles, was in den letzten Tagen geschehen war.

»Lamaril sagte zu mir«, sagte Kadiya schließlich, »daß das Land jetzt gereinigt ist. Er und die Seinen werden an den Ort ohne Zeit zurückkehren.«

Haramis verzog den Mund. »Wächterin werde ich genannt, und doch konnte ich hier nicht helfen.«

Kadiya spürte die Verbitterung ihrer Schwester. Es war mehr als nur gekränkter Stolz – die Gefühle, die Haramis ihrem geliebten Land entgegenbrachte, waren verletzt worden.

»Ich weiß nicht, was mir in die Hände gelegt worden ist«, sagte Kadiya müde. »Ich selbst besitze keine große Macht.« Sie mußte daran denken, wie ausgebrannt das Schwert ausgesehen hatte, und daran, daß das Feuer in ihrem Amulett erloschen war. »Und jetzt – ich glaube, ich habe überhaupt keine Macht mehr. Vielleicht hatte ich sie auch nur, um die Erhabenen leichter erreichen zu können. Haramis, ich bin fertig mit der Macht – und die Macht ist fertig mit mir.«

»Schwester«, entgegnete Haramis, »du kannst sicher sein, daß ich dafür sorgen werde, daß so etwas nicht noch einmal geschehen kann. Binah wußte so vieles. Ich habe so wenig Zeit gehabt« – sie zögerte –, »und ein Teil meines Wissens war vergiftet. Orogastus war mit den Mächten der Finsternis im Bunde und versuchte, mich auf seine Seite zu ziehen.«

»Aber du hast ihm widerstanden«, erinnerte sie Kadiya. »Und eine große Aufgabe erwartet dich, Schwester. Lamaril und seine Leute werden wieder gehen – aber ihr Wissen wird in Yatlan zurückbleiben. Ich werde es vielleicht nicht verstehen, aber wenn du es willst, werde ich es für dich bewahren – wenn es denn sein muß, ohne die Macht.«

Haramis sah sie lange und eindringlich an. »Kleine

Schwester, du bist viel größer, als du denkst. Und« – jetzt sahen ihre Augen wie die einer Seherin aus – »du wirst noch mehr sein. Leb wohl.«

Und wieder war sie von Finsternis umgeben, eins mit dem Nichts, das Ruhe und Frieden für den Geist war.

Als Kadiya wieder erwachte, befand sie sich nicht an einem Ort, der außerhalb der realen Welt lag. Über sich erblickte sie grünes Flechtwerk vor einem wolkenlosen Himmel und roch den Duft jener Pflanzen, die nach dem Monsun in die Höhe schossen. Kadiya lag in einem der leichten Boote, eingehüllt in Mäntel aus Schilfrohr. Vor ihr hielt ein Uisgu den Führungszügel eines Rimoriks. Das Boot sauste dahin.

»Ehrwürdige Herrin…«

Kadiya wandte den Kopf, damit sie sehen konnte, wer mit ihr sprach. Sie fühlte sich immer noch so ausgezehrt, als wäre sie in einem Bett erwacht, in dem sie gegen eine schwere Krankheit gekämpft hatte. Salm war neben ihr, zusammen mit Tostlet.

»Wo sind wir?«

»Ihr habt lange Zeit geschlafen, Ehrwürdige Herrin. Der Erhabene sagte, daß wir gut für Euch sorgen und alles Erdenkliche für Euch tun müssen, denn Ihr habt der Macht zuviel von Eurer Kraft gegeben. Und jetzt reisen wir auf dem Fluß gen Yatlan.«

Kadiya versuchte zu denken. Sie waren schon auf dem Fluß… eine lange Reise lag hinter ihnen.

Salm sprach wieder zu ihr. »Die Sindona der Außenwache – jene unter Lamarils Kommando – sind bereits gegangen, denn es war ihnen auferlegt worden, an ihren Wohnort zurückzukehren. Jene aus Yatlan reisen mit uns. Nicht alle haben den Kampf überlebt, Tochter des Königs. Fünf von ihnen sind von der Großen Flamme erfaßt worden. Denn der Diener der Finsternis war sehr mächtig. Hätte er die Schläfer geweckt und herausgebracht, wäre keiner von uns mehr am Leben.«

Lamaril war nicht gestorben. Kadiya konnte sich verschwommen daran erinnern, daß sie ihn auf dem Felsvorsprung gesehen hatte. Aber er war gegangen… Kadiya verspürte einen sonderbaren Hunger – nicht nach Nahrung, es war eher so, als suche sie einen Teil ihres Selbst, der verlorengegangen war.

Sie erkannte jetzt, daß es nie jemanden gegeben hatte, der diese Leere in ihr ausgefüllt hatte. Ihre Mutter, ihr Vater, ja, sie hatten ihren Platz in Kadiyas Leben gehabt, und das Mädchen hatte Trauer und Wut bei ihrem schrecklichen Tod empfunden. Haramis – sie und ihre ältere Schwester hatten außer ihrem Blut nur wenig gemein. Sie konnte nicht verstehen, wovon Haramis getrieben wurde. Anigel – sie spürte wieder die leise Verachtung, die sie für ihre Schwester empfunden hatte, als sich diese mit dem Sohn ihres Feindes vermählt hatte. Als Königin führte Anigel ein Leben, das Kadiya wie ein Gefängnis empfinden würde. Aber es war Anigels Bestimmung gewesen, die Krone zu tragen. Jagun? Sie konnte sich keinen Tag ohne ihn ins Gedächtnis rufen – aber er war ein Seltling, gehörte einer anderen Rasse an, hatte seine eigenen Gedanken und Anschauungen, die sie nicht verstehen konnte. Salm? Das Mädchen sah der weisen Frau ins Gesicht. Salm war eine Freundin für sie, eine Freundin, die sie hoffentlich nie verlieren würde.

Aber…

Kadiya ließ sich wieder auf ihr Bett aus Decken sinken. Sie… würde… nicht… daran… denken… Sie konnte nicht daran denken! Für ihn wäre sie wie ein Seltling, wie ein Hassitti, eine sonderbare Kreatur, mit der ihn nichts verband. Er war schon gegangen, war gegangen und hatte es seiner Statue überlassen, den Weg nach Yatlan zu bewachen. Er war jetzt sicher wieder an dem Ort ohne Zeit.

Sie lag da und rang mit sich – ein Kampf, von dem sie wußte, daß sie ihn nicht gewinnen konnte. Wunden verheilten, aber immer blieben Narben zurück. Als sie mit ihm zusammengewesen war, hatte sie diese Veränderung in sich nie richtig wahrgenommen. Erst als er bei dem Angriff von Varms Diener zu Boden gegangen war, als sie ihn tot geglaubt hatte, hatte sie die Wahrheit erkannt. Und nun, da sie hier in diesem Boot lag, wurde diese Erkenntnis immer stärker.

Nun, sie war kein Schwächling. Kadiya war der Ansicht, daß sie das schon bewiesen hatte. Man konnte sogar mit quälenden Erinnerungen leben. Die Zeit verging... und wieder war sie im Fluß der Zeit gefangen.

Die anderen Wächter, jene von der Treppe, befanden sich in zwei anderen Booten der Uisgu, die vor dem Boot, in dem Kadiya lag, über den Fluß jagten. Sie unternahmen keinen Versuch, mit ihr zu sprechen, als sie ihr Lager aufschlugen, und blieben für sich. Kadiya fragte sich, ob sie sich nicht schon halb in ihr zeitloses Paradies zurückgezogen hatten. Aber auch sie suchte nicht nach ihrer Gesellschaft, denn schon allein ihr Anblick machte ihr bewußt, daß sich zwischen ihnen und den Bewohnern des Sumpfes eine Barriere aufbaute.

Ihre Kraft kehrte zurück. Kadiya aß, was ihr die Heilerin aufdrängte, und hörte den Uisgu zu, die erzählten, wie ihre Clans jetzt umherstreifende Skritek zurück in deren eigenes Gebiet trieben. Vielleicht hatten die Wasserscheusale eine solch große Niederlage erlitten, daß sie für die nächste Zeit keine Gefahr mehr darstellten. Aber das bedeutete nicht, daß die Kundschafter und Patrouillen zurückgezogen würden, die an den Grenzen aufgestellt waren und sie beobachteten. Kadiya wußte, daß die Skritek für immer eine Gefahr darstellen würden.

Als sie die Boote zurücklassen mußten, war Kadiya bereits wieder in der Lage, durch die Sümpfe zu marschieren. Zu ihrer Erleichterung gingen sie nicht über die Straße der Wächter. Nie wieder wollte sie Lamarils Ebenbild sehen, das dort zu Stein erstarrt war.

Als sie Yatlan erreicht hatten, schlugen die Wächter ein solches Tempo an, daß die anderen weit zurückfielen. Sie stürmten am Teich vorbei, aber Kadiya folgte ihnen entschlossen. Obgleich sie nicht länger mit ihnen in Verbindung stand, spürte sie doch, daß sie das Ende des Zaubers erleben mußte, den sie begonnen hatte.

Sie schleuderten ihre Rüstungen auf die Stufen und ließen sie in wildem Durcheinander dort liegen, als hätten sie diese weggeworfen, um sie nie wieder zu Gesicht zu bekommen. Einer der Helme rollte herunter und fiel auf die unterste Stufe, Kadiya vor die Füße. Die Wächter stellten sich genauso hin wie in jenem Moment, da sie vom Blütenstaub der Drillingslilie zum Leben erweckt worden waren.

Dann ... war das Leben aus ihnen verschwunden, ausgelöscht, als hätte jemand eine Kerze ausgeblasen. Sie standen da, so wie seit Jahrhunderten schon, obgleich sie nur das Abbild jener waren, die Kadiya Augenblicke zuvor noch lebendig gesehen hatte.

Die Hassitti drängten sich an ihr vorbei, machten sich über die abgelegten Rüstungen her und trippelten dann wieder davon, Teile der Rüstungen in den Händen – wie Insekten, die ein totes Tier zerstückelten, es bis auf die Knochen abnagten. Kadiya ging langsam die Treppe hinauf. Auf jeder Stufe drehte sie sich zuerst nach links und dann nach rechts, um die Wächter anzusehen. Sie versuchte, sich an ihre Namen zu erinnern, aber einige von ihnen kannte sie eigentlich gar nicht. Es waren jene, die ihre Distanz zu den Seltlingen die ganze Zeit über gewahrt hatten.

Die starren Augen jagten ihr einen Schauder über den Rücken, und doch zwang sie sich, jeden einzelnen Wächter anzusehen. Ja, sie waren gegangen – alle –, und Kadiya war sicher, daß sie niemals zurückkehren würden. Die Welt, die sie vor so langer Zeit durch ihren großen Krieg verwüstet hatten, baute sich langsam wieder auf, nach einem anderen Vorbild, das ihnen nichts bedeutete. Sie mußte an das fruchtbare und friedliche Land hinter der Mauer denken. Auch Ruwenda war einmal ein solches Land gewesen, aber es gab kein Zurück, so wie es auch für sie kein Zurück gab und sie nie wieder die Tochter am Hof ihres Vaters sein konnte.

Was sie jetzt war, das mußte sie erst noch entdecken. Kadiya vermutete, daß dies ein langer, schmerzlicher Prozeß sein würde. Voller Hochmut hatte sie einst die Sümpfe zu ihrer Heimat erklärt und so die Verantwortung dafür übernommen. Sie könnte in die Zukunft blicken – Salm besaß diese Macht, zumindest ein wenig. Kadiya schüttelte den Kopf. Nein, wenn keine unmittelbare Gefahr drohte, würde sie die weise Frau nicht darum bitten, für sie in die Zukunft zu blicken. Jeder Tag sollte ihr das bringen, was ihr bestimmt war, und sie würde sich dem stellen, so gut sie es vermochte.

Sie zog das Schwert aus der Scheide. Es war kein Leben mehr darin. Die Kugeln waren geschlossen, so fest, als waren sie niemals geöffnet gewesen. Dieser Teil ihres Lebens war vorbei. Das Amulett lag wie ein hübsches Spielzeug auf ihrer Brust. Sie konnte die schwarze Drillingslilie darin erkennen, aber der Funke aus Lebensfeuer war erloschen.

Kadiya nahm ihren Helm ab und ließ ihn auf der Treppe zurück. Ihren Panzer trug sie noch, aber die Hassitti hatten sicher andere Gewänder für sie, die besser zu jemandem paßten, der jetzt kein Krieger mehr war.

Sie ging zwischen den Säulen hindurch und dann Stufe für Stufe hinunter in den Garten. Die Abenddämmerung brach herein – die Funkentierchen flogen herbei und fingen an, ihre Muster um die Blumen zu weben, deren schwerer Duft über allem lag.

Mit dem Schwert in beiden Händen gelangte Kadiya wieder zu jener Stelle dürren Bodens. Sie hob die Klinge und stieß sie in die Erde. Kein Widerstand stellte sich der Klinge ohne Spitze entgegen, die Erde schien sie begierig in sich aufzunehmen.

Sie kniete nieder und wartete. Plötzlich ging ein Leuchten von dem Schwert aus, zuerst nur schwach, dann stärker. Es hüllte Klinge und Griff in seinen Glanz ein.

Eine Blume wurde geboren – wie jene, die sie an einem anderen Ort, zu einer anderen Zeit gesehen hatte. Es war keine schwarze Drillingslilie, sondern eine goldene, die jetzt das ganze Schwert in sich aufnahm. Sie bewegte sich, als würde sie von einem leichten Wind berührt. Blütenstaub löste sich und regnete in einem regenbogenfarbenen Schauer auf sie herab.

Kadiya hielt den Atem an. Und dann erstarrte sie, denn jemand legte ihr die Hände auf die Schultern.

Langsam drehte sie sich um und sah zu ihm auf. Auch er kniete, aber da er viel größer war, überragte er sie.

»Lamaril!« Ihre Lippen, die plötzlich wie ausgetrocknet waren, formten seinen Namen, obwohl sie ihn nicht laut aussprach.

Sein Helm war verschwunden, und Kadiya konnte ihm ins Gesicht sehen. Ihr stockte der Atem.

»Aber.. du bist doch fortgegangen!« sagte sie.

Er schüttelte den Kopf. »Man hat immer eine Wahl. Ich habe die meine sehr bewußt getroffen. Kein Strom der Zeit soll zwischen uns liegen. Sieh« – er hatte sie in seine Arme genommen, und jetzt drehte er sie zärtlich so, daß sie die goldene Drillingslilie sehen konnte –, »dies ist die Antwort für uns beide. Yatlan ist tot, die Welt, über die es herrschte, gibt es nicht mehr – aber vor uns liegen noch viele Jahre. Wir müssen noch viel lernen, noch viel vollbringen – zusammen.«

Ein leichter Wind nahm den glitzernden Blütenstaub der Drillingslilie auf und trug ihn zu ihnen herüber. Kadiya seufzte. Seine Umarmung war viel besser als jeder Blick in die Zukunft. Nein, es war ein Blick in die Zukunft!